晓 剑 著

世界

在愚昧和无知中表现忠诚，在童贞和狂妄下流淌青春，情与爱，仇与恨，构成了他们的基本性格基因。

WUHAN UNIVERSITY PRESS
武汉大学出版社

图书在版编目(CIP)数据

世界/晓剑著.—武汉:武汉大学出版社,2012.3
红土地之歌
ISBN 978-7-307-09274-7

Ⅰ.世… Ⅱ.晓… Ⅲ.长篇小说—中国—当代 Ⅳ.I247.5

中国版本图书馆 CIP 数据核字(2011)第 210437 号

责任编辑:聂勇军 责任校对:黄添生 版式设计:马 佳

出版发行:武汉大学出版社 (430072 武昌 珞珈山)
(电子邮件:cbs22@whu.edu.cn 网址:www.wdp.com.cn)
印刷:武汉中科兴业印务有限公司
开本:880×1230 1/32 印张:15.5 字数:354 千字
版次:2012 年 3 月第 1 版 2012 年 3 月第 1 次印刷
ISBN 978-7-307-09274-7/I·478 定价:30.00 元

编　委　会

总　序

叶　辛

40 多年前，中国的大地上发生了一场波澜壮阔的知识青年上山下乡运动。“波澜壮阔”四个字，不是我特意选用的形容词，而是当年的习惯说法，广播里这么说，报纸的通栏大标题里这么写。知识青年上山下乡，当年还是毛泽东主席的伟大战略部署，是培养和造就千百万无产阶级革命事业接班人的百年大计，千年大计，万年大计。

这一说法，也不是我今天的特意强调，而是天天在我们耳边一再重复宣传的话，以至于老知青们今天聚在一起，讲起当年的话语，忆起当年的情形，唱起当年的歌，仍然会气氛热烈，情绪激烈，有说不完的话。

说“波澜壮阔”，还因为就是在“知识青年到农村去，接受贫下中农的再教育，很有必要”的指示和召唤之下，1600 多万大中城市毕业的知识青年，上山下乡，奔赴农村，奔赴边疆，奔赴草原、渔村、山乡、海岛，在大山深处，在戈壁荒原，在兵团、北大荒和西双版纳，开始了这一代人艰辛、平凡而又非凡的人生。

讲完这一段话，我还要作一番解释。首先，我们习惯上讲，中国上山下乡的知识青年，有 1700 万，我为什么用了 1600 万这个数字。其实，1700 万这个数字，是国务院知青办的权威统计，应该没有错。但是这个统计，是从 1955 年有知青下乡这件事开始算起的。研究中国知青史的中外专家都知道，从 1955 年到 1966 年“文革”初始，十多年的时间里，全国有100多万知青下乡，全国人民所熟知的一些知青先行者，都在这个阶段涌现出来，宣传开去。而发展到“文革”期间，特别是1968年12月21日夜间，毛主席的最新最高指示发表，知识青年上山下乡，掀起了一个前所未有的高潮。那个年头，毛主席的话，一句顶一万句；毛主席的指示，理解的要执行，不理解的也要执行，且落实毛主席的最新指示，要“不过夜”。于是乎全国城乡迅疾地行动起来，在随后的10年时间里，有1600万知青上山下乡。而在此之前，知识青年下乡去，习惯的说法是下乡上山。我最初到贵州山乡插队落户时，发给我们每个知青点集体户的那本小小的刊物，刊名也是《下乡上山》。在大规模的知青下乡形成波澜壮阔之势时，才逐渐规范成“上山下乡”的统一说法。

我还要说明的是，1700万知青上山下乡的数字，是国务院知青办根据大中城市上山下乡的实际数字统计的，比较准确。但是这个数字仍然是有争议的。

为什么呢？

因为国务院知青办统计的是大中城市上山下乡知青的数字，没有统计千百万回乡知青的数字。回乡知青，也被叫作本乡本土的知青，他们在县城中学读书，或者在县城下面的区、城镇、公社的中学读书，如果没有文化大革命，他们读到初中毕业，照样可以考高中；他们读到高中毕业，照样可以报考全国各地所有的大学，就像今天的情形一样，不会因为他们毕业于区级中学、县级中学不允许他们报考北大、清华、复旦、交大、武大、南大。只要成绩好，名牌大学照样录取他们。但是在上山下乡“一片红”的大形势之下，大中城市的毕业生都要汇入上山下乡的洪流，本乡本土的毕业生理所当然地也要回到自己的乡村里去。他们的回归对政府和国家来说，比较简单，就是回到自己出生的村寨上去，回到父母身边去，那里本来就是他们的家。学校和政府不需要为他们支付安置费，也不需要为他们安排交通，只要对他们说，大学停办了，你们毕业以后回到乡村，也像你们的父母一样参加农业劳动，自食其力。千千万万本乡本土的知青就这样回到了他们生于斯、长于斯的乡村里。他们的名字叫“回乡知青”，也是名副其实的知青。

而大中城市的上山下乡知青，和他们就不一样了。他们要离开从小生活的城市，迁出城市户口，注销粮油关系，而学校、政府、国家还要负责把他们送到农村这一“广阔天地”中去。离开城市去往乡村，要坐火车，要坐长途公共汽车，要坐轮船，像北京、上海、天津、广州、武汉、长沙的知青，有的往北去到“反修前哨”的黑龙江、内蒙古、新疆，有的往南到海南、西双版纳，路途相当遥远，所有知青的交通费用，都由国家和政府负担。而每一个插队到村庄、寨子里去的知青，还要为他们拨付安置费，下乡第一年的粮食和生活补贴。所有这一切必须要核对准确，做出计划和安排，国务院知青办统计离开大中城市上山下乡知青的人数，还是有其依据的。

其实我郑重其事写下的这一切，每一个回乡知青当年都是十分明白的。在我插队落户的公社里，我就经常遇到县中、区中毕业的回乡知青，他们和远方来的贵阳知青、上海知青的关系也都很好。

但是现在他们有想法了，他们说：我们也是知青呀！回乡知青怎么就不能算知青呢？不少人觉得他们的想法有道理。于是乎，关于中国知青总人数的说法，又有了新的版本，有的说是2000万，有的说是2400万，也有说3000万的。

看看，对于我们这些过来人来说，一个十分简单的统计数字，就要结合当年的时代背景、具体政策，费好多笔墨才能讲明白。而知识青年上山下乡运动中，还有多多少少类似的情形啊，诸如兵团知青、国营农场知青、插队知青、病退、顶替、老三届、工农兵大学生，等等等等，对于这些显而易见的字眼，今天的年轻一代，已经看不甚明白了。我就经常会碰到今天的中学生向我提出的种种问题：凭啥你们上山下乡一代人要称“老三届”？比你们早读书的人还多着呢，他们不是比你们更老吗？嗳，你们怎么那样笨，让你们下乡，你们完全可以不去啊，还非要争着去，那是你们活该……

有的问题我还能解答，有的问题我除了苦笑，一时间都无从答起。

从这个意义上来说，武汉大学出版社推出反映知青生活的“黄土地之歌”、“红土地之歌”和“黑土地之歌”系列作品这一大型项目，实在是一件大好事。既利于经历过那一时代的知青们回顾以往，理清脉络；又利于今天的年轻一代，懂得和理解他们的上一代人经历了一段什么样的岁月；还给历史留下了一份真切的记忆。

对于知青来说，无论你当年下放在哪个地方，无论你在乡间待过多长时间，无论你如今是取得了很大业绩还是默默无闻，从那一时期起，我们就有了一个共同的称呼：知青。这是时代给我们留下的抹不去的印记。

历史的巨轮带着我们来到了2012年，转眼间，距离那段已逝的岁月已40多年了。40多年啊，遗憾也好，感慨也罢，青春无悔也好，不堪回首也罢，我们已经无能为力了。

我们所拥有的只是我们人生的过程，40多年里的某年、某月、某一天，或将永久地铭记在我们的心中。

风雨如磐见真情，

岁月蹉跎志犹存。

正如出版者所言：1700万知青平凡而又非凡的人生，虽谈不上“感天动地”，但也是共和国同时代人的成长史。事是史之体，人是史之魂。1700万知青的成长史也是新中国历史的一部分，不可遗忘，不可断裂，亟求正确定位，给生者或者死者以安慰，给昨天、今天和明天一个交待。

是为序。

代序
知青，一个难以诉说的字眼

对于我的女儿一辈来说，知青肯定是古时候的事了。在知青们已经开始当爷爷、奶奶、姥爷、姥姥的今天，我没有理由指责我的女儿对他父亲少年时的经历漠不关心，终究，新千年和新世纪的诱惑太多，何况，我女儿这辈人面临的生存竞争更加激烈和残酷，他们处理自己的事情已经够累的了。

然而，在我和我插队的同伴心中，知青可能永远都是个死结，是个到死也说不清、道不明的话题。

社会学家说知青是一种灾难，历史学家说知青是一种现象，政治家说知青是一种为了民族的群体牺牲，文学家说知青是一种心理情结，芸芸众生说知青是一种个人命运的被蹂躏和被煎熬，具体到每一个个案，还会有无数种非理性的说法和纯粹属于个人体验的评价。我认为，对每一种认识都不能否定，但也不能认定是对那一段于我们来说属于刻骨铭心生活的全面总结，因为整个民族的浮躁使这个民族还没有以冷静的心态对整个历史进行全面的、认真的、科学的反思和梳理，更不用说妄图遮掩这段历史的还大有人在。

十年前，在湖南卫视《有话好说》节目中，我作为嘉宾，为了使知青话题能够尽快进入争论，提出了“当知青好玩不好玩”的问题，似乎引起了众怒，掀起了一股不大不小的风波，这正是我所期待的，假如大家对我的问题漠然处之，那才是我们这代人的悲哀。不过，我至今认为，从某个角度讲，一群不谙世事的少年男女离开城市，来到农村，在残存的童趣中，肯定会有好玩的念头，这是不容置疑的，即使在面临国破家亡的抗日战争时期，小兵张嘎依然会堵人家烟囱，用摔跤去和小伙伴打赌就是对好玩的一种证明。

当然，好玩绝不会成为整整一代人把青春摆上魔鬼的祭坛的全部内容，甚至它仅仅是那个时代一种苦涩的笑，一种对于政治宗教本能的嘲弄，在今天，它成为了历史的黑色幽默，成为了记忆中更多泪水的源泉。

我编写了中国第一部关于知青生活的电影剧本《我们的田野》，我创作了大量的知青长、中、短篇小说，我主编了五卷本的知青文学精品文库，我和郭小东总撰稿的《中国老三届》是目前集数最多、内容最全面的知青专题片，里面无一不反映了童趣、童贞、少年的憧憬及孩提的荒唐，但是，这并没降低作品基调的沉重感，更掩饰不住历史对我们这一代人的不公平待遇，反而，其有助于我们的回忆与反思，有助于下一代人对上一代人的客观认识和评价。

这客观认识和评价，是民族赋予他们的使命，他们想摆脱也摆脱不了！

当然，谁也不可能取代谁的思考，就像谁也不可能取代谁的自身经历一样，我只是表达了我个人对过去生活的意念，其他有过知青经历的人尽可以有着与我截然不同的看法及阐述方式，这丝毫不影响我们这代人无法摆脱的集体意识。

知青，实在是个难以诉说的字眼，好在我们这代人的优势在于我们永远有着要诉说的冲动和欲望，有着谁不让说就和谁玩命的勇气和魄力，那就让我们有机会就诉说吧！

此文是为某杂志撰写的，正值我的母校武汉大学所属出版社大规模再版知青文学作品，在不胜感慨和感激之余，将其找出，是为代序。

目　　录

上卷：世界

我很难在这一篇文章中概括他最值得记忆的生活，那是一种凄苦和煎熬、沉重和悲壮、认真和严峻、追寻和探索融合在一起的人生经历。我不想肯定他在整个世界中的意义和价值，但是，我希望人们认识他，并能理解他，尤其希望我们这一代人别嘲弄他，因为这无疑等于讥讽自己。

1

一九七八年的早春，景颇山的大森林依然裹着浓重的寒气，天空凝滞着厚厚的阴云。

月秀公社党委副书记，当年轰动一时的阿贡山七条半好汉的头条好汉，插队近十年的老知青吴大路终于被放出来了。

一张薄薄的平反证，使他离开了那栋夺去他一年多自由的小楼。

这是一座由巨大的土坯和木料构筑而成的陈旧建筑物，由于亚热带的风吹日晒，由于山谷间雨水和潮气的侵蚀，外面装饰用的土皮全都剥落了，凸凹不平的土墙和木柱的衔接处裂开了两三指宽的缝隙，蚊虫和湿雾会从这里飞进空旷的房间。就在这间散发着霉味、地板嘎嘎作响的屋子里，他经受住了对他灵魂的折磨和考验。

他胜利了。

在一张永远照射不到阳光的厚木方桌上，他写下了几十万字的“交代材料”。十年来，他第一次有这么充足的时间，细细地剖析自己，用一把钝刀切割自己的心，使剧痛的心牵动出深远的、苦涩的回忆。

这些材料，当着他的面全部烧毁了。一齐投入火中烧掉的，还有十年前就随他一同由省城转来的“黑材料”。

别人下乡插队，只带几张纸片：户口、组织关系、介绍信。而他特殊，关于他的种种情况，县革委会人保组接收了足足有半麻袋的“介绍”。他曾是红卫兵领袖，站错了队的坏头头，攻击林副统帅的反军乱军分子，走资派的小爬虫，“五一六”嫌疑犯……

这一切，全烧了。一阵风，一片火。真彻底呀，一字不漏地统统化为灰烬！他走过的人生的路也因此消失了吗？

待最后一颗火星熄灭后，他疲惫地弯下腰，端起了一大脸盆纸灰，把它们捧到土楼后的溪水边，轻轻地撒到水面上。

他紧咬着干涩的嘴唇，看着点点飞灰悄然离去。当最后一把黑色的粉末落到涟漪之中时，他已经几近干涸的眼睛中两滴大大的泪珠也跌进溪水。

他知道，这条溪水将从一个断壁汇入大盈江，而大盈江又将从一个落水洞流入邻邦的伊洛瓦底江，最后则会冲入大海。

大海是永恒的。他向往大海，可他竟从来没有见过大海。以后他一定要到大海边上去一趟，在潮湿的海风中站上几个小时。会的，活着，就会有机会。

他拍拍手上的灰，直起腰来，心中涌出一种十多年来从没有过的轻松感。

天阴沉沉的，可他觉得周围挺宽广；远处的大森林一片灰暗，可他看出了那浓郁的绿色；街道上的石板路，他觉得平坦了；连县委大院里几幢早已陈旧不堪的土坯楼房，他似乎也看出了具有古典艺术和民族风味的美。

他兴奋，又有些激动，不由自主地把手伸到腰间。景颇人的竹酒筒就挂在那里。可是，他什么也没摸着，在失去自由的时候，那竹酒筒也失去了。

他犹豫了一下，向院墙角落的一间土房走去。那里是县委李书记的家，这老头子有酒，他像离不开水一样离不开酒。景颇人的习性。

屋里没人。可吴大路很熟悉地就从床头摘下一个竹筒，拔去上面的塞子，立时一股浓烈的酒气喷了出来。

他仰脖喝了一大口，随后哼起了景颇人的歌："哎啰，哎啰，哎啰，哎啰哎……"

伴着这节奏，他脚步缓慢地跳起了景颇长刀舞，晃动着手中的竹筒，好像真的挥舞着一把闪亮的长刀。

木果送给他的家传长刀呢？

是景颇汉子，长刀就不该离身！可他的刀被没收了。现在，应该还给他了。

门外射进屋来的光线消失了，一个瘦小的身躯站在门框之间。能够感觉得出来，这是一个很苍老的人了。

“李……书记。”吴大路扑上去，含着激情凝视着这位老人。

明显的由于营养不良，李书记的脸黑黄枯干。这脸上，正流露着深厚的爱和关切。

“您……我……”吴大路哽咽着。

也是因为激动和感慨万分，李书记没有说话，只是把手中的一把长刀递给了吴大路。

吴大路一把抓过长刀，霎时间，全部感情都凝聚在这刀上。他抚摸着沾满厚厚灰尘的刀鞘，“刷”一下把刀抽了出来。

刀锋上的光泽没有了，刀背上起了点点锈斑。

他心疼极了，立即蹲下去，从门框边拖过一块磨刀石，“噌噌噌”地磨起来。景颇人的刀是从不生锈的啊！

“磨吧，磨得亮亮的，拿去留个纪念。”看着吴大路那样深情地磨着景颇长刀，李书记脸上的笑容慢慢隐去，浮现出一种难以形容的复杂神情。

吴大路不太理解地望了望李书记。当初他接受这把长刀时，可不是为了留个纪念，而是要一辈子横挂在腰间。

李书记似乎没有注意吴大路的目光，显得有些艰难地说：“作为一个老辈儿，我没有照顾好你，连一只母鹿都不如啊。让你受苦了，关了这么长时间，我却……只能干瞪眼，往肚子里咽闷气……”

吴大路想打断李书记的话，他要说：“不能怨你。我们年轻，该受些磨练，只是要让苦受得值得。”

可李书记按住他瘦骨嶙峋的肩膀，不许他打断自己的话，继续说着："现在好啦，平反了，一切都过去了。那是场梦，重新奔吧。我是说，噢，你会比我明白，离开景颇山，往平地上的阳关大道上走吧……"

"哦……"吴大路又张开了嘴。

"时代变了，想法也该变变，你还是年轻人，要跟上形势。你留下来，顶多像棵山茅草，可这里漫山遍野都是这种只能烧火沤肥的东西。你不该当一辈子草。走吧，你还有机会长成树。"

李书记有些激动，越说越快："对你来说，这可能是最后一个机会了，民族文字委员会来咱们县要一个人，我给卡下来了。唉，平白无故关了人家快两年，总得给点弥补吧。你去吧，你的景颇语不是已经……"

吴大路脸上那种振奋和激动消失了，由于长久的失眠而带有血丝的眼睛里慢慢升腾起一团迷惘的光，黑黄干瘦的脸上出现了惊讶的神情。他猛地站了起来，用衣襟擦擦刀刃上的泥水，有点愤怒地问："为什么？"

李书记犹豫了一下，慢慢推开了他家的后窗户。

从这里可以看见这个小县城那唯一的汽车站，吴大路禁不住愣住了。

只见那里像是逃难一样挤满了乱糟糟的年轻人。竹木结构的售票处被抢着买票的人冲撞得摇摇欲坠，如同发生了七级地震。买到票的人像捡了宝一样兴高采烈，没买到票的人用更大的疯狂向只能伸进一只手的窗口挤着。

一辆老式的沾满泥浆的公共汽车被三辆车也装不完的人们包围着。行李扔上车顶，又被一个戴红袖章的人甩下来，又扔上去，又被甩下来……

公路上，十几个人手挽手地排成蛇阵，拦住了一辆北去的绿色军车。另一边，一群人拥来拥去，只见尘土飞扬……

“插队的差不多全走光了，这些是农场的知青。过去他们很不容易回城，现在政策变啦，农场的图章就挂在政治部办公室门上，谁想走谁去自己盖印。是啊，走吧，都走吧……”李书记说得这么轻松，吴大路简直分辨不出他对这事到底持什么态度，赞许呢，还是讥讽？抑或是痛苦和哀伤？

墙上一条大标语像是回答吴大路的愕然：“向‘四人帮’讨还青春！”

“不……是这样讨啊！”吴大路扔下长刀，跃身跳出窗户，向汽车站奔去。

都是年轻人，汗水、泪水、亚热带的风和雨只是使这些脸粗糙了，但还没有刻下人生的沟痕。

他们站立不定，呼吸急促，眼中闪动着希望的光，和刚才的他一样振奋、喜悦，但这中间毫无疑问地掺杂着一种令人不安的骚动和茫然。

“妈的，只要能回去，扫街也干。”

“别说这话，还可以去考大学。”

“六六年我就该上大学了。”

“样样都耽搁了，连生儿子都耽搁了。”

“我更惨，来的时候两条腿，回去时剩一条了。”

“呸！回去以后，老子撒尿都不冲这方向！”

“赔我青春损失费！”

“回去慢慢拿吧，一个月二十六大吊。”

“哇……”一声婴儿的啼哭，使吴大路转过头去。一个弱小的女知青坐在一只旧木箱上，拼命地摇晃着孩子。她全身都那样干瘪，显然没有奶水喂孩子。但她仍然解开衣襟，露出小纸袋一样的乳房，把乳头塞进婴儿的嘴中。

有人同情地递过来一个芭蕉，女知青把芭蕉捏烂，一点一点塞进孩子嘴里。孩子不哭了，晶亮的眼睛望着灰蒙蒙的天空。

吴大路什么也不想听，什么也不想看了，他脚步沉缓地向县委的院里走去。身后，农场知青们又拦住一辆空车，欢呼雀跃着，像是过节。

不，吴大路不相信会是这样的结局，放他出来时有人跟他说：“对不起你们啊，荒废了你们十年。十年啊，俺们抗战打败日本鬼子也才用了八年。”那声音充满了内疚，也许，那个人是想起了两代人不同的归宿！

是啊，多么不同啊！

老一辈用八年时间为整个民族打了一场胜仗，可他们呢？不，是我们。我们这十年到底算怎么回事？

吴大路的心痛苦得紧缩了起来，眼睛眯成了一条细缝。他明明知道，这些当了父母、拖儿带女的老知青，生活得窘迫艰辛；也知道从前被不公正地斥责为“大学迷”的老知青多么渴望跨进大学、研究室，用知识造福于社会；甚至对那些仅仅只是留恋故土、思念家人，对那些只要回城，扫街也干的知青们，他也应该是能够理解的啊！

潮流尽可以退去，留下一片细碎的沙砾；人尽可以走空，遗弃一片荒漠的土地，但他难以容忍那种自暴自弃，难以容忍对这一代人走过的人生道路的蔑视！

然而……

也许这将近两年的时间里他把一切都想错了，这是可能的，一叶孤帆被吹进了乱石滩，可怎么会所有的人都把自己的过去看成一摊狗屎了呢？他真想能够找几个像他这样陷入茫然的人在一起。可是，没有，人们似乎都清醒极了，一句话：回城，把年龄减去十岁，重新开始。

他太孤单了。

李书记提着长刀和酒筒再一次来到吴大路的身边，望着他痛苦不堪和百思不解的眼睛，有些感伤地解释说："不是轰你走，说真心话，我还巴不得多有几个像你这样的……算了，没啥用，又何必拉你一起受苦。我们也该为你想，你还年轻，还可以有出息，我知道的。"

吴大路把头扭向一边，他不忍心看李书记的脸和枯干的脖颈。难道就应该让这样的老人留下受苦？

李书记喝了一口酒，似乎是下了很大决心才讲出下面那番话，而且讲得很谨慎："大路，别再留恋什么了，你是颗珠子，埋在泥巴里是我们老辈的罪过。"他的声音沉闷得如同遥远的山峰后面滚动的雷："而且，连木果都走了……你们没有结婚证，只是按景颇人的方式成的婚，不算数……月秀公社送她到州里去了，州广播电台要一个景颇语广播员。"

吴大路的眼睛瞪大了，在恢复自由后一个短短的上午，这已经是他遇到的第二次打击，而且可以说是最沉重的打击。

难道是乐极生悲吗？他按住自己的胸膛，以一个青年男子特有的坚强，抑制住感情的风暴，压低了声音问："走了……多久？"

"早了，勒干大爹去世以后。噢，勒干大爹去世你也不知道，那是你被隔离不久。那些日子，我处境也难，什么消息都不能告诉你……"李书记摇摇头，他知道，对于吴大路，这是多余的解释。

吴大路沉默着，脑袋好像要爆炸。他的嘴唇被咬破了，沁出一丝鲜血。一瞬间，他真希望自己没被放出来，还关在那空旷、阴凉、潮湿的土楼内，什么也不知道。

"别激动，不是强迫你，一切由你自己选择……"李书记有些惧怕吴大路那困兽似的神态，他唯恐他神经会出什么毛病。

"不！"吴大路终于凶狠地嘶叫起来。

他满目悲愤，声音凄凉："别这么轰我，我走！走！但是，别以为我是受不了苦，我是忍受不了压抑。一个男人最大的痛苦就是不能按自己的意愿行事。我走，我知道你们不需要我了，景颇山不需要我了，木果……也不需要我了……"他像一个喝醉酒的景颇汉子一样，摇摇晃晃、脚跟不稳地走出了县委的院子。

"你上哪儿？我们用小车送你到州里，州里给你买了飞机票。"李书记说。

"我，去拿我的书箱。它在贡嘎寨子的竹屋里。"吴大路没有停脚。

"我让人帮你去拿吧，你的身体太弱了。"

"不，我还要向景颇人告别，向景颇山……告别。"

李书记知道无法阻拦这个已经绝望和悲哀到极点的年轻人，于是只好把长刀和酒筒递到他的手中。

吴大路一步一步向南走着，离那些蜂拥北去的同龄人越来越远。

一辆卡车轰然停在他身边，这是李书记为他截的车。他摆摆手，拒绝了。

近两年被禁锢在一个二十多平方米的天地里，一旦解放出来，他多应该在大自然中无忧无虑地走上几天呀。可是，他连笑都还没来得及笑出声来，就被推进又一个生活的漩涡中。他不知道，这次还能不能挣扎出来。没有同伴，没有爱人，没有新的激情，于是也就没有了力量。

哦，他第一次感到这样衰弱，好像离死很近了……

2

下雨了。

细细的、飘飞的雨星使天空弥漫着一团团雾气，起伏的山林完全笼罩在这蒙蒙雨雾之中。

吴大路慢慢回头望去，那座在半山间、由木板房和土坯小楼组成的县城还隐约可见。在黑压压耸立的群峰中，这县城就像连天的波浪里一件被水手抛下大海的旧衣衫。

一时间，他感到映入眼帘的景象如同一幅色调暗淡、充满神秘色彩的油画：灰蒙蒙的天空，沉甸甸的阴云，那连绵不断的大山好像将世界切割成两半的高墙。在这座高墙下，一切都狭小了，使人压抑得喘不过气来。

石子铺成的公路僵卧着，陡峭的山崖上挺立的云杉似乎在雨滴中战栗。公路的另一侧是深深的峡谷。峡谷间，一条不宽的急流闪动着银灰色的亮光。

这里一点也不像耿直刚烈、桀骜不驯的景颇人居住的地方，倒好像不落尘埃的人们修身养性的清静所在。真的，连雨点的沙沙声都带着女人般轻柔细微的味道。

飘渺的世界。

吴大路禁不住撕开衣襟，像豹子似的吼叫了一声。

这样的长吼在深深的大森林中是用来向同伴呼唤的，然而，在这向两边闪开的山谷间，他无人可呼，无友可唤，他只是嫌周围的一切都太恬静了，太安宁了，太平稳了，太……寂寞了。

他感到一种可怕的孤独，像是被遗弃在荒岛上的囚犯。于是，他又握紧腰间的长刀疯狂地喊叫起来。

这野性的呼唤却显得微弱无力，穿透不了茫茫雨雾，就静悄悄地平息了，连一声回音都没有传来。

他绝望地闭上了嘴，把长刀往身后拽了拽。他已经像一个真正的景颇男子一样，腰际时刻都挂着长刀和竹酒筒，有时连服装也换成景颇人打扮。但此时，他觉得缺少了景颇人最本质的东西——不屈服。这种生活的支柱正被无限的空虚所缠绕，像是无数的野藤牢牢地束缚着山间的大树。

阴凉的雨点轻轻抚摸着他的脸颊和裸露出的胸膛，使他的大脑渐渐清醒了，身子也不那么摇晃了，虽然走得还很缓慢，但步伐坚实了些，只是显得更加沉重，像是扛着一根粗大的菠萝蜜树干。

他在这条山间公路上来往过无数次了，但很少是这样寂寞而沉重地行走。也许，这将是最后一次了，他将会默默地孤零零地离去，如同轻飘飘跌落在溪水中的菩提树叶，引不起一点波动。

他不是第一个割弃以往生活纽带的人，但却可能是最后一个，这在性质上有什么差别吗？他送走过许多知青，走的人太多了，以至于不会有知青来送他了。

当然，也许会有很多人在省城那嘈杂拥挤的汽车站迎接他这姗姗来迟的……鹰，景颇人最看不起的一种东西。

是的，木果看不起鹰，她喜欢鹿，喜欢金鹿。但是，她也走了，意味着对他失去了希望。假如说，吴大路在看到知青如潮水般溃退，听到李书记让他重新找出路的话以后，还残存着留恋之情的话，那就是因为有木果，有他从艰难生活中得到的爱。

可是，木果抛弃了这爱。她是他最后的堡垒，虽然在失去自由的日子里他并没有天天想她。这堡垒自己崩塌了，他再也没有什么值得去寻找的了。在越来越严酷的岁月中，他失去了所有的东西。

突然，吴大路感到被生活恶意地嘲弄了，那第一个在他们鄙视的目光下离开景颇山的伙伴，竟然也是因为失去了爱。

更让吴大路震惊的是，他记起了那个人也是嘶吼着："别以为我受不了苦，我是忍受不了压抑……你们不需要我了，抛弃我了……"

那个人走的时候，同样是没有一个人送他，他孤零零地下山了。

最后一个离去的和第一个离去的，在形式和内容上竟有着惊人的相似之处，历史是在宽恕呢，还是在惩罚？

吴大路在忏悔：十年前，他为什么硬着心肠没有去送那第一个离开景颇寨的人？也许就是因此，才给他安排了今天同样的结局？

他感到山谷两边的大山似乎要压过来，他的心几乎停止了跳动……

那一切，是这样开始的。

他们全傻了，目瞪口呆，如同山坡上烧荒时剩下的木炭桩，连作了充分思想准备的吴大路也半张开嘴，一时说不出话来：

景颇人为八个来山寨插队落户的知青准备的住房竟是一间牛圈！

八双手本能地抱紧了行李，八对眼睛不相信似的望着已经有些倾斜的牛圈。

牛圈里竖起的矮木桩上铺着一大块还带着鲜绿的竹排，这大概就是床了。床上有几块大小不一的光斑，是薄薄的茅草棚顶出现了几个洞。可以看出清扫过了的痕迹，但浓重的牛粪味还是那样刺鼻。

"来了嘛，就安着。"领知青们来牛圈的一个景颇老人腰挂长刀，一边嚼着槟榔一边说，"牛嘛，赶上山去了，要等耙田时，才找牛回来。你们怕不会呆长久的，牛到时候会一个个回圈，你们也会一个个回家。"

"真可气，把我们比成牛。"八个知青中唯一的一个姑娘李红委屈地嘟哝着。

刚才在寨口她把一大捧糖块分给那些半裸着身子、满腿泥土的景颇小娃娃，见那些孩子眼睛盯着花花绿绿的糖纸，身子却往回缩时，她还咯咯咯地笑着说："多可爱呀，他们的眼睛真亮。"

身材瘦高的洪之光脸色凄苦，目光阴沉。

上山时，他曾扬起手臂热情地对着大森林呼唤："新生活开始了！"然后还即兴念了几段诗句："我渴望那无边的蓝天，我仰慕那高高的山巅，我希冀儿时的梦幻，成为永远永远的画卷。啊，不仅仅是大自然，引起我深深的眷恋，因为我的双手要开创人生的春天。"

他察看着不知名的植物，品尝着苦味的野果，用树叶测定溪水的流速，说是要为即将开始的新生活作一些必要的准备。可他绝没有想到，新生活的第一个内容，也是长期的内容，是占据牛的栖息之地。

他不能不立时浮现出自己的爸爸正被屈辱地关在贴满大字报的“牛棚”里，而令他心酸的是，他自己竟要心甘情愿地住进真正的牛棚。

上山时那种狂热的情绪化成一片冰水寒霜，他牙齿有些打颤：“这，这是侮辱人，我们要有人格……不住！”

吴大路眼睛眯成了一条缝。对于穷困，他是有准备的，当他代表大家要求到最穷的寨子插队落户，县人保组干部流露出恶意的讥讽时，就多少想象了一下这阿贡山顶的贫困状况了。因此，一进贡嘎寨子，同伴们都在吃惊，而他却能极力地抑制住自己。但他心中，还是被震动了。

如铁桶般厚实的大森林围住了一块空场，几十间低矮的竹棚零乱地坐落在上面。做墙壁用的竹排破烂不堪，屋顶的茅草像染上了一层铁锈，已经腐朽了。几簇竹子长得正旺盛，可稀稀落落散在寨子周围的芭蕉树，却像害了病一样纤细、瘦弱，结不出果实。没有菜园，没有果木，只有坡下那被烧黑了的土地上长着一片包谷。

大自然那样美，而生活却这样贫困。

衣衫肮脏破旧的景颇人三三两两地钻出竹棚，离知青们远远地站着，毫不掩饰地用好奇的神情观望他们，用听不懂的景颇语叽里咕噜地议论着。

唯有一个十三四岁的景颇少女，大着胆走到吴大路面前，盯着他胸前的毛主席像章认真地看了看，然后指了指自己的衣襟。

没等吴大路弄明白她是什么意思，一个景颇老人一声呵斥，那少女立刻尖声笑着跑开了。她不长的筒裙飘动着，露出两条结实的腿。

吴大路挺了挺胸脯，向那个景颇老人走去。可以感觉得出来，这位老人是整个寨子的首领。

吴大路恭敬地说：“我们八个知识青年，从今天起就是贡嘎寨子的人了，我们……”他有些激动，早就想好的许多话语竟一时记不起来了。

可是，景颇老人却视而不见他的恭敬与激动，操着生硬的汉语，冷冷地打断了他的话：“叫我勒干吧。走，去安着。”这大概是让他们住下的意思。

在此时此刻，吴大路所能做的最坏考虑也不过是一间和景颇人差不了多少的破茅草屋，可能没有门，也许地上没有竹片来防潮。可……转过寨口的菩提树和水塘，勒干大爹指给他们的是没有墙，只有几根木柱和横杆的牛圈！

他不得不和同伴们一样，陷入了一时的惊讶和屈辱之中。

抗议吗？抗议景颇人对响应伟大号召来改天换地、改造思想的知青的虐待？这无疑是荒唐的。因条件苦而抗议，这是天大的耻辱。不苦，还要他们来干什么？

吴大路明白，不能过久地陷在思虑中，勒干大爹还站在边上，这个老人的表情明显地有这样的意思：我们景颇人并没有请你们来。

吴大路环视了一下沉默的伙伴们，低声但严厉地问：“怕了吗？”这话实际上也在给自己壮胆。

他是八个人中理所当然的领袖。

上学时，他的话就比老师有更大的权威。更何况这几年的激烈斗争中，他始终站在他们前面忍受最狂暴的风浪。

腰粗、腿粗、胳膊粗、说话声音也粗的高志勇把打得方方正正的黄背包往牛圈里的竹排上一扔，大声说："妈的，这有什么，睡粪坑里我高志勇也绝不喊一声臭。我爸爸长征时，还从屎里抠黄豆吃呢，一年有半年睡草窝子。咱们下有竹排，上有茅草，比他们高级一百倍啦。"

说罢，他一跃身就跳进牛圈，打补丁的黄军装挂在木桩上，撕开一道大口子。

吴大路松了口气，把行李递给高志勇，感慨地说："住进来吧，这样，我们就不会有内疚感觉了。因为在几万知青中，我们肯定是最艰苦的。唯有在最困苦的环境中还能坚持信仰、追求理想的人，才是真的猛士！"

他那低沉有力的话语和炯炯放光的眼神感染了大家，同伴们立刻感觉到了，这牛棚和即将开始的伟大事业的内在联系。

他们像投身进炮火硝烟的战场一样，一个接一个钻进牛圈里。

"哈，在大森林里，要不与动物为伍，那才叫冤枉呢。最好不光是牛，还要有笨熊、狡猾的狐狸。"说着这轻松笑话的是个子矮小、戴着近视眼镜的欧阳明。

"我住哪儿呀？我才不跟狐狸和熊住在一起。"李红跳着脚叫着。

是啊，李红是个女的，而女的是不可以和七个男人共同横在一块竹排上的，知识青年来到景颇山不是为了退化到原始生活中去，这是谁都明白的道理，人们面面相觑了。刚刚缓和下来的气氛又笼罩上了一片阴云。

高志勇嘴抽动了几下，终于叫起来："早就说不让她上山，她不干。咱们是要进行真正男子汉的事业，看看，来事了吧。真他妈烦！”

“是啊。”有人附和着。

面容英俊、神情温和的陈光仰起头，想说什么又止住了，眼中流露出复杂的目光。

勒干大爹眨眨眼，咳了一声。

他一直站在牛圈边没走，就是在琢磨李红的事。说实话，他没想到上山的八个知青中会有一个女娃娃。知青们一进寨，他就嘟哝了句：“害人哩，怎么能让姑娘家和七个男人做一堆嘛。”

他觉得不能让这个挺秀气的少女在这儿受苦，可又找不到机会开口，现在他跟李红说：“不是贡嘎寨不好客，实在是不好住哇。你到山下找个好寨子、好人家过几日，玩够了就回家吧。”

李红一听，眼泪马上涌出眼眶，她小巧的胸脯起伏着，一边哭一边嚷：“我不走，我跟他们是一伙的，他们上哪我上哪。我，我……就和他们一起住！”

说完，李红好像怕勒干大爹马上就把她拖下山似的，一下子钻进牛圈里，躲在吴大路和欧阳明身后。

该怎么办呢？眼看着天晚了，夕阳把大森林的影子拉得很长很长，也把牛圈的影子拉得很长很长。

陈光在不声不响地做什么，吴大路转过身去，然后捅了捅李红。

李红抬起头，透过晶莹的泪水，看见陈光正把七个人的箱子排起来，围住牛圈的一角，然后又把自己的床单挂上，使那个小角落成了单独的一隅。最后他提起李红的行李，放进那已经和男人们隔开的空间里。

李红的脸柔和了，她抹抹眼泪，向陈光投去感激的一笑。而高志勇不满地哼了一声，吴大路用目光制止了他。

勒干大爹不出声地看着他们在竹排上挂起一溜蚊帐，然后说了声：“晚上请你们喝米酒。”就转身走了。

景颇人果然在这天晚上请知青们喝了米酒。从没有喝过酒的吴大路，学着景颇人的样子，一杯接一杯地往嘴里倒。

这样不讲客气地喝酒，据说是对主人的尊敬，知识青年们早就听说少数民族喜欢豪爽的人。但这样豪爽地饮酒，不仅需要胆量，还需要酒量。

吴大路没有酒量，几杯下肚，他就觉着浑身麻酥酥、轻飘飘的，眼珠子有些发木，走起路身体也摇晃起来，但他咬紧嘴唇，一声不吭。虽说有点醉了，但头脑却异常清醒。他注意到，那个白胡子景颇老人始终带着不信任的神情，冷冷地注视着他和他的伙伴。

不难看出，老人在寨子里极有威望，由于他的冷漠，整个酒会都不热烈。也许，是因为硬安在他和伙伴们头上的种种罪名，被毫无保留地“介绍”过来了？

吴大路一阵心痛，又喝下一杯酒。不过，要是景颇人知道了这些，还能请他们喝酒，单凭这一点，就足以说明这个民族之淳朴可爱了。

吴大路的心又热了起来。他摇摇晃晃地朝景颇老人走去，一双热眼亲切地望着老人。然而，老人却不在意地，淡漠地扭转脸，只顾和一帮景颇汉子一杯接一杯地喝着酒，如同那是无尽的甘泉。

吴大路还没走近老人身边就顿住了，他习惯地咬紧嘴唇，心里愤愤着：没关系，你们等着看吧，等着看吧！几张纸的材料并不能表明一个人的灵魂，我们会让你们看见我们的心和你们的是一个颜色！

那个大胆的景颇少女又来找他了。这回说得明白，她向他索要那枚毛主席像章。她还说她叫木果，是勒干大爹的女儿。

“我阿爹喜欢喝不醉的汉子。”她咯咯地笑着，给醉了的吴大路捧来一竹筒清凉的山泉水。

他发现，在柔和的月光下，她很美。看着她，叫人想起神话中古代部落的公主。

篝火熄灭了，人们回屋了，小寨子和大森林一同陷入了沉寂，一切都安息了。

然而，几乎整整一夜，知青们都没有入睡。

喝酒回来，男知青们都吐着浓烈的酒气躺下了，李红则还在整理着自己的小窝。她又在小角落的另一边挂上自己的床单，于是她的空间就有两面屏障了。那么她蹲下来换换衣服什么的，只要人们不是有意，就不会看见她了。

她还有一面小镜子，一张《红色娘子军》连长独舞的画和一张日历要挂。其实，一切都很简单，但她却总是拿不定主意挂在哪儿好，好像在一个大宫殿里那样不知所措。

比起男知青，李红对自己这个小窝满意极了，她唱起了歌：“我有两个故乡，一个在埋葬母亲的小村，一个在我住的地方……”

床单那边传来谁恶狠狠的咳嗽声，随后欧阳明像是在开玩笑但又带有制止的意思说：“咱们的嗓子可不是为了唱歌才生出来的。”

李红悄悄拉开床单的一角，只见七个男人都枕在自己的手臂上，脸色严峻地望着屋顶垂下的茅草。不，他们一定已经看穿了屋顶，在凝视神秘莫测、深远无际的星空。

她被吓得一下住了口。他们不喜欢她的歌，这和他们的生活相比，显得太轻飘飘了。李红慢慢地放下床单，也躺下去，望着屋顶。

她头上的茅草正好裂开一个小洞，一块深蓝色的天似乎在那个小洞里翻动，使她有些晕眩。她扬起手臂，想去摸那块蓝天，但是，她什么也没摸着，那一切都是很远很远的呀。

床单那边吴大路缓慢地说了几句话："我们走过了这一代人人生的第一个转折点。两派之间的纠纷不是我们所追求的那种神圣的事业，抛弃它是理所当然的。只有在最艰苦的生活环境中，才能重新认识我们理想的生活和希望的目标。"

这是这一夜沉思的总结，谁也没再吭声，但显然是同意的。

这句话标志着他们前三年轰轰烈烈的生活的结束和更艰辛的生活的开始。八个人都同样感到庄严，也同样感到异常的沉重。这是想干大事的人们所需要存在的特殊感觉。

大森林更加宁静，淡淡的雾气升起来，山区的夜晚最寒冷的时刻降临了。蚊虫都钻到了湿漉漉的草叶下面，鸟兽也藏到最隐蔽的角落中。牛圈里的人们却还未入睡，他们的呼吸更加沉重，八双眼睛都不时地盯着外面黑黝黝的山影，焦急地盼着曙光从模糊的树梢后面升起，盼着新生活的第一个黎明早些出现。

然而，当第一束亮闪闪的熹光击破大森林的阴影时，八个知青谁也没看见。他们没有一个人能抗住困乏，都进入了梦乡。

勒干大爹围着牛圈转了三圈，还是叫醒了年轻人。他们没有时间互相埋怨，只是懊悔万分地跳起来，向正往坡下包谷地走的景颇人追去。

路上，欧阳明为大家打了一下气，说："咱们八个人的脸加起来可以做扇门了，干吗都拉那么长？肚里也少憋点气，要不然景颇人可不敢接近咱们。"

有人笑了，有人捶了欧阳明一拳。他们赶上了景颇人。

从此，知青们为自己安排的特殊生活开始了。

上午，他们和景颇人一同去向阳的荒坡上砍伐，为着以后烧荒种包谷。中午，他们顶着烈日，在灼热的土地上静静地学习各种各样的哲学著作。

不远处，有一棵菩提树，它使劲地伸展着浓密的枝叶，在地面投下巨大的阴影。但是，谁要是往那荫凉处望上一眼，都会觉得自己软弱甚至可耻。他们身边放着一盆清水，可以用来擦去不停地流下的汗珠。但是，学习时间禁止喝水。

下午，景颇人不出工，而知青们依然爬上了荒坡，他们要尽快地适应繁重艰难的劳动。晚上，在清爽的夜风中，他们激烈地争论、探讨、研究着生活的模式。

李红在这种严酷的苦行僧式的生活里，没有露出一丝半毫女孩子的软弱。

她狂热地崇拜着自己这一派红卫兵的领袖。从一九六六年到下乡插队前的两年多里，凡是真诚地听从指示、认真地投入运动、被誉为革命小将的一切壮举，她几乎都是跟着他们，在他们的旗帜下积极参与。

多少次熬红了眼，她跟着他们刻传单、刷大字报；多少次忍饥挨饿，她跟着他们辩论、静坐……她甚至比他们更虔诚地做着这一切，因为她没有理智，只有狂热。狂热把她的头脑烧成了一片空白。

而他们比她成熟，即使是在最疯狂的年代，他们还能勉强保留着一星半点自己的头脑，再加上高中生的聪明、自信，她从一开始就感觉到了他们比自己有力量。

这两年，她最乐意的就是静静地坐在一边，听他们慷慨激昂地分析形势，在那些大段大段的议论中太多地出现领袖们的名言：马克思、恩格斯、列宁、毛主席……噢，太深奥又太迷人了，李红听不大懂，但她觉得她明白了：他们正在进行的革命和炸敌人碉堡、堵敌人枪眼一样伟大。

因为目标是一样的啊——为了把一切不合理的制度埋葬，建立一个纯而又纯、红而又红的新世界！

她效仿他们，无私地把自己融进了那滚滚的洪流。然而，她怎么也不明白红卫兵为什么会分成了两大派，突然之间，他们这一派又成了违背革命路线的反革命。她懵了。长到十七岁，她第一次感到心被刺伤了，一滴一滴流着血。

就在下乡插队的前夕，胜利了的对立派把吴大路他们揪去批斗。而她，据说因为年纪小，被划为受蒙蔽者，如果她能对坏头头反戈一击，还能立功。她也被带到了批斗会上，不过她是站在台下。

李红怔怔地远远向台上望去，她信赖和尊敬的头头们统统被坐了“喷气式”。

她无声地问：他们错了吗？真的错了吗？是你们蒙蔽我？还是别人蒙蔽了你们？

就在这时，吴大路猛然昂起了头，高喊着“我们没错，没错！我们热爱”……他的头被猛地按了下去，被朝着地板狠狠砸着……

李红好像被这句话唤醒了。是啊，错在哪儿？错在哪儿！两年来，只有一腔热血、无限忠诚……

就在这森严的批斗会场，李红突然放声大哭起来，一边哭着，一边不顾一切地挤到台上，站到了他们中间。

她大声嚷着："你们连我一块斗、一块打吧，死，我也和他们死在一起，可是，我们没错！没错！"

霎时间，在辱骂和拳击之下，她流着泪，却觉着心里坦然了，否则，她会为自己先前的软弱羞愧的。

然而，紧挨在她身旁、额角流着鲜血的吴大路，却恶狠狠地斥责她："哭什么?！不许哭！"

她不明白为什么不许哭。哭，不是最能表现感情的吗？她对他们有着强烈的感情啊！

现在，在阿贡山巅，李红一个人操持了七个男人的日常生活，她理所当然地做饭、烧水，为他们缝补衣裳。她把友谊和女性特有的细致不偏不倚地全部给了他们，越是过这种严酷的生活，她越能从他们身上感受到那股吸引她向他们靠拢的力量。

而这七个男人也毫无羞愧地享受着一个姑娘的全部温暖。她是八个人之中唯一的初中生，但他们对她几乎没有大哥哥般的温情，要说明他们的关系，还是只有这两年惯用的称呼最恰当——战友，风雨同舟的战友。

如果说对她还有点照顾，那就是，吴大路从书箱里找给她看的书，总比别人的薄一些，内容也浅一些，不那么费解。不过，两个月过去，李红也开始啃厚书本了，而且渐渐熟悉起了费尔巴哈、黑格尔……

山上山下的知青都说，阿贡山顶住着七条半好汉。

吴大路听了淡淡地反驳："为什么是七条半，八条就是八条嘛。"

李红听了这话，心里很高兴，但她已经不大会用笑来表示这种心情了。

确实，在他们这八条好汉的知青集体户里，几乎听不见歌声和笑声，但也没有叫苦和呻吟。谁也不知道他们目前这种生活可以延续到什么时候，也许，他们是做了一辈子打算的。

两个月以后，雨季来临了。

雨水浸润着景颇山，而他们那苦行僧式的严酷生活中，也慢慢渗进了一股柔情。

当吴大路发现这一点的时候，禁不住暴怒了。在他制定的生活准则中，只有自我折磨般的锻炼灵魂，自我牺牲式的改造山林，而绝不允许任何感情的"腐蚀剂"弥漫在他们周围。可是，他不能容忍的那种东西在顽强地滋生。

这一切都是从那场突如其来的暴雨中开始的。

那是一场山区中少见的灾难性的侵袭。

一阵狂风之后，拳头大的冰雹砸到牛棚上，霎时间就把并不厚实的茅草顶击穿出无数大大小小的漏洞。冰凉的雨水倾注在知青们的蚊帐上，随后浸湿了所有的被褥。

他们醒了，没有一个人惊慌。这种考验是他们预料中的，他们甚至想象过一场山洪冲走他们所有的行装，或是一场山火烧掉他们所有的衣衫。他们希望经受这种打击，让所有的灾难都朝他们倾泻吧，那砸不烂打不垮的，必然不是平庸之辈。

他们谁都不认为自己是凡夫俗子。这一群狂人！

他们镇静地收拾好书箱，然后披上雨衣，默默地等待着暴风雨过去。

大森林被雨点击发出海涛般的轰响，不远处景颇人的竹屋，如同咆哮的海面上一只只小舟，随时都有倾覆的危险。炸雷震耳欲聋地在头顶响起，白昼般的电光中，嶙峋的山影像从四面倾压过来。一瞬间，大家都看见陈光和李红裹在同一件雨衣里。

此时，不会有人产生异念，这种情况在他们的生活中不算什么，吴大路就曾背着小巧的李红蹬过急流，洪之光也为她被利竹划破的脊背上过药。在这暴雨中，李红把自己的雨衣盖在了粮食和盐巴上，那么，理所应当会有一个男人和她同披一件雨衣，而恰好陈光在她身边。

但是，假如要是吴大路在这个女性身边，他会把雨衣整个让给她，而自己钻到另一个男伙伴身边。他不是惧怕什么，而是为了某种尊严。

陈光没有吴大路那种尊严感，他先是出于同伴间那纯真的友谊和李红披上了同一件雨衣，然而，当有些发凉的身躯由于拥挤而逐渐温暖起来以后，他的呼吸不均匀了。女性那丰满柔嫩的肉体使他闭上了双眼，大脑有些晕眩，竟然觉着暴风雨都远去了。

而李红猛然间也萌发出一种她从没有过的情绪，她疲软地靠在陈光那结实的肩膀上，突然觉得两个月来的煎熬使她太劳累了……

也许，这不应该说是偶然的，更不能说成是肉体本能的冲动，这只能解释成一个字：爱。

其实，他俩之间那种异样的关系应该说是在上山前就开始了。当时虽说七个男子都反对李红追随他们，但反对得最厉害的是陈光。

“别，你别去！男人们在一起是很随便的，加上一个女的会拘谨。而且，听说山上很苦，连厕所都没有，山上水也少，洗澡一定不方便……”陈光想到的全是生活上的细微之处。他恳切地望着李红，几乎使李红失去了上山的勇气。

后来，李红到底和他们一起上山了。

在路上，陈光为她背了很长时间的行李。当他为李红隔出牛圈一个小角落时，他看见了李红那带泪的微笑，于是心中涌出甜丝丝的感觉。

大雨到来之前的那些日子里，他和她的接触并没有超过同伴们和她接触的程度。但是，他对她说的每一句话都情不自禁压低了声音，语气轻柔地说：“李红，去洗脸吧，给你加了点热水。”“李红，听说今夜有风，被子盖好。”

他帮她做每一件事也都细致到了极点，把木柴放到她肩头时，先垫上自己的上衣；她去担水时，他大都恰恰在水塘边，于是就帮了她的忙；甚至晚上睡觉时也都在听到了她均匀的呼吸后，他才敢睡去。

当然，李红感到了这一切，她感激他，对他报之以的笑和目光与对其他人的越来越不一样。于是，在这个风雨之夜，大自然为他们逾越过一条界线做了媒介。

李红和陈光的关系发生了变化，整个集体的生活也随之变化了。

每次出工，陈光和李红都不由自主地落后于大家，干活时他俩虽然默默无言，但总是靠得很近。总之，他们利用一切可能的机会在一块待一会儿。吃饭时，在大家都用盐水泡包谷粒时，陈光可以在碗底发现两片酸笋。而在晚饭后的一段自由活动时间，他俩会一同到溪水边，用很长的时间洗脸，牛棚里的人可以隐约听见他们的歌声和笑声。这种歌声和笑声与他们严峻、刻板的生活气氛极不协调。

每个人都用阴沉的目光注视着他们关系的发展，但谁也不愿意和第二个人交换对他们的看法，吴大路甚至希望这只不过是一种错觉。

在一个美好的黄昏，吴大路走进一片竹林，想找几个笋子给大家当菜吃。

一阵响动使他抬起头，透过密密的竹叶，他看见陈光正紧紧地拥抱着李红，充满热情地对她说："别惧怕爱，这是人世间最美好的感情。在艰难的奋斗中，爱可以给人想象不到的巨大力量。跟你在一起，我就会忘记一切困苦……"他把嘴唇轻轻按在李红的脸颊上。

吴大路痛苦地闭上双眼，转过身，紧紧地握住一根嫩竹，牙齿发出咯咯的声响。

从那天起，他第一个不再把衣服交给李红缝补。紧接着，除陈光外，其余的男知青也拒绝了李红的一切帮助。

李红惊讶地望着同伴们，惊恐地问："为什么？这是为什么？"

是啊，到底为什么，连吴大路也难以说清楚。

而一旦没有了李红在生活上给予的照料，他们才突然发现，繁重的劳动如此厉害地磨损着他们的衣服，几乎天天都有些倒霉的衣裤需要修理。在笨拙到用针线连不起那些破口子时，李红多次地乞求他们让她来缝，吴大路还是断然拒绝，他宁可用胶布粘，胶布没有了他可以随便结个疙瘩。穿着露肉的衣服也像是对李红示威。

他们并不存心伤害李红，但她却实实在在受着精神惩罚。她疑惑地将目光在每一张都板得像铅一样的面孔上探询。最后，她委屈地哭了。

这是上山以来，她第一次流泪。

但是，没有人劝慰她，陈光也没有勇气对她说什么。男知青们在油灯摇曳的火苗前，默默地写着读书笔记或是热烈地争议某一段论述，如同李红已经不存在于他们的生活中。

透过火苗，可以看见起伏的山影在晃动，也可以看见吴大路眼中出现了火一样的热情，那是他从硬壳书中发掘出了宝藏。

天边有几点亮光在闪烁，一定是景颇猎手在大森林中搜寻越来越少的猎物。

李红终于明白了她为什么受到冷淡，她向陈光哭诉她的委屈，她不能忍受被她所崇拜的人们摒弃的痛苦。不能被他们理解和原谅，不能对他们有些帮助，她在景颇山上还有什么价值呢?

但是，她同样也熄灭不掉少女那初恋所燃烧起的火焰。她陷在深深的苦恼之中。而陈光用来抚慰她的，是更炽烈的爱，他也是第一次享受这种甜蜜呀!

作为精神领袖的吴大路不能容忍他所设置的生活中长期存在这种儿女情长，这会摧毁掉他们的未来。一天晚上，他让李红去白胡子景颇老人——贡嘎寨子的生产队长勒干大爹家去了解寨史，而他用全体知青开庭审判的阵势，来决定陈光的命运。

这是一个山区少有的晴夜，星光点点，像在幽暗的大森林中挂起了无数小巧的灯笼。蚊虫异常活跃，不时撞在人们脸上和裸露的肩头。一股湿木柴的浓郁味道从寨子深处飘来。山谷间，正升起第一缕雾气。

六个知青围坐成半圆形，一把小竹椅摆在中间，让陈光坐下。他们没有点油灯，但每个人都可以看清其他人的闪着光斑的眼睛和脸上严肃的神情。

陈光没有抗议这种不公平的对待，他知道这事情迟早要发生，他决心为自己辩护。

“陈光，你要影响我们的事业！”高志勇粗声粗气地首先开炮，“我们在进行一种严酷的生活，不需要这种完全是自私的爱！”

陈光用热辣的目光烧灼着同伴们，他知道每一个触犯了大家所制定的生活准则的人，都会被严厉地审判。但是，他要维护自己纯真的爱，这是每一个人做人的权利，他也是刚刚才明白的呀。

他恳切地说：“你们不觉得吗？我们的生活太单调，太枯燥了，缺少一种新鲜的、活的感情——爱。人类的一切生活都是基于爱这种感情的，我终于有点懂了，有了爱，就像阳光照进了我的灵魂……”

太刺耳了！吴大路皱着眉，冷酷地打断了陈光的话：“枯燥、单调是我们自己寻找的，这是为磨练意志、灵魂！我们早已制定了原则。我们要你从今天起，停止和李红的爱……情关系。”

“强迫吗？”陈光哀伤地问。

“是的。生活和事业在强迫我们。到景颇山上来，我们是带着沉重的压力和负有使命感的，不能也不应该存在一分钟的轻松！否则，我们晒着烈日啃硬壳书还有什么意义！”

高志勇挥着手说：“比起前辈来，我们这算什么。他们连家都不要，根本没时间谈情说爱。我爸爸都是进了北京城才由组织给介绍了一个。想想他们，你不觉得脸红吗？要是我，为了事业一辈子不结婚都没意见！”

面容清瘦、眼睛细小的欧阳明扶扶眼镜，淡淡地说：“我们追求的不是爱，得到的结论也不会是爱。爱从来都是自私的，它妨碍我们的探索。不要忘了，我们不是那种只想七情六欲的人。当然，我们也不是和尚。”

“军师爷，你，你太尖刻了，这可不是幽默。”陈光漂亮的脸抽搐着。

由于欧阳明的相貌，也由于他脑子灵活和语言的尖锐，被人们称为“军师爷”。是的，他的幽默和尖刻往往很难区分。

吴大路果断地站起来，压低声音说：“宣判：陈光必须和李红关系正常化！”

陈光也站了起来，他仰头望着深蓝色的令人迷惘的夜空，声音颤抖，喃喃地像梦呓一样地说：“噢……不，我不服从这判决。你们根本不懂，爱情是根本割不断的，割不断的啊……”他用灼人的目光乞求地盯着每一个人，然而，所有的人都沉默不语。

陈光的脸白了，他身子站立不稳，手不住地发抖，眼睛不断地睁大，又紧紧闭上。

终于，他爆发了，冲动地喊了起来：“不，我不服从这判决！只要我在这里一分钟，就会忍不住去和她亲近，向她诉说理想、人生。你们可真够狠，也真够糊涂的，难道有了爱，我们就会放弃信仰，就会丧失意志……我不服从，绝不服从！”他嘶叫着。

“那么，没有别的路了，你……走！离开我们，离开景颇山！”吴大路像是从牙缝中挤出了这句话。

顿时，空气似乎僵住了，所有的人都惊呆了。陈光的脸一下子扭歪了，痛苦和惊骇使他的相貌如同变了一个人。

其余五个人都惊异地盯住了吴大路，他们不相信吴大路会说出这样的话，不，开会的目的不是为了赶走陈光。

吴大路自己一时也呆住了。他完全是在极度愤慨和冲动下说出了这句话。但是，在这种时刻又能说出别的什么话呢？他绝对想不到陈光竟会鬼迷心窍，不服从集体的裁决。

为了这庄重严肃的审判，他苦思了好几个晚上。本来他是犹豫的，但当他在难以入眠的时候，在昏暗中猛然看见陈光的一只手移向横挂在他与李红之间的床单，一会儿李红的手伸了过来，他们居然拉起了手。这时，他不再犹豫了。

他认为受到了欺骗，陈光瞒着所有人，自己拆毁了自己搭的屏障！

吴大路悄悄地和几个伙伴商量审判用什么议程。按高志勇流露出来的意思，是轰走李红，“野战部队从来不要女的，扰乱军心”！但吴大路不同意，他不愿意把重负压到一个弱者身上，这是他们男人间的事。洪之光则狂热地表示要用更重的劳动来使柔弱的情感消失，“这说明我们自我折磨得还不够，还可以有空遐想私事”。吴大路同样摇摇头，这办法解决不了当务之急。欧阳明最后提出让李红去家访，他们在牛圈里开门见山，一针见血地让陈光悔悟。他们相信陈光会向集体和事业屈服，屈服于真理和正义并不是耻辱。

然而，陈光在抗拒，谁也没料到，爱，竟有这么大的力量！

吴大路感到自尊在受损害，不，更准确地说，是他害怕他所信奉的苦行僧式的生活方式出现裂痕，他要坚定地维护这种生活的完整性，无论用什么方法。

于是，在陈光狂怒的叫喊以后，他也不能处在正常理智状态下了，他怎么能容忍刚刚开始不久的新生活就这样默默地解体呢？他暴躁了，他认为，这种激怒也许会使陈光的感情被慑服。

的确，陈光的头垂下了，沉默了几十秒钟，有人在轻轻地呼出一口长气了。

但是，陈光像是挣扎着举起二百公斤的杠铃一样，缓慢地抬起沉重的头，他异常冷静地说："我……走。""走"字刚刚吐出，一连串苦涩的液体就流进他的嘴中。

大家更加震惊了。假如他们对于吴大路轰陈光走还能理解的话，那么他们对于陈光毫无留恋、毫不犹豫地就表示走则是完全不理解了。

多不容易呀，挣破一个又一个人为的束缚来到景颇山，他们亲如手足地生活和奋斗着，把三年来的狂热和逐渐的失望转到新的追求上来。可，怎么说走一下子就要走……不过，大家从吴大路暗淡的目光中也领悟到事情的另一面：大浪淘沙，生活总在无情地淘汰着落伍者。

欧阳明慢慢地说："我们的事业总是要向前的。其实，你完全没有必要……"

"啊！"陈光暗哑地嚎叫了一声，几乎是歇斯底里地喊着："别说了，我走！但是，你们要知道，别以为我受不了苦，我是忍受不了压抑。我知道，你们不需要我了，抛弃我了……"

陈光发泄了一通，转身奔进牛棚，钻进了蚊帐。他不顾闷热，连头蒙上棉被，好不让别人听见他那沉重的叹息。

当李红兴高采烈回来时，她惊讶地发现，所有的同伴都早早钻进了蚊帐。而她以为，他们一定会等她回来，热热闹闹地议论一下小寨子的历史，从中探索景颇山发展的规律呢。于是，李红不解地慢慢向自己的角落走去。

当她走过陈光床前，透过蚊帐，看见他一动不动地蒙在被里，她立刻预感到有什么不幸降临，不由站住了。

几乎在同一时间，陈光也霍地掀开被子，坐了起来。也许，他是一直在等着李红的归来。陈光跳下床，沙哑而急促地说："李红，你跟我出去一下。"

李红被陈光的大胆吓坏了，要知道，他们从来没有当着大家的面说过什么。她担心地望了望躺着不出声的其他人，然而陈光不顾一切地把她拉出去。他用那么大的力气攥住了她的手腕，疼得李红"哎哟"了一声。

当床用的竹排嘎嘎作响，六个男人都在翻身，伸腿，表示自己没有睡着，但谁对眼下发生的事都装聋作哑。这种少有的宽容一点不叫人感到轻松，就如同在野蛮的中世纪，宣判了犯人死刑后还给他请个牧师一样。

然而，大家都预感到，陈光绝不会做什么忏悔了。

果然，如同宣战一样，从远处隐约传来李红的歌声，这一定是陈光让她唱的，随后陈光也伴随着唱起来：

我有两个故乡，
一个在埋葬母亲的小村，
一个在我住着的地方。
如今我要离开故乡，
到遥远的大海上。

不是我要离开故乡，

是因为要去打仗……

人们似乎这才想起，陈光是他们这派宣传队的队长，中学时唱歌就是全市第一名。

洪之光嘟嘟哝哝地说：“是不是还想想什么别的办法，咱们用男人那种浑厚的感情和友谊去战胜男女间那种柔弱的东西。否则，山下的人会不会说咱们太残酷了。”

高志勇马上回了句：“干革命讲什么温情。你身上小资产阶级软弱摇摆就是太厉害，受你那当作家的爹影响太深。”

“高志勇！”吴大路制止了他。

在他们这个集体里，不准提父母也是一个原则。因为他们要干的是自己的事业，跟爹妈没有任何关系。

一个小时以后，陈光和李红回来了。他们无声无息地各自钻进自己的蚊帐，李红也像陈光一样立刻用棉被从头蒙到脚。

第二天，陈光走了。没有一个人去送他，连李红也没去，她甚至控制得很好，没有流泪，而且从此以后，她也再没流过眼泪。

出工的钟响了，她第一个扛着锄头走出了寨子。一行七人，没有一个人回头，只觉得脚步沉重。到了荒坡上，李红立即挥着锄头，发狠地一下又一下地挖着，而六个男知青还是把目光投向了远处崎岖的山路。

只见陈光那高高的身影在雾气中时隐时现，他缓慢地走着，不时停下来，捧起一把红土，或揪下几片草叶，然后又让它们从手指缝漏下去。

就这样，在那弯弯曲曲的小路上，他走了快半个小时，才消失在弥漫着白雾的大森林中。那些大大小小、粗粗细细的树，一动不动地伫立着，和他们一样冷漠无情。

吴大路的心中随着山林间一团又一团升起的浓雾，涌出一股怜悯之情，但他马上又抑制住这种情绪，他不愿再让这事折磨自己。当然，在每天晚上，他们讨论人生、信仰、事业时，陈光的走将会成为其中的一个课题。

“欧阳，讲个典故吧，要不，说说景颇山的形成。那棵树为什么叶子那么大？”吴大路问着。

“是啊。而这棵树叶子为什么又这么小？生存竞争，一物降一物。你玩过画片吗？飞机赢坦克，坦克赢机枪，机枪赢飞机。”

“你们在瞎扯些什么？”高志勇光着上身，已经热得出了汗。

另外几个伙伴则沉默不语。

远处的山林里，飞起一群白鹭。来了这么长时间，谁也没对这种小生物产生过兴趣，可今天，七双眼睛都盯着它们看。它们飞向何方？不知道。它们越飞越远了，在天边化为一片浮云。

这天收工回来，他们发现，陈光把他所有的书和全部积蓄：九元六角五分留了下来。这些东西都堆放在吴大路被子上，在最下面，压着他留下的一本笔记本，里面记满了从书中摘录的有关爱情的座右铭。

吴大路翻看着那笔记本，心里翻腾着说不出的味道，也不知出于什么心情，是厌恶、反感？还是那该诅咒的怜悯？他竟不假思索地把这个笔记本递给了李红，事后马上又后悔了。

接连两天，一有空闲，李红就捧着这笔记本，默默地看。但是三天后，李红当着大家的面，将这笔记本放进了箱子，从此再也没有拿出来过。她好像连同自己的感情一起关闭了，心灵缠上了硬茧，变得坚强、冷漠。吴大路惊异地发现她好像突然长大了。他放心了，他们的生活需要这样的灵魂。

她和同伴们一样了。

一切又回到原来的轨道，吴大路担心的灾难消失了。

但是，他没有就此安然，他常在临睡前那一瞬间产生一种自责：他要改造整个世界，却说服不了一个从来没有背叛过他的战友。他并不认为自己有什么错，但却感到了力量的不足。每当这种意识一出现，他就会惶恐不安，就会难以成眠。他明白，这是灵魂虚弱的表现，可他又不愿承认。

一天，欧阳明递给吴大路两张信纸，那是他以吴大路的名义写给陈光的信，叫陈光回来。这个军师爷可真鬼，什么心思也瞒不住他那双细小的眼睛。但吴大路默默摇了摇头，不能投降，不能向陈光和他自己的小资产阶级感情投降。

欧阳明仍旧悄悄把信寄走了。

陈光回了四个字：爱，没有错。

这以后，陈光再也没有来过信。有人说，他一直在等着李红。而且，终于等到了。李红从异国的丛林中，带着心灵和肉体的创伤回到了陈光的身边，找到她最后的归宿，可是……

3

这回忆是痛苦的。

吴大路觉得胸闷得难受，他仰起头，让几滴雨水飞进他干涩的嘴里。他把那清凉的水珠咽下去，觉得嗓子湿润了些。他又想吼叫起来。

在大森林中一个人孤零零地行走时，景颇人总会发出粗犷的叫声。他真盼着能唤出个人来同行，以结束这无休无止的回忆。

他张开了嘴，但又飞进去的几滴雨点，噎住了他的嗓子，他剧烈地咳嗽起来。猛然，一阵腥气冲出喉咙，他本能地用手一捂。一股热乎乎的东西沾到手上，他松开一看，立刻闭上了眼睛。那手心里是一块血斑。

一时间，他觉得右腹部也疼痛起来，像电流在撞击。肺结核和肝病已经折磨他好几年了，大概再也不会痊愈。八年了，他就将只拖着一个衰弱到极点的躯体回到省城——他的故乡吗？

他慢慢站住了，蹲下身在路边的水沟里洗去手上和嘴角的血迹。那流水由于冲刷着红土壤，也是红颜色的。他眼睛恍惚了一下，似乎看见脚边奔流的全是血水，他粗粗的动脉中滚动着的那种液体。由于这液体，他活着。

他眯起眼，无端地哼了一声，站起身子。

在蒙蒙细雨中，他看见了坡下水流上的一座石桥。他的心颤动了，眼睛越睁越大，似乎像电影中的定格一样，把那景物凝固在视野中。

那不过是一座普通的石桥，很窄，也没有多长，只是供山区的人们和笨重的牛车通过。对着这石桥，在山脚下，应该竖着一块方尖石块，那是界碑。

其实，每次从这条碎石铺成的公路上行走。吴大路都会看见山谷间这座石桥，石桥边上有一棵遮天的菠萝蜜树，这棵树只传出花香，却很难有果实成熟。

以前，当视线中出现这座桥的时候，他不会特别留恋和激动，但今天，他觉得整个心房都被震撼了。因为，他也是即将离去的人了，而在几年前，他曾在这石桥下，送走了第二拨离开景颇山的伙伴。

那时，他倒没有嘲笑他们，只是默默地凝视着那一张张熟悉的脸，希望他们会相信他的信念。可……当然了，几千个日日夜夜，在人生中，够漫长啦，有的人不是几天之内就放弃了理想吗？

雨雾中，他看不见那块方尖石，只能看见灰蒙蒙的大山和阴沉沉的天空衔接起来，几乎分不出层次。他送走的那些人，还在大山的后面吗？也许有人已经离开了这个世界，他们一定是含着微笑，怀着满足之情合上双眼的。若是这样，吴大路可真羡慕他们。

哦，方尖碑！

吴大路只觉得浑身热血沸腾，他情不自禁地向山谷间奔去。不管他此时心情如何沉重、压抑、失望、悲哀，但他不能不去看看那块人工雕成的石柱，否则，他再也没有机会了，他将遗憾终生。

方尖碑啊，方尖碑，你身上的血迹还在吗？你还记得吗……

“要耙田了，牛要回圈了。”在一个阴沉沉的黄昏，勒干大爹告诉住在牛圈里的知青们。这么多人在这儿住了这么多天，牛粪味还没散尽。

“可，可我们没一个人走呀！”洪之光把一块半生不熟的硬木薯使劲塞到嘴里。他吃东西总是狼吞虎咽。

其他知青忧虑地望着这个面色冷淡的景颇老人，不知将有什么新的苦难等着他们。总不会把他们赶进大森林吧。

勒干大爹依然慢吞吞地说：“咱们寨子嘛，准备为你们搭一座新屋哩。”

大约停顿了几秒钟，知青们才领悟到了勒干大爹这话的意思。他们顿时沸腾起来，甚至觉得灰蒙蒙的天空一下子都明亮了。

“景颇人承认我们了！”洪之光欢呼起来，紧接着便诗兴大发，“莲藕，出污泥而不染；乌云，不会总遮住蓝天；是恒星，就有光辉；是珍珠，就不怕鱼目腐烂……”

高志勇笑着：“这是必然的，就冲咱们敢往牛圈里跳，景颇人就知道咱们能经得住考验。我爸爸当年进少数民族地区，还把酒杯放在脑袋上给他们头人当靶子打呢。”

“咱们要庆贺，下山买酒！”有人提议着。

欧阳明眯着眼，托托眼镜：“还要写对联、放鞭炮、驱鬼妖，图个吉利。”

大家哄笑起来。

吴大路点点头，没吭声。

他感觉到了生活中又一个里程碑出现在脚下。是的，他们早就可以凭借自己的力量盖起一间不比景颇人差的竹棚茅舍，但是不，他们宁肯睡牛圈，也要等待景颇人对他们的承认，生活和时间不欺骗人，他们等到了。

吴大路面色严峻，默默地看着同伴们欢乐。他总是这样，只肯分担同伴的艰辛，但从不分享同伴的欢娱。当他们的事业又前进了一步，同伴们都欣喜若狂的时候，他便去思考今后的生活了。也许，这不是他天生的气质，但他却努力这样去做。因为他觉得，生活往他肩上承压着更多的重负。

睡觉时，知青们一致推选李红明天下山购买酒菜，而男劳力将去铲平地基，打下竹桩。

伴着第一道曙光，李红下山了。傍晚时分，她两手空空地回到了牛圈旁。

一见她，同伴们都吓了一大跳。

她的头发披散着，如同一团乱草，脸上是汗水和几块肮脏的泥痕，上衣的口袋被扯开了线，一个衣扣脱落了，在颈项处，还有一道指甲划破的血迹。她垂着双臂，眼中涌流着激愤和屈辱的神情。

六个男知青围住她，探询地看着她。他们担忧了，因为这时他们才感觉到她还是一个女性，一个姑娘。

李红在同伴的注视下，胸脯剧烈地起伏着，眼中喷着怒火，恨恨地说："他们，欺人太甚了！"

"谁？"高志勇忍不住地追问。

其实，大家心里都多少明白是谁。

"得势的那一派！……今天我刚刚买了酒和罐头走出商店，他们就围住我，把东西抢去，全摔碎了，还……"她停住嘴，知道同伴们不喜欢诉说个人的委屈。

她极力做出平静的样子继续说："我们这派的知青处处受歧视、

被刁难，我们在这孤零零的山峰上，几个月不下山，不太清楚坝子里的情况，我的几个同学呆不住跑了，连朱一山都走后门当兵去了。”

几个男知青瞪大了眼睛，随后茫然地深深埋下了头。朱一山是他们这派红卫兵的广播站长，一个热情的、不知疲倦的、易于冲动的人。他们和他很熟，在省城一块挨过批斗。当初，县知青办把他们这一派学生分到山区，另一派则分到条件较好的坝区。朱一山正因为愤恨这种不公平，偏要在坝区落户。

他认为，两派问题很快就会因同是知青面临新的生活而被淹没，他还要和他们比比，看看谁先干出点样子来。然而，他无法施展热情和力量，悄悄地走了。这确实给他们心里投下了阴影。

李红最后说：“这次县里要开知青先代会，挑选的全是他们那派的。”

吴大路手里端着个碗，里面是给李红留的晚饭，这时，他的手不由自主地攥紧了，碗，在他手里碎了。

这一天晚上，在黑洞洞的夜幕里，他们第一次没有进行纯理论的探讨，而是具体地分析了他们目前的形势和任务。

在吴大路的极力克制下，他们决定不和那些人发生冲突。吴大路准备借后天下山扛粮的机会，要去和公社的领导据理力争，为他们这派争得先进知青的名额。

吃苦，他们不在乎，被刁难、受歧视，他们也能忍耐。可是，不从他们这一派众多的知青中选拔先进知青，他们容忍不了，他们把这种政治待遇看得很重，以为这才是衡量他们和贫下中农结合好坏的唯一标准。

吴大路在上山半年多后，第一次下山了。

高志勇和他同行，一是他练过长拳，必要时可以保护一下吴大路，二是近二百斤粮食，两个人分担会轻松些。

他们踏着潮湿的山路，在阴暗的大森林中钻来绕去，三个多钟头后，来到了平坝的一个小镇上。这是区政府所在地，有商店、邮局、卫生所、饭馆和新华书店。

一进镇子，吴大路就发现有人盯住他们。他鄙视地扫了他们一眼，继续迈着稳重的步子向街子里走，而高志勇悄悄挽起了黄军装的袖子。

终于，在区政府门口，十几个男女知青挡住了他们的去路。

“喂，姓吴的，你这个坏头头终于露面了，我还以为你在山上当了和尚呢。过来，老老实实接受我们批判。”一个常和吴大路打交道的对立派头头一声呐喊，好几个人冲过来，扯下了他俩身上的背篓，霎时间那竹篓就被踏得稀烂。同时，拳头落到了他俩身上。

高志勇大吼一声，摆出架势，抡拳击倒了两个人，但寡不敌众，几分钟后，便被八九个小伙子打倒在地。

吴大路不顾一切地甩开纠缠着他的几个人，扑过去将压在高志勇身上的人推开。他高声喊道：“别打，别打！别这样，我们现在一样，都是知青！”

吴大路是用了最大的毅力才压抑住怒火的，如果为了个人，他一定豁出去拼个你死我活。他体格魁梧，一九六六年差点当了飞行员，要不是因为父亲曾在美国留过学的话。可眼下他不能冲动，他为着自己这一派的战友，为了一会儿能到区政府的谈判，他忍受着拳打脚踢，忍受着疼痛，始终不还手。

然而对方并不理会这些，他们得寸进尺，毫无顾忌地大打出手，甚至把踩扁了的竹背篓也扣在他的头上，还嬉笑着：

“你他妈别说漂亮话，你们是劳动改造，是坏头头挨惩罚！”

“老实交代，你们在山上搞什么阴谋，准备策划什么反革命行动?!”

那个身材瘦高的对立派头头说：“怎么样，在城里不服，到这里还不服吗？我早说过，天下者我们的天下，国家者我们的国家，社会者我们的社会。走到全省每一个角落，甚至地府阴曹，你们这些站错了队的坏人也只能站在被批判的位置上，不能乱说乱动。呸！”他把一口浓痰吐到吴大路的脸上。

“天下者，我们的天下……”

当年，所有的红卫兵都慷慨激昂地发出这共同的宣言，为了我们的天下、国家、社会，忘我地去拼杀，可拼来杀去，却杀出那么多冤家对头。天下，怎么就成了一派、一部分人的了呢?!

“林道成！”吴大路怒不可遏地大吼起来，他忍不下去了。

其实，他们当初曾是大方向完全一致的两个红卫兵组织，可后来，就成了对立的两派。也不知怎么搞的，成立革命委员会之前，好像一夜之间，林道成那派成了正确派，吴大路他们成了走资派的小爬虫。

正确派到处揪斗吴大路他们的人，光吴大路就被斗过七次，而且每次都要揪下一把头发，甚至有一次，他们把吴大路绑在树上，林道成像拳击运动员击沙袋一样击了吴大路二百拳，说是让吴大路记住无产阶级革命路线的威力。

当时吴大路喊着：“有种的放开我，你他妈不是男人！”

下乡刚刚到县城时，吴大路和林道成有过一次迎面相遇，两派的人一下子就拉开阵势，但吴大路抑制住了感情的冲动，为了事业，他可以忘掉个人的恩怨。可没想到，今天林道成还会这样对付他。

“有钢笔没有？在他脸上写几个字，让他回去给贫下中农看。”

“写什么？”

“当然写他是坏头头，反革命！反正他们那派没好人，要不然，先进知青怎么会全是我们的人。”

吴大路的胸口要气炸了，一股又一股热血直冲额头。他猛地甩动双臂，飞起右脚，一下子挣脱了按住他的两个男知青，推倒了正准备拿钢笔往他脸上写字的胖姑娘，然后一把揪住没来得及后退的林道成，咬紧牙关，一个字一个字地往外迸：“林道成，你不要再搞城里那套了！”

林道成先是一怔，但随即冷笑了：“吴大路，批斗你是广大革命知青的要求，你越不服越要批。”

说罢，他趁吴大路摘头上的破竹篓之机，一拳打得吴大路倒退一步。周围的人一窝蜂拥上来，再一次拧住了吴大路的胳膊，而且拼命往后扭，疼得他直冒冷汗。

林道成抽出钢笔，猛一甩，吴大路的脸上和衣服上出现了一溜黑点。林道成狠狠地说：“今天给你来点真正的颜色看。”他伸出手，准备给吴大路抹个大花脸。

吴大路悲愤地闭上了双眼，他像被捆住的雄狮只能猛烈地喘着粗气。就在这时，一个清脆的声音响起来：“林司令，你怎么动武呀?!小心胳膊断了。”

林道成的手停在了半路上。

吴大路抬起头，看见一个穿着旧军装的苗条姑娘疾步走上前来，气愤地挡在他和林道成中间，甚至还狠狠地推了林道成一把。

林道成一时间有些恼怒，他的手臂动了一下，但脸上又露出了一种无可奈何的神情，他压低声音说："这里没有你的事，一边去！"

姑娘却毫不退缩，依然尖声叫道："你才该一边去！爸爸不刚写信骂过你，让你好好种田，别胡搞。你要不听，我写信告诉爸，等你回家拿皮带抽你。"

人群中有人忍不住笑出了声。

林道成眉毛一立，把姑娘拉到一边，更加压低了声音说："你不是发誓不参加两派之争吗？"

姑娘倔强地一挺胸脯，又回到原来的位置，用两只手抓住林道成的衣襟，带着哭腔说："好，你欺负我，你欺负我，我就给爸爸写信！"

"唉……"林道成有些哭笑不得。

吴大路惊讶地望着这个并不算十分漂亮的姑娘，琢磨不透她和林道成之间的关系。她怎么敢当众阻拦这个自封为走到哪都是"响当当的造反派"、从里到外红透了的司令呢？而且还小小地出了一下他的丑。

林道成自己解答了吴大路的疑问，他不再发火，忽然像变了一个人，用柔和的声音哄着还在气冲冲的姑娘："好妹妹，你听我说，可千万别胡乱写信哟，我们这是在严肃认真地搞阶级斗争。"

姑娘一撇嘴，抬手把粗粗的短辫甩到脑后，不屑地说："寨子里有的是地主、富农、坏分子，天天让你斗。吴大路是知识青年，斗他不就跟斗你们自己一个样，真是糊涂虫、傻瓜蛋……"

"你不斗他，等着他在山上养精蓄锐，有一天就反过来斗你。"

姑娘大笑起来："别胡扯你那套理论了，他们在山上玩命干都吃不饱肚子，还有心跟你斗？走吧，走吧，哥，快干活去吧，你来了这么久，才下过几次田，还非让选你当知青代表，真是瞎了眼……"

"好了好了……"一听妹妹揭底，林司令脸上挂不住了。

人们终于哄笑起来。看着兄妹俩斗嘴，围着吴大路的知青也觉得没趣了，慢慢散去。最后，拧着吴大路胳膊的两个知青也一甩手，骂了句："饶了你，老实点。"晃晃身子走了。

林司令成了孤家寡人，狠狠地瞪了妹妹一眼，哼了声："你呀，不知到哪天才真懂事！"说罢怏怏地离去。

吴大路直起身子，只觉全身火辣辣的。他看见那姑娘还站在他身边，同情地望着他，于是说："谢谢你，请告诉你哥哥，要认认真真地对待人生，别自己毁了自己！"

姑娘真诚地点点头，小声说："我叫林道静。"

吴大路一愣，他想起小说《青春之歌》的主人公。

姑娘并没有羞涩的意思，显得有些俏皮："我妈可是先生下的我，杨沫的书是后出的。"

吴大路禁不住微微笑了。此时姑娘脸上飞起一朵红云，转身追她的哥哥去了。

吴大路望着她的背影，愣了好几秒钟，似乎有一种莫名其妙的东西在心中膨胀。但猛然间他清醒过来，抹了抹脸上的痰，用衣襟擦去墨水，赶忙去寻找高志勇。

只见高志勇还在满是尘土的石子路上躺着，几个傣族老乡用怜悯的目光看着这粗壮的汉子。吴大路急忙走过去，蹲下身子扶起高志勇。一个傣族老乡端来一碗水，吴大路把水灌进了高志勇口中。

高志勇睁开了眼，他第一句话就是："妈的，有种一个对一个。老子忍不下这口气！大路，我们不能忍下这口气！"说罢，他摇摇晃晃站起来，摆脱吴大路的搀扶，向镇子外冲去。

吴大路没有阻拦这个像受了伤的野兽般的同伴，他也有说不出的气愤，这种事就发生在挂着革委会牌子的区政府门口，竟没有一个干部出来阻止。他转身走进了这个种满夜来香的小院，找到了知青办，向里面一个中年女干部说明了刚才发生的事。

他压着火气要求道："为了让我们能好好接受再教育，希望你们管一管，不要再让这种事情发生。"

那女干部斜了他一眼，操着官腔说："谁让你们要下山来闹事的呢，嗯？"

"你，你怎么不讲道理？到底谁在闹事？"吴大路气极了。

"谁闹事？是你们打到坝子，还是他们打到山上？"她居然拖着长腔倒打一耙。

吴大路火了，这明明是用颠倒黑白来袒护林司令他们。他严肃地说："请你们执行党的政策，一碗水端平，不要在知识青年中以派分出等级来。"

中年妇女尖着嗓子喊了起来："我比你懂政策，我吃的哪碗饭？告诉你，全国都一样，有革命派，就有反革命派。别拿知青这牌子做挡箭牌，你们照样分左中右！你以为到了农村就可以不老实？这儿和省城一样，是革命委员会，是红色政权！"

"住嘴！你们懂什么叫红色政权？你不配！"吴大路一巴掌拍在桌上，气得直哆嗦。

那女干部先是吓了一跳，但转眼就跺着脚，尖声地骂他反动，骂他攻击新生的红色政权。她的叫骂招惹来一群干部，他们把吴大路围了起来。

然而他们的一片斥责，吴大路这会儿听不见。他好像离他们远远的，耳边只有一片嗡嗡声。他只觉得听见了心被撕裂的声音，心疼啊！

红色政权，红而又红的世界，两年来真诚地相信并为之奋斗，结局就是这样？全国反而出了这么多反革命，那真革命又是什么样？

吴大路突然觉得心里的什么东西在倒塌、在陷落。他推开众人，冷冷地说："我再也不会来找你们了。"说完他就走了。

门，被他狠狠地摔了一下。

吴大路来到了飘浮着尘土的街上，大脑陷入了极度的混乱之中。他满肚子悲哀、气愤、烦恼，怒火不知该向谁、向何处发泄，他真想骂一通大街。

前边，是那两个被踩得稀烂的背篓，一粒粮食也不能装了。

他狠狠地一脚踢上去，碎竹片飞到了路边小饭铺的门前，他的视线随着那碎竹片扫到那里，然后停在玻璃窗后面的酒坛子上。

"啊哈，小吴，喝酒吗？"居然从饭铺中传出招呼他的生硬汉话。

他神情恍惚地走进去，原来是贡嘎寨子的三个景颇汉子，他们正捧着竹筒在喝酒。

景颇人难得下山一次，下山大都是卖些山货来买酒，有了酒就拼命喝，喝醉了，随便在路边倒头就睡。今天他们一定又买了不少酒，吴大路坐到他们身边。

景颇汉子立时把竹筒递过来。

“不，不要你们花钱，你们够穷的了，留着钱买盐巴。今天我请客，知青请景颇人。”吴大路被怒火烧得不清醒了。他把买粮食用的钱掏出来，买了酒，买了菜。

以前他很少喝酒，更准确地说，只是到贡嘎寨子的那天晚上才第一次喝。但现在他和景颇汉子们碗碰碗地喝。果然，痛快了许多，于是他喝得更猛，惹得景颇汉子不时向他伸出大拇指。

在他完全醉倒前的十分钟，蒙眬中看见木果背着竹篓走进来，和景颇汉子们说了几句景颇话后，就坐在了他的身边。他把一只大土碗递上去，看着她，嘻嘻笑着喝下去。然后他只觉得一阵昏眩，哇哇吐了一地后，就什么都不知道了。

沉睡中，他觉得他像在一只小船里，小船在波浪中起伏飘荡。无数的鲨鱼围绕着小船，想把他连同小船一同吞食下去。更使他恐怖的是这些鲨鱼都长着人头。忽而，他又觉得他正伏在一只老牛背上，老牛慢悠悠地走在静悄悄的大森林里。牛蹄踩着松软的散发着微微潮气的红土壤，牛铃“叮当叮当”地响着。他还感觉到了许多许多。但不论感觉到什么，他的身体都是在摇啊、飘啊……

当吴大路终于睁开眼时，首先看见的是一团又一团白雾在弥漫，吞没了小山寨和大森林。屋檐的茅草上，挂着一颗又一颗晶亮的露珠，时而跌落几颗，发出轻轻的悦耳的声响。他忍着一身的疼痛，侧过身来，发现竹排上就躺着他一个人。

他怎么到山上来了呢？同伴们下地了？可锄头还靠在栅栏边。他一阵心跳，一种不祥的预感使他咬着牙跳下了床，走出牛棚。

木果正在不远处一簇竹子边凝视着吴大路。她脸上挂着野性的微笑，手里拿着一把景颇男人用的长刀，下身裹着一条紫红的手织筒裙，头发上还插着一串金色的斑色花。

望着她，吴大路猛然想起了昨天的一切，一定是景颇人把他背上了山。怪不得睡梦中总在摇啊飘的。说不定木果也背了他？要是这样，那太惭愧了，也许木果就是来笑话他不是个景颇汉子。

当然，木果喜欢和知青们在一起，向他们学汉语，也教给他们景颇话。她尤其喜欢和吴大路在一起，能帮吴大路做一件事会使她笑个不停。不过，她是贡嘎寨子的明珠，对她稍有失误，无疑等于得罪整个山寨的景颇人。

因此，吴大路虽然不讨厌木果那天真泼辣的性格和粗线条的美貌，但总是理智地和她保持一段距离。

今天这一大早，她来有什么事呢？

见吴大路出来，木果扭动着腰肢，步态轻盈地走了过来，用跟知青们学来的汉话清清楚楚地说："阿卜莫阿卜莫（景颇语，大哥的意思），听说有人欺负你，给，这是阿爸的长刀，谁再欺负你，就像我们景颇男人一样，拿刀砍他们。"

吴大路笑了，他把这举动看成是整个景颇人对他的关怀。

但他没去接刀，却本能地问："你看见他们到哪儿去了？"他指指牛棚里一溜蚊帐。

"知道，你先收下我这把刀。"木果认真地说。

被景颇人当装饰品的两枚毛主席像章在她丰满的胸脯上闪闪发光。

吴大路满怀感激地接过长刀，他正好希望有一把景颇人象征勇敢的长刀。

木果笑了，眼睛中闪动着羞涩的光，她突然往吴大路手里塞了点什么东西。吴大路一看，是两片合在一块的栗树叶。

这小姑娘，以前也曾往他手里塞过酸甜的羊奶果，或者，顽皮地往他脖子上扔条山蚂蟥，可眼下是什么时候?!

吴大路翻看了一下，像哄孩子似的把树叶放回她手里："木果，今天没时间和你玩，快告诉我，他们呢?"

木果的脸红红的，喜滋滋地问："阿卜莫，你喜欢我啦?"

"嗯，喜欢。木果，快说，他们上哪儿去了?"吴大路更急切地问。

"他们说，要去打架，到公路下的石桥去集合……"

吴大路的脑子一下大了，他紧握长刀，抛下木果，钻进竹丛，然后走入浓密的大森林，沿一条只有猎人和野兽才行走的小路，向公路方向奔去。

他猜想到，肯定是昨晚他昏睡的时候，高志勇调集了属于自己这派的知青，要搞大规模的报复。对于这后果不堪设想的行动，他要尽全力阻挡。

一路上，吴大路只能弯腰行走，在野藤纵横的小路中钻行，黑压压的大森林像深深的海洋，他又如在起伏不平的海底潜行。横七竖八的藤枝和根茎把他的衣服划成一条一条的，脊背上出现了血印。然而，他根本没有感觉到疼。

当他气喘吁吁地赶到石桥时，在弥漫的晨雾中，他看见一百多名自己的战友正聚在菠萝蜜树下，一个个眼睛中迸现出血丝，沉默着，脸色阴沉得可怕。这一片黑压压的人群似乎是一个随时要爆炸的火药桶，只等一个想毁灭自己的人去点燃了。

看见遍体鳞伤、衣服划成一条条的吴大路，一个姑娘像受了极大委屈的孩子见到亲人一样，失声痛哭起来。马上，所有的人们都被这情绪所感染，唏唏嘘嘘的抽泣声打破了山谷的宁静。

吴大路靠在菠萝蜜树粗大的树身上，环视着这些一同起来造反、又一同下乡插队的伙伴们，眼睛也慢慢湿润了。他愤懑，为什么同是一代年轻人，这些伙伴竟连好好接受再教育的权利都没有，他真想一个人替他们所有的人去受折磨。可是，他看得出来，在这儿站立的一百多人，目光中全都显露出去死的决心。

高志勇从人群中挤出来，哽咽着说："吴大路，是我以你的名义组织的这场大串联，我忍受不了这种侮辱。我知道，你会同意的。"

他眼中露出凶狠的神色："我也去过知青办，知道那个臭娘们把你……既然咱们连插队都要受气，那么，何不大干一场呢?!"

吴大路的目光更加阴郁了，他凝视着"军师爷"欧阳明。

欧阳明知道必须回答这阴郁的目光，于是低沉地说："我不想解释。我不支持他们，但也不能反对。人，不一样，有人能容忍，有人却不能。你见过耍猴的吗……"他又想说什么和这气氛不相符的话。

吴大路却暴怒了，他嘶吼着："可你的理智呢？我决不同意这种荒唐的拼杀。干什么？让知青互相打架？像以前发生的武斗？"

他狂躁地挥起手中的长刀，一下子劈进了菠萝蜜树的树身，树汁像眼泪般从伤口流了出来。

欧阳明的细小眼睛在眼镜后面眨动了几下，极其平静地说："假如你不希望发生这样的事情，那为什么要去一连喝他八大碗，醉得让景颇人装在竹篓里背上山，而不去拦住高志勇？"

吴大路如听到响雷压顶，一下子惊呆了。他惶恐地看着欧阳明，这才发现他脸色严峻得怕人，正用深深埋怨和责备的目光死死盯住他。吴大路浑身发软了，他清楚地闪过昨天某一瞬间所产生的思绪：让高志勇叫来自己这派的全体知青，把我们的全部怨恨发泄一下！

“我……”吴大路狠狠地揪住了自己的头发，闭着眼低声问，“欧阳，现在还来得及阻止吗？不能打啊，一打就把咱们的一切都毁了，他们正找碴儿呢。”

欧阳明长长地叹了一口气：“战友们不会去小镇了，不会去打架，他们要去打仗，要走了，去为解放全人类流血牺牲……”

吴大路恍惚了一下，有些似懂非懂，露出疑问的神情。

欧阳明抬手指了指桥边那个尖尖的方石柱解释着：“他们要到方尖碑的那边。”

吴大路终于明白了，一百多名年轻人在这大雾弥漫的宁静早晨，聚到边境线上这个小石桥边来是要干什么。

他瞪大眼睛本能地跨了几步，拦到了所有人的前面，可笑地伸开了双臂，然后又靠在了方尖碑上，有些不连贯地说：“不，不，你们别走……这样的屈辱，不会永远压迫着我们，不会的！总有一天，人们要公正地对待我们……”

高志勇站到他面前，愤懑地吼着：“你这是委曲求全！我受不了这气！平白无故就被打成反革命，挥锄头修地球，这帮狗杂种还骑到头上拉屎，你就是把心挖出来给他们看，他们也会说成是黑的。吴大路，你这样干着，不觉得寒心?！他妈的，天下大着呢，他们不让我们在这儿干革命，我们真刀真枪地到战场上拼个你死我活，还有三分之二的受苦人等着我们去解放他们呢，我们发扬点国际主义精神，是红是黑，老子要干出个样子给他们看看！”

李红也从人群中走过来，她脸上又出现了几年前那个小红卫兵的天真神情，她扯扯吴大路的衣袖，像妹妹在乞求哥哥：“你还像以前那样，带我们去吧，我们都不怕死，你带着我们去吧！”

二十多个人把吴大路团团围住了，二十多双眼睛期待地望着他。

吴大路一下子什么都说不出来了，他的思绪陷入到难以言状的矛盾中。他想和他们一起去。是啊，他受的屈辱还少吗？为什么还要忍下去？而且，不能让战友们鄙视自己。

是的，被曾经崇拜自己的人说自己原来是个胆小鬼，那将是非常凄惨的。

可他又不能走，不能让那一派的人们嘲弄自己，说自己忍受不了艰苦而溜掉了。是他把许许多多战友领到了景颇山这块穷困的土地上，他绝不能在最后一个战友离去之前离开这里，不管是到什么地方。多么矛盾啊，他还从没有陷入过这种难以自拔的思想困境中。

吴大路又看看欧阳明，希望这个聪明的军师能够再一次帮他劝阻这些人们：还是别走，有什么艰辛和屈辱咱们一起忍受，或者让我吴大路一个人承担。

但是，欧阳明摇了摇头，凑在吴大路耳边，沉重而痛苦地说：“不可能了，因为这是我们自己的过错。”

吴大路再一次吃惊了：“我们自己的过错？”

欧阳明今天格外冷静，因为在高志勇未归、吴大路沉睡的整整一夜，他都在反复想着这个事件的起因和必然的结局。

现在，他告诉吴大路：“是我们造成了他们离去的条件。我们办了蠢事，不该让你和高志勇下山啊。为什么要去争那徒有虚名的先进？高志勇他们是那些不具备忍耐性格的人，于是下山受到再一次刺激就成了一个契机。他们本来想打一通再走，闹个天翻地覆……不行了，我们没有任何有力的理由说服他们。既然已经这样了，就让我们这些留下的人欢送他们吧，让他们带着欣慰和纪念离去，也许，以后就再也见不到了……”

欧阳明的眼睛有些湿了，他的语言中也失去了往日的尖刻和幽默，然而，却像刀子一样割着吴大路的心。

吴大路此时才明白了一点：每个人都有权利选择自己的道路和目标，为什么非要跟着一个并不能给他们带来欢快的人？

他稍微离开了方尖碑一些，让出了那条并不直也并不平坦的小路，低声对围着他的人说：“你们骂我吧，说我怕死、愚蠢，缺少干伟大事业的果断和信念，骂我什么都可以，但是，千万别埋怨那些留下来的战友们，他们并不……”

高志勇狠狠地打断了他的话：“别为自己开脱，一句话，你走不走?!”

吴大路不再犹豫了，痛苦地摇了摇头。

李红失望地捂住脸，泪水从她的指缝中涌出来，她哽咽着：“你，你不再是我崇拜的人……”

吴大路真想摸摸她的头。自从和陈光分手后，她瘦了，黑了，也深沉了。她是对的，生活中不要给自己立起无数偶像。

欧阳明又开口了，他在维护着吴大路：“别再埋怨和争论啦。无论在什么地方，我们的目标是一致的，心是相通的。我们留下的人不是怕死，在景颇山上还没干出点样子来，不能全走啊。你们在边境那边，替我们流血，我们在景颇山，替你们流汗，到全球一片红的时候我们再相会，那时我们要站在红地毯上，捧着金子做的酒杯迎接你们!”

吴大路感激欧阳明这番话，但他觉得还不够。他之所以不走，还因为他偏要在残酷的命运面前抗争。

是的，到异国的战场上，可以随心地驰骋，而没有心灵的煎熬，那对于他来讲，反而是太轻易的人生。越是在人们难以忍受的逆境中，他越要生存下去，这才是他所追求的。

欧阳明还在讲:“我们难得聚在一起，让我们再在一起谈谈未来，谈谈祖国和世界……”

洪之光突然大声念起了悲壮的诗句:

再见吧，亲爱的战友，我嘱托你一句话，
假如我死去，请别告诉我的妈妈，
就说我还在大森林里和你们一道，
正把贫困、荒凉、神秘、可爱的处女地开发。
我的坟上什么都不要，也不要那白色的山茶，
假如你愿意，就把咱们竹屋前的土撒上一把。
别哭泣，千万千万别哭泣啊，
留着这金子般珍贵的泪水到胜利的那天再洒。
我知道，总有一天我将被人们忘掉，
亲爱的战友，我只求你把我的忠诚记下……

他扬起手臂，眼泪像泉水一样涌流出来。

姑娘们哭出了声，而后男知青们那压抑的抽泣声也爆发出来，从

半山腰传出的低沉回音，更加重了人们的哀伤。

雾越来越浓，也许山峰已经沐浴在阳光里，但峡谷间的水汽却久久不能散去。

高志勇慢慢地从菠萝蜜树上拔下了景颇长刀，大吼一声："要走的，让我们先把血洒在祖国这一边！"

说罢，他把左手拇指往刀锋上一按，鲜血冒了出来。他伸出手臂，让血一滴一滴地跌落在方尖碑中国这一侧的石面上。

接着，一个又一个指头在长刀上划破，一滴又一滴年轻人的热血洒在祖国的石碑和土地上。

吴大路紧咬嘴唇，额头上的青筋蠕动着，目光深情地凝视着一个又一个划破手指的人。他也真想把手伸过去，但欧阳明紧紧地拉住了他。

他想说，不知说什么，想哭，却没有泪，他也不知怎么就唱起了《国际歌》。于是，所有的人都唱了起来。

悲壮的歌声在浓雾中沉重地四处传播，撞击着峡谷两侧的山崖，如同大海的波涛，汹涌澎湃，翻滚不停。整个大山似乎都被震动了。

歌声还没有结束，人们已经不分男女地拥抱在一起了。他们一瞬间醒悟到：这可能就是永别了。

吴大路拉过高志勇，又拉过李红，看着他们，只说了一句："志勇，好好照顾李红……"然后就把他们紧紧地搂在怀中……

走了，二十九个人沿着崎岖的小路踏上了异国的土地。他们很快就被浓雾裹住了。前面等待他们的是密林中的营地，还有弹火硝烟和死亡。

那把长刀不知又被谁劈进树身。吴大路久久地抚摸着方尖碑上的血迹，胸腔中的心也像那把还在抖动的刀，微微颤个不停。

贡嘎寨子的知青又少了两个人，只剩下五条汉子。他们的生活更压抑，也更艰难了。

4

“叮当、叮当、叮叮当当”，山间铃响，一队牛帮走了过来，吴大路被牛群挤到路边，回忆打断了。

吴大路退到路旁，默默地望着牛帮走过。

牛是景颇人无可非议的助手和朋友，吴大路和景颇人一样爱牛。他尤其喜欢看驮着重负的牛不知疲倦地在山路上行走。它们既不用赶牛人粗暴地驱策，也用不着棍棒的威胁，长年累月地往返在山间小路上。从它们缓慢而沉重的步伐中，吴大路看到的是饱含着力的坚忍和勤奋。

突然，那头带队的脖上挂着牛铃的牛，脚下一滑，腿一软，便被身上驮着的重负压趴了下去，整个牛帮都站住了。

吴大路飞步上去，只见那牛像人一样深沉地叹着气，湿润而忧伤的眼睛望着那瘦小的赶牛的景颇老人。噢，在它这默默无言、任劳任怨的心中产生了什么念头？

吴大路不声不响地跪在地上，用肩膀顶住了牛身上的重物，双手撑地，一脚蹬紧路边的树根，随着那老人一声吆喝，他闷声闷气地吼了一声。牛站立了起来，它停也没停，又缓慢而笨重地向前走去。

“叮当、叮当、叮叮当当”，牛铃照旧那样悠扬，充满诗意。呵，坚忍和勤奋的赞歌！

赶牛帮的老人掏出芭蕉叶包着的黄黄的烟丝，请吴大路抽，以示感激。吴大路摇摇手，让老人去追赶牛群。

看着老人和牛帮消失了，吴大路揉揉被压疼的肩膀，觉得有一种轻松感。真的，每当他替景颇人干活儿时，都会感到快乐，如同给自己家扫地、擦桌子，要招待受欢迎的客人一样。哦，这是经过了多少年的煎熬才后天生出来的习惯呀！他感慨地长长吐了一口气。

身后，方尖碑又没入了蒙蒙雨雾中。他想起高志勇给他来过的唯一一封信，那是他走后没多久的时候，听说他已经当了连长，看来他从他当将军的父亲那里接受了军人的素质。

信中写道：

在这里，我才感到了生活的意义。在异国的战场，干着伟大的世界革命，为国际共产主义运动献身，我觉得生命在升华，在表现它的价值。刚才一个伙伴还笑嘻嘻地和我抢烟抽，枪声一响，他倒下了，血从前额流出来，霎时间被长满青草的大地吸干，最后，在他身躯的下面只留下一片深红色的土地。

但我知道，血不会白流的……

你们那死水一样的日子有什么过头。人家不准你们革命，还说成是反革命，就守在景颇山上能干出什么？那里并不缺乏壮劳力……要干，就要大干，难道整天挖地盘田就能实现我们远大的理想？千万别忘了，解放全人类的重任担在我们这一代人肩上……

当时吴大路拿着他这信沉思了很久之后，只写给了他一句话：“这些穷困的人们也需要解放。”

而这句话始终没寄出去。要是这话寄走了，他现在会因此而感到羞愧吗？其实，他当时也在等待着一场对自己的解放。

“嘀——”一声刺耳的汽车喇叭声使吴大路本能地闪到路边，像地道的山里人一样。但穷极无聊的司机还是把泥水溅了他一身。

看着汽车颠簸着开了过去，想象着由于这猛烈的一颠车厢里的人会如何摇晃，于是，他原谅了那司机。

望着远去的汽车，吴大路感到全身极度疲乏和衰弱，在阴冷的房间中关了两年，他大概已经很难完成几十里山路的旅途。他真想蹲在路边，等着再有汽车来时，扬起手臂，叫住司机，爬上沾满泥水的车里。

然而，他抑制住了自己，一种莫名其妙的清高使他宁肯长途跋涉。是真的，自从上了景颇山，吴大路只坐过一次汽车。他这唯一一次坐的汽车，不是拦的，而是县里派来的。那辆要散了架的美国野牛牌破卡车，从他身边接走了又一个伙伴，这个伙伴是躺在他怀中离去的。

“庆丰收喽！”贡嘎寨子的景颇人敲响了芒锣和长长的象脚鼓。阿贡山峰大森林中的空场上飘动着欢乐的空气。

对于高志勇和李红的离去，景颇人像是什么也没听到、什么也没看到一样，仍然精心为剩下的五个知青搭好了竹棚。

迁新居正逢收获季节，知青们请景颇人喝了酒。景颇人兴高采烈，塞给每个知青一把长刀，拉他们一同跳起了长刀舞。

知青们像景颇人一样，赤着上身，甩掉鞋子，围着大火堆，踏着有节奏的鼓点，有力地挥舞着亮闪闪的长刀，好久都没有这么痛快过啦！

景颇少女木果挥舞着花手帕，脸上洋溢着幸福，跳着舞着，来到了吴大路身边，说："以后，阿爸也会给我们盖一座竹屋。"

吴大路正沉醉在难得的兴奋中，震耳欲聋的芒锣和象脚鼓使他没听出木果的话里有话，他只是望着她微笑，继续挥舞着长刀。他把她看成整个景颇山美好的象征。

深夜，他们才走进新居。茅草散发着暖洋洋的气息，竹子还存着清香，躺在柔软的带有弹性的新竹床上，他们兴奋得难以成眠。一缕缕夜雾从竹墙缝隙中钻进来，像一条淡淡的白缎在屋中缭绕。

洪之光激动地说："我们已经闯过了生活的第一道关，景颇人承认我们了。他们教会了我们劳动，现在该我们来解除他们的愚昧和落后了。"

欧阳明一定是坐了起来，把竹床弄得"嘎嘎"直响。他也兴奋了，讲着笑话："但愿我们的生活别像这床，过些日子就陈旧了。听说森林里的树妖，就睡着永远嫩绿、发出清香的竹床。以后我老了，就当个戴眼镜的树妖……"

洪之光不想听军师爷的笑话，他使劲嚷着压住欧阳明的声音说："改造世界才是我们的根本任务，跟这些勤劳但穷困的人们生活在一起的目的，就是为了让他们能够文明起来，生活得美好起来。我看，到了该表现我们的知识、智慧和力量的时候啦！"

吴大路沉默着。

自从在区政府遭受屈辱，而高志勇、李红又走了以后，他就不大爱发议论了，总是一个人默默地想着。一旦发现他过去不假思索而一味相信和崇拜的，竟不仅仅有真理，还有着大量的愚蠢和谎言，吴大路真是痛苦极了。以为是在干一场前所未有的革命，而结果并不是这么回事，他还看不清楚想不明白毛病究竟出在哪，但他至少把派性、争权夺利看透了。

他仍然坚持自己的信仰，但他不想再去关心掌权者对他们的褒贬毁誉了。眼下，他和伙伴们想的一样，想切切实实为景颇人做点事，这想法使他充满了新的活力。

从一熟悉了贡嘎寨子周围的山山水水、草草木木开始，吴大路就逐渐形成了一个宏伟的规划：那条湍急的小溪要拦腰斩断，利用那几十米的落差来发电，刀耕火种的荒山坡可以挖成梯田种植水稻，寨子周围遍布着各种各样的果树，围上几块绿油油的菜园子，简陋的竹棚全改成宽敞明亮的傣家竹楼，那条通向平坝的林间小道扩展成牛车路，使手扶拖拉机可以从浓密的大森林中开上山来，还要有学校、农科组、鱼塘、猪场……

他相信，这美好的愿景会使景颇人欢喜得把一罐米酒都倒进他肚子里。

这会儿，吴大路禁不住把这些设想给伙伴们讲了，倒是他们先醉了。

洪之光恨不得深夜就去敲队长勒干大爹的门，他感慨地说："我们就是为了这些而留在景颇山上的。这里何尝不艰难，又何尝得不到生活的快感，我们同样是在解除人类的苦难，从中我们的灵魂也得到了锤炼。你们发现没有，咱们的肌肉都像古希腊雕塑的神像一样结实有力！"

洪之光本来就易于冲动，而今天他的话格外多。除了住进新房的喜悦，米酒加快了血液的流动和长时间跳舞的愉快外，他还有一桩值得欣慰的事情，就是爸爸寄来了第一封信，说自己已经从“牛棚”中放了出来，让他在景颇山好好干，多体验些景颇人的生活。还有些言外之意，洪之光一时品味不出来。

真是巧合，他和爸爸竟一同离开了牛棚，虽然是性质不同的牛棚。但一旦离去，那种解放感是一样的，他怎能不兴奋呢。

兴奋之余，他又要作诗了，结果被森林里传来的麂子叫声所打断。他无意中抬起头，发现灰蒙蒙的熹光已经透过竹篱笆的缝隙洒了进来。那麂子一定是最早来到溪边喝水的。

“这一夜怎么这样短？难道太阳也知道咱们这急不可耐的心情了吗？”洪之光惊奇地问。

“地球被老树妖推了一把，于是转快了半圈。”欧阳明说着，爬起来用凉水擦着他那肋骨毕现的身子，直擦得遍体通红。

吴大路知道，并不是夜短了，而是昨晚他们躺下时，就已经是月落树梢，潮气开始弥漫了。

“快起来，去找勒干大爹商量。”洪之光牙都不刷，就捧着凉包谷饭吃起来，噎得他直打嗝，惹得同伴一阵哄笑。

十分钟后，他们满怀信心地来到了勒干大爹家里，围坐在闪动着暗淡红光的火塘周围，依次抽着老人递给他们的竹烟筒。烟筒里的水像打呼噜一样，咕嘟咕嘟地响着。

洪之光迫不及待地宣讲了知青们伟大的计划。他告诉勒干大爹：“到那时候，这个山头就像一个小镇子了，比山下那个镇子还要热闹、漂亮多了，像你们景颇神话中的世界。”

勒干大爹眨眨眼睛，并没有像知青们预想的那样，拿出大碗，倒满米酒，而是疑惑地反问：“这里会成了镇子？什么人会爬上山来赶街子呢？从来都是下山赶街呀。还有，成了镇子，景颇人去哪里打猎呢？没有猎打，还要景颇人做什么？”

他认真地想了好一会儿，固执地摇摇头：“不行，不行哇。”

洪之光有点着急：“那菜园子、鱼塘总需要吧？还有把山地改成水田……”

勒干大爹此时倒咧开嘴哈哈大笑起来，他抹着胡子说：“真是说些憨话，树林子和竹篷里到处有菌子、野菜、木耳，养了我们祖祖辈辈，小河里的鱼也从来抓不光。”

“人类生活总在向前发展，你们看傣族人，他们正在开化……”洪之光操着学生腔，企图说服老人。

勒干大爹生气了，他不高兴地说：“我们是景颇人，我们不是靠耍心眼，是靠阿公阿祖留下的大山过日子。”

洪之光还想说什么，勒干大爹从欧阳明手中夺过烟筒，闷头抽烟，不理睬他了。

吴大路使了个眼色，五个知青神情尴尬地向勒干大爹告别，扭头走出低矮的竹棚。里间屋里，传出木果压抑的笑声。

上工的钟响了，从山峰上传到很远很远，惊飞了林子边上的几只山雀，在刚刚透过树梢的朝阳中，小山雀被染成血红血红。

晒场上，知青们一边晒着包谷，一边和景颇老乡们谈论着景颇山的落后以及可能出现的变化。景颇人像听新奇的故事一样听知青们说着，然而最后也是把它当成故事。吴大路简直怀疑是不是他们自己嘴笨，表达能力差，不能将心中的意思解释清楚。

一上午，活儿并不累，可他们却感到十分疲劳。

中午，吃着早晨煮好的包谷糁饭，知青们又争论起这个问题。

欧阳明提出个新方案："我想，我们还是先干起来，搞出点成绩，让景颇人看到好处和实际利益，他们就会跟上来。反正，不能埋怨他们，他们在近乎与文明世界隔绝的山头上生活了几千年，太落后了。"

洪之光没有犹豫就支持了这个主意，他建议："先解决吃的问题，这最有说服力。而且，一年吃这么多的包谷，搞得我肚肠总提抗议。山上尽是旱地，咱们就在山上开一块水田，种上水稻，四个月后就吃米。"

吴大路放下饭碗，边走边说："我去和勒干大爹说。"

但是，他又碰了钉子。勒干大爹不耐烦了，索性把他拒之门外："你们不要胡搞，在景颇人的寨子里，就按景颇人这样过日子，保证饿不死你们。"说罢，他关上门，上山打猎去了。

洪之光沉不住气了，愤愤地说："真是愚昧！这是为他们好呀！"

他冲动地紧紧腰带："咱们自己干！我上山去拴牛来。"说完，他抓起根麻绳就钻进了牛群常出没的竹林。

他们第一次中午没有顶着烈日学马列，而且，以后再也没有恢复这个制度。吴大路现在毫不惋惜中断了这个值得一辈子记忆的学习制度，他觉得这也许值得庆幸，破坏了这规矩，是由于进入到了生活的更里层。他懂得了真理不能由别人来灌输，而是要在生活中，哪怕是极其痛苦的生活中去探索、去认识，去加以肯定和摒弃。

这天下午，吴大路他们五个人，扛着两张木犁，赶着两头牛，走了快一个小时，来到了山谷间一块平缓的坡地上。

这是条河道，一条细流在山谷间懒洋洋地扭动着亮闪闪的身躯。

这条小河两边是遍布石块的荒地，一朵又一朵肥硕的野花从石块底下钻出来，开满了整个山谷。

这地方是吴大路在调查山寨周围资源时发现的。它挨着小河，坡度又小，把地里的石头搬开，垒在河流两边，把土耙平，正是一块理想的水田，有十几亩呢，这可以种出多少稻谷呀！

“嘿！以后把新寨子建在这儿多好！”洪之光兴奋地喊叫着，他脱下外衣，只穿件背心，把牛吆到一边吃草，就搬起石头来。

所有的人都信心十足地干着。

黄昏时分，他们竟然清理出三四亩大的一块地，大大小小的石块被堆在河边上。

吴大路说：“天晚了，明天再干。”

洪之光还在兴头上，光着脚，索性赤裸着上身，大喊着：“牛都牵来了，干脆干他个通宵，犁出块地来，看景颇人还有什么好说的。”

谁也没意见。于是，在大森林长长的阴影中，犁片划开红色的散发着潮气的土壤，野花和小草疾速地向一边倒去，露出纤细的根茎。

天空阴暗起来，一团团浓重的乌云从大森林的四面升起，向空中滚动、汇集，渐渐吞没了最后一块蓝天。

吴大路他们用力扶着犁，抽打着牛身，迈着坚定的步伐，如同在开拓一块处女地。

天黑下来了，山影模糊了，欧阳明捡来被沟水冲到岸边的枯枝，点起一堆篝火，火苗映高了大森林的边缘，把几个浑身汗淋淋的身影拉得很长很长。

夜风阵阵吹来，浓密阴郁的树林里发出奇异的尖叫声，篝火被吹得更旺，火苗跳起一丈多高。迎着清爽的劲风，他们闻见了隐隐飘来的雨腥气。

终于，一道闪电，一个炸雷，大地和天空一同抖动了一下，密实的雨点倾浇下来，火堆挣扎了几下，熄灭了，周围陷入一片黑暗之中。

“坚持干哪！干……”洪之光带着一股疯狂的热情，呐喊着，像英雄一样高高挥动着手臂。

而肥胖的耕牛依然不紧不慢地迈着沉重的蹄子，在他们身后，一阵比一阵密集的雨点把翻开的土地砸出一个个泥泡，像是不间断地开出丑陋的土花。

一道闪电撕碎了黑暗，大地停留在瞬间的白昼中。吴大路“啊”地叫了一声，因为借着这亮，他看见洪之光脸色惨白，像纸一样毫无血色。

“怎么了？”吴大路奔到他身边。

洪之光捂着腹部，一边贪婪地吞咽着从脸上流到嘴边的雨水，一边说：“没事，没……事。”

吴大路看得出实际情况远比他自己说的要严重得多，他不由分说把洪之光从犁架上拉开了，大声宣布：“收工，回家！”

随即，搀着洪之光向寨子走去。

“别，别，我还要犁地，我要叫他们明天就相信……”洪之光挣扎着，想要返回去。但他突然又捂住了肚子。

吴大路紧拉住他不放，厉声问：“你说，你那儿，怎么回事？”

“胃，胃疼。”洪之光终于说实话了。

吴大路眉头拧起，埋怨着：“你不早说。”

“真的没事。饿的，回去吃点饭就好了，明天我们再来干时带上饭，咱们这些傻瓜……”他身子一弓，双手又紧紧地按住心口窝。

吴大路没再说什么，转身背起洪之光，在黑暗中，摸索着道路，一步一滑地走着。前面，有个陡坡，他跪下来，用手和膝盖艰难地爬行着，似乎是在泥潭中挣扎。

闪电不时划破夜幕，离他很近的炸雷震得他头昏眼花，大森林的阴影如同妖魔般张牙舞爪倾压下来，越来越猛烈的大雨好像汹涌的海浪随时将吞没他。

一个钟头以后，吴大路浑身泥水地把洪之光背回了竹棚，欧阳明他们也背着农具疲惫不堪地走了回来。

几个人脱光了湿淋淋的衣服，擦干身子，换上干净短裤，便围坐在中午剩下的半锅凉包谷饭前。这场令人扫兴的暴雨并没有浇灭他们理想的热情，他们大口大口地吃着又冷又硬的包谷饭。洪之光倚在被子上，也使劲地嚼着，尽管嚼不烂，但他还是吞咽下去。一年来，他已经习惯了这种吃法。

手电光一闪，竹门被推开了，勒干大爹满脸不高兴地走进来。

他并不按景颇人的习惯坐到火塘边，只是站在门框前冷冰冰地说：“我把牛给放回山了，以后别抽疯一样想一着就干一着，听见麂子叫才能端起枪。”

他把两根拴牛的麻绳甩到竹排上，长长地喘了口气，讥诮地说：“你们犁的那片地被水冲走了，石头嘛，又滚回原处了。”

吴大路他们如听炸雷，一下全傻了。

木果披着蓑衣跳进来，伏在勒干大爹身后认真地说：“不骗你们，我和阿爸一块去看的，那种地方连包谷都种不得，你们这群憨人。”她咯咯地笑了起来。

吴大路张口结舌，想问些什么，但只见洪之光凄厉地狂叫一声，捂着肚子冲出门外。吴大路慌忙追了出去。

屋外，大雨如注。只见洪之光踉踉跄跄奔出几步，就滑倒了。吴大路赶到他身边时，他平躺在地上，任吴大路怎么拉他也不肯起来。

泥地上聚起了像小溪一样的水流，大股大股地冲刷着他。雨浇在他脸上，分不清他脸上淌的是水？是汗？是泪？

他悲怆地狂呼着：“不，我不信，这不可能，这太不公平了……啊，我要用身子去挡住那些可恶的石头……”

他想爬起来，但突然疼痛得在泥水里打起滚来，两只脚使劲地踢打，把泥水溅得四处都是。

勒干大爹吓了一跳，忙蹲下去问：“是不是发痧？”

他试图用手蘸口水去揪红洪之光的胸脯，但这时，洪之光连哼哼的气力都没有了。

欧阳明抓来一件雨衣，披在洪之光身上，吴大路弓身背起他，急切地招呼欧阳明：“欧阳，快，送他到区上那个小医院。”

欧阳明急忙披件雨衣，拦住了也想同去的勒干大爹和另两个伙伴，追上了吴大路。

滂沱大雨中，大森林发怒般地轰响着，他们好像置身于大海的波涛中。一个闪电划过，有个人影出现在他们面前，原来是两眼闪闪的流露出关切的木果。

她把勒干大爹进深山打猎才舍得用的头灯戴在吴大路头上，把连着电线的电池盒挂在他腰间。冰冷的雨水中，吴大路能感觉出木果的手柔软、温暖，不像表面看起来的那样坚实、粗糙。他一动不动，任凭木果摆弄，直到一道光柱骤然从他头上射出。

借着头灯的光亮，他们在漆黑的、滚动着山水的大森林中疾走着。光柱中，雨水像帘子一样遮出一道又一道屏障。吴大路麻木地迈动双腿，他不是肉体的疲劳，而是感到心灵的不坚实，也可以说是迷惘。

一定是大雨的倾浇，使洪之光清醒了些，他泄气地嘟哝着："太落后，太愚昧，还有什么希望……"

欧阳明宽慰着他："生活里失败是常有的事，我们不是第一次，以后还会有……除非地球变成了一个大皮球。"

"我……我不怕失败，我是怕……没有人理解。"

"会理解的……用生命……"

"不会，他们根本不会，没有人能理解我们生活的目的……"洪之光长叹一声，又呻吟起来。那叹息声在雨声中虽然微弱细小，但却那么凄凉，甚至绝望得可怕。

吴大路一声不响，只是默默地走着。雨水不间断地从他脸上流进脖子里，浸润着他的胸膛。他很痛苦，为同伴，也为自己，因为他猛然间意识到：他们是不是太按模式生活了？要是这样，岂不又是愚蠢？要是这一回又错了，那该怨谁呢？他想问欧阳明，但还没有张口，只觉得洪之光头一歪，趴在他肩上一动不动了。

吴大路惊呆了，歪过头大声叫着："洪之光！洪之光！"

欧阳明也扑过来，拼命摇动着洪之光水淋淋的身子。但洪之光一点反应都没有，似乎连呼吸都停止了。

吴大路惨叫了一声："都怨我呀！"

他背着洪之光不顾一切地朝山下飞奔着，头灯的光柱在奇形怪状的树茎上跳跃着，大树似乎要倾倒下来。

吴大路痛恨自己，怎么能在背着一个生命垂危的战友时，还想什么生活模式，考虑谁该负什么责任?！他现在的任务只有一个，那就是挽救洪之光的生命！

太突然了，刚才还是一个活生生的、热情洋溢的人，现在竟成了一个一动不动的躯体，难道生命的活力会如此之快地离开一个人?

吴大路不禁打了个寒战。他不得不谴责自己了：为什么和他一同生活了这么长时间，竟没有发现他的胃不好？为什么从来没有制止过他对生硬干冷的食物的狼吞虎咽？是啊，大家都在折磨自己，在用一种冷酷的方式抑制灵魂间的弱点，但这完全不是为了得到现在这样的结果。

洪之光啊洪之光，你那表面上的冲动掩藏了多少辛酸，但是，我没有给过你安慰，没让你吃过一口软些的食物……

吴大路的面前一片朦胧，一截伸出地面的树根绊住了他的脚，他向前一扑，重重地摔倒在泥水中，头灯立时熄灭了，周围一片黑暗，只有海涛般的雨点声。

洪之光还是一动不动。

吴大路爬起来，招呼着欧阳明："你摸摸他的脉，我怕……"他的牙齿在抖动。

欧阳明摸索了一会儿，小声说："还有脉。让我来背会儿吧。"

"不，不！"吴大路摸黑继续向山下奔去。

欧阳明在一边扶着他，尽量使他轻松和平稳些。

大森林是这样的高深莫测，他们像在无际的山洞里穿行。

后半夜，他们终于到了区上的小医院，吴大路几乎砸破了门，才叫出一个值班医生。

还好，这个从大城市来的中年男医生对大城市来的知识青年抱有浓厚的同情心，他很快给洪之光检查，认定是肠扭转。于是，他为难地摊开双手："这是大手术才能解决问题的，这小医院无能为力。"

"那，等死吗？我们可只有一条命呀！"欧阳明急了。

医生的目光黯淡了，他有些痛苦地说："这不是第一个，也不会是最后一个。"

"可你是医生！"吴大路嚷了起来。

"医生盖不出医院，造不出药，更决定不了是城里人命值钱还是山沟里人命值钱的问题。"医生心中也一定充斥着不满和抱怨。

吴大路相信医生的话，这个小医院里连个高压消毒锅都没有啊。他请求医生给县医院打个电话，让他们派救护车来。

医生冷冷地说："这是做梦。"

但他还是摇动了电话。果不出他所料，县医院的值班员说，县医院的救护车夜里不出车，山路不好走，而且，还怕有阶级敌人破坏，临了还加一句："告诉这些知青，别以为还在大城市。"

吴大路垂下头，牙齿紧紧地咬着嘴唇，一滴血从嘴角流下来。他的两手紧紧地抓着散乱的头发，眉梢似乎要翻过来。

洪之光扭动了几下，终于醒过来，但他没睁开眼，而是不断地呻吟，医生给他打了止疼针，似乎不起作用。不知道是药已经过期，还是这药对洪之光的病根本不生效。只见他脸色更加苍白，呻吟声越来越大。

吴大路突然又抓起电话机，摇动手柄，让接通县委。

在这雷雨交加的深夜，竟然还有一位姓李的书记在值夜班。

吴大路眯着眼，咬着牙，并不吼叫，但嗓子眼里却发出可怕的嘶嘶声：“我是月秀公社贡嘎寨子的知青，我们有人得了肠扭转，送到区医院，没法医治，现在生命垂危，请把县委的车派一辆来。”

电话那边的人显然在犹豫。吴大路看着疼痛难忍的洪之光在踢动着双腿，蹭掉了一块又一块肮脏的墙皮，他眼睛慢慢变红了，更加压低声音说：“姓李的，这个人要有好歹，我和你玩命!”

说完，他不管对方如何答复，“砰”地挂上电话，呼呼地喘着粗气。

值班的医生被吴大路那凶狠的口吻和样子吓了一跳，不由得替他担心起来：“你干什么惹李书记？他是工农干部，最恨臭老九，我们可是尝过他的厉害。”

吴大路忽然想起知青中的传闻，说这李书记对知青也挺狠，张口闭口训斥知青要老老实实接受再教育，那口气，倒像是对着劳改犯说的。据说凡是认识他的知青，一见他就躲得远远的。

但吴大路并不惧怕，他余怒未消，只恨自己刚才忘了告诉他：“知青也是人，得把我们当人看!”他现在一切都不会顾忌了，只想着能让洪之光转危为安。

出于怜悯和同情，值班医生让他们把洪之光背进了一间病房。

等把洪之光安置在一个空床上，他宽慰他们说：“要真能派车来，还有救。”然而他脸上流露出的却是不相信的神情，晃晃暖水瓶，瓶里有水，他便悄悄地走出门去了。

外面的雨不知何时停了，一瞬间，整个世界似乎都死亡了，安静得让人心寒。偶尔一滴水珠从屋檐滚落，发出清脆的声响，都会让人战栗一下，好似听到了雷鸣。

病室里更是寂静，昏黄的灯光笼罩着两张病床，一张上躺着洪之光，他像昏迷了一样一动不动，也许是他已经不知道疼了。欧阳明坐在他床头，紧紧握着他的手，让他感觉到是在人世间，有亲人陪伴。

另一张床上躺着一个年轻人，他突然费力地咳嗽了几声，慢慢睁开眼。他的视线正好和吴大路的视线交织在一起，后者已经盯了他很久了。他身子明显地抖动了一下："你……吴大路……"

吴大路没开口，依然沉默着，其实他从一进屋就看出先躺在这间病房的年轻人正是组织一伙知青殴打和侮辱他的人，林道静的哥哥、对立派组织的头头林道成。

林道成无可奈何地叹了口气，嘟哝着："冤家路窄，现在你得到机会了，报复吧。"

他闭上眼睛，脸上十分坦然，没有忏悔，也没有惧怕，好像他决定顺从命运对他的任何摆布。但他显然是激动的，在连连喘了几口气后，突然，憋不住地咳嗽起来，脸上顿时升起一片潮红。

欧阳明慢慢握起了拳头，细小的眼睛在眼镜后眯成了一道缝。他冷笑着，尖刻地说："林司令，你的卫士们呢？也都病倒了吗？"

说罢，他看看吴大路，只需看见一个眼色，就将扑上去。别看欧阳明是"军师"，但是，为受尽屈辱的伙伴报仇他绝不会落后。

吴大路的拳头从一看见林道成时就握紧了，牙齿也早咬得咯咯响，但他不明白是一种什么力量把他死死地钉在地上，没有冲到林道成的床前把拳头砸下去。也许，是觉着打人有损他的尊严！

林道成又咳嗽起来，他全身都震动着，床在摇晃，脸不只是潮红，而是发紫了。但他仍然紧闭双眼，摊开着手，准备被狠狠地痛打一顿。

吴大路犹豫了一下，一种对病人的怜悯使他走到热水瓶前，倒了杯热水，端到林道成身边。他看见林道成的衣领上，有咳出的血迹。

“终于走过来了。我还以为你不敢动我一根毫毛呢。”林道成慢慢睁开眼，他看见了一杯冒着热气的水正送到他嘴边。一时间，他愣住了。

吴大路空着的那只手又握成了拳头，但他狠狠地说：“我从不向病人报复，但是，你要记着你做过的荒唐事，你总有忏悔的一天！”

林道成知道他不会被惩罚，浑身的肌肉立时松软了。他冷冷地说：“你要是不想报复我，那就走远点。我是肺结核，传染……”没说完，他又猛烈地咳起来。

假如林道成不说这话，吴大路也许就回到洪之光身边了，但林道成让他躲开，他反倒伸手托起林道成的上身，把水碗贴到他的唇上。

林道成显然太需要水了。他顾不得烫嘴，喝了一大口，马上咳得轻了些。他感激地点了点头。

吴大路并没有对他的感激表示好感，只是依然沉默不语地端着冒着热气的水碗。

欧阳明在一边讥讽地问道：“林司令，你怎么肯在这里治病？县医院、省医院，哪不好去？区革委、县革委对你们不是挺照顾吗？都是一派嘛。在这个医院里恐怕是连山蚂蟥咬都治不好。”

听了欧阳明的话，林道成并没有流露出自尊心被伤害了的神情，反而是脸上布满了痛苦，他拼命揉着胸脯，像是有万箭穿心。

他眼盯着由于屋顶漏雨而留下一摊摊水迹的顶棚，喃喃自语似地说："……是的，不仅我和他们是一派，我父亲也是。他是省革委常委……可是他不同意目前这些做法，他不同意把这么多人划成反革命，也不同意把滇池围了去造田……结果，借口一碗水端平，把他端下去了……好人、坏人、真革命、假革命不是以派来分界的，我现在才明白了。可我不理解，怎么会是这样的结局？这不是我们理想的……真闷得慌呀……”他又剧烈地咳了起来，泪水也随之淌了出来。

欧阳明的拳头完全松开了，他垂下头，把洪之光紧紧抱在怀里，叹口气说："根本就是只空碗，还讲什么端平不端平。"

吴大路一时间也感慨万分，他仔细看了看林道成，发现这张年轻的脸在病中并不像以前看时那样丑恶，甚至跟林道静很像。可是，一瞬间他又觉得自己的脸在发胀，好像浓痰还粘在双颊上。难道林道成生来就会侮辱人？可他吴大路不是也曾把黑牌子挂在校长脖子上，把年轻女老师卷曲的长发剪成狗咬的一样？

都愚蠢过呀！

林道成继续说："我只是想好好干革命，想作大贡献，想像职业革命家那样生活，想……”他猛地夺过水碗，把水一口气喝干，然后躺下去，用头使劲撞着墙。

吴大路按住了他。

洪之光又在大声地呻吟，病室里充满痛苦的气氛。

吴大路一步跳回到洪之光身边，紧紧握住他的手，想能减轻些他的疼痛。但不行，洪之光不知何时已经把枕头咬破，一团脏乎乎的棉花露了出来。

“欧阳，要不咱们背他去县城？”吴大路松开他的手。

欧阳明摇摇头："来不及的，来不……及……"

"那……"吴大路站起来。

"等着吧。相信希望!"欧阳明搂住又昏过去的洪之光，其实他自己也很难相信什么了。

吴大路走到了窗前，望着黑洞洞、水淋淋的夜。

夜沉沉啊，把本来就沉重的心又狠狠地往下坠了坠，但是生命的力量坚毅地托着那颗有着重负的心，挣扎着往上浮，不甘坠入深渊……在吴大路凝然不动地伫立在窗前时，他的心就这样沉浮着、沉浮着……想着挽救一个人的生命，也想着对一个人的宽容……

一束灰蒙蒙的曙光轻轻抚摸着窗子时，突然，一阵低缓沉重的发动机声从镇口传来，病房里的人简直都认为这是梦。当汽车的喇叭不耐烦地在小医院门口不停地鸣叫之时，他们才相信洪之光的生命也迎来了黎明。

值班医生跑了进来，他竟然激动得眼角挂着泪，结结巴巴地说："来了，来了，他们……怕你……你。"

吴大路疲乏得几乎站不住了，他摇晃了几下身子，靠在门框上，指指呼吸有些急促的林道成说："让他也转院吧。"

说出这句话后，吴大路万分惊讶：自己怎么会有如此大度的胸怀？更让他惊讶的是：在宽容林道成时，他眼前竟晃过林道静的身影。

值班医生连连点着头，"转，转！我去开转院单。"

林道成哽咽着："你……原谅……了……"就再也说不出话来了。

"不，不是原谅，是希望。"这是吴人路用了半夜时间所想出的一句话，他不知道恰当不恰当。

林道成含泪点了点头。他第一次用真诚和信任的目光盯住了吴大路。

吴大路抱起洪之光，示意欧阳明扶起林道成，几个人向医院门外一辆带篷的破旧卡车走去。

医院门口，林道静居然站在那里，挽着裤脚，提着一个傣家人用的竹篾饭盒伫立着，静静地注视着吴大路。

林道成看见了妹妹，他没头没尾地说："小妹，忘记以前的哥哥吧，忘记以前的事，我去治病，病好了，马上就回来和你一块……下田……"

林道静没有回答，但一切她都明白，从吴大路的神情中明白的。

她默默地帮着吴大路和欧阳明把哥哥扶进车厢，突然把手中的竹饭盒递给吴大路，急促地说："给，你们一块儿吃吧，糯米饭，洒了猪油和白糖。我知道，你们几个月没吃过净米饭了……"她垂下了眼皮。

吴大路察觉到这少女比第一次见面时要深沉多了，多严峻的生活啊！

他接过饭盒，想了一下，对仰着头的林道静说："什么也不能忘，那是我们自己的生活，自己的印迹。"

林道静点点头，她觉得胸脯起伏得厉害，忙用手按住了它。汽车发动起来，猛地向前冲去，一团泥水溅满她干净的衣衫。

但她一动不动，凝视着远去的汽车，凝视着车厢里那个坚毅的身影。她的嘴唇微微嚅动着，似乎想说什么，但她什么也没说，只是眼睛中闪动着火一样的光，脸庞上泛起一片红晕。

卡车开出小镇，在山区公路的泥水中颠簸。

吴大路让欧阳明和林道成吃那盒香气扑鼻的米饭，自己像拥抱情人一样把洪之光搂在怀中，用自己的肉体减少剧烈震动带给同伴的痛苦。一路上，他们谁都没有说一句话，只是从篷口望着由于暴雨冲刷而更加秀美苍劲的群山和峡谷。

在他们觉得再颠下去骨架子非散不可时，汽车开进了坐落在半山腰的小县城，并很快停在两层楼的县医院门前，一个面孔瘦削而又焦黄的老人正等着他们。

他目光炯炯地盯住车上的人，问："想和我玩命的来了吗？"

正要下车的吴大路一愣，他冷冷地哼了一声，猜到了来人是谁。

林道成似乎明白了什么，他本来就奇怪是什么力量使县医院对知青的生命重视起来。他一下从车上跳下来，拦在老人身前："李书记，是我……"

他剧烈地咳了起来，欧阳明赶快扶住了他。

吴大路一声不响，抱着洪之光沉重的身躯，用阴沉沉的目光盯住李书记，说了声"谢谢"，便朝急诊室走去。

林道成担心地看了看李书记，没想到吴大路这种明显的冒犯不仅没有把李书记惹恼，在李书记的脸上，竟还出现了一丝赞许的神情。

办理好洪之光和林道成的入院手续，又等着洪之光从手术室安全出来后，吴大路和欧阳明走出医院。

在医院门口，他们又碰上了李书记。他是专门等着他们的，说是要找他们谈谈。

吴大路戒备地望着他，他脸上倒不像传闻的那么可怕，甚至还露有少许的笑意。

李书记操着河南腔问："叫啥名字？"

"吴大路、欧阳明。"

要是此时李书记面前突然蹦出个土匪强盗，他大概都不至于如此震惊，他脸色陡然变了，凶巴巴地盯着他俩，上上下下打量了个来回，二话没说，一转身气冲冲地走了。

莫名其妙吗？不，吴大路和欧阳明相视一望，再明白不过了。又是那些说明他们身份的"材料"作祟。更何况，李书记也得属于某派，既然他能在台上。不过，他俩现在已经从派性的泥潭里摆脱了，看穿了这些无可救药的愚蠢，心胸开朗了，所以，他们并不十分生气，只想赶快回到贡嘎寨子，回到他们自己寻到的那个角落。

回到山寨以后，吴大路就咳嗽起来，但他坚持着每天出工。四个知青谁都不再提开荒种水稻的事，也不提他们理想中的山区蓝图，而且，谁也不敢去他们开过荒的那沟谷间。

有一天，洪之光来了一封信，他们以为是他病好了，让去接他回来，这时大家脸上才有了些喜色。

然而，信中说，他要走了，医院给他出了证明，可以办病残退回城里。他决定回省城，回到全省的文化政治中心去。再继续呆在这愚昧、不开化的地方，他的精神要窒息了。但他请同伴们放心，他决心学习文学创作，有朝一日，他将用文学来打动人们愚昧的大脑，来陶冶人们野性的心灵。

放下信后，吴大路就觉得精神恍惚。晚上，他病倒了，发着高热。第二天，他被送进了小镇上的区医院，经诊断，他患的是肺结核。于是，他被留下住院了。

在那些住院的日子里，他和常来看望他的林道静熟悉起来。他第一次感到，在女性温柔的气息中，人有时会完全松弛下来，忘却生活中的一切烦恼和重负，甚至还有信念。他不敢承认，这是爱……

5

在峡谷间的公路上，吴大路又站住了，他的肚子发出一连串饥饿的鸣叫声，他伸手去摸装在衣兜中准备路上吃的一小包干硬的点心。但是，口袋空了。他皱起眉，想了想，可能是帮景颇老人扶牛时，将点心掉出来。他懊丧地摇摇头，使劲咽了口唾液，脑海依然翻腾着洪之光的事情。

这个被欧阳明称为理想主义者的同伴一走几年没有音信，但终于在一九七五年那段令人欢欣的日子里连连发表了几篇小说。

有人说他是靠恢复了名誉的父亲的关系，吴大路痛骂了这些人。他厌恶他们把别人的一点点成功都看得那么丑恶，他始终相信洪之光会写出小说。这并没有什么了不起，只要一个人热爱生活就都可以做到。当然，他不认为洪之光的小说多伟大，即使是他那篇在一九七五年轰动一时而后来又因此遭厄运的作品。这些东西还远远没有揭示出生活的实质，明确地说，连洪之光自己的灵魂都没有展现出来。

吴大路觉得，洪之光的肤浅就在于他在景颇山生活的时间太短了，受的磨难太少了，他不缺乏一时的激愤，但他没有韧性，太容易被摧毁了。他本来完全可以成为伟大的作家的，吴大路深深地为他惋惜。

雨还在下，不紧不慢，细细的、密集的雨珠轻柔地抚摸着吴大路阴郁的面颊，远处弥漫的雨雾使整个世界都模糊不清，黯然失色，分不出层次，显不出光彩。

可这到处都灰蒙蒙、阴沉沉的环境曾经在他的生活中像太阳一样闪动光辉，它不会再明亮了吗？细雨逝去，乌云消散之后呢？

吴大路的肚子又在咕咕作响，饥饿引起他更加痛苦的回忆。他想起了由于不愿忍受饥饿，自弃英雄地干的那件蠢事，它使两个同伴又伤心地离去了，也许，他俩终将忍受不了炼狱般的折磨，但那件事无疑充当了导火索。

到现在，一想起来，他还会觉得心灵在隐隐疼痛。在评价洪之光的作品时，他始终不敢抨击一点：洪之光把自己摆高了，在他绝望地要把人们从愚昧中解脱出来时，自己也被一种愚蠢紧紧包围着……吴大路不敢指出这致命伤，因为那时，他一点也不比洪之光聪明。

人们不愿意挨饿，可那时，真应该饿下去，哪怕只靠大森林的露珠充饥……也许那样，他今天就会是另一种结局。命运啊……

唉，一切都是从那场几乎烧化了阿贡山的大火开始的。

谁也不知道这场火是怎样烧起来的，它像一个顽皮的孩子，跳跃着，滚动着，带着噼噼啪啪的刺耳声响，喧叫着，向山峰奔腾而来。

这是雨季即将结束的时候，难得的晴夜使贡嘎寨子明朗起来，黄色的茅草屋顶沐浴着山区淡雅洁净的月光，像是神话中森林仙女们的金屋放射着灿烂的光辉。山腰处和山谷间，一片片成熟了的包谷散发着清香。景颇人忙着钻进林子中打猎，准备用酒、肉和舞蹈迎接丰收的日子。

这是下乡插队的第三个年头。就在这年初秋季节，突然地，像原子弹爆炸似的重大新闻在知青中传播：省城的大工厂要到知青中招收工人。这给不管出于什么原因都已经逐渐安定下来的知青们又重新带来了希望。

一时间，返回城市，似乎成了知青们生活的唯一目的。

这消息给吴大路他们带来的不是希望，而是惶惑。

这一晚，他们围坐在火塘边，议论着近来山下知青们的动向。

“像赶街子似的，哗啦啦来了，又像退潮一样，一下子走了。有的生产队刚开始有二十多个知青，闹哄哄的，现在只剩下两三个，又冷清得要命……”一个到山下周游了几天的同伴向吴大路叙说着看到的情况。

另一个知青带着痛苦的疑虑问：“我有点怀疑我们在农村是否有意义，我们的能量最后能否作用到农村这架古老破旧的水车上，会不会在一个又一个咬合不紧的齿轮传动中就消耗完了？”

吴大路也深深陷在这种自我怀疑的苦恼中。半个月时间里，他已经接到七八封战友的来信，这不是从前那种带着激情的勉励，而是凄苦的告别或忐忑不安的解释。他们都怀着伤感的心情，表示在农村无可发挥，无从表现一个人的价值，农村太单调，这个世界太狭小了。他们还希望他也离开这里，去寻找新的能完美展示自己才能的地方。

他没有给他们回信。他什么也不想写，甚至这些天连书也不肯看，有空就在大森林里漫步，看起来无比轻松，其实异常压抑。现在，听着同伴们的议论，他神情更加惆怅和迷惘，还有些感慨和忧伤。

欧阳明推了推他：“别像哑巴一样总沉着脸一声不吭，你又不是泥胎，不信你就没有一点想法跟我们说说。”

另外两个知青也恳切地望着吴大路，期望他能像当红卫兵司令时，在他们受压最甚的日子里，慷慨地发表一段激励之词。他们比任何时候都需要有一种精神支柱。

可是，吴大路早已不是红卫兵司令，他像是下了绝大的决心，才说出一句似乎非常清淡的话，而且这话还似在茫然中的自语：“我们这一代人为什么老随着潮流动荡？忽而推向东，忽而退向西？就不能走自己的路，干一点自己想干的事？”

同伴们愣了一下，随后才慢慢感到这话的分量，它像一座山峰压了下来，使任何一个稍微有点不甘于沉沦的人都无法承担。

小竹屋沉寂了，如同人们都进入了梦乡。

不知什么时候，一种类似战场上才会发出的嘈杂声音隐约传来，而且越来越清晰。四个人抬起头，都不解地互相望望，有人嘟哝着：“是不是哪儿放打仗的电影？或者真的在打仗？”

吴大路猛然想起放火烧荒时的声响，他一下子跃出门去。

只见夜空特别明亮，这远不是月亮那淡淡的光辉可以达到的亮度，似乎曙光正在升起，可天幕上却不是黎明时那宁静的气氛，它像河水一样抖动着。

吴大路连忙转过身，去寻找那发出光亮的源泉。一瞬间，他的脸被惊异和恐惧所笼罩了。只见大森林深处，一团红色的光芒正在闪烁，隔断了天空和山林交界处那起伏的曲线，大森林那高低不平的树影清楚地映入吴大路的视线，由于恐惧，他有些呆痴了。

三个站在他身后的同伴，也瞪大了眼睛望着远处大森林所放出的光芒，也许他们还在想解释这是亚热带雨林的什么奇异景象，但突然，欧阳明终于清醒过来，牙齿咯咯响着，大喊了起来："大森林着火了！山燃烧了！"

他们不约而同地打了一个寒战：多可怕呀，大森林着火了！

对于生活在大森林中的人们来说，这如同世界着火了一样。

吴大路没有一秒钟的犹豫，顺手抓起砍刀，就向寨子边那棵老菩提树下奔去。在菩提树的枝杈上，挂着一面很陈旧的芒锣，它是被用来集合景颇人出工和招呼他们开会时用的。吴大路抡起拳头，狠命地砸在锣面上，急促低沉的芒锣声震动着小寨子里的人们。

欧阳明和另外两个同伴急促的呼叫声也响了起来："着火了！救火啊！"

一簇簇黑影在竹屋间跃动，景颇人很快聚集在菩提树下，围绕着吴大路。

吴大路仍不住手，他继续抡动手臂，疯狂地敲着，似乎要把阿贡山九山十八寨的人都给敲出来。

突然，一只有力的大手抓住他的胳膊，并狠命地拧了他一下，吴大路这才住手了，扭头一看，是面带愠怒的勒干大爹。

"勒干大爹，着，着火了！"吴大路第一次在众多的人前声音这么尖细，现出惊慌的神色。

他不能想象几百里大森林都燃烧起来那可怕的景象，他急促地喘息着，等待勒干大爹发出救火的命令。

然而勒干大爹看看远处开始升腾起来的浓烟，又四面环视了一下，竟然不动声色地说："我早听见了，它像野猪嚎叫一样，逃不过景颇猎人的耳朵。回家睡去，它烧不到我们这儿就会灭了。"

吴大路简直不相信自己的耳朵，他冲动地喊着："景颇人不是最勇敢的吗？为什么不去救火？”

勒干大爹叹了口气：“人无法和火打仗，就像谁也不能把竹子扭弯一样，它会给景颇人留下生路的。”

景颇人纷纷应和着勒干大爹的说法，一个个缩回自己的竹屋，似乎就没看见这火。

木果嘲笑着知青们：“把脑袋伸进熊嘴里的不是英雄。”

知青们简直无法理解这些景颇人。平时，他们对大森林怀着那么深的情感，认为离开大森林就无法生存。可大火威胁他们生存条件的时候，他们又泰然处之。

吴大路他们拖着沉重的步子，回到自己的竹屋前，但没有人进屋，只是仰着头看着跃入空中的火苗，听着越响越密集的竹木炸裂声。

吴大路的呼吸急促得像刚跑完五千米，他嗓子眼发干，终于忍耐不住了，喊着：“不能让大森林在我们眼下烧光啊！走，能救多少是多少，砍开一条防火道！”

他提刀向火光弥漫处冲去，其他三人也紧紧跟随着。

他们在冒出土壤的根茎和缠绕的乱藤中跌跌撞撞地奔跑着。渐渐地，他们感到大森林中的空气干燥了，强烈的焦糊的味道，随着一股股热乎乎的空气迎面扑来，大火燃烧时发出的山风般的呼啸声也震耳欲聋。

四个人神情顿时严峻了，他们挽起袖子，抹抹脸上的汗水，如同面临千军万马的敌人，准备去作殊死的搏斗。

欧阳明侧耳听了听，欣喜地说：“你们听，已经有人在救火了，他们在呼喊呢！”

果真，在火势的另一方向，隐约传来人声。

“就我们寨子的人怪……”一个知青埋怨的话音未落，气急败坏的勒干大爹幽灵般地突然横刀站在他们面前。

他眼睛闪着凶光，低吼着：“回去，别像没头没脑的熊瞎子，到火堆里去找死！”

“不！”吴大路不习惯于屈服任何压力。

勒干大爹被激怒了，他逼视着吴大路：“回去！公社交给我的是活人，我不能叫你们去送死！”

“可这火会烧毁整个景颇山！”

“不会，一场大雨就能熄灭它。我们祖祖辈辈在这里，从来没听说过哪场大火把景颇山烧光过，就像不管有多少人扛枪打猎，也打不完林子中的麂子。”

见知青们还沉着脸站着不动，勒干大爹更加生气，他刷地抽出长刀，递向吴大路说：“这种火没法救，你们要硬去，就先砍了我，用我的人头和血祭你们的命，也算我对得住你们了。”

吴大路他们愣住了，欧阳明无可奈何地叹了口气，推着吴大路：“回去吧，也许，勒干大爹是对的……”

“别说了。”吴大路打断了欧阳明的话，像来时一样，又跌跌撞撞地冲回寨子。

他扑到菩提树上，喘息了好久，好久。要不是有开垦水田的失败，他一定会不顾一切地冲进火场。

几个人都无法入睡，他们紧紧地挤在一起。看着那越烧越旺、越烧越近的大火，他们越感到浑身发冷。神经好像麻木了，连灵魂似乎也僵住了，视线中的火苗只是一片模糊的光斑。他们就这样站着，忘记了时间。

仿佛由于大火烧化了厚厚的天幕，使灰蒙蒙的黎明出现在天边，火光暗淡了，但烟雾更加浓重。

在浑浊的曙光中，欧阳明看见吴大路的脸上挂着几颗泪珠，他惊恐地问："你，你怎么哭啦？"

吴大路无限痛苦地说："我们到底干了点什么？！没有给景颇山带来一点变化，却束手无策地看着它被烧光。假如大火烧到我们面前，我就这样站立着，和贡嘎寨子一同……"

欧阳明劝慰着："别这么想，也许，烧光了，我们倒可以按我们的意愿重新建设。"

"不！没有大森林，就一切都没有了……"

突然间，几个人同时感到冰冷的水珠落在他们已经觉出大火热气的脸上，这使他们都打了个寒战，本能地仰起头来，立时，又有十几颗水珠砸落下来，紧接着，噼噼啪啪的声音也传到耳边。

"下雨了！果然不出勒干大爹的预料，他们太熟悉自己的家园了。"欧阳明激动起来，如释重负地一下靠在菩提树上。然后摘下眼镜，抹着脸上的水珠。

树叶一阵抖动，密集的雨点如瓢泼般倾泻下来。寨子里传出景颇人粗犷的欢呼声。知青们谁也不想避雨，只是站在茫茫大雨中，看着大火将如何挣扎。

半天时间的滂沱大雨使山火彻底熄灭了。

景颇人和知青们都迫不及待地跑向火场。吴大路他们是想看看大火把森林毁坏成什么样子，景颇人是去寻找被大火烧死的野兽。

然而，他们都在被烧成一片焦土的包谷地中站住了。这块几十亩大的坡地上种着即将收获的包谷，这是贡嘎寨子整个旱季的口粮，现在，只剩下被雨水浇得七零八落的黑灰。所有的人都目光暗淡，双腿沉重起来，再也无心朝古怪地竖着一根根黑炭桩的火场走去，那里，犹如竖着无数十字架的坟场。

吴大路他们心情愁闷地回到寨子以后，一个更加惊人的消息等着他们。竹屋的门上夹着一张纸条，上面写着：昨夜为了救火，林道成被烧死了。

送条子的人为了赶到另一个寨子送信，已经走了。

吴大路的眼睛慢慢瞪大了，他觉得呼不出气来。

一个同伴冷冷地说："这叫恶有恶报。"

吴大路猛一转身，逼到那同伴身前，一把抓住他的衣襟，又一掌把他推开了，像野兽般吼叫了一句："你，混……蛋！"

说罢，他跌坐在竹排上，双手抱住了头。

几秒钟过后，他又一跃而起，翻出了从插队时就没有用过的白布被单，扯成两段，铺在竹排上。随后，把右手大拇指放在木果送他的那把长刀的刀刃上，紧闭双眼，猛地一划，鲜血立时涌了出来。

他跪在白布条前，用拇指上的鲜血写下了两行大字："是七尺男儿生能舍己，做千秋鬼雄死不还家。"

写到后面，当他怎么挤也挤不出血来时，他又把食指划开了一道口。同伴们看着，谁也不加阻拦。

他写完后，卷起来放进书包，对欧阳明说："我要去参加追悼会。"

欧阳明沉痛地说："我们，都去。"

那个挨了吴大路一掌的知青有些忏悔地小声说："我去通知原来我们这……派的知青，已经剩不下几个了。"

"在山脚下集合。"欧阳明叮嘱了一声。

当他们走下贡嘎山时，整个山林被雨水洗得湿漉漉、亮闪闪的。遭了浩劫的大自然能很快地显出这般从容和恬静，这是人类无论如何也难以达到的境界。

在山脚下，吴大路会齐了五十多个男女知青，只沉痛地说了一句："我们不是去幸灾乐祸！"然后就向林道成插队的傣族寨子走去。

五十多个人，有的马上就跟在他身后，有的犹豫了一下，脸上浮现出极其复杂的神情，但谁也没有留在山脚下。

长满翠竹的芒果树的寨口上，原来的请示台被布置成了林道成的灵堂，一口没有上漆的棺材摆在撒着绿叶的土地上，十几个大大小小的花圈整齐地排列在棺材两侧。请示台的墙壁上挂着林道成的一幅画像，这张素描不知出自哪个知青画家的手笔，画像上的他深沉、安宁，脸上的线条很分明，表现出一种不屈不挠的气质。

几十个胸佩白花、臂戴黑纱的知青充满了悲哀，呆呆站立着，追悼会正准备开始。

当吴大路他们突然出现时，灵堂前一阵骚动。

"他们怎么来了？"

"看热闹，要不就是趁机报复！"

"妈的，跟他们拼了也不能让他们毁了咱们的灵堂！"

有人抓起了锄地用的锄头和抬棺材用的木棒。

吴大路看见了这些由悲痛转为仇视的目光，也看见了已经横在胸前的锄头和木棒。但他并不理睬这些，也不去作解释，而是大步走到棺材前，把血写的挽联展开，挂到了林道成画像的两侧，然后退到棺材前，跪了下去……

欧阳明抹抹眼镜，把从路边采摘的野花放到棺材上，也跪在吴大路身边。紧接着，从阿贡山下来的五十多个知青一人撒下一把五彩缤纷的野花，齐刷刷地都跪在了林道成的棺材前。

那些准备大拼一场的知青们愣住了，一个个悄悄丢掉了手中的武器，有人哭了，是感动，也是懊悔。

因过度悲伤而脸色憔悴的林道静从人群后面走上来，用沙哑的嗓音念着吴大路的挽联："是七尺男儿生能舍己……"没念完，她就泣不成声，"噗通"一下跪了下去。所有还站着的知青随即也跪在她身后。

早已经准备好了的追悼会议程，由于吴大路他们的到来全部作废了。

两派的知青们加在一块也不过一百多人，这些年轻人聚在这铺着绿叶和鲜花的灵堂前，在沉默和伫立的时候，突然觉得无限亲密，一代人中共同的东西一下子吞没了存在于他们间的所有邪恶。

不知谁带了个头，所有的人齐刷刷地高声念起挽联上的题词："是七尺男儿生能舍己，做千秋鬼雄死不还家。"一时间，他们觉得他们是那样悲壮，像是浴血奋战的英雄。

林道静跪在吴大路身边，用因伤心流泪而红肿的眼睛凝视着他，喃喃地说："谢谢你，原谅了我哥哥。他曾经糊涂过，可后来，他明白了……"

吴大路也凝视着她，用眼睛在说："是的，原谅了。我们都糊涂过……"

林道静因感激而一下子抓住了吴大路的手。

吴大路慢慢把手抽了回来，沉痛地问："讲讲你哥哥是怎么冲进火里，是怎么……倒下去的……"

眼泪又涌出了林道静的眼眶，她哽咽着："你那么想听吗？"

"想！想永远地淹没他以前留给我的印象。"

林道静抹了一下流到嘴角的泪水，清晰地说："……我们都睡下了。刚刚给爸爸写了一封信，心情很不好。爸爸非要让我们走，去当兵……哥哥回信上写着，要把生命献给这块富饶的土地和贫困的人们。"

"……睡不着啊，于是就听见了火声，看见了火光。本来，大火是烧不到坝子的，可哥哥却不顾一切地领着人冲进了山林。有人阻拦他，说没用，可他不听，高喊着：'下定决心……'刚来得及扬起手臂就被热浪冲倒了，一棵树也没救成……等把他拖出火网时，他已经成了……黑炭……"

"他是在寻找死亡，从他病好后我就发现他眼中的这种疯狂神情。他是要用死去对以前的荒唐作忏悔。他找到了机会，实践了那句话：要把生命献给这块富饶的土地和贫困的人们……"

"哦，终于，我们能想到一块了，可他却……他是英雄，而我……"吴大路痛苦地啊了一声，闭上了眼睛。他紧紧抓住棺材边，指甲抠进了木纹中。

林道静抓住他痉挛的大手，犹豫了一下说："吴大路，哥哥一死，我身边就没有亲人了，让我到你们寨子去吧，我……"

吴大路猛地睁开眼，看着林道静清秀的脸，想都没想就断然拒绝说：“不行！我们那太艰苦。”

林道静没有再乞求，她只是胸脯起伏了一下，把什么东西压抑下去了。

一直到埋葬了林道成，她再也没有和吴大路说过话……

在又一场暴雨冲刷着烧黑了的大森林后，旱季到来了。

贡嘎寨子以及周围十几个被山火毁灭了秋粮的小寨子，一同陷入了饥荒之中。在这几乎没有交通的深山老林里，广种薄收的生产方式使景颇人除了上缴公粮外，剩下多少吃多少，没有结余，没有储存。遇到天灾人祸，善于忍受艰难的人们就靠山吃山。几千年来，饥饿并没有使这个民族灭亡。

贡嘎寨子的知青们却是第一次尝到长期饥饿的滋味。他们少许的一点谷子眼看就要吃完，正值旱季，竹笋、菌子、野芭蕉都不会滋生出来，他们没有打猎的工具，也不想去进行那几乎是原始的、徒劳的捕食。

即使在饿得每天早上不想起床的情况下，他们也没有忘记自认为对景颇山所承担的责任。如果就只为了活着，四处去找点吃的来填充肚囊，对于他们来说，无疑是种耻辱。

终于，他们想出了拯救饥饿的人们的办法。他们砍伐了几百根被山火烧毁了的大树，刮去外边的木炭，里面还是一抱粗的上好木料，把这些木料运到山下坝子里，不是就可以换回粮食吗？

欧阳明欣喜地说：“有时候，一些最简单的生存方式都被人们忘了，因此，愚昧是人类最大的危害。”

可是，他们的努力失败了。他们费尽气力运下山的几十根木料，立即被林管站的人没收了，说他们是滥砍滥伐。

欧阳明苦苦哀求然后装傻充愣，但都毫无作用，林管站的人还威胁要罚款，气得吴大路扯着自己那件浸满汗斑的蓝布衣衫说："这就是我最值钱的！"

回到贡嘎寨子的竹屋里，他们全都无力地倒在竹床上，漠然睡去，睡了整整一天一夜。当他们从床上坐起来时，几乎谁也不认识谁了，那散乱的头发，无神的目光，肿起的眼泡，肿起的脸，黑黄的肤色，简直就像几个囚徒。谁呻吟了一声，四个人又都躺下了，他们没有一点力气，连烧水的劲都没有了。

竹门无声无息地被推开了，一只光溜溜的野兽大腿带着血丝伸进来。几个人对这种玩笑没有心情欣赏，脸上仍然毫无表情，于是，一阵欢快的笑声伴着木果跃进竹屋。

木果脸上充满少女那天真、调皮、无忧无虑的神情，大声说："大白天，只有抱蛋的母鸡才缩在窝里。跟我们景颇人一起打猎去吧，只要跟着，不动手也能分一份哩。"

吴大路眯起眼，觉得受了羞辱。他不喜欢被人怜悯，只有软弱的人才接受别人的施舍。他等木果走后，把那半只野猪腿又送回勒干大爹家，然后走回屋对同伴们说："我去借点粮食，我们总要干事情，还有一个多月就该种春包谷了，这段时间，我们不能像狗一样趴在窝里。"

欧阳明想了想："我们修路吧，做点有永久意义的事。"

几个人都同意了，只要不闲着就行。更何况这是在最饥饿的时候，去筑一条将会给阿贡山带来幸福的路，一种精神上的力量使他们恢复了些生气。

吴大路下山了。

他第一个想到的就是找林道静借粮，但临到山脚，他又改变了主意，又是那该死的自尊，还有，他也说不清楚地怕见到她。

于是，他硬着头皮走进了第一年还能买定量粮的粮站，竟然没费很多口舌，说明以后分了粮就还，粮管站的负责人就把吴大路带进了粮库。看着空荡荡、散发着霉味和老鼠屎味的粮库，吴大路心中的惭愧像针扎一样疼痛。

那人带他走到库角，在用砖砌成的一个几立方米大小的池子前，打开木盖，从里面称了五十斤颗粒饱满、颜色金黄、散发着淡淡清香的包谷给他。

提着这五十斤说不上是什么分量的口袋，吴大路的心情异常沉重。他说不出这到底是为了什么，只觉得很不愉快。一直回到贡嘎寨子，他都愁眉不展。有一瞬间他简直想把包谷送还回去。

欧阳明宽慰着他："用不着内疚，世上永远没有后悔药可买，到时候分了春包谷，我们可以加倍还他。关键是我们有了这点粮食，可以修牛车路了，你比较一下五十斤包谷和一条牛车路，哪个有价值？在数学上我可是个笨蛋。"

吴大路阴沉着脸，打开了口袋，抓了一把包谷粒扔进火塘上架着的小锅里。顿时，每个人的肚子都咕咕地响起来。

从这一天起，他们每人每天吃一小把包谷粒，再搭上半根木薯。没有人强迫他们，他们艰难地修筑着从寨口通向平坝的牛车路。

那条羊肠小道被拓宽了，两边的竹丛和枝藤被砍断，雨水冲出的泥沟被填平。一米、又一米，四具被虚汗浸润着的身躯一天一天向山下移动着。他们饿得头昏眼花，每抡一下锄头，每挥一下斧头，都是在挣扎，都如同要举起一座山那样困难。

但是，他们没有一天停下手来。每当有景颇人用奇异的目光窥视他们的劳动时，那信念就支持着他们：在景颇山上，就要为景颇人拼命，总有一天，这些淳朴而落后的人们会认识到这些远来的知青们的价值。

五十斤包谷居然硬顶了二十多天的口粮。在他们又要断顿的时候，救星来了：林道静给他们背来了一袋米。

谁也没看见她，她把米放在他们的空竹屋里，甚至也没留个字条便走了。

吴大路从那条扎着米口袋的小手绢猜出了是林道静。他自己都诧异，他怎么能把这条普普通通的红黑花格子的手绢记得这么牢。当同伴们狼吞虎咽地吃一顿饱饭，啊，一顿雪白的纯米饭时，吴大路却长长地叹了口气。

一个多月过去了。吴大路他们竟然修出了一里多地的牛车路。那么一年、两年，最多三年就会有一条牛车路通到平坝，连上公路。这条路将结束景颇人的闭塞生活。

吴大路他们怀着深深的欣慰之情，沐浴着夕阳的淡淡余晖，在这条还没被踩实的路上漫步。

“明天就该种包谷了，三个半月就可以收获。经过这一场大火，说不定能来个大丰收。”一个同伴欢快地说。

吴大路也涌出一股少有的轻松感，他带着无限的遐想，望着黝黑的大森林说："以后，饥饿将成为记忆，成为难忘的人生经历，而我们也许会成为景颇人……"

欧阳明微微摇头说："我想，成为景颇人不是我们的目的，我们应该让景颇人成为有文化的新型农民。他们中间以后该出现医师、教师、司机、军人，甚至学者。"

山风在大森林中飒飒作响，伴随着知青们的议论声钻来钻去，像是群喧闹的孩子不知疲倦地奔跑，阿贡山的夜幕降临下来，第一颗星星挂在了山峰上的树梢上，吴大路和同伴们深深呼吸着从草丛中冒出的潮湿空气，迈着轻快的步子回到寨口。

突然，菩提树的阴影里钻出十几个景颇男人，为首的是勒干大爹。他们全都板着面孔，眼里冒着火气，一个个手握长刀，如临大敌。

吴大路他们弄不清发生了什么事情。

欧阳明上前一步，笑着问："勒干大爹，这是……把我们当野猪了吗？"他生硬地开了个玩笑。

勒干大爹闷声闷气地说："你们，走吧，离开这里，景颇寨子不收留你们！"

"为什么？"他们大吃一惊。

"你们才来那阵，人家就打了招呼，说你们在城里打炸枪（打砸抢），我们不晓得那是种什么枪，反正嘛，说你们是土匪……"勒干大爹气咻咻地诉说。

吴大路心里一阵刺痛，可恨哪，竟用这样的谎言蒙骗这些淳朴的人们。

"……我们不管这些。我们景颇人，解放前嘛差不多都抢过人杀过人啰……”勒干大爹表现出那样的大度和自豪。

吴大路了解过景颇的历史，那是因民族纠纷引起的仇杀和械斗。唉，这是哪儿和哪儿的事，吴大路暗暗叫苦。

“看着你们干活肯出力，我们从来也没亏待过你们……”勒干大爹显然在压抑着怒火。

吴大路恳求地问：“勒干大爹，我们到底办错了什么事？”

“你们抢人抢到寨子里，把我们的粮种全吃了！”

吴大路的脑子一下胀大了，但是，他还怀着最后一线希望，沙哑着嗓子问：“弄错了吧？我们怎么会吃……粮种？”

“你们到公社借的五十斤包谷，就是粮种！”

“九山十八寨的人今天都到公社领救济种子，就我们拿不来……”

“被你们填肚子了……”

景颇小伙子们嗷嗷吼叫着。

“这……”三个知青惊愕地看着吴大路，除了欧阳明，其余两人的目光中涌出了不信任的神情。

羞辱啊，太羞辱了！吴大路竟成了一个贼，一个强盗！偷别人的东西，这是景颇人最厌恶、最不能容忍的事。

不，这太冤枉了！谁也没有说过那是种子，那个粮库负责人也许是出于同情，也许是故意坑害，可不管他安的什么心，包谷是你从粮库中背回来的！你说声不知道，就能为自己开脱责任吗？

哦，全寨子的粮种，全寨老老小小的景颇人靠它的收成要熬半年哪！可它竟然被你不明不白地给……吃了。

吴大路无法解释，也无从自白，贡嘎没了粮种的事实揪着他的心。他脸色苍白，一句话也没有。他只希望一道闪电击穿他已经越来越单薄的身体。他开始摇晃起来，几年来压抑在心底的痛苦海潮般涌上来，一下子便淹没了他的灵魂。

勒干大爹拦住愤怒的景颇人，对知青们下着最后的驱逐令："走！你们走！我们景颇人的寨子不养贼！要是不走，景颇人的长刀不会饶了你们。"

吴大路身体中那种不能忍受失败的本能使他拼出最后的勇气嘶喊着："我们……就是不走！"

勒干大爹狠狠地喘了一口气，慢慢抽出长刀，"刷"的一声，十几把明晃晃的长刀一齐从景颇人的腰间抽出，刀尖组成一个狭小的半圆形，对准了四个沮丧到极点的知青。

欧阳明伸出手臂，对勒干大爹哀求着："我们不知道是粮种啊，假如我们要知道那是粮种，就是去啃地皮也不会……这也是为了给你们修路，是为了让你们以后永远不再挨饿受穷……"

勒干大爹却无比愤怒地打断了他的话："我们景颇人不要你们来可怜！没有你们，我们一样活着。从阿公阿祖起，我们打下的麂子都可以堆成山！"

吴大路闭起双眼，两腿抖动得厉害，几乎要摔倒。他牙齿咬得咯咯响，腹部阵阵疼痛。被景颇人用长刀赶走，这比所有离开阿贡山的人都可耻万分啊！他用最后的力气仰起头，把脖子对准勒干大爹的长刀。

一个同伴扑上去抱住他，对在同时往后退了一步的勒干大爹说："我们走，走！我……我受不住了。我们明天走，等天亮了……"

勒干大爹收回长刀，闷声说了一句："明天早晨我们送你们上路！"

一扭头，他领着景颇人走了。

这一群黑乎乎的身影还未消失在寨子中，吴大路和欧阳明就双双跪倒在山坡上，两个同伴伸手去拉，但力不从心，也扑倒在牛车道的尽头。

他们像白痴一样，一动不动地跪坐在地上，仰望着一颗又一颗星星从大森林中升起，像无数萤火虫在天空闪耀。那遥远的星星们永远俯瞰人间，发出无忧无虑的会意的微笑。变成星星多好！

寒冷。

异常寒冷的夜，似乎为他们的离去增添了些悲凉凄苦的气氛。

回到竹屋，知青们燃着了火塘，裹紧了棉被躺在床上，但仍觉得冷，连灵魂也陷进严寒之中了。

两个同伴干脆起来收拾行装去了。有什么可收拾的呢？不到三年，他们带下乡的衣服几乎都磨成了布条，到了城里，专门沿小巷收买破衣烂衫的，都不会望这些破烂一眼。只有那一箱书。不会因磨损得卷了边角、发黄了而失去其价值。

然而书的主人呢？他们自身的价值是增加了？减少了？还是根本就没有寻找到？

吴大路痛苦地望了望睡在一边的欧阳明。噢，这位平时头脑清晰的智者，回报给吴大路的，只是一束几乎可以触摸得到的惨痛的目光。而那两个同伴呢？在颓丧中，有一种极力掩饰的释然，是的，他们刚才喊过“受不住了”，这是平时他们不肯或者不敢讲的话。

哦，你驾着落满尘土的灰帆，在惊涛骇浪中驶向彼岸，这本身没错，但你的过失在于，你没有结实的帆，或没有更强的水手……不！

不对！不该怨帆，更不该怨水手，你没有舵，没有彼岸，甚至……没有大海。

刹那间，吴大路的心深深地陷落了，好像漂浮在一个峡谷的深渊中，浮不上来了……陈光、高志勇、李红、洪之光离去时，都没有过这样的心境，那时，他的信念还有力量维护，而现在……景颇人把刀尖对准了他的喉咙，将要失去的是他最后的角落。

两个同伴不知什么时候收拾妥了，已经爬上竹排睡了。只有火塘里的木柴烧裂的噼啪声，竹屋里越发显得沉寂。有时，沉寂帮助了思维的活跃，而有时则相反，它使一切思维运动都静止了，停顿了。

他们四个人躺在竹排上，什么也不说，什么也不想，似乎灵魂和这寒冷的夜一同凝聚了，整个世界都僵硬了，毫无活力。

当吴大路猛然睁开浮肿的眼皮时，曙光已经透过竹墙把灰蒙蒙的光线洒在竹排上，他猛地坐起身来，穿好衣服。他惊异着景颇人为何不来“送行”，莫非……

他奔出门去。

贡嘎寨子仿佛还在沉睡，而往常这时候，景颇女人们背着插满粗竹筒的背篓，已经把泉水背回来了，寨子里该传出木舂有节奏的咚咚声。

吴大路惶惑不解地在宁静的寨心站了站，真不知道，景颇人赶走罪人要用什么样的习俗，是这样故意地不露面吗？或许，他们就该在这时，不声不响地悄悄走掉？可是吴大路的自尊是那样固执地不肯往后退一步，无论怎样的惨败，他也不能这样走。他要再去看看一起生活了两年多的乡亲，哪怕他们再一次用长刀对准他的脖颈。

吴大路走到就近的一间竹屋前，轻轻敲了敲门，没有动静，他慢慢把门推开。

站在门边，他愣住了：这一家人好像根本没有睡觉，他们全蜷缩在火塘边。一小块勉强可以称作被子的破得像网一样的棉絮，裹着孩子，大人们则披着麻袋和破毡。他们睡眼惺忪地望了一眼这个不速之客，便又打起瞌睡来。

吴大路困惑地退了出来。在另一家门口，他没有推门，只是透过门缝，看到了更让他惊愕的情景：同样是在火塘边，一个老人蜷曲着，身上盖着条破毡子，毡子上还盖着几件衣服，但老人仍瑟缩着。而那个连遮体的单衣都出让了的景颇汉子，赤裸着上身，抱着双臂，蹲在火塘前，烤一会儿前胸，再转过身烤一会儿后背……

第三家、第四家……家家如此。

原来这寒冷的一夜，景颇人彻夜未眠，由于冷，不，由于没有棉被，由于穷！

吴大路的心碎了，眼泪忽地往外涌，他急忙闭上了眼，想挡住那汹涌而来的热流，可他立即又把眼睁开了，不能闭，不敢闭呀！你睁大眼睛看看，网状的破棉絮、光脊梁的汉子、瑟缩的老人……两年多了，你怎么就看不见这些呢?!

这么长的日子里，你都为他们做过些什么呢？做过的，修水田，虽然失败了；修路，虽然还未完成；甚至，想去扑灭山火，做林道成那样英勇献身的英雄……你以为做这些都是为了他们，其实，你心里更多的是为自己，你对自己受的苦难耿耿于怀，你想干出个样子，你想证明你是对的。你想高于他们之上，你想当一个盖世无双的英雄……无怪乎一生下来就在艰难中挣扎的勒干大爹那么愤慨："没有你们我们也能活！"

啊，勒干大爹，景颇乡亲们，你们为什么不早把我赶走？啊，还奢谈什么解放别人，还是先救救自己吧！……

吴大路疯了似的奔回自己的竹屋，就这么痛骂着自己。

欧阳明惶恐地制止吴大路，他说："这不公平！这样否定我们这两年多所做的一切，不公平！"

不公平，人世间几乎所有的人，都害怕和憎恶别人对自己不公平。有多少人敢于自己对自己不公平呢？这需要有正视人生、正视自己的勇气和胆量，尤其需要真诚。

吴大路是真诚的，但这样做的结果使他痛苦万分。两年多的血汗啊，竟不如一堆腐叶！这是他人生道路上摔得最狠的一次，甚至把他以往的理想摔成一片灰雾，霎时间便飘散了。他感到，他正从原来那自认为可以到处驰骋的、无边无际的缥缈空中疾速地跌落，跌落，跌落，跌落……

他将会落到哪里？

此时，吴大路再也不愿见到一个贡嘎寨子的人，那将使他无地自容。

他三下两下地卷起自己的铺盖，把它堆放在那个光脊梁烤火的景颇汉子家门口，这绝不仅仅是怜悯，而是吴大路现在唯一能为他们做的一点事，虽然，它是那么微不足道。

三个同伴没有一句话，也和他一样，把自己的行李放到了关门闭户的竹屋前。

四个人就提着一木箱书，几乎是一无所有地离开了贡嘎寨。在葛藤缠绕的大森林中穿行时，吴大路真希望他们会在这茫茫林海中迷路，永远永远也走不出去，然而，他们走到了大森林的边缘，前面，就该是那条通往县城的公路了。

雾升腾着，弥漫着，远山近岭陷入一片混沌之中。突然，穿透浓雾，晨风送来一阵“叮咚，叮咚，叮叮咚咚”的牛帮驮铃声。

牛帮，是景颇山特有的运输工具。知青们对它早已失去了刚来时的新鲜感，更何况他们此刻正处在一种对一切都麻木不仁的沮丧、绝望状态中。他们无动于衷地走上石子公路。

“叮咚，叮咚，叮叮咚咚……”一长串黄牛慢悠悠走来，增添着景颇山黎明时的风情。然而，这些和贡嘎寨子的四个知青再也没有任何关系了。

吴大路最后一个钻出树林，跟在伙伴们身后，迎着牛帮走去。

“叮咚，叮咚，叮叮咚咚”，第一头老牛从知青们身边擦过，背上驮着两个胀鼓鼓的麻包。一头小牛在它身边撒欢，它跳着跑着，不时低头用嘴寻找着老牛的奶头。

几个赶牛帮的人在浓雾中用景颇话大声说笑着。景颇人好像永远也不会有忧愁。虽然吴大路已经会说景颇话，但他既无心思听景颇人说什么，也没情绪去打招呼。

有人吆喝了一声，牛帮站住了，随即，这个人拦住了知青们的去路。

四个年轻人抬起头来，他们不相信自己眼睛似的使劲眨了眨眼，又不约而同地叹了口气，他们眼前站着的是县委李书记。

一种尴尬和羞耻的气氛顿时笼罩住了四个年轻人，他们实在没想到，也绝不愿意在这个时候、这种地方遇到他。尤其是吴大路，回想起第一次见李书记时的气盛和自负，简直觉得现在是对他天大的嘲讽，而他无论如何又没有能力解嘲。想要不理睬，绕着走是不可能了，只有等待着事情的发展，但愿李书记还像在医院门口那样，只是蔑视地冷笑几声，放他们过去。

李书记也绝没有想到在这个进山的小三岔口遇到贡嘎寨子的知青，他听说过这几个年轻人几乎是终年不下山的。

他那焦黄枯瘦的脸上先是一喜，但又露出疑惑："你们……这是……"

"……"谁也张不开口。

在一阵令人难堪的沉默中，李书记的目光已像汽车驾驶台挡风玻璃上的雨刷一样把他们来回刮了几遍。立时，一种明显的失望神情挂在李书记阴沉下来的脸上："要走吗？终于受不住了。"

年轻人还是一声不吭。

"假如我不让你们走呢？还找我玩命吗？"李书记发火了。

两个同伴鼓起勇气，坚决地说："我们锻炼快三年了！"

"可你们说要扎根一辈子，让景颇山大变样，用你们的青春和血汗浇灌这里的一草一木！"

"我们受不了再多的误解了，"欧阳明扶扶眼镜，睁大了细细的眼睛解释着，"不是我们要走，是景颇人赶我们走，因为我们不知道吃的是粮种。我们没有火眼金睛和神机妙算！"

吴大路咬紧的嘴唇松开了，他不顾一切地喊着："欧阳说得不对，是因为我们想骑在他们头上……"

"胡说，李书记，别听他胡说，他在犯瞬间精神分裂症……"欧阳明急了。

"不，是真的，我们把自己摆高了，在精神上凌驾于他们之上……我们错了，他们该把我们轰走……他们不需要精神贵族……”

吴大路忽然那么想把心中的烦乱和整个事实向一个值得信赖的人诉说，憋在心里太难受了，而李书记就是那个可信赖的人。

是的，他才只见过李书记一次啊，甚至话都几乎没有说。但是，一次就足够了，冲他给垂危的知青派车来，冲他曾那么阴冷冷地问“想和我玩命的来了吗?”但并没有整人，就完全可以证明他是那种任何时候都可以把心交给他的人。

吴大路没有犹豫，一口气把从着山火到和牛帮相遇之间发生的事讲给了李书记听。欧阳明和两个伙伴不停地补充着，解释着。

听完知青们近乎委屈的陈述，李书记竟仰面哈哈哈地大笑起来，笑得眼泪都溢出眼眶。几头牛以为是在吆喝它们前进，懒洋洋地挪动了几步，脖铃发出清脆的声响，景颇人忙把它们拦住。

吴大路恼怒了，但又无可奈何，于是恨恨地说：“笑吧，你尽管嘲笑……”

“不，我是说……勒干他真能耐，到老也改不了那火爆性子。二十年前，他也邀约一帮景颇青年，把我赶下了阿贡山……”

吴大路和同伴们都愣了。

李书记揩去溢出的泪水：“刚解放那年，我在贡嘎当工作队长，年纪也就和你们差不多。正是春耕大忙，山上闹了牛瘟，牛死得真多呀。景颇人说是得罪了鬼，要杀牛祭鬼，只剩下几条壮牛可以犁田，他们偏要杀最好的一头牛。我急了，把他们立好的桩子拔了。好家伙，勒干就带人把我赶下山。这还算手下留情了，他恨不得把我杀了祭鬼呢，哈哈哈……”

李书记又哈哈大笑了，那说不清爽的沉闷一飞而散了。

“那，你还敢上山？”

“不打不成交嘛，我和勒干是朋友哩，亲兄弟一样，不信？不信你们随我上山去看……”

一下子，双方都冷场了。

“不，不回去，我们不走回头路。”两个同伴把脸扭向一边。

吴大路怅然长叹：“没脸回去……”

“我可是当天夜里就又上了阿贡山，带去了医疗队。”

“可我……带什么呢？”

“带一片诚心。只要心诚，这比什么都强，景颇人看中这个，这你不缺，我看得出来。”

吴大路眼睛一下红了，心里感觉到了一种淡淡的温暖。

欧阳明振作起来，劝说着：“对，吴大路，我们回去，我们不能这么声名狼藉地走，这简直像夹着尾巴的狗嘛。一切从头开始，来得及。”

但两个同伴却激烈地反对。

李书记沉思了好久，从身上挎着的旧牛皮包内掏出两张表格，展开来，递到了知青们手中。

知青们愣住了，这竟是两张招工表格，底下盖着一切必要的大印，只要填上所有的空格，在几秒钟之内，就由一个社会地位最低的知青变为一个颇可以有点自豪感的城里工人，就可以离开这贫困的山野，坐上六天汽车，回到故乡，再不会有吃不饱肚子的忧愁……哦，多少知青盼望着这张薄纸片，把浑身解数都用尽了！

“为什么？您不是不让我们……”欧阳明不解地问。

“是啊，我比你们还矛盾。知青们都围着我吵着闹着要回城，就你们在山头上一声不吭。这次来招工从咱们县要八十人，指名点姓的就有八十三。我本来不想管这拉屎不揩腚的啰嗦事，但我记起了你们，既然大家都可以走，为什么偏不给你们指标呢？为什么要欺负你们呢？我在县委招工会上拍桌子了，说要不给我两个名额，一个他妈的人都别从我眼皮子底下走。哈，他们怕了……”李书记说这话时并不轻松，甚至有一种悲哀的神情在浮动。

知青们互相看看，不知如何是好。

李书记叹了口气：“我这个人就是怪，你们想悄悄溜，我生气，可你们想回景颇寨子，又拿给你们招工表，这真是故意为难啊！不过，只有两张表……”

“吴大路，欧阳明，你们走吧，李书记是专门为你俩要的指标。我们到别的寨子先住下，争取下批走。”那两个同伴先说话了，这并不是虚情假意。

“不，要走，你们先走。我这身子骨别看瘦，还经得住再饿几次肚子。”欧阳明嘴上说着，但他的眼睛却望着吴大路，等待他的决策。

吴大路心里清楚：不改变景颇山的面貌不走，这是大家的志向，是谁也不敢亵渎的神圣誓言；而现在，却装都装不出不走的样子。但他还是不能忘记自己给自己定下的原则：不论在任何情况下，都要最后一个离去。而且李书记的出现，尤其是李书记讲的往事更使他激动不已，一朵希望的火花又在燃烧。

他想试试二十多年前的历史会不会再现。更何况，他明白自己的两个同伴无论如何坚持不下去了。他们不是叛逆，目标还是没变，但力量已使尽，勇气已丧失。

于是吴大路果断地把两张表格拿过来，掏笔写上了两个伙伴的名字，然后递给他们，坚决地说："你们，走吧！"

这是无可更改的决定，而且也是最恰当的决定。两个同伴当即走了，他们来不及伤感，也来不及激动，只是逃一样匆匆去了。

他们怕一切都是梦。

望着两个同伴的背影消失在山道转弯处后，吴大路和欧阳明有些茫然，他们想象不出李书记将如何把他们带到勒干大爹面前。按他们的理解，恐怕勒干大爹这辈子都不愿意再看见他们了。

唉，五十斤包谷粒啊！

"噢——嗬！"李书记没理睬他们，而是扯开嗓子一声吆喝，把那头老牛赶离了公路，转进知青们下山来的林中小道，随后又赶过来五头驮着麻袋的黄牛。

剩下的大群牛帮被几个景颇人赶着，继续沿公路慢悠悠、懒洋洋地走去。"叮咚叮咚，叮咚叮咚"，驮铃不断。

"愣着干什么，跟我走啊！"李书记板着脸喊。

"您……"两个年轻人充满疑问。

"这是拨给阿贡山的救济粮，我带队送上山。正好我要去你们寨子，看看勒干大哥，也去看看你们。对不住你们啊，在我们县受苦受难，一个当父母官的却从没去看看你们住得怎么样，吃得怎么样，让你们受这么大委屈。幸亏咱们有缘，否则，就见不到了……"

吴大路的嗓子一阵发噎，但他使劲憋住泪。一个硬汉子有泪也要咽到肚里。而欧阳明没有这种概念，他悄悄地摘下眼镜，抹了抹眼角。当他发现李书记正看他时，就嘟嘟哝哝地掩饰说："小虫子就喜欢往我眼镜上撞。"

李书记并没有笑，认真地说："小虫都喜欢光，你那眼镜太反光了。"

牛似乎闻到了什么草味，向林子中钻去，三个人忙吆喝起来。

一路上，他们再也没说话。但很明显，每个人都在沉思。

大概是驮铃传递的信息，勒干带着寨子里的景颇人迎候在寨口。

一见是李书记，勒干扑过来一把抱住了他："老李啊，你尽为我们办好事。那年牛闹病，你带来医生带来药，我们从此关了鬼门；后来你又给我们送来棉被，我们景颇人才晓得，不光只有火才暖身；现在，我们日子难熬，你又给我们送粮来……老李啊，再穷，我们也认得共产党好……"

李书记的眼湿了，他的目光也黯淡了，他哽咽地说："我对不住你们，二十年了，还没让你们过上好日子，我……"他一言难尽地摇摇头。

吴大路大吃一惊。前不久县里印发了李书记在县学代会上的报告，吴大路看过的，那上面大谈大好形势，大谈二十年的巨大变化，气得吴大路把它扔到了一边。而现在他居然能说出这极富有人情味的话，可见吴大路呀，你是多么肤浅，多少人多少事，你都窥不见底，你还太幼稚啊！

景颇人终于看见了李书记身后的吴大路和欧阳明，他们的神情变了。

但是，没等勒干大爹说话，李书记先气愤地嚷起来："勒干大哥，你做得过分呀。"

他把两个知青搂过来："你看看，他们瘦成什么样子了，可叫过一声苦吗？就冲这，你们的刀也不该架在他们脖子上！”

勒干大爹张嘴想说什么，可李书记不容他开口：“大哥呀，我跟你说清楚，怎么对我，就怎么对他们，没错！我李大章看不错人。要是当年，他俩就是我队伍里的兵。好吧，勒干大哥，你要还赶他们走，那我就转身下山，把他们送到别的寨子去。让他们上你这来，是把你当成阿贡山上头一号英雄哩！”说完，李书记盯着勒干大爹。

勒干大爹走过来，一下抽出了腰间的长刀。

两个知青的脸又惨白了，他们绝望地闭上了眼，但努力使自己站得稳些，表现得从容些。

然而李书记却露出了欣喜的笑容，一动不动地站在一边观看。

勒干大爹慢慢把刀捧在手中，递到了欧阳明面前：“收下吧。”

吴大路和欧阳明做梦也想不到会出现这样的场面，他们不知所措地互相看看，然后求救似的望着李书记。也许，勒干大爹的举动仅只是由于对李书记的信任。

李书记点点头：“收下吧，这是景颇人的心意。要不收，伤了他们的自尊，又会把刀架在你们的脖子上了。”

吴大路一下子拉住勒干大爹的手，无限懊悔地说：“不，不，大爹，我们不配，不配呀！您赶我们赶得对，我们根本没有做一件对得住你们的事，我们只想我们自己……”

勒干大爹憨厚淳朴地笑笑：“我们对不住你们哩，你们是真心人，我们赶你们下山，你们还把被子这么贵重的东西留给我们。莫记恨我们，莫说景颇人黑心了，再聪明的猎人，也有走瞎了路的时候。收下这刀吧，是全贡嘎寨子景颇人的心。”

“大爹！”欧阳明激动万分地接过了勒干大爹手中的长刀，深深地鞠了一躬，然后把刀挂在腰间。他也像吴大路一样，有一把勒干大爹家的长刀了。

李书记满意地看着这场面，猛然，他一挥手，大喊着："分粮喽！"

全寨子的景颇人都围上来，几头黄牛被减去了重负，悠闲地摇着尾巴。

在景颇人欢天喜地地分救济粮时，吴大路和欧阳明回到了自己的竹屋。

站在门口，他俩呆住了，只见木果扑在他们床上哭得伤心。欧阳明不敢上前，只好轻轻咳了咳。

木果猛一回身，不相信似的绕着他们看了一圈，猛扑到吴大路身上捶打着："阿卜莫，你坏！我还以为你、你们当真跑了呢。"说完，她又大哭起来。

吴大路手足无措地掏手绢，却半天掏不出来，他只好哄劝着："木果，快别哭，我们这不回来了？"

"不走了？"

"不走了。"

"当真？"

"我们什么时候骗过你？"

真像阿贡山的八月天，阴得快也晴得快，木果一抹眼泪，咯咯咯地笑了。

这时，勒干大爹和乡亲们来了。

勒干扛着一袋包谷，说："这是分给你们的……这回，我们种子也有了，明天就整田种包谷。”

停了一下，勒干大爹再一次请求着：“莫记景颇人的坏处啊！”

光脊梁的景颇汉子抱回了他们的被子。被子没收，却送他们一串用米捂黄了的芭蕉。但吴大路和欧阳明还是把两个同伴留下的被子硬送给了景颇人。

一个阿努（景颇语，大妈）拉住他俩的手，心疼地说：“在我们这里，你们受苦了，让你们爹妈晓得，他们该要哭啰……”

吴大路和欧阳明终于禁不住抽泣起来。他们分明感到，景颇人是爱他们的，是爱他们的呀！

吴大路提起精神，对勒干大爹说：“大爹，我们不吃救济。这袋包谷就算种子，放在这儿，我和欧阳，今天选选种。像以往那样不分好坏，不符合科学种田，收成不好……”

欧阳明使劲捅了捅他，他猛然住口了，勒干大爹会又对他们咆哮“没你们我们也能活”吗？

然而，勒干大爹同意了，他说：“好嘛，科……学嘛，要你们才懂啰。”

哦，只要心诚就行。吴大路感激地朝李书记望去。

不远处，李书记正在和一群景颇男人们围坐在一起。他们把自己的烟盒递给他，他从里面拿出一小撮混在一起的沙基、芦子、草烟，放进嘴里嚼着。不一会，他和他们一样，一边大声谈笑，一边吐着血红的口水。

他坐在他们中间，显得那么惬意、自然。二十年了，这个北国的战士把自己的青春都献给了南疆的土地和人民。吴大路看着他，佩服和尊敬油然而生。

他这才发觉，这两年多来，虽然他和景颇人吃着一样的苦，甚至比他们还苦，但他却始终没有融合于景颇人的生活之中。那紧紧包裹着自身的外壳太坚硬了，它对生活有一种抗击力量，产生出一层隔膜。吴大路深深为此痛悔，他不知道，在他意识到这一点的时候，外壳已经打破了……

晚上，李书记谢绝了勒干大爹真诚的邀请，住进了知青的竹屋。

勒干大爹流露着明显的不高兴："明天晚上你要不住我这，我就不认你这个汉人兄弟。"话这么说，他送李书记去知青竹屋时，还给他们带去一捆木柴，一竹筒米酒。

一个瘦骨嶙峋的老人，两个也并不强壮的年轻人，围着烧得热烘烘的火盆，推心置腹地聊着：

"啊哈，你胆子可真够大的，向一县之长发号施令要汽车。"李书记板着脸对裹着被子的吴大路说。

"说实话，那时让我对一省之长、一国之长发号施令都敢。救人如救火，一条年轻的生命哪！"

"一条命由几十亿个细胞组成的呢！"欧阳明由于兴奋，开着玩笑。

"我也说实话，"李书记往年轻人身边挪挪，"要不是你们干巴瘦的身子骨、陷下坑的腮帮子、黑黄得像土块似的脸，还有你们扶病人时伸出的手上那茧子，对了，还有破衣服上的土和盐花，我肯定叫人来把你们关上三天！"

"三天太少了，以后说不定要关三年！"欧阳明又开了句玩笑。

李书记摇摇头：“不会，只要我李大章在，就不能让人欺负你们。不过，有一句话可先放这儿，你们也不能干让我脸上挂不住的事呵。难啊，派性，还有你们那档案袋里的玩意儿，说不定什么时候就捅你们一刀子。唉，这么年轻怎么就可以有那么多……我不该向你们讲这些，可他妈这几年……”李书记努力抑制住自己的情绪。

吴大路明白这个老人的心境，他也不想使他为难，但还是忍不住说：“我们就是因为觉得这几年有些事干得太荒唐，才坚决要求到农村来，重新探索，寻找适合我们这一代人走的路。”

李书记点点头：“对，不管到了哪里，不管是什么环境，只有好好干，干得让混蛋都说不出你一个不字来。”

是啊，要好好干，今后的路还长着呢。可是该怎么干呢？吴大路沉思起来。

李书记站起身，拍拍两个年轻人的肩膀，说：“好了，睡吧，昨晚上你们冻得一夜没睡，我装粮食也一夜没睡。咱们都睡个好觉，明天一块下地。”

年轻人虽然还有一肚子话要说，但还是躺下了。真怪，他们竟能睡着，而且睡得很香、很甜。

第二天，贡嘎寨子的包谷终于播种下去了，种子是经过挑选的，颗粒饱满。

吴大路感到自己也像一粒种子，曾在天上飞舞的种子，被沉重的雨点砸落下来，跌在一片红色的土壤上。脚下是坚实的土地，再不是飘浮的云彩和稀薄的空气。

6

该进入浓密的大森林了。

在硕大无比的亚热带植物面前，人会显得格外渺小。吴大路早先曾希望自己能像高出其他树木的银杉一样挺拔。自从第二次上阿贡山后，他明白了，他不能够。其实，只要是贴近大地的小草就行。

小草也有小草的责任。

雨还没有停歇，细微的雨滴落在大森林边缘那密不透风的树叶上，发出小溪流水般轻快的声响。远处的雨雾更浓了，像蒸腾的水汽，遮住了嶙峋的山峰。公路上依然那么宁静，没有一个人，看不见一辆车，只有起伏的路面似乎在微微颤动，那是雨点轻轻溅在地上所引起的错觉。

“哗啦”一声，吴大路艰难地爬上路边的土坡，拨开山茅草，一片绳网般的枝杈藤茎横在他面前。

这是一条不常有人走的小路，它总是那样荒芜。可这条路在吴大路心中，一直通向遥远遥远的未来，也伸向很深很深的记忆，顺着这心中的弯曲小路，他可以走向生命的尽头。

哦，太累了，不仅是从县城走到这里使他觉得筋疲力尽，他感到整整一生都是在拼命挣扎。

他难道不应该躺下来休息吗？在感到被抛弃以后，他一点支撑自己的力量都没有了。可既然要走，他还回到这里来干什么？

从县城有专车到州里，到州里马上可以乘坐知青们根本买不到票的飞机。即使这种只能装二十六个人的老式飞机，也比汽车快一百倍，不到一个小时就可以把他送回故乡，那冷清的、已经没有一个亲人的家。

但是，他的本能却要他走回来，看看景颇山，看看大森林，看看贡嘎寨子，看看景颇人。还有呢？还有呢?!他没跟李书记说，这是他作为男人心中唯一的一点秘密：那就是他要在这山林和公路的交界处，好好地站一会儿。

他太累了，让身体休息一下，也让心底里深深掩藏的一丝甜蜜，融着酸辣和苦涩翻腾一下。这多多少少会给他这凄凉、绝望的处境带来一些宽慰，也带来一点温暖。

其实，这个小小的路口留给他的不是生活中最欣慰的记忆，但是，只有在这里的那一刻，他才真正感觉到了人生中那最可珍贵，又难以奉献给别人的纯粹属于自己的东西。

就是在这里，他送走了她。

不，不能说是送，这太不准确，应该说是他疯狂般地追赶上了她，用一种他永远也不会再流露出来的目光，默默地将她带进惨淡的黎明。

严格地说，她跟贡嘎寨子七个知青中任何一个人离去都没有什么关系。但是，吴大路忘不了她，她往他人生的经历中注入了一种特殊的东西，使他的人生因此而丰富了。

她就是从这里永远地离开了他，离开了阿贡山，离开了她准备献身的事业。她走了，竟然不是因为困苦，不是因为煎熬，而是……因为爱……

自从在林道成的追悼会上冷漠地分手以后，他和林道静就再也没有见过面。

不知为什么，他有些惧怕看见她，不，他是惧怕自己，他隐约觉得心灵深处一种柔弱的东西会因为看见她而滋生出来。然而，他们还是见面了，在平坝的那个小镇上，在熙熙攘攘赶街的人群中。

两个人都一声不吭，互相凝视着，周围的一切都不存在了，他们似乎站在一片荒漠的原野上，又似乎伫立在一个深深的峡谷中。

他几乎认不出她来了。本来清秀白皙的面孔失去了少女那鲜嫩的光泽，嘴由于面容的消瘦而变大了，显出刻板和冷酷的样子，眼角竟然出现了细纹，而身躯无论如何不能再用苗条来形容，那是枯瘦。若不是胸脯还像小蘑菇一样微微突起，简直可以把她看成一个十四五岁的干巴男孩子。

他能感到，她是故意在折磨自己，为了什么呢？

他在她的眼中也变了许多，头发又脏又乱，颧骨突出的脸上如同抹上了一层烟色，本来紧绷绷的胸膛单薄了，手臂上青筋毕露，饥饿、疲劳，使他额前的皮肤松弛了。只有他的眼睛里还闪动着不屈服的光，脊背还是那么挺直。

她觉得，她的灵魂依附在了这个永远不会倒下的躯体上。

“吴大路。”由于激动，她的声音有些发颤，胸脯似乎膨胀了。

“林……道静。”吴大路的嘴唇也哆嗦起来，他努力抑制着自己。

“多不容易啊，见你一次就像……人生路上的一个里程碑。”林道静的话与其说是尖刻的讥讽，倒不如说是凄凉的怨恨。

吴大路想走，想离开她，可脚却沉重得迈不动步。他低声说：“别，别这么讲，我们都……很忙。”

“你怎么今天有空？”林道静哼了一声。

吴大路阴郁地低下头："有急事。打电话给县城，联系一张明天的汽车票。"

林道静惊讶地瞪大了双眼，然后又慢慢眯上，冷笑着说："要走了？终于也忍受不了啦。"

"不，我父亲病危。"吴大路沉痛地解释着。

"对，病危。我们寨子有三个知青都是说父母亲病危，一去不返。你真蠢，怎么会想这种借口？你应该说……未婚妻病……"

她突然闭上嘴，用手捂住痛苦的脸，惶恐地喃喃着："我，我在说什么傻话呀……"

吴大路并没有发怒，只是犹豫了一下，淡淡地说："我要上山了，明天一早就得到县城去。"

林道静抬起头，瞪大了眼睛。

吴大路不敢看她，在那对秀美的眼中分明闪着一汪泪水。他不想弄明白她为什么会伤感，但还是不由自主地问："你，怎么啦？"

林道静笑了，笑得很勉强，低声乞求着："你不到我那里坐一坐吗？我一个人住一大间竹楼。去坐坐吧，我太冷清了。我常想请知青们来喝酒，可我试着喝了一小杯就醉了……去坐坐吧。"

不该答应，但吴大路却弯腰为她背起装满木柴的背篓。当他一用力直腰的时候，右腹部一阵撕痛。

他不明白，为什么一干重活，腹部就会疼痛，这种不正常的感觉已经有好几个月了。他知道繁重的劳动和心灵的折磨使他身体内有些失调，但他不愿意相信他的体力在衰减。他揉了几下腹部，挺起了身子。

林道静的眼中透出欣慰的光芒，她突然情不自禁说了句："我几乎每个街子天都来这里，看着那条通往山上的小路……”

吴大路的心跃动了一下，他说：“你真……傻。”

林道静因为这话，脸上涌出了幸福的红晕，她感到天明亮了许多。

两个人肩并肩走到了离小镇不远的一个傣家寨子，林道静就在这个掩映在蕉园和竹林中的生产队落户。

菠萝蜜树正在开花，整个寨子的上空都飘荡着浓郁醉人的芳香。一条溪水曲曲弯弯地穿过竹楼群，几个衣衫艳丽的傣族姑娘蹲在河边洗衣服。林道静领着吴大路走上了寨边一座半旧的傣家竹楼。

竹楼里空荡荡的，但是地板上到处飘散着剪成一块块的报纸，撕成一页页的杂志，还有揉成团的稿纸。几扇竹窗大开着，一阵阵清风穿过，从屋顶垂下的茅草飘动着，地上散乱的纸张“哗哗”作响。一个木箱靠在竹窗前，充当了桌子，上面摆着十几本书和一叠叠稿纸，还有墨水瓶。竹楼的一角用篱笆隔开，显然是林道静的卧室。

吴大路非常感叹，他喃喃着：“也许，她太过分苛求自己了？她应该稍微……”

林道静没听见这轻微的自言自语，她有点慌乱：“喝水吗？我去烧，要不吃芭蕉？”

吴大路摇摇头，缓慢地踱到木箱前，低头查阅着堆放着的书名。第一本是《震撼世界的十天》，还有《太平天国史》、《五四运动史》。

吴大路阴郁地问：“对现实不感兴趣，想钻进故纸堆吗？”

一直注视着吴大路的林道静似乎早就准备回答这个问题了，她立即说：“不，古为今用，我准备写知青运动史。木箱里全是我收集的资料。”

她有些紧张地盯住吴大路的脸，唯恐他嘲笑自己。

然而，吴大路什么反应也没有。他不反对，也不赞同，因为他自己还没去研究知青运动对于整个人类历史的意义。他感到有些疲劳，坐在了地板上。他不明白，为什么到了这空荡荡的竹楼里，他会松弛下来，感到负担卸去，每一个细胞都轻快了。

“看看我的卧室吗？”林道静希望看见吴大路那柔和下来的脸，她的声调也温柔了，“一个姑娘住在这么大的竹楼上，每天夜里都会被噩梦惊醒。有时，也会沉醉在美妙的遐想中，久久不愿睡去。”

吴大路不会去猜测她话中的另一层意思，他走到小隔间的门口看到了里面的一切：没有叠的被褥，胡乱扔在枕边的书，堆在一角的沾满泥泞的衣裤，正面竹墙上挂着那幅他用鲜血写出的挽联。他皱起眉，不愉快地问：“为什么不烧了？”

“因为那上面有你的血，它可以给人深沉的力量。”林道静坦然地回答。

“我该走了。”吴大路突然说。

而林道静并不惊讶，她知道像他那样的男人怕把持不住自己的情感。她不想马上就得到什么，只是真诚地问：“不吃饭吗？我还有一个罐头。”

“不！”

“明天……噢，你走吧。”她像是正在决定一件重大事情似的犹豫地说。

吴大路不敢再呆下去，他匆匆离开了傣族寨子，在不宽的水田田埂上走着。

他感到一种从未有过的惆怅心情，似乎想得到什么东西，又怕失去更多的东西。那是什么在诱惑他呢？他猛然回过头去，看见竹丛中露出竹楼的一角，林道静正站在平台上向他眺望，几缕黑发飘散在她消瘦的脸颊上。他加快了脚步，再也没有回头。

回到贡嘎寨子，夜幕已经遮住了大森林。

吴大路到勒干大爹家去告别。勒干大爹放下手中的竹烟筒，从身后捧过一个布包包，慢慢打开来。里面是一根虎骨，一块麝香。

“不。”吴大路推辞着。因为他知道，这小小的一包东西可能就是一个景颇猎人一生的血汗。

勒干大爹不高兴地沉下了脸。

吴大路的手软了，接住了这个蓝布包包。他知道景颇人的脾气，上次他退回了那半只野猪腿，勒干大爹一家整整半个月没跟他说一句话。

勒干大爹又捧起烟筒，咕咕噜噜抽了一大口，喷着烟问：“你阿妈身体可好？”

“四年前她就去世了。”

勒干大爹同情地点点头，忽然想起了什么，掰着手指算了算，吃惊地问：“你不是四年前，来我们景颇山的吗？”

吴大路压抑住心头的悲伤，努力平淡地回答：“她死后第三天我就来了。”

勒干大爹不再问什么，只是一口接一口地抽着烟，一会儿竹屋里就烟气腾腾。吴大路也一声不吭，他发现屋里缺少那种常有的欢快情绪，于是巡视了一下，原来天真调皮的木果姑娘不在屋里。她一定是去和女伴们玩耍，或者帮哪个要出嫁的姑娘织筒裙去了。

吴大路默默地向勒干大爹告辞了。他非常感慨，这个景颇老人如此信任他，以至于根本不问他何时回来，还回不回来。

又是山区一个难得的晴夜。竹荫树影都清晰地呈现在淡淡的月光下。大森林那样安谧，在这个宁静的世界里，人们的灵魂被净化了，纯洁了。四年没有回过一次家，当现在要探望故乡时，吴大路却感到对大森林的依恋。

“阿卜莫。”从密密的竹丛中传来一声深情的呼唤，一听就是木果那清亮的嗓音。

吴大路慢慢走向竹丛，借着月光，看见木果穿着鲜艳的红色筒裙，梳着油亮的发辫。月光透过竹梢，在她脸上和胸脯上映出几块银色的光斑，使她显得那样朦胧。

“你，一个人?”吴大路有些疑惑。木果是寨子里最美的姑娘，来找她唱歌的小伙子就特别多，有的不惜爬几座山来找她呢。

木果嗔怒地嘟哝着：“人家在等你嘛，你要走了……”她脸上露出无限柔情，用一种异样的眼神望着他。

吴大路发现，同样在艰难的环境中，木果却越长越丰满，肌肉充满弹性。她每一个细胞都适应这贫困的生活了。

在吴大路眼中，木果还是个只会调皮的孩子，一个还不到十八岁的小姑娘。而他，整整比她大八岁。

看到一个小妹妹对他的依恋，他笑了，兄长般地捋了捋她几根由于竹叶牵挂而散乱下来的头发，小声说：“木果，你今天真漂亮。等我回来，给你带一大堆好看的花边，让你和你的女伴都打扮成森林仙女。赶快回家吧，大爹等你呢。”

吴大路说完就想离开竹丛，一些放心不下的事还要和欧阳明说说呢。

木果一把拉住他的手，但马上又松开了，脸上现出伤心的神情，用委屈的声调说："你这个憨人……不懂我们景颇人的规矩……"

吴大路吓了一跳，一时摸不着头脑，不知怎么得罪了这个小姑娘，更不知又触犯了景颇人什么习惯。他慌忙问："我，我做了哪桩对不住景颇人的事了？"

木果抬起眼，看见吴大路茫然不知所措的样子，咯咯咯地笑起来，然后热烈地说："阿卜莫，你要早点回来嘛。"

吴大路悬着的心放下了，他笑起来，拍了拍木果浑圆结实的肩头说："告诉你阿爹，放心吧！"

木果低着头，没吭声。待吴大路走出几步后，她深情地低声呼唤着："阿卜莫，阿妹等你……"

第二天天没亮，吴大路就踏上了归程。

他只让欧阳明送到公路上，便握手告别了。当他风尘仆仆地来到县城长途汽车站时，一下子愣住了。

只见身穿旧军衣的林道静正站在候车室前，手里拿着两张汽车票。

"你……"他说不出是激动还是烦恼。

"我要回省城去收集一些有关知青的资料，咱们正好…同路。"

林道静毫无窘色。她知道，他没有勇气拒绝。

他一声不吭，默许了。然而一时间，他又感到自己可鄙。他苦笑了一下，心酸地叹了口气。

整整五天五夜，白天他们坐在简陋客车的同一张木凳上，晚上，在同一家肮脏杂乱的旅店住宿。然而，他们很少交谈，只是时常把目光交织在一起，而这种短暂的相互凝视，对于他们来讲，比说上一百句话更能了解对方的思绪。

回到省城，等待吴大路的是一盒父亲的骨灰。这个曾经漂洋过海，为寻求知识救国的老知识分子，没有能等到四年未归的儿子的到来。他解脱了，虽然到死，还背着一大串侮辱人的罪名。

弥留之际，他用吴大路几乎辨认不清的字迹，留给了这世上唯一的亲人一段话："人生没有宽坦的大路可走，当你一降生人世，我和你母亲在给你取名时，就明明白白地告诉了你。走自己的路，义无反顾！无须为路的艰险而滞顿不往。"

啊，父亲！

吴大路忽然想起，小的时候，他曾经多么愤慨父亲对他的冷酷，那多半是当他受了别人欺负，或者什么事使他不平、不顺心的时候。当他含着泪请求父亲也像别的家长一样，为孩子去撑腰、壮胆，父亲却总是把眼睛从书本上移开那么一会儿，定定地望着他说："大路，这是你自己的事啊。"

"那么，我要去揍他！"

"你自己决定，只要你心里不为此羞愧，而且，打疼了不必来哭诉。"

于是，他就自己去处理和小朋友的纠纷。动武，吵架，递交"最后通牒"，甚至找大人"谈判"。

他经常会因此陷入到不可收拾的错误中去，但是世界上任何事情都有完结的时候。很快，他已经完全不用再去要求父亲帮助了，错误也渐渐少了……人，不是依傍大树而苟活着的葛藤；人，是独立的，坚韧、正直，充满创造的活力，不屈不挠地去接近真理……这就是父亲用满腔的爱，教会吴大路懂得的。多好的父亲啊！

几天的时间里，吴大路都沉浸在无边的悲痛中不能自拔。

林道静根本没有去收集什么资料，她每天从早到晚陪伴着吴大路，帮他料理后事……每天晚上，都是他送她回家去。他们默默地走在昏暗的路灯下，都感到无限郁闷、无聊，甚至窒息。

这时是一九七二年。林彪已经垮台了，这个震惊世界的事件，看起来并没有使中国社会发生什么变化。其实，那变化是在内部，尤其是在吴大路这一代人的内心世界中，有多少在自我愚昧状态中久久不能醒来的人被惊醒了。

听说吴大路回来了，他家里来人不断。多是他过去的同学和战友。聚在一起，没有欢乐，所有的人都阴沉着脸，带着忧郁、消沉的情绪。

他们诉说个人的不幸和苦闷：当临时工，当挑夫，二十六七了，因为还是学徒工，找不到对象……他们也倾吐着对整个国家命运的忧虑：这是个荒唐的年代，貌似在改革，其实在倒退，被压抑的民族只会死亡……

吴大路静静地听着，时而把眉毛拧在一起，时而把手指关节捏得咔咔响。景颇山毕竟太遥远、太僻静了，只有在这儿，吴大路才能如此清楚地看到，在自命要批臭封建主义老祖宗的口号和运动中，标榜得最显著的，恰恰是封建主义。

突然，一个同学拉住了吴大路的手，恳切地说："吴大路，别走了，你来带头，我们重新在一起，跟他们对着干！"

吴大路觉着心跳快了，那早已消失的领袖欲又悄悄抬了抬头，但那只是一瞬间的事，转眼，他平静了。不，他现在已经完全不相信自己有扭转乾坤的力量，但他却已经找到了那真正强大的力，并想把自己融合于其中。

“真想不通，你为什么要在景颇山默默无闻地生活……你，变了……”战友们不想说出刺耳的话。

在他们眼里，吴大路确实变了，优柔寡断，没有了魄力，没有了热情，甚至没有了理想；他的生活失去了轰轰烈烈的色彩，好像这世间没有了他这个人。他们想不通啊，那一腔热血莫非已经枯滞?!

“不，你们不理解，”一直像主人一样，给每个来客倒水的林道静忍不住说，“你们没有他这几年的经历……他在一次又一次巨大的失败和幻灭后，刚刚振作起来，刚刚踏上了坚实的土地……你们不要给他设置障碍，哪怕是好心的也不要，让他走自己的路，再往前，走几步……”

吴大路真想拉住林道静的手，去抚摸一下她的脸……但他马上鄙视起自己这欲望，陈光的身影遮住他射向林道静的目光。

是的，他们不理解他了。其实，他的血总是热的，而且在加速地流动。在他和欧阳明重返阿贡山，那个受了一辈子苦，现在仍旧受穷的景颇阿努，因为怜惜他们而落泪时，吴大路真恨不能将一腔热血倾洒给这块土地。

就是从那个景颇人难以成眠的寒夜起，吴大路深深感到，在城市的二十二年中，他得到的太多了，比同龄的景颇人一辈子得到的还多。一旦窥见了人们的痛楚，他便再也不能心安理得地从人们那里拿取。他要偿还，要加倍地奉献和给予！他觉得自己升华了。

第二次上山后，他和欧阳明每时每刻都和景颇人混在一起，一起喝酒嚼草烟，一起围猎打麂子……他们在把自己融进他们的生活里时，也一点一滴地把知识渗透进去。

他们没有再干开水田那样的“大事”，却托人从省城寄来了瓜种菜籽。萝卜种成了空心的，但南瓜却帮助贡嘎寨度过了灾年。他们把景颇人用麻袋浸泡在清水塘里的谷种捞上来，重新科学选种、浸种，景颇人说他俩精心得“像侍候阿爹阿妈一样”。

这一年，他们山下的水田里，稻谷长得那么好，连自认为是种稻子专家的傣家人看了都眼馋。傣家人来询问这里的奥妙，贡嘎的景颇人自豪地伸着大拇指说：“我们景颇寨子嘛，也有科学啰。”

就在这种没有高谈阔论、没有壮举的平凡的生活中，吴大路他们走出了自己那个主观的狭小的天地，走到了广袤无垠的大千世界中。

吴大路在城里呆不下去了。

在偌大的城市里，他的创造力无法施展。而在景颇山上，无论如何他可以有自由，可以提意见，可以动手去干。他决定回景颇山了。

临走前，吴大路抽空去医院检查了一下腹痛的原因。医生严肃地告诉他，是肝病，已经转为慢性了。他默默撕碎了那张可以要求“病退”的医生证明，在浩渺的滇池边伫立了整整一个下午。

林道静陪伴着他，久久地凝视着远处沉睡了千年的睡佛山。

“也许，我们太拘泥于生活的形式了。”林道静说。

吴大路摇摇头：“我们根本没找到一个完整的生活方式。”

“我们共同寻找。”

“嗯。需要一代人共同寻找……”

不管有路无路，他们都要往前走了。

吴大路变卖了家中一切财产，托人购买了一台手扶拖拉机和几件配套农具，没有向那些他仍然敬重的战友告别，便再一次离开了养育他的故乡。

他怀疑自己是否还会回来，因为在阿贡山上，有他一辈子也还不完的债，不是五十斤包谷，但是从五十斤包谷开始的。

当汽车吼叫着，扬起一团灰雾时，他紧贴着玻璃窗，满怀深情地说了句："永别了。"

于是，他如同卸去了一个重负。

然而，他永远也不会轻松，灵魂间更大的痛苦正折磨着他，这就是和他形影不离的林道静。她和他一同踏上了归程。

在颠簸的汽车上，一句话像是在无限深远的隧道中爬行了许久，终于从他心底冒了出来："道静，我觉得，生活中有了你，一切都……"他停住了嘴。太生硬了，生硬得使他自己都难受。

但是，即使涩得发苦，这话对于林道静来讲，已经够了。在这艰难生活中，有时一个简单的字眼就可以重新点燃一个人的生命之火，就可以使他一生都闪烁着希望之光。她悄悄用手握住他那枯根一样的手，近乎痉挛地扭动着。

吴大路感到她的手冰冷，也同样枯瘦，这是他们认识以来第一次把手交织在一起。他喃喃着："这……"

"这就是爱。"林道静悄悄把身子靠着吴大路的肩头。

吴大路没有惊异她的大胆，他只是痛苦。他觉得，他没有时间去爱，而且，他没有权利去爱，当他冷酷地"审判"了陈光之后，他就认定自己这一生都不需要这种缠绵的、浪费精力和时间、损害事业和理想的感情了。

但是，他又无法否认这一种感觉：和林道静在一起时，他会激动，会兴奋，会涌出从未有过的一种热情，他……想和她在一起。

感情能抑制吗？本来他认为一切欲念都可以用理性来淹没。

在林道静的傣家竹楼等待姗姗来迟的手扶拖拉机时，吴大路睡在外面空荡荡的大房间里。由于和林道静只有一道薄薄的竹篱笆墙相隔，他浑身发热，久久地难以入睡。他站起来，光脚走到阳台上。

透过竹荫树影，可以看见淡淡的月光洒在平坝上，水田里一片蛙鸣，蕉林中不时有手电光柱在闪耀，一定是小普少（傣语，姑娘的意思）和小伙子们在幽会。以往，这情景只是使他新奇，而现在，这种幽会强烈地刺激着他的每一个细胞。

边上一声轻轻的咳嗽，原来林道静不知何时已经站在他身边。只见她穿着尼龙的无袖短衫，下面裹着鲜红的筒裙，头发高高盘起，完全是傣族少女的装扮。在朦胧的月色下，她的肤色滑润、细腻、柔和，显出娇媚的神情。

“像不像小普少，我美吗？”她用平静的语气说，眼睛里闪露出期待的光。

他突然渴望拥抱她，抚摸这苗条的身躯。他的手掌出汗了，剧烈地抖动着。然而，他再一次克制住自己。他不能让陈光和李红嘲弄他，他们可以痛骂，但不能耻笑。

林道静发冷地抱住双肩，说：“你在想你曾经拆散了一对恋人，为了你自己也认为荒唐的理论。而现在你还不愿忏悔，强撑着面子，你真愚蠢……”

她竟然什么都猜得到，包括心灵中最隐秘的东西。她说：“其实，你有机会弥补自己的过失……”

他什么也不想回答，他忘不了陈光离去时那怨恨和羞辱的神情。他安慰着自己，即使是爱，也深深藏在心底吧，这样，似乎会永远有一种虚无缥缈的东西在遥远的地方诱惑着他，使他感到世上还存在着应该属于他个人的东西。他转过身去。

第二天，他们相互间忽然有了陌生感，都不自在起来，对话非常冷漠。他们都很难过。为什么呢？有这种必要吗？难道不爱即恨吗？

第三天的夜晚，外面雷雨交加，雨点打在竹丛蕉林上，像是海涛发出“轰轰”的声响。突然，一个似乎炸裂整个世界的霹雳在竹楼上响起。还没入睡的吴大路听见林道静一声惊恐的尖叫，他跳起来，推开小巧的竹门，进到她的卧室。

借着一道明亮的闪电，他看见林道静正半裸着身子，瞪着大大的眼睛，像孩子似的缩作一团。

一股爱怜之情从心头涌起，他慢慢蹲下身去，抱起了她。她那样轻，像是一片落叶……当他轻轻躺下去时，他不由自主地喃喃着：“我错了，我又错了。爱，真的会给人力量，可我不愿意承认。不，我不懂，那可笑的自尊……”

“你已经懂了，永远懂得了……”她贴在他胸膛上的身体那样冰凉，好像她的血液全都停止了流动，但她的眼里闪着火一样的光，这光透过他的肌肤，烧透了他的心。

“抱着我，抱着……我冷，我怕，我太孤单了，太孤单……”林道静打着寒战。

然而，吴大路的手却松开了，慢慢离开了她。

他不能，不能！

陈光和李红给他心上留下了太深的刻痕。

他怎么能把别人之间的情爱当作毁灭事业的妖魔，而自己却要沉溺于女性的温柔和爱抚之中呢？不能啊，抑制住感情的波澜吧，你不配去爱，也不配被人爱，你凶狠地毁灭了别人的爱，你一生都将受到惩罚。爱，不再属于你！爱啊……

“为什么？你为什么离开我？”林道静不顾一切地扑过来，搂住他的脖子。

此时，她可以失去一切，但不能失去他，这是他们唯一的一次机会，以后再不会有了。在这个风雨雷电的夜里，她感到世界上只剩下了他们两个人，这间小竹楼里的一角就是已经被淹没了的地球上唯一的一片小舟。

“我，我不能，我对不起陈光和李红，我无法去弥补对他们不公正的审判……”他似乎在泥潭中挣扎着，极力想解脱出来。

“爱，学会去爱，比他们爱得还深，还强烈，这就是弥补……”

林道静的话燃烧着他。

吴大路最后一丝自持的力量被林道静发狂般的拥抱夺走了。他喘息着叹了一口气，他被这种无所顾忌的爱击垮。当他用粗糙的、指头有些弯曲的手抚摸着林道静那光滑的肩头时，大堤完全崩溃了。

然而，即使在这种应该忘记人世间一切烦恼的时候，他还是腾出了一瞬间，向陈光和李红忏悔着：原谅我吧，原谅……原谅一个永远不值得原谅的人……哦……噢……

火山爆发了，岩浆在流动，地球迅速地向太阳飞去，行星猛然地撞在一起……

不知过了多久，吴大路点亮了灯，枕着双手，似乎是在倾听密集的雨声和遥远的雷鸣。其实他是在沉思。

他爱她什么？本来她那小姑娘般的娇柔、天真、秀美、活泼都没有了，剩下的只是每一句话都可以挖掘出他的内心的严峻心情。而欧阳明也可以做到这点呀，这无非是互相理解。那么是什么在吸引他呢？他突然想起陈光那个厚本子中的一些话：

爱便意味着你已经分辨不出她身上的优点和缺点，她的一切对于你都是美好的。

爱本身是一种复杂的混合体，稍微一碰就会燃烧，当你接触它时，也被一同燃烧。

一旦你想挑剔对方，这便不是爱。

谁能说清自己的爱，也就开始没有了爱。

吴大路发现，他竟然如此完整地记着陈光的那些爱情格言。对这些格言，他原来那样轻蔑，而现在他无法逃脱这些格言的定义，谁也无法逃脱，只是时间和机会不同而已。他再一次深深感到对不起陈光和李红，因为他没能使他们得到人生中应该得到的东西。

吴大路突然紧紧抱住林道静，用全身心的爱抚摸着她埋在他胸前的头……他感觉到，一股泉水般的热流，湿透了他的胸：林道静哭了。这爱的泉水浸润了他那颗结着硬茧的心。一切都融化了……

天亮以后，他俩都没有感到不好意思，只是再一次疯狂地享受着对方的一切，也让对方享受着自己的一切，直到筋疲力尽……

吴大路到小镇上看了一下，拖拉机已经运到了。

他匆匆来向林道静告别。

“我要跟你一块上山。”林道静不知何时已经收拾好她简单的行装。

此时，吴大路才明白自己将要做出一个重大的决定。他又一次犹豫了，怕身边有一个异性会束缚住自己。

他只好再用那陈旧的问题来阻止林道静：“为什么要跟我去？那种折磨你受得了吗？要一辈子呀……”

“受得了，只要跟你在一起。”

吴大路感动了，但他还是郑重地说：“可是，你要明白，我已经从天上掉到地下，我不会再飞上去。也许，我会当一辈子景颇人……”

林道静笑了：“那，我跟你当一个景颇大嫂。”

吴大路愣了一下，他想笑，却突然一阵心酸。他搞不清这算什么情感。

“你，不愿意吗？还是……”林道静想说，“还是认为我除了可以给你爱以外，再也不能给你生活中增添什么别的东西了？”

但她没说出来，她凝视着他，用瘦削的双手抚摸着他那硬硬的胡子。这胡子昨晚上搞得她挺难受的，可她喜欢这胡子。有这胡子，他更像一个男人。

吴大路再也无力拒绝，他突然轻松了，难道他不希望每天都能看见她，都能和她在一起吗？

他终于笑了：“一个傣族少女突然又变成景颇少妇，这一定是妖怪。”这是他几年间少有的玩笑话。

“是仙女！”她抱住他吻了一下，也露出了少有的天真活泼。

他们收拾好简单的行装，离开了傣家寨子，跑了几十里路才约到七八个知青。大家一起把手扶拖拉机拆了，将这一堆机器扛上了阿贡山峰。

黄昏时分，他们来到了贡嘎寨子。几乎全寨子的人都从竹屋里跑了出来。

勒干大爹喜滋滋地拉住吴大路的手说：“我晓得嘛，喝过甜水的麂子还会回到泉边。瞧，你回来了。”

欧阳明亲热地给了吴大路一巴掌，笑嘻嘻地说：“都怕你飞了呢，特别是木果，天天来问我。真想找李书记给你下个通缉令……”

男男女女的景颇人都嘻嘻哈哈地笑了。吴大路也笑了，问：“木果呢？怎么不见她？”

景颇人笑得更响了，姑娘们笑得捂住了嘴。

勒干大爹嘿嘿乐着，指了指知青们汗流浃背扛上山的机器问：“这些是啥？”

吴大路兴奋地说：“这是手扶拖拉机，能犁田，能发电，以后路修通了，还能拉柴运粮食。”

“这是吴大路用全部家产换来的。”林道静说。

从一走进寨子，她就热切地注视着这儿的一切，这是吴大路热爱的土地，这儿将有他们的家。哦，从现在起，她就是这个寨子里的人了。乡亲们会像喜欢吴大路一样喜欢她吗？

她怀着一点也不陌生的心情，亲热地望着这些景颇人。但是，她立刻感觉到了，由于她这句话，所有人的目光都集中在她身上。他们露出明显的好奇、猜疑和冷淡。

“她是谁?”勒干大爹收起笑容问。

吴大路朝林道静笑了笑，笑容里大有安慰她的意思：不要紧，他们会喜欢你的，只要知道你是我的……

“她是我的……”吴大路多想大声宣布，她是我的妻子，或者，就按景颇人的叫法：婆娘，但他犹豫了一下，还是忍住了。郑重些，等到举行婚礼的时候再说吧。

于是他说：“她是我的……朋友。”

粗心的吴大路竟没有发现，勒干大爹的脸沉了下去，没发现乡亲们中有人用不友好的目光望着林道静。

突然变得焦虑不安的欧阳明不合时宜地大声说：“勒干大爹，让他们先吃饭吧，统统到我们那儿去，卖了裤子也要请客。”

“不，一家请一个嘛。”

勒干大爹话音才落，好客的景颇人把一个个知青都拖走了，剩下了吴大路和林道静，谁都懂得他们应该是勒干大爹的客人。

但是欧阳明坚决地说：“勒干大爹，小林上我们那儿去，她是吴大路的朋友，也是我的朋友。”

听了这话，勒干大爹的脸色竟立刻开朗了许多，他说：“好嘛，小吴上我家。小林啊，你饱饱地吃饭，在我们寨子多玩几天。”

林道静笑了。她真希望立刻迈进吴大路住的竹屋，那儿，就是她的家呀。不是住几天，也不是住几年，从此以后，她哪儿也不会去了。

吴大路随勒干大爹走了几步，又跑了回来，局促不安地对欧阳明说：“欧阳，小林是……我们……”

林道静“扑哧”一声笑了，说：“你快去吧，我会跟欧阳说的!”

唉，多傻的吴大路呀，他怎么能不知道林道静心里盛满了幸福？幸福多得要往外溢，要找一个人倾吐。这自然只有欧阳合适，更何况，她和他并不陌生。

欧阳明不易察觉地叹了口气，带着林道静回到了他们的住处。当然，他很快就什么都知道了。其实，从林道静一出现，他就猜到了。

在勒干大爹的竹屋里，进行着这样一场谈话。

勒干大爹给吴大路倒酒夹菜。吴大路碗里的麂子肉堆得冒了尖。

“小吴，你阿爹一过世，家里还有什么人？”勒干大爹关切地问。

“没有了。”吴大路一阵心酸。

“唔……莫伤心，我们把你当儿子。”

“嗯，我是你们的儿子……”

“小吴，你这一回来，还走不走呀？”

“不走了，在这儿……一辈子。”

“那么，你可是该在我们这儿成家了。”

“该了，我正想和您商量这事呢。”

“那好啰，按我们景颇人的规矩，讨个媳妇，要送好几头牛呢。不过嘛，我不跟你要牛了，三天以后就给你们结婚。”看见吴大路这么干脆，勒干大爹高兴得连连喝酒。

“行啊，”吴大路也很兴奋，他笑着问，“大爹，您怎么知道我有新娘子啦？”

勒干大爹哈哈大笑：“木果样样告诉我……”

“木果？她怎么知道？”吴大路奇怪极了，莫非她认识林道静？

“她自己做的事怎么会不知道？她阿妈过世早，所以她和你订了婚约的事就讲给我听了。”

“什么?! 她和我……订了婚约? 您是说，新娘子……嗯，是木果?”

见吴大路大惊失色，勒干大爹也一下变了脸色，气咻咻地逼视着他:“不是木果是哪个? 怎么，你想骗……”

“不，不，勒干大爹，您别发火，我什么时候骗过你们? 我是不明白……”

“怎么会不明白?!”勒干大爹吃了一惊，“木果不是按我们景颇人的规矩问过你了吗? 她把表示一辈子心贴心的两片栗树叶子，面对面合起来递给你，你又没有把它们扔掉，又合在一起还给了她，告诉木果你和她想的一样。木果怕你们知青不懂规矩，又问你是不是喜欢她? 你说喜欢，你收了她的长刀，你还说过不骗……”

吴大路的脑袋一下大了。他一下想起了那个大雾弥漫的早晨，他为了询问高志勇的去向而和木果之间发生的事。

哦，景颇大森林里遍布奇树异木，谁知道那两片普通的栗树叶就是爱情的表白与许诺?! 是的，木果问过“你喜欢我啦?”他点过头，说过“喜欢”。可那时他的心全惦着不知去向的同伴了，不，即使在他头脑清醒时，他也会这么说的。可喜欢和爱，这之间的距离不是拿尺子可以丈量得清的。

然而，勒干大爹说的这一切都是事实，这事实又是不容反悔的婚约。

吴大路霎时间想起了木果为他哭，木果对他的笑，木果对他的依恋……吴大路，你好糊涂呀，你把她当个小姑娘，她却把你认认真真地当情郎了。

“九山十八寨，多少景颇小伙子，有大山的体魄，有攀枝花树的耿直，还有画眉一样的金嗓子，可是都打不动木果的心。她一心要跟你。开始，我也闹不明白你哪点迷住了她，慢慢地，我看出她有眼力。阿爸我心里高兴。可是，我也心疼她呀，你不会对她唱情歌，也不会拿毯子裹着她说些亲热的话，就是你这次回城之前那一夜，你本该和她到竹丛里……我木果爱你，爱得好冷清……”出于对女儿的爱，勒干大爹这番话充满了怨愤。

凭着从磨难中锻炼出来的抑制力，吴大路在极度震惊的昏眩中，马上意识到，自己走到了没有退路的绝境。可是，心中的爱情之门刚刚向林道静敞开，多么沉重、多么难以启动的心扉啊。这里面是吴大路唯一可以成为纯粹个人的东西呢。

不，不能失掉它！吴大路决心要尽全力护住它。

于是他沙哑着嗓子说：“勒干大爹，木果还小呢，能不能……再等一等？”找这样的托辞使他脸红，可是此时不能直言，他深知勒干大爹的脾气。他只希望给他些时间，容他仔细来理一理头绪，再作计议。

“等多久？”勒干大爹沉着脸问。

“一年……半年也行。”吴大路咬了咬牙。

“不行。三天！要么结婚，要么……”

毫无一点通融的余地。

吴大路简直不知道怎么从勒干大爹家走出来的。他跌跌撞撞，如同在云里雾里。

忽然，一阵轻柔的歌声飘来：

让我们荡起双桨，

小船儿推开波浪，

海面倒映着美丽的白塔……

云雾消散了。吴大路猛地站住了。

多么熟悉的童年的歌！这歌带着只有美的生活才能酿出的醇香，一股一股从吴大路他们的竹屋里飘散出来。

是林道静在歌唱。吴大路何曾听过她歌唱？而且，她居然能唱得这么甜！这时，吴大路越发感觉到林道静对他来说，是多么宝贵。他的心碎了，该怎么对她说清这一切呢？踟蹰间，欧阳明走到了他身边。他已等候多时了。

吴大路一把拉住了欧阳明的手，痛苦地说："勒干大爹要我和木果结婚，可我和林道静……"

欧阳明淡然道："我以前不知道你和小林……和木果的事也是这几天听乡亲们说的。你到底答应过没有？"

吴大路摇摇头，又点点头，闭上了眼睛："我真不知道……"他猛地攥住欧阳明的手："你应该看得出，我把她当小妹妹，当小朋友……"

欧阳明同情地点点头，发愁地说："怎么办呢？你又没有分身术！"

"不是还有三天吗？我要尽一切努力试试……"

"我们一起……或者，我替你……"这话连欧阳明自己都觉得荒唐了。

其实，他们俩心里都明白这是件极其棘手的事。

在门口，欧阳明嘱咐吴大路："先不忙告诉她。她现在除了幸福，一切都不存在了。"

尽管吴大路本能地认为林道静不会是个能干的主妇，但当他推开门，还是大吃一惊，屋子里乱糟糟的，满地堆放着的东西让人迈不进屋。林道静兴奋地把东西搬来搬去，却无论如何也理不清爽。

见他们进来，她难为情地说："我想，箱子放这儿可以当个桌子，可是摆在这儿又不好看……我简直不知道该怎么把屋子弄得又宽敞又漂亮。唉，我太笨了，你多倒霉，找了个不中用的老婆。"

她两眼深情地望着吴大路，假装出来的叹息和对自己的埋怨，都掩饰不住她内心的喜悦和幸福。

这幸福立刻感染了吴大路，他的心颤了。笨也罢，乱也罢，只要有林道静在，这竹屋就自然生辉。可是……吴大路的心立刻又被苦水淹没了。

他们决意要瞒着她，但是女性在感情上是极为敏感的，而且景颇寨子的人谁也不善于撒谎，于是来了两天，林道静就明白了一切。

假如每个人的一生都像地球一样有冰河期的话，那么林道静就是正处在酷寒之中了。她拖着麻木沉重的双腿，回到竹屋，默默地缩在火塘边，把木柴一块又一块地投进火里。火苗旺得不能再旺了，但她仍不断地往火塘里添柴。

吴大路惊恐地感觉到：她好像在焚烧着什么看不见的东西。是幸福和希望，还是痛苦和哀伤？

欧阳明按住了林道静的手，不让她再去拿柴。然后取出一件破旧的黄棉衣披在她的肩上。他习惯地托了托眼镜，想使凝重的气氛轻松下来，便说："小林，对景颇寨子印象如何？景颇人的筒裙可不比傣家的……"没说完，他自己都没味地叹了口气。

"欧阳，你睡吧，我想和道静谈谈。"吴大路请求着自己的伙伴。

欧阳明点点头，到竹屋角落的阴影里铺开了被子。临睡下之前，他低声说了句："别让火熄了，今晚上又够冷的。"

吴大路和林道静都听出了他话中另外一层意思。

他俩没走出去，怕景颇人看见。

"坐过来。"吴大路小声呼唤。

但林道静一动不动，隔着火苗和吴大路相望。两道充满复杂神情的目光，不断被红色的火苗烧断。

"别难过，事情总会好起来的，我会想办法说服勒干大爹和木果。"但这话的语调却显得那样毫无信心。

林道静还是默默无言，只是透过厚薄不匀的火焰凝视着吴大路的脸。她感到这张脸像是钢浇铁铸，像是青铜雕成，有棱有角，线条分明，使人时刻能从上面感到勇气和力量。

是啊，她怎么能刚刚得到他就又被别人夺去呢？她想去找木果，像小说里写的那样去和她进行比较，到底谁爱吴大路深些。但是她没有去，不是缺乏胆量，而是怕吴大路不高兴。吴大路告诉过她："绝不能伤害景颇人的自尊心，他们把名誉看得像生命一样重要！"

可怎么办呢？她已经预感到了悲剧性的结局。不过，她不像一般女孩子，靠泪水排泄伤心和郁闷。她在想：爱，是生活的根基，只要能够去爱，不管最终能不能得到甜果。然而，她绝没有想到苦瓜却成熟得这样快。

"你为什么不说话？"吴大路想挪过来搂住她，但又不愿意违背她的意志。

她能说什么呢？面对着深深爱着的人，面对着严酷的现实，她太弱小了，因为即使是他，也在一瞬间闪过束手无策和茫然的神情。她不想说什么，只希望地球不要转动了，大自然中的一切规律都不存在，让这一夜长存，永远不会有第二天。那么，即使是她和他只能这样隔火相望，她也满足了。

可是……月在落，启明星在升。

他们就这样坐了一夜，谁也不开口，只是望着、望着，似乎要拼命把对方的形象，包括每一个细微的特点都刻在心中。

……

黎明来了，火熄了。

吴大路怔怔地望着林道静，一夜之间她的头发花白了一片！他心疼地闭上眼，不敢再看，然后坚定地说："道静，我去谈谈，勒干大爹会理解我的！"

林道静苦笑了一下，她做梦都希望他能成功，可是，她有预感……

吴大路走出了门。

在屋里勇气十足，可一出门就步履踟蹰，他可怎么开口呢？

欧阳明想陪伴着林道静，免得她会由于冷清、孤独而心情更坏，但林道静摇摇头："你去干活儿吧，我自己可以自持，我相信……有希望……"

欧阳明羞愧地走了，他怀着深深的内疚，怨恨自己无能，竟想不出一点办法来解决目前的困境，还算什么"军师爷"啊。

竹屋里清静下来了，林道静怀着一种难以形容的复杂心情，把吴大路和欧阳明脏得不像样子的被褥都拆了，又找出一些换下来的发出汗臭味道的衣服，放进盆里，端出去洗。

路上、水塘边，一双又一双疑惑的眼睛向她投来不友好的目光，使她浑身上下像针扎。但是，她面无表情，使劲洗着，搓着，揉着……

吴大路转悠了一早晨，想找到木果谈谈，却根本见不到她。景颇阿努嘲笑着他："心焦了？等不得啦？"

吴大路心情烦躁，第一次没有帮阿努背水回家。他在包谷地里找到勒干大爹，可他发现不仅无法和火气越来越大了的勒干大爹"摊牌"，而且感觉到寨子里的景颇小伙子们已经对他怒目而视了。

淳朴的民族啊，你夺去了他心上的花，他不会怨恨；你怠慢了他心上的花，他反倒容忍不下。

吴大路毫无收获，心情坏到了极点，脸色阴郁地回到了自己的竹屋前。他看见，竹屋前拴起了两根绳子，他和欧阳明的被里，被面，还有几件衣服挂在上面，已经洗得干干净净了。竹屋里，传来挪动东西的声响和人的喘息声。他疑虑地走到门前。

屋里，如同前天他从勒干大爹家回来时所看见的一样，乱糟糟的，伸不进脚去。林道静正搬着那沉重的书箱，"砰"地放在竹窗前，一边喘息，一边叫着："放这，这是写字台兼……书柜，凳子呢？圆转椅……他坐着读书……"

她四处寻找着，猛然伸手把一个洗脸盆抓过来，摔在书箱边上。她的脸上是一串又一串泪水，神色疯狂，完全陷入到了歇斯底里的状态。

吴大路的心碎了。前天她摆东西是由于兴奋，由于感觉到即将和一个心爱的人在一间屋里生活而温暖万分；而今天，是发泄，是由于感到即将失去心爱的人而发狂。她太想有自己的家，太想亲手布置自己的家了。她绝望地把不多的几件生活用具搬来挪去。

不，他不能让她这样，不能让她在这种不正常状态中挣扎。他大步冲进屋去，一把抱住了她。

林道静先是一阵挣扎："让我布置我们的家，让我……把两张床……并上……"一句话没喊完，她一下子瘫软在吴大路的怀里，顿时哭得上气不接下气。

"道静，别哭了，别哭。我不会让你失望的，不会。我爱你，永远爱你。我们离开这里，到一个可以让我们共同生活的地方……"吴大路急促地说着。这是他此时此刻的真心话。他实在忍受不了心爱的姑娘这种悲痛欲绝的哭泣和疯狂绝望的状态。

林道静真的止住了嚎哭，吴大路的话使她感到了希望。她仰起脸，望着吴大路的眼睛，她相信，他并不只是在宽慰她。于是，她又抽泣起来，但这时淌下的是幸福和激动的泪水。

等她稍稍安静了一会儿以后，他们开始收拾行装。很慌乱，但又常站着发愣。吴大路脑中除了林道静以外，全部成了空白。

中午，欧阳明回来时，看到这情景，什么话都没说，帮他们收拾起来。

整整一个下午，三个人都沉默着，甚至连目光都很少交织一下，似乎每个人都惧怕碰到别人的眼神。

晚上，吴大路终于开口了："道静，我出去转转。明天一早就走了，我想去看看……周围的一切。"他说得似乎很平静，很沉稳，可嘴角却在颤抖。

林道静已经略显平静的眼睛中划过一道阴影，但她点了点头，她不能制止爱人对生活过一千多个日日夜夜的地方的留恋。

吴大路走出去了，他走过水塘，绕过菩提树，在牛圈边站了一会儿，又走进寨子。他想思考许许多多问题，发出许许多多感叹，但大脑却依然呆滞、空旷。

在几株芭蕉树边，一个人拦住了他，冲他“嘿嘿”地笑着，原来是景颇阿努。

“小吴，我四处找你哩，走，去我家。”阿努拉住吴大路的胳膊。

吴大路感到轻飘飘的，身不由己地跟着阿努进了她的家。

竹屋里，火塘里的火正旺，把黑暗驱赶到角落之中。景颇阿努喜笑颜开地拿出一个布包包，打开来，从里面抖出一块景颇人用最原始的手工织布机织成的粗布：“来，比比嘛，跟景颇女人结婚要穿景颇男人的衣服哩。”

吴大路的心紧缩着，憋得透不过气来。他抓住胸口，低下头去，盯着景颇阿努手中那块不知用什么方法染黑的粗布。这块布能让阿努换回多少日用品呀：盐、火柴、针、线，甚至一口小锅……然而，她没去换，也舍不得自己穿，尽管从一进贡嘎寨子吴大路就没见她穿过新衣服。她现在却要把它拿出来为一个知青做衣服了。

吴大路知道，景颇人不太会做服装，有时甚至要下山去求傣族人帮忙。可看来阿努要在这一个晚上给他做出一身景颇新装，使他能在明天和木果的婚礼上成为一个地道的景颇汉子。他多想有一身手工织的土布做成的景颇服装啊，可是现在他不需要了，不需要了……

一想到明晨当阿努缝完最后一针时，他和林道静已经走出大森林的边缘，哦，他真想扑到阿努怀里告诉她："谢谢您，我用不着了，我要去跟自己真正爱的姑娘走了。景颇人不是为了爱情可以翻九千座山，过九万条河吗?"

但是，他什么也没说，他怕阿努伤心，怕她老泪纵横，于是只好麻木地站着，被阿努推来转去，量着尺寸。

不知过了多久，景颇阿努才算丈量完，然后用长刀割开布料。她看了一眼似乎疲惫不堪的吴大路说："小吴，回去早早睡吧，明天，明天……"她嘿嘿嘿地笑起来，如同自己的儿子要娶亲一样幸福、欢快。

吴大路慢慢退到门外，一股强大的感情力量使他久久地凝视着景颇阿努在火光的映照下，一针又一针地为他缝着婚礼上的盛装……

夜深人静之时，吴大路才回到自己只能再睡一次的竹屋。一进门，他就发现屋中的气氛有些异样，仔细一看，是她不在了。

"林道静呢?"吴大路扯起坐在火塘边、双手伏在膝盖上的欧阳明。欧阳明没戴眼镜，细细的小眼睛中显现出茫然，似乎他正在梦幻中。

吴大路心一沉，急切地摇动着欧阳明："快说，快说！她上哪去了?!"

"她……走了。跟在你后面出去了一会儿又转回来，给你写了张条，就走了。"说罢，欧阳明塞给吴大路手中一张有点潮湿的纸条。

吴大路紧紧抓着这纸条问："在这么黑的夜?"他不能相信。

但欧阳明沉重地点了点头。

吴大路没有分秒的犹豫，立刻疯狂地冲入黑夜，钻进茫茫的大森林中。

他奔走着，跌跌撞撞，甚至连滚带爬。真黑啊，没有星光，没有月亮，密密实实的枝叶把他和并不阴暗的夜空隔绝了，使他如同行走在深渊海底之中。他希望看见亮光，希望看见篝火，但是，他只能靠摸索和感觉前进，像一个盲人。他难以想象，她，一个姑娘，怎么能走出这座树的深潭。

他高声呼唤着："道静！道静!!"

黑暗的大森林毫无动静，吴大路的声音立刻就消失在树的缝隙中。

他只好继续追赶着，在只有野兽出没的小道上找近路奔向大森林的边缘。他只有一个念头：追上林道静，和她一起生活在世界上的任何一个地方。

他觉得走了很长时间，一直到树林的空隙中飘起了潮湿的水汽，可以看见灰白色的熹光。他知道，大森林的边缘到了，黎明也正在降临。

最后几棵树影闪到他的身后，他置身于一片稠密的沾着露珠的山茅草丛中。透过尖尖的草叶，他首先看见公路转弯处，林道静正爬上一辆绿色的军车。

"噢，"他张嘴高呼起来，"道静！道静!!"

军车在慢慢滑动，林道静紧紧抓住车子，不往回看一下。

吴大路腾身跳下两米高的土坡，摔倒在公路上，但他仍没有停止叫喊："道静！道静！等等我呀！"

他绝不相信她会听不见，整个山谷都在震荡呀。

但她的头好像僵住了，只有身躯随着越开越快的军车的颠簸来回晃动着。

“道静，道……静……”他的嗓子骤然间哑了。

汽车远去了，林道静远去了，只有那黄军装和花白的长发在飘扬。

吴大路发疯似的一把又一把地揪着路边土壁上的野草，他不明白林道静为什么不等他，为什么要这样残酷地离开了他。

猛然，他想起了她留给他的纸条。他摸索着，把它从裤兜中找了出来，慢慢打开。上面的字迹有些洇，无疑是她的泪水滴在上面：

亲爱的：

我跟在你后面，走过了水塘，绕过了菩提树，来到了牛圈旁，然后又站在那个景颇大妈的竹屋边，从竹篱笆的缝隙中看着她为你量裁结婚穿的新衣。

我感觉到了：在景颇山的生活中，我是一个多余的人。

你说过了，你要跟我走，我多高兴啊。但是，我已经深深明白了，你不可能再过别样的日子，你只能在景颇山这块土地上生存。假如你真要离开这里，就会像被从泥土中拔出的小草，很快会枯萎、死亡。

不，我不希望得到一棵干枯的小草，当作记忆和过去生活的标本……我走了，一个人悄悄走了。因为我不愿意成为你事业上的障碍，不愿成为你犹豫、徘徊、踌躇不前的根源。我知道，假如我真正爱你，就只能这么做，这是唯一的解决办法。

我不难过，我应该高兴，我得到了你的爱。多艰难呀，但终于得到了。世界上像你这样的男子并不多，作为一个女人能得到你的爱，在成千上万女性中都值得骄傲，也完全可以满足了。

……别去找我，按你自己预想的、早已规定好了的目标前进吧。在你成功和喜悦的日子里，想起我，那时，我一定也会在想着你。

亲爱的，吻你，也吻我吧，你的吻那样少，但却值得记忆一辈子。再见了……

信的后面又加了一行小字：

又：亲爱的，这不是在做出牺牲，你千万别这么理解。我这样做，正是为了永久地得到你的爱。

吴大路从公路边站起来，他印象中那瘦弱的林道静骤然如公路对面的山峰，高大、坚强，一副压不垮、砸不烂的雄壮气势。

他的嗓子哽咽得胀疼，硬憋回去的泪水顺着鼻管往下滴。他想对着起伏的群山大声呼喊，把林道静的名字铭刻在千山万壑之中。但一张嘴，他立刻用拳头堵住了，为什么要喊叫呢？他应该把她的名字连同她的爱深深地铭刻在心底。

他再一次望了望公路的尽头，转过身去。他知道，只有这样，才对得起林道静那深深的爱，也才会使林道静更加爱他。

他捧起那封信，在写着“你的吻那样少”的地方，深深地吻了一下。

吴大路回到了贡嘎寨子，带回了一个瘫软无力、几乎麻木了的身躯，也带回了一个刚强、坚毅，像金子一样不怕烧灼的灵魂。

他再也没有见过她，但他知道她的一切，她一定也知道他的一切。她默默地在省城生活，拒绝了所有的求婚者，一个人继续整理着《知青运动史》……

“哎呀，阿勒干（景颇语，儿子）！你可算是……回来了。快来，吃碗饵丝。”米线、饵丝皆是米制的食品，状如细面条。一个声音打断了吴大路长时间的回忆。

这个声音苍老、沙哑，却满含着真挚的喜爱。

阿勒干！是从什么时候起，景颇人就改变了对他的称呼？即使他后来成了公社的副书记，年长的景颇人仍旧亲切地叫他阿勒干，他是景颇的女婿，他们把他看成景颇人的长子。

吴大路抬起头，发现已经走到半山腰一个大寨子。这是月秀公社的所在地。雨不知何时停歇了，大森林挂满珍珠串似的水珠，光鲜鲜，水淋淋，闪动着无数亮点。寨口那粗大的菩提树下，有一间竹棚，一个景颇老奶奶在这儿摆着一个小吃摊，出售自家做的豌豆凉粉、米线和饵丝。

吴大路确实饿坏了，他招呼过老奶奶，在路边的水沟里涮了涮脚，走进竹棚，坐在两腿栽进土地里的竹凳上。

老奶奶立刻把烫好的两大碗饵丝端了过来，飘着厚厚油星的汤上，撒上了双倍的辣椒面。吴大路几乎连味道都没尝出来，就已经狼吞虎咽地把两碗饵丝吃下去了。老奶奶又颤巍巍地端来一碗米线，这米线上放着拳头大小的肥肉块。

吴大路知道，这几年养不起猪的人多，肉金贵，这是用来熬汤的。他放下碗，不忍心吃下这块他恨不能一口吞进肚的肉块。

老奶奶摆摆手，心疼地说：“吃吧，吃吧，看你瘦成个什么样子了，瞧，跟那纸画上的像是两个人。”

听见老奶奶让吃，吴大路一嘴咬去半块肉，顿时满口油香，他这才品尝出又香又辣的滋味。然而，老奶奶最后那句话使他转过身，去看那贴着许多纸和画的竹篱笆墙。

墙上是些大小不一、东拼西凑的报纸和画报，这既是屋里的装饰，也是为了糊住那些透风的墙缝。猛然，他明白老奶奶的意思了，在墙上，有一张专门介绍他和欧阳明事迹的画报。他再也吃不下那香喷喷的肉米线了，把全部心绪都集中到了那画页上。

最中间的是他和欧阳明的合影，周围像扇子一样散开的有他们学习、劳动，和景颇人一起欢笑，还有和木果站在他们新居前的照片。

其实，那照片上，吴大路同样是瘦的，只是自信地微笑着，眼里闪着生命的光彩。在这张画页的上端，标有一行粗大的黑字：景颇山上的两只雄鹰。

那时候，吴大路和欧阳明曾嘲笑过这个记者：他居然把他们比作什么鹰，他以为哪个民族都把鹰看成是勇敢和坚强的象征，殊不知景颇人恰恰不喜欢鹰。在景颇人心目中，这是个很不美的形象，因为它总是飞来飞去。

忽然，吴大路产生了一个念头：也许，那记者完全清楚景颇人的好恶，这只不过是他的恶作剧？归根结蒂，他和欧阳明不正像鹰一样，飞来又飞去了吗?！他伸出手，捂住了那被油烟熏黄了的照片，他不愿意看，但却不能不想……

在公路边目送走林道静后，吴大路捧着那被泪水浸湿的信，一个人在大森林中游荡了很久。后来，他来到了他们曾想开拓出水田的那片河滩地，躺在乱石间，漠然地望着天空。他感到心一阵阵地抽搐得发痛，四肢也似乎失去了知觉，人整个地在往下沉。

突然，他想到了死。死是什么样子的呢？轻松吗？当预感到要离开这个世界时人会想什么呢？……

他一动不动地躺着，直到大森林的阴影一点一点爬上他的身躯，才站起来。

他喃喃着："道静，你的一片苦心，我都领受了。为了我的奋斗，不，为了我们的奋斗，我们的信仰，我们的追求，还有我们的'债务'，为了走完还很漫长的那条艰难曲折的路，我回去了，回到贡嘎寨子去了。原谅我吧。对，爱人之间是不需要说原谅这个词的……"

他到河边洗了洗脸，向贡嘎寨子走去。

当打着火把出来寻他的欧阳明突然看见他钻出了林子，不由得在他面前顿住了。欧阳明偷偷地打量吴大路，发现他的脸上毫无表情。

"欧阳，今晚寨子里为什么烧这么旺的篝火？"吴大路望着寨子中心空场上映红了半个天的火堆问，他声音是平静的。

欧阳明不再看他，但是非常严肃地说："一大早，勒干大爹来问你到底怎么打算，我告诉他，你愿意做……木果的丈夫……今晚，就是婚礼。"

他做好了准备，要说服吴大路："……我很难过，我没法代替你……你牺牲得太多了，可既然我们要在这儿奋斗下去……"

吴大路并不把他的话听完，只管往寨子里走。

"吴大路！你要干什么去?!"欧阳明惊骇地追着问。

"换换衣服。"吴大路低声说。他不回头，一步一步沉稳地往前走。

他身上被树枝刮破的衣衫随风飘舞着，从后看，他竟像一个即将奔赴刑场的勇士。

望着他的背影，欧阳明不禁捂住脸，不出声地哭了。

婚礼举行了。

勒干大爹杀了一头牛，搬出了早就筹备好了的一竹筒一竹筒的米酒。围着篝火，全山寨的人都在狂欢，长刀舞和手帕舞一直跳到了半夜。

吴大路穿着景颇阿努给他赶做出来的景颇服装，挂上木果送给他的长刀，被乡亲们指点着，进行了一项又一项仪式。

经过了一场痛苦到极点的狂风暴雨的冲击，他的心灵暂时显露出一片恬静。因为现在，他自己已经不存有任何东西了。一无所有，便越能慷慨地舍弃一切，即使牺牲生命也在所不惜。

半夜里，吴大路和木果被喝醉了的乡亲们簇拥着，送到了一座新搭的竹屋里。"砰"的一声，竹门关上了，整个世界都被薄薄的竹篱笆墙隔绝了。

木果立刻坐到火塘边，往火塘里添柴。按景颇的规矩，这火塘里的火从今天点燃，就永不熄灭，直至这屋旧了、烂了，重盖新房为止。

木果羞涩的面孔被火烤着，像山茶花一样红润；耳环摇晃着，闪着光芒；象征着星辰日月、缀满了银泡泡的披肩覆盖着她丰满而结实的乳峰，随着她不均匀的呼吸而颤动着；她乌黑的头发松散下来，像瀑布一样披在背上；黑丝绒上衣，羊毛织成的红花筒裙紧紧包裹着她健壮而不失苗条的身躯。

她是美丽的。

吴大路一到这儿就被这毫无人工装饰的自然美所吸引，但他从没想到，有一天，这秀美的小姑娘会成为他的妻子。他更不能想象，刚失去心爱的林道静，他就要和这个少女亲热，做夫妻。

啊，他的心又在哭泣，他真想跳出门去，但他牢牢坐在火塘边，紧紧地抱住了头。

木果却默默地坐着，安静地等待着她的男人来拥抱她。她那一反常态的庄重仍遮掩不住满身的稚气，而且，静静地等待了许久后，她不知不觉地伏在自己膝上睡着了。

吴大路看着迷迷糊糊的木果，心里涌出一股爱怜，她可真是一个孩子啊。他站起身，把她抱了起来，放到床上。

木果醒了，她惊喜地睁开双眼，大胆地盯着这个她等待了几年的汉人阿卜莫。她怀着无限柔情往床里挪了挪，给心爱的人腾出一块地方，然后重又闭上眼，等待着结了婚的阿姐们告诉她的那个最幸福时刻的到来。

然而，吴大路只是拿起了被子（这被子是县委李书记托人送来的）轻轻给她盖上，然后和衣躺在她身边。他躺得那样小心翼翼，生怕碰到了她。

木果偷偷笑了，他真是个憨人。不过，也许是他太累了。

木果体谅自己的男人，她掀起被，羞涩地给吴大路盖好。

可是不一会儿，木果就发现，吴大路根本没有睡着。为什么他就这么冷冰冰地、像个木头一样动也不动呢？哦，他不是憨哩，那他……不喜欢木果？

木果不笨，她只是被幸福冲昏了头，现在她才意识到，她这个九山十八寨最美的姑娘，他竟然……不喜欢。

委屈的泪水淌湿了她的枕头和鬓角的头发。但是第二天，她并没有把这痛苦告诉阿爸和景颇人。她既然做了吴大路的女人，就要处处维护他。

而吴大路却把这隐秘告诉了欧阳明："我不能，不能啊……"

欧阳明深深叹了口气："你只知道对林道静内疚，维护对她的纯洁。可是，你却正在折磨另一个少女，她对你的爱和热情丝毫不亚于林道静。你是在害人！"

他第一次用这样尖刻的口吻斥责着吴大路。

吴大路无法辩解，但他也不想改变现状，只能深深地埋下了头。

不过，吴大路却完全赢得了勒干大爹和全贡嘎寨子景颇人的信任。

在婚礼上，勒干大爹就举起一竹筒米酒宣布："酒掺水嫌淡，血融血才亲，从今以后，小吴就是我们景颇人！"

吴大路和欧阳明早就发现，贡嘎寨子依然保持着原始氏族那种首领聚会制。寨子里无论什么大事，都由寨子中最有威信的几个男人围坐在火塘旁，一边喝酒，一边商定下来。一旦做出决策，任何人都不得改变。

现在，吴大路和欧阳明被允许参加进这个统治中心，并且，他们的意见被尊重、被实施。以前这些年的努力都有了收获，要爬到他们亲手栽的树上采果子，真是太容易了。这种突然的巨变让他们又惊又喜，他们丝毫不肯怠慢这个好时机。

于是，他们开始使景颇人对修筑通往山下的牛车路产生了兴趣。

有了交通才会带来文明，通过物资交流才能使生产力发展，这不但是从教科书上得到的理论，而且在四年多艰难的生活中，这个理论得到了证实。

牛车路很快地向山下延伸。

这一天，一棵大树拦住了筑路的人们。他们如拼杀般将大树周围的竹子砍断，然后把两个人才能合抱的大树，从根部开了两个口子。但是，树身晃动了一下，没有倒下去，有十几根粗藤拉住了树梢。

一个鲁莽的景颇小伙子抡起长刀，斩断藤条，大树发出刺耳的声响，牵扯着几百根发辫一样的细藤，顺山倒下去。那个景颇小伙子得意地笑着，用衣襟擦拭刀上的黏汁。

不想这时，被大树带倒的几根竹子凌空飞起，一根竹尖正冲着他敞开衣襟的胸膛刺来。站在他身边的吴大路来不及喊叫，伸出手臂，猛地一推，小伙子摔倒在地。那竹尖只轻轻碰了吴大路的手臂，便又飞到空中，重重地摔下来。

吴大路不在意地看了看手臂，吓了一跳，只见鲜红的肌肉像咧开的大嘴，白骨毕露，血，涌了出来。

剧烈的痛楚，极度的衰弱，再加上失血过多，吴大路晕过去了。

等吴大路睁开眼的时候，他发现，他正伏在木果的背上。

木果执意要自己把男人背回家。

吴大路想挣扎，但浑身一点劲儿也没有。这时，他看见木果眼角的泪，伸出手去给她抹了，但她眼中却滚出更多的泪珠。

“木果，不用担心，伤不重。”吴大路安慰她。

木果不吱声，泪水仍在流着。

“这道口子换了一个景颇人的命，你该高兴。”

木果眼泪已经沾湿了整个脸颊。

“你，怎么啦?”

“你对谁都好，就是对我……不好。”木果抽抽噎噎地说。

“这……”

“你……你不想做我的男人……”木果委屈得哭出了声。

说什么呢？吴大路闭上了眼睛。

吴大路病倒了。

在他受伤时，疟疾乘虚而入。

他发着高热，忽而发冷，忽而发热，浑身打着哆嗦，昏昏沉沉睡了整整三天。每当他神志稍微清醒一些的时候，总看见一张可爱的脸庞贴在他头上，随后，便会有一股甘甜清冽的液体流进他干渴的喉咙里。

他心里明白，这是日夜守护着他的木果。有一次迷迷糊糊的，他听见，勒干大爹和欧阳明在和木果争执，要换木果睡一睡。但当吴大路再一次醒来时，他身边还是木果。她伏在床边睡着了，她的脸紧贴在他的手上。

一个女人需要爱别人，更需要别人的爱。但木果对吴大路的一往情深却得不到回报，她独自吞饮着痛苦，仍然把无限柔情毫不吝惜地给予。

从结婚后，她就开始消瘦了。望着她那已经不再丰润的脸，吴大路感到了深深的自责，她已经把自己的一生都托付给了他呀!

在一个黄昏，大病初愈的吴大路被木果搀扶着，走出了自己的竹屋。把他扶靠在竹篱笆墙上，木果返进屋去拿竹凳。

太阳刚刚滑向山下，村寨、山岭，到处流动着蜜一样金黄的余晖；那松而软的白云，一朵朵一片片动也不动地浮在明净的蓝天上，使劲地吸收着阳光终于也变得金黄金黄。牧归的景颇娃娃，骑在牛背上，用树叶随心所欲地吹出些小曲，那音乐也像染上了蜜，沾上了阳光，让人听了心里发甜发亮。

整个世界都变得那么温暖、柔和。吴大路比任何时候都感觉到了这个富有神秘力量的世界。

一场大病，使吴大路发生了一些潜移默化的变化，他看世界的目光柔和了。一颗看不见的太阳把光明照进了他的灵魂，那是爱的阳光，爱，把他的心融化了。然而，这是不同于对林道静的那种爱。

当木果给自己的男人拿来竹凳时，她惊惶地看到，两行泪顺着吴大路消瘦苍白的脸往下淌。

吴大路没有擦泪，拉住了她的手，带着温情说："别怕，木果，我一定好好……做你的男人。"

他还想说："我要好好做景颇的儿子，做这片大地的儿子。"但他没有说出口。

从木果身上，他最真切地看到了景颇人的灵魂，他们默默无言地熬着困苦，毫无怨言地一代一代奋斗着。

吴大路想着他们便越来越少地惦记起自己所受的磨难，他遏制不住地想要爱他们，而且，他并没有因为心里充满了爱，就少了坚强，失去了信仰和理想。他只少了刻板、单调和偏执，他变得丰富了。

这时，他深深地怀念陈光。当他和林道静相爱时，他向陈光忏悔过，那时，他只意识到了爱情的力量，此时，他认识到了爱的更深更广博的含义。陈光那时骂他糊涂，骂得太轻了，他那时粗暴、冷酷、单调、僵化，心变得畸形了，而陈光是富有人性的人。

啊，陈光，你在哪儿？要是你一直在这儿，我是不是会早一点清醒呢？

木果轻轻靠在了他身上，也哭了。他搂住她，一言不发。

那一夜，他们终于成了真正的夫妻……

吴大路病好后，以更大的热情和欧阳明一起实施着他们改变山区面貌的计划。因爱而产生的力量显然比“偿还”的力量更大，更带着光明和希望。

日子虽然仍旧是那么艰难，但是，贡嘎寨的小水电站建起来了，景颇人第一次点灯不用熬油，风吹不灭的电灯给景颇人的生活增添了亮色。

吴大路用全部财产换来的手扶拖拉机，虽然一身毛病，每次发动，吴大路都要转动上百次摇手柄，转得他右腹作痛，可是这深山老林里毕竟第一次响起了柴油机的轰鸣。

贡嘎寨还办起了小学校，上过小学四年级的木果，晚上做吴大路的学生，白天，她是十六个景颇娃娃的老师。

欧阳明则带着几个聪明的景颇青年成立了科技小组，说服景颇人用了化肥，扩大了种稻谷的水田。

而那条牛车路，一点一点向山下延伸了十五里……

一年以后，贡嘎寨来了一个记者，是县委李书记在省里开会时请来的。随后，又来了第二个和第三个。记者们为他们拍了照，写了长篇的报道。

紧接着，一道命令下来，吴大路当上了月秀公社党委副书记，欧阳明成了公社知青办主任。他们商量了一夜，决定到公社上任。

他们要用自己的能力，使整个月秀公社都摆脱贫困。

吴大路到了月秀公社那几间透风漏雨的土坯房办公室中，就立即着手全公社的规划。欧阳明接过薄薄的知青花名册，毫不犹豫地给在册的二十六名知青安排了工作：教师、会计、赤脚医生。

他们俩走村串寨，无论多累，每天晚上依然走很远的山路回到贡嘎寨子。木果总是为他们准备好晚饭。她的脸上重又出现了红润，那是被爱滋润的。她承担了全部的家务，支持和帮助着吴大路，让他去为大家做更多的事。

吴大路与欧阳明精神振奋，准备更放手地大干了。然而生活不让他们有沉醉的时候，压在他们身上的永远是重负。

两年前，吴大路回省城给父亲办丧事时，还庆幸那没完没了的政治地震没有太大地波及到偏远的景颇山。其实，那只是他们由幻灭到怀疑，而怀疑得到了证实，他们便厌恶了，躲开了。

这一回，他们没法躲了。景颇山虽然僻静，但他们俩却已被宣传得名噪一时。既然他们的事迹上了那满篇假话的报纸，于是，制造谎言的阴谋家们，就需要利用他们的真实来给新的谎言做幌子。

一个省里派来的检查组，到了月秀公社。他们要亲自帮助吴大路这个先进典型，学大寨、限制资产阶级法权。具体点，就是要取消五天一次的街子天。他们毫不怀疑，吴大路能起到以点带面的作用。

他们在一个街子天，来到了坝区小镇上，这是这一带最热闹的街子，傣族、崩龙、景颇都到这里来出售农副产品。

从街子东头走到西头，每见到一个摆摊的景颇人，检查组的人就意味深长地望一眼吴大路。吴大路也仔细地观察着景颇人和他们要出售的货物，越看，他脸色越阴沉。

终于，他忍不住朝着街子吼了一声："月秀公社的人，都站出来！"

景颇人响应得很慢，但还是捧着、背着他们的商品，渐渐围拢在吴大路身边。在穿得五颜六色的傣族人中间，这些穷景颇的衣服更显得那么破烂不堪，一个姑娘背对着吴大路，为了不让他看见筒裙上的破洞。

看他们要出售的都是些什么？半背箩酸粑果、两三串芭蕉、十几个野木瓜、用芭蕉叶捆扎成包的山毛野菜……

吴大路眼睛发酸，他沉痛地说："大爹大妈，乡亲们，你们从山上跑到坝子，几十里路卖这么点东西，能卖几个钱？"

检查组的人疑惑地望望吴大路。

"阿勒干，卖点钱买盐巴，换得多少算多少。"

"吴书记，我们……又遭灾了。"

简直是在哭诉，情绪不对嘛，检查组的一个人高喊起来："学大寨呀……"

正这时，两个景颇汉子舞着长刀，一路厮杀过来。吴大路立刻闪出人群，把他俩喝住了。一见吴大路，他们垂下了手。

吴大路认得他们，这是兄弟俩。

弟弟气愤地说，嫂子要生孩子了，哥哥不在家照料，反倒上山挖了竹笋来换酒喝。

满嘴酒气的哥哥蒙着脸蹲了下来，申辩说，他是想卖了竹笋买红糖、鸡蛋，可半箩竹笋卖得的钱，只够买半斤酒。

真像尖刀刺了吴大路的心，他掏空了口袋，把八元四角钱递给了那景颇汉子。这是木果积攒了很长时间，要给吴大路扯衣服布料的钱，但吴大路却想给木果买，她的衣服也破得不好再补了。

然而，面对着这个两手空空、满嘴酒气的即将当父亲的景颇人，他什么也不想买了。

一转身，吴大路激愤地对检查组的人说："你们都看见了吗？景颇人穷成什么样子?！国家发给他们买肥皂、买红糖的购物证，叫交两分钱的工本费，他们都交不起。没钱买布，发来的布票当花纸糊在墙上。队里年年分红没钱，买油买盐，就靠这么点可怜的商品，连维持温饱的物质基础都没有，搞什么限制资产阶级法权，搞什么假共产主义！"

检查组的人脸都白了，他却毫不理会。他近来特别易怒，他怀里揣着省城战友的来信，那政治上的恶雨腥风太让他气闷了。

"乡亲们，"他深情地对他们说，"我们景颇人不能这样下去，我们景颇山发展生产的路和林子里的树一样多，可以种咖啡、种药材，还有……"

不知什么时候，那几个检查组的人走了，他也早把他们忘在了脑后。

在密不透风的景颇人群中，他有多少话要说啊。

但是，情况反映上去了，被当成奇谈怪论。李书记极力为他开脱，他找了个令人信服的理由没有让上边动怒。

他说，吴大路这两年钻在山沟里，消息闭塞，学习不够，不了解形势，而内心深处，他却被吴大路的话震动了。二十多年来，他听的、见的、懂的都比吴大路多得多，但他从不会怀疑。过去他为自己的忠诚和坚定自负，现在他内心却开始骚动起来。他还理不清自己的思绪，但有一点他是明白的，吴大路说的是真话，而且他的耿直，简直和真正的景颇人没有两样！

这一次李书记保护住了吴大路，可是第二次，他连自己也没保住。

在周总理逝世后的一次知青先代会上，吴大路居然对那个当了中央委员的“知青典型”（同样是冠以革命和先进的典型，却有着多么不同的本质）大大发了火。他痛骂这个曾经受过周总理爱护而现在却恶意攻击总理的无耻小丑，并声称：“谁要反总理，景颇山的人饶不了他。”

他去信告诉暗中策划悼念总理活动的战友：倘若黑云压城，景颇山随时敞开胸怀迎接他们。

于是，他的现实表现和“历史”联系起来，“存档待查”的专案材料启封了。城里战友被捕，查到了他们之间的通信，他属于证据确凿的漏网兼现行反革命。

在一天上午，县革委副主任带着四个持枪的民兵，突然来到月秀公社，以现行反革命罪把吴大路押走了。

又一次要离开景颇山了，那条山间的小路骤然间变得短了。

慢点，走慢点，再走慢点，吴大路一步步仿佛在丈量着这块土地，好把它准确地装进心里。

突然，一声粗犷的吼叫，勒干大爹带着几十名剽悍的景颇汉子，如同山神般降落在小路周围，两边的茅草枝藤簌簌地晃动着。霎时，几十把明晃晃的长刀对准了县革委副主任和那四个民兵。

景颇人一声不响，只是眼中喷着怒火，一步步缩小包围圈。欧阳明也在其中，只是他现在和吴大路一样，简直看不出是汉人、是学生、还是知青。吴大路知道，这一定是欧阳明奔回寨子报的信。

民兵们立刻拉开了枪栓，把枪口对准了吴大路。

那个被吴大路救过性命的景颇小伙如闪电般猛然窜起，抡着长刀，“砰砰”几下架开了那四支枪，其他景颇人一拥而上，把民兵的枪夺了下来。

革委会副主任的脸顿时苍白了，他气急败坏地喊：“你们不要上吴大路的当，他是反革命……”

几把长刀同时逼到了他脸前，勒干大爹怒冲冲地吼道：“是好人坏人我们认得，你把他放了！”

吴大路眼睛热辣辣地望着他的父老弟兄。这一段时间勒干大爹身体不好，很长时间没出寨子，看这会儿把他累的，唉，上年纪了，没有撵麂子的劲了。

吴大路单腿跪下，说：“谢谢你们为我送行，勒干阿爸，放了他们……我没有罪，会回来的。”

欧阳明一把拉住吴大路，说：“我跟你一起去，我们同生死共患难……”

那位副主任的眼光立刻恶狠狠地盯上了欧阳明。

吴大路甩开了他的手，生气地说：“搞什么江湖义气！景颇山还有多少事要做呀，有事多和勒干阿爸商量……我会回来的。”

但是，欧阳明一动不动，凭他那“军师爷”的头脑，他知道这一去是凶多吉少，也许会……再难相见。

他深深了解在这个特定的年代，等待“现行反革命犯”的随时可能是极刑。这种事情他不断地听到，那些人的亲属甚至连骨灰都不能得到。他紧紧地贴在吴大路身上，几年来结下的男人间那种深情厚谊使他像孩子似的嚎啕大哭起来。

县革委副主任趁势又大叫了一声：“带走！”

但是，景颇人没有一点要退去的意思。

吴大路由于得到景颇人这样真诚的爱而热血沸腾，但是，他毕竟成熟了，他明白这种场面的后果将是悲惨的、令人痛心的。他绝不能让几十个景颇人为了他一个人而付出血的代价，倘若要那样，他在景颇山这几年来所努力做的一切还有什么意义呢?!

想到这，他斜视着那个瘦小的副主任，冷冷地说：“给我松绑！”

“不行！”

勒干大爹的长刀又逼了上来，他的眼光那样凶，副主任极不情愿地解开捆绑吴大路的绳索。

吴大路扭动了一下被捆得发麻的臂膀，然后走到拿着民兵四支步枪的景颇小伙子身边，温和地拍拍他们的肩头，把枪拿了过来，一支一支递到民兵手中。

民兵们接过枪，但再也不敢横起来。

吴大路来到勒干大爹跟前，深情地说：“阿爸，您领他们回去吧。阿爸，现在我是您的亲人了，您不能为了自己的亲人而拖累整个贡嘎寨子啊……”

勒干大爹眼中露出了苦涩的神情，但他还是摇摇头：“你是我的亲人，可也是景颇人的亲人！”

趁着大家的注意力都集中在勒干大爹和吴大路身上时，革委会副主任示意一个民兵悄悄溜掉了。

这时，景颇族的公社书记梅干赶来了。

他不像勒干大爹那样固执地要求放了吴大路，因为他知道吴大路被带走是上级的决定，这是无法更改的……

他只是请求："吴大路在我们景颇山，在一天是一天的主，留一天是一天的客，让他吃顿饭再走。"

在下级面前，副主任又摆起了架子，翻着眼说："不行！他是现行反革命，你们都要和他划清界限。"

梅干不着急，反而笑笑："在我们景颇山，就要守我们的规矩，我们景颇送人上路，从来没有叫人空着肚皮走的。"

几十个景颇汉子一同发出了低吼："在我们景颇山，就要守我们的规矩……"

梅干泰然自若地拉住吴大路的手，转身向回走去，几十个景颇人簇拥在周围。

副主任无可奈何地跟在他们后面。每走几步，他就回头望望来路。

在公社那间四面透风的所谓食堂里，人世间最简单而又最庄重的酒席摆开了：一只来不及褪干净毛的鸡，因为没煮烂，撕不开，咬不动；一盘白生生的米饭，火烧得急，又糊又夹生；满满一竹筒包谷酒，沉甸甸地递到吴大路手中。

只有一个人吃，两边几十个人心情沉重地看着。

这样一餐饭，让这个二十九岁的年轻人吃出多少甜酸苦辣啊！

吴大路捧起竹酒筒，端端正正地递到每一个景颇人面前，深深地鞠上一躬，含着泪看他们每一个人都喝下一口，然后自己也喝下一口。

最后，他喝干了竹筒里的最后一滴酒，仰头向亲骨肉般的景颇人说了一直埋在心底的话："你们是高山，我只是一棵山茅草；你们是大川，我只是一尾小鱼。倘若我能回景颇山，一定要做你们的好勒干！"

外面响起杂乱的脚步声和"哗哗"的枪栓声。

县革委副主任一下子挺起了腰板，大叫着："在这，给我全抓起来！"

勒干大爹一挥手，几十个景颇汉子立刻严阵以待，十几支铜炮枪伸出了窗口。

吴大路猛地抓住欧阳明，眼中要喷出血来："欧阳，把我绑起来，快把我绑起来！"

欧阳明还在犹豫。

吴大路抢过一把长刀，放在自己脖子上，低吼着："阿爸，你们要不放下刀枪，我就……割下自己的头！"他想起了他们要去救山火时勒干大爹阻挡他们的办法。

欧阳明咬紧牙关，终于下狠心绑起了吴大路，然后把他推出门去，随后回身发疯似的夺下那十几支伸出窗外的铜炮枪。

梅干书记死死地拦住了勒干大爹。

外面荷枪实弹的民兵立时围住了吴大路，用几道绳索更结实地绑住他，勒得他喘不过气来，好像他是一个会飞檐走壁的江洋大盗，稍一动弹，就会逃走。

一场可能发生的血案避免了。

然而，没过几天，欧阳明作为同案犯也被抓走了。

梅干书记拒绝了去什么学习班学习，他一头扎回自己的寨子种包谷去了。

县委李书记被停职检查。

能够被整的人都在挨整了。要不是怕引起大规模民族纠纷，大概勒干大爹也要被解往县城……

“阿勒干，你回来了。阿努想你，晚上睡不着。”

“阿卜莫，得空上我家，娃娃他爹给你留着酒。”

吴大路回来了的消息不胫而走，老奶奶的小吃摊前，聚了一层人。

吴大路从竹棚里走到了他们中间。一年多没见乡亲，他想他们，现在回来了，他又怕见他们。

心地明净得像蓝天一样的景颇人哪，你们还这样亲热地称我“阿勒干”。我不配。我只是一只你们瞧不起的鹰，折了翅膀的鹰。

已经复职了的公社书记梅干，把吴大路从尴尬中救了出来，他把他拖出了人群。

“唉……”没说话，梅干先叹了口气：“李书记来过电话了……我们这儿穷，怎么就留不住人呢？……”

吴大路心里一阵难过，紧紧咬住了嘴唇。

梅干赶快安慰他说：“别伤心，你和别人不一样，你走，我们用大碗的酒送你。……先回贡嘎去拿行李吧，完事了，来办办移交手续。”

吴大路一阵怅然，还有什么可移交的呢？除了他贴身带着的一本知青花名册，这是欧阳明给他留下的，可那上面的知青大概都走了，这册子还有什么价值?!

“对了，昨天收到给你的一封信，像是欧阳明写的。他的字，我看熟了。”梅干的话里，带着淡淡的伤感。

吴大路一把抓过信，猛一转头，离开了梅干。

哦，欧阳，最亲密最忠实的伙伴，你可真是个军师爷，知道这个时候，我该回来了。可如果在这信里，你要告诉我的仍是你走前留下的那些话，还有没有必要看呢?

自从被关到那厚厚的土墙后面，吴大路突然地结束了七年的紧张生活。他不用为肚子发愁，一间阴暗潮湿的空屋子里，也没有什么值得让他去改造的。理想没有丧失，奋斗却似乎是停止了。

开始，他被那些检查交代纠缠得烦躁至极，因而拒绝写一个字。但过了不久，他就冷静了，他猛然意识到，他获得了充裕的时间。一想到他可以从容地回顾自己所走过的路，把那些来不及想就做了的事，一桩桩重新摆在眼前，仔细分辨一下，哪件对了，哪件错了，吴大路兴奋了，他兴致勃勃地拿起了“解剖刀”……

这些日子里，他时而捶胸顿足地痛悔，时而心碎欲裂地内疚，也因生命中那些光辉的闪现而欢欣……他不断地向看管人员要纸，不停地写着，几个月的时间里，竟然如一个作家一样写下了几十万字。

看材料的人十分不满意，吴大路却坦然了，他做错过很多事，因为幼稚、愚昧、轻信……然而依靠着坚强的信仰做支柱，他的灵魂始终没被压垮，他始终想一天天去接近真理，从未放弃人生……

吴大路不感到痛苦了，除了灵魂上没有负担，他还常常被景颇人的情谊温暖着，比如从那个小窗口，不时地有人扔给他些吃的，用芭蕉叶包着的烧好的麂子肉，放了红糖的糯米饭，甚至还有酸粑果、野木瓜……

可他万万没有想到，当严冬已经过去了的时候，他还被关押着，孤零零地躺在阴冷的土楼里。

人保组负责他专案的人告诉他："你现在是重点审查对象，'四人帮'的走卒，帮派骨干分子。别做出去的梦了，还是好好写交代材料吧，一切要重新认识！"

听了这话，他笑了，多么矛盾的罪名。

然而十年的风云变幻使他深深了解了政治斗争的复杂性，明白了历史进程中一些荒唐现象的必然性。他用不着暴怒，他相信自己，相信人民，相信自己的民族。于是，他重又坐下来，不断地写着，在厚厚的纸堆中，描绘出他的心。

他刚平静下来，一件比不放他出去更让他震惊的事情又发生了。

那是在一九七七年春天的一个早晨，天已大亮，曙光中，一叠发黄的纸放在吴大路那带铁栏杆的窗台上，被一块碎土坯压着。微风吹进屋来，那纸角掀动，发出簌簌的声响。

刚刚醒来的吴大路跳下床，拿过这东西一看，原来是月秀公社的知青花名册。他猛一翻开，从里面飘出一张字条，是欧阳明留下的：

一个新的时代开始了。

我知道你会多么兴奋！我也曾兴奋过，然而我现在更多的是烦躁和苦恼！在欢庆解放的锣鼓声中没有打开我的牢门，却把我看管得更严了。我知道，在赢得这场解放的斗争中我算不得英雄，可也绝不是小丑。

自从我被关押后，任何考验我都经住了，甚至包括毒打，因为我那张尖刻的嘴。

可为什么现在我又成了他们一伙？就因为我们主动要求爬上了阿贡山？就因为我们比别人受的苦多，受的煎熬多，自己忏悔的多吗？啊，你不觉得，过去这些年，中国这一场大悲剧中最悲惨的角色让我们扮演了！什么红卫兵小将，什么扎根，什么献身，什么一心为公，什么责任感和义务感……从一九六六年到现在，一切都是假的！

多么荒唐呀，你们叫我军师爷，可我却连自己上当受骗了十几年都不知道。在景颇山快九年了，我没回过一次家，用了失学和青春做代价，却只是站在一块仍旧贫瘠的土地上，捧着一颗冰冷破碎的心……

我认罪了，向让我认罪的人认罪了，承认了加给我的一切罪名！把麻木了的心让他们随意践踏吧。他们说我认罪态度好，把我宽大了。我来景颇山就是被掌权派宽大的，我离开景颇山又是被宽大了。我总觉得自己幽默，可哪里比得上历史的幽默。它可以这样残酷地嘲讽人！

向你告别了，也向过去告别。在新的时代里，我要寻一条新的路，做一个新的人，这点生活的信念我还没有丧失。

我知道你会骂我，你骂吧，我比你骂得还狠。我发现，我们其实比自己所想象的要软弱和幼稚得多。

吴大路果然暴怒了，他无论如何控制不住自己，只觉得胸口要被窒息，而大脑又要爆炸。他不相信地又一次看了看欧阳明留下的条子，一把将它扯碎了，甩到窗外。

一阵晨风吹开了这些小小的纸片，它们在空中飞舞了几下，纷纷飘落在院子和一条细流中。

吴大路又一把抓起了欧阳明留下的知青花名册，打开来，那上面是一道又一道的红杠，划去了一个又一个已经离开景颇山的知青的名字。在几个还没有被红杠压住的名字中，有欧阳明三个字。

吴大路拿出已经写秃了的钢笔，猛地把欧阳明的名字划去了，这是欧阳明留给他的权利。他一笔一笔使劲地划着、划着，眼里却涌出了心酸的泪水。

花名册的纸都被划破了，吴大路陡然一阵疲倦，无力地靠坐在墙角。怎么也想不通，不，他不肯接受这样的结论：上当受骗。

他和欧阳明都不是十五六岁的小姑娘，他们不是替别人活着，不是替另外的什么人在做着八年来所做的一切。他们是心甘情愿地为自己的人生、为自己的信仰和追求、为真正做自己和世界的主人在吃苦，在奋斗的。

不错，在这个就快结束了的年代里，假的太多太多了，以至于善在恶的面前都那么软弱。可是，洒在景颇山上的血和汗是真的，在这块土地上发生着几乎难以察觉的变化是真的，景颇人的淳朴善良是真的，他们的心和景颇人的心相通了这不也是真的吗？

为什么？为什么要这么轻易地否定自己的历史呢?!

都走了，只剩下吴大路一个人。

“七条半好汉”早已成为一颗小沙粒，深深沉入历史的长河……

一年后的今天，他，七条半好汉的首领也即将离去，他还有什么权利去怨恨欧阳明呢？

不，其实即使他有权利，也不会怨恨这位给了他无数帮助和安慰的“军师爷”，他只是感到一种痛惜，为了欧阳明对这几年的懊恼和悔恨。

现在，当一根雨丝也没有了的时候，他急切地撕开欧阳明的信，首先映入眼帘的是这样简单的几个字：

吴大路：我考上大学了，清华大学数学系。

哦，欧阳，你终于走上了一条平坦、宽广的道路！

数学系，多好啊，可以用数字计算一下我们这些年的价值，我们整个生命的价值。看看它的答案是不是零？

当然，这是一道复杂的题，虽然它没列入世界十大数学难题之中。你的走是一个已知数，但还有成千上万个未知数，要找到解，必须先找到正确的计算式。好好学吧，祝你最终能找到这个计算式，你是“军师爷”呀！

吴大路的心猛然刺疼了一下，欧阳明总算在进行一项事业了，而他呢？故乡城市等待他的也许是待业……欧阳比他强，比他将会有作为。

7

快爬到山巅了，道路骤然宽阔起来。

一道灰蒙蒙的天空把山洞般的大森林划成两半，吴大路似乎在一条两边是齐刷刷深褐色石壁的山谷间行走。这山谷间没有风，有的只是宁静、安谧，使人浑身上下都放松了，想歇一歇。

似乎这里的人们了解旅行者的这种感觉，于是在路边搭了一座人字形草棚。草棚里架着竹排，竹排上铺着松软的山茅草，棚口甚至还有一个火塘，里面余火未灭，几团亮光在闪烁。

他不是旅行者，有更亲切、更惬意的东西在吸引他。他仰望着并不宽广但却很长很长的天空，那阴云好像并不厚，似乎可以朦胧感到凝聚着的水汽后面的太阳。

他喜爱阳光灿烂的天气，朝霞和夕阳都可以给大森林带来瞬息万变的诱人景色。但他也不讨厌景颇山阴天的云，那灰色的像钢铁一样的颜色，使他联想起一个庄严的新世界，想起不可改变的信念和坚强不屈的生命。这阴云并不像人们想象的那样寒冷，它上面的太阳正热烈地抚爱着它，温暖着它。

吴大路慢慢低下头来，身旁无数水晶似的碎斑点好像都晃动了一下，变成一片耀眼的光环。他不得不眯起眼，只见所有的叶片上都挂着一颗水珠。并没有夕阳在照耀，它们也在闪亮。景颇山的水滴本身就会发光。

周围山林的一切都湿漉漉的，显得具有了生命的活力。生活离不开水，世界也离不开水。由于雨水的冲刷，小草柔顺地倒伏着，花朵低低地垂着头，各种各样的树木叶尖朝下倒悬着，像梳理过一样。哦，景颇山像一个怀着无限温情的少女，柔顺地、羞涩地向来人敞开了双臂。

一连串“嘎吱嘎吱”的声响使吴大路转过头去，只见一辆牛车正沿着人字形草棚边的另一条路向山下的密林中走去。他以为是对景颇山的眷恋使他产生了幻觉，定了定神，车轮声还在，牛车慢悠悠摇动着。

他紧走几步，站到那条路上。他望不见路的尽头，只能看到两排浓郁的树冠渐渐合拢在一起。有路才会有车啊，他简直不敢相信：牛车路修通了！

他被抓走时，还痛心这路不能再延伸下去了。在被关押的时候，他也总在想，一旦被放出去，一定要动员一下别的寨子的人来帮忙，尽快把这路修通。可他不在的这些日子里，牛车路却修通了！

他又惊又喜，眼睛一眨不眨地盯着路上两道深深的车辙，像在观看什么历史奇迹。

吴大路激动了，又一次感叹着："多美的地方，多勤劳的人民啊！"

他想起李红唱过的那首关于故乡的歌。他知道这首歌，还知道它第二段歌词：

我有两个故乡，
我不愿回我出生的地方，
我住的小村更美，
我在那里欢快地成长。
那里还有一条小河，
在我睡觉的屋前流淌……

可以看见贡嘎寨子了，可他却越走越慢，脚上好像拖着沉重的桎梏。

这不是疲乏，一踏上景颇山的土地，他在公路上那难以抑制的病痛、劳累、饥饿就消失了。这里清新的空气、亲切的环境，就是一帖灵丹妙药。就如同希腊神话中的一位勇士，站在母亲大地的胸怀上，就有力量，就恢复了元气。之所以还感到沉重，是因为，他要走了，他该怎样向景颇兄弟们解释他的离去呢？

寨口的菩提树还是那样茂盛，使他想到了生命的活力；简陋的竹屋冒着晚炊的青烟，使他想到了家庭的温暖；牛在水塘里慢悠悠地游动，使他想到了童年的欢乐；新竹婆娑，芭蕉树比以前多了，挂着累累果实，使他想到了让人心醉的爱……

可是，他要走了，走得这么轻易，可来得多么艰难啊！

他来得多么艰难啊！掌了权的那一派根本不允许他走，让他等待随时被批斗。他跑了，在他母亲刚刚去世的时候，就提着一个书箱和简单的行装，通过战友的帮助，躲过对方的监视，悄悄逃出了学校。

第二天一早将有一批知青出发，他钻进了汽车顶篷上的行李堆中。

五夜六天，他就在汽车顶上颠簸，汽车扬起的尘土把他变成了一个土人。他白天不能有一点动静，只有晚上悄悄下来大小便，然后到路边的水沟中，灌上一壶溪水，便又悄悄躲到行李堆中。

在山峡间边防检查站的大桥桥头停车检查时，他几次紧张得想跳下车去，钻进山林之中。他知道，倘若一旦被发觉，将会得到什么样的结果：一个电话，他将被押往省城，召开万人大会批斗，定为叛国投敌犯！算他幸运，没有人发现他。

他到了最穷最苦的地方住下了。那一派的人先是找不到他，四处散发通缉令，后来知道了他在什么地方，也没有人愿意追来了。因为他们认为劳改农场也比这里强三分，只是给他装了一麻袋材料，寄给县人保组。

可十年之后的走呢？将有专车，还要坐飞机。这就是十年生活的报答吗？

吴大路有点不敢往寨子里走。惆怅间，他想起了勒干大爹。假如，这个老人知道他要走的话，九泉之下他将作何感想呢？

吴大路不知不觉地拐到左侧大森林的边缘，景颇人死后都葬在这里。在几十个长满荒草的坟中间，有一个露出新土，前面竖着一块石碑，刻着：

勒干之墓

李大章代吴大路木果敬立

是谁在他前边扫墓了呢？

吴大路慢慢在石碑前跪了下去，泪水顿时模糊了双眼。他早已不再坚持真正的男子汉要有泪不轻弹的信条了。

“阿爸，我没能为您送终，没能为您戴孝，我来晚了，对不起您老人家……”突然间，他不能抑制地大声痛哭起来。

快两年的时间里，他憋着、憋着，把一切痛苦和悲伤都憋在心底。今天，在死去的亲人面前，该哭个痛快了。谁知道，以后还有没有这种机会。

流着泪，吴大路站起来，解下竹酒筒，打开塞子，把里面的酒慢慢洒在坟前。想了想，他又抽出长刀，刷刷地砍倒周围茅草。

所有的景颇人都是他的亲人，他该给他们扫墓，请这些死人们也原谅他吧。

他爱他们……

一个轻柔细弱的声音，像是从地缝里钻出来。

吴大路吓得哆嗦了一下。一回头，见大森林浓重的阴影中，站着一个背着娃娃的年轻景颇妇女。

他能感到昏暗中那双眸子在闪亮，但一时辨认不出她是谁家的女人。

那景颇妇女一步一步向吴大路走过来，走过来。

吴大路半张开了嘴，激动地喘息不止。半晌，他才伸出手去，无限柔情地呼唤了一声："木……果。"

"你，不是调到州广播电台了吗？"吴大路真怕眼前是一场梦。

"我要跟……我还是……回来的好……"木果欲言又止。

吴大路明明觉得木果要说"我要跟你……"，可不知为什么她不说出来，她从来都是爱得那样直率和大胆呀！

不过，就这样，吴大路也觉得一股热浪迎头扑来。他的手抓住了她的胳膊，两腿一阵发颤，竟然依靠在木果那丰满的胸脯上。

一瞬间，他想起欧阳明留给他的最后一句话："我们其实比自己所想象的要软弱和幼稚得多。"

他抚摸着木果的手喃喃着："木果，这两年你是怎么过来的呀？我被带走时，那样仓促，都没来得及向你告别，也没让阿爸给你捎回几句安慰的话，我叫你吃苦了……"

木果捂住他的嘴："都是我……不好，我不知道，没去送你上路，我追也追不上了……我去看过你，他们不让见，我向他们哀求，给他们下跪……"她伤心和无限委屈的泪水沾湿了吴大路的脸。

木果背上的婴儿“哇哇”地哭开了，小脑袋使劲摇晃，被绑住的身躯挣扎着。木果疼爱地解开背带，松开衣襟，坐在草地上，毫不羞愧地露出胀鼓鼓的乳房，给娃娃喂奶。哭声顿时停止了。

吴大路已经松弛下来的身子又缩紧了，他似乎刚刚发现木果身上还背着个小生命。他惊愕万分地把视线从木果身上挪开，心肺如同刺进万根钢针。他哀伤地呻吟了一声。

他来晚了，木果没能等到他回来，没有男人，孤零零一个人在景颇山上难熬啊。她跟了别人，甚至都有了……孩子。

吴大路惨痛地想着。是啊，李书记说过，他们没有结婚证，法律并不保护他。他什么都失去了，连同又一次爱。

他是该走了，回来一趟也枉然。

离开她，离开勒干大爹，离开景颇山，去走向别的地方吧。他该转身离去了，可他迈不开腿，他定定地站着，忧郁地看着木果。

喂着奶的木果瞟了他一眼，用母亲那种特有的幸福语调呼唤着：“快来，你看他，吃得多香甜。”

吴大路的心再一次被刺痛了一下。她难道不理解他此时的心情吗？

看见吴大路站着不动，木果的脸色刷地变白了，她低声说：“你真狠心，就是要走，也该看看你的儿子。”

吴大路大吃一惊，他结结巴巴地问：“什么？我的儿子？!”

木果嗔怒着：“你太坏！不是你的是谁的……”

她猛然停住了嘴，从吴大路的表情上明白了什么，一下子又失声痛哭起来：“你，你怎么能那么想啊……在你被抓走的前一天晚上，就有了他……”

哦，就在那天吗？

是的，算起来，他都快有一岁了。哦，儿子！

吴大路一把抢过木果递来的儿子。他先是把孩子贴在脸上，他长长的胡碴刺疼了婴儿，于是，他又把儿子紧紧贴在胸前……

“我们的小金鹿，他叫什么名字呢？”吴大路十分感动地望着儿子的脸，儿子不知道已经不在母亲怀里，仍旧转动着小脑袋找奶吃。

“等着你回来取呢。”

“就叫勒干吧。”吴大路不假思索地说。

一丝笑意在木果脸上一闪即逝，她想尽量做出轻松的样子，说：“你要走了，就在这上面，给娃娃，留个名字吧。”

她到底无法装下去，一只手递给吴大路一张卡片，另一只手蒙住了脸，转过头去。

“我……”吴大路不知该怎么回答，但他明白了，木果知道他要走的消息了，就是这原因，使得她掩饰起对他火一样的感情。

多么可贵的骄傲和自尊！

吴大路接过的卡片是一张儿子的出生证，姓名那一栏果然是空白。哦，做了父亲的吴大路，心里充满了柔情，怀里是他的儿子、他的骨肉，这小儿子似乎给他的生命注入了新的活力。

他拿出笔，在那空栏里写下了“勒干”两个字。出生证的其他栏目不知由谁给代填的，儿子出身那一栏里，填的是：知青。

吴大路凝视着这两个伴随了他十个年头的称号，皱起了眉头。这一刹那间，他作了一个重要的决定，他用笔猛一下把这两个字划去。

木果的脸上现出失望和痛苦，是啊，他再也不是知青了，他也许要去当工人、当干部……她伸手去夺儿子。

吴大路一侧身，用一只手护住儿子不放，另一只手在出生证上吴大路名字下，郑重地赫然写下了另两个字：农民。

在吴大路心里，知青，已经不存在了。一场上山下乡运动，是非将由历史评说。而吴大路，却和亿万农民一起，存在于这块需要改造、需要献身的土地上。

"你，你不走了？"木果声音颤颤地问。

吴大路不回答，他胸脯起伏着，慢慢举起了婴儿。

木果惊恐地瞪大眼睛，准备扑上去，但是吴大路只是稳稳地、高高地把儿子捧起来，像是捧给这天、这地、这整个世界看。

他对着群山，近乎疯狂地呼喊起来："谁说我要走？谁说的！我到哪里去呀？我的根已经在这里了，懂吗？一个人的根！像热带雨林的大树一样，离开不断的暴雨，失去那灼人的酷热，我就会枯萎。只有在这里，才有我的世界！你们再好好听一遍，这里，就是我的世界！"

四周巍巍大山都应和着吴大路的话，此呼彼应的呼喊在群山间撞击，发出气势磅礴的声音：

……我的世界！

……我的世界！

木果哭了。她双手捂住脸，泪水从手指缝里流淌出来。

她边哭边说："李书记来过电话，一听说我在，他高兴死了。他说你不会走了，我还不信……”

吴大路心里又涌出一股暖流。他知道，当他被抓走后，李书记连夜上了贡嘎寨子，他代乡亲们写了一份材料，证明吴大路是好青年，一百多个景颇人割破手指按了手印……现在，他从心里盼着吴大路留下，他可以用权力卡住吴大路不放，可他不愿让吴大路觉得委屈，他真心地爱护他……

爱，这温暖而又充实的感情，从吴大路一迈上景颇山，就实实在在地包围着他，冲击着他，渗透了他整个心灵。此时，吴大路才轻轻地喘了一口气，一路上的郁闷消失了。

木果还在哭着，好久好久没有这么痛痛快快地哭了啊！

吴大路百感交集地站在她一旁，一直等到她的肩膀不再猛烈地抽搐，才轻轻问：“牛车路修通了？”

木果点点头。

“谁带着修的？”

“我。”木果淡淡地说。

“你？”吴大路完全相信，但他还是禁不住问了一句。

“怎么？缺了你就修不了路了？我早想好了，你就是走了，我们景颇山也会越变越好，就像柞桑树上的斑色花，风雨再大，终归也是要开花的。”木果又恢复了她的天真和直率，娇嗔地说。

吴大路深情地抚摸了一下木果的脸颊。她瘦了，瘦了的她竟然呈现出林道静的形象。他吃惊，被关押的时间里，他竟从未向林道静忏悔过，但他知道，林道静永远不会从他心中消失，他会在木果身上一点一点挖掘出整个的她。

吴大路一手抱着儿子，一手搂住木果，像是自语，又像是对妻子说："是的，只要不走，总会改变这里的生活，而走了，即使改变，也和我没有任何关系了。我们不是在臆想，这是一种追求，而只要追求，痛苦就会永远围绕着你。然而透过痛苦，你可以享受到一种特殊的幸福，这是只有少数人才能享受到的那种人生。谁说我们失去了一切，我们得到了自己所追求的整个世界……"

一阵山风吹来，在吴大路脚下，景颇山的森林像海涛一样翻滚荡漾。吴大路突然又想到了大海，他没有见过大海，却觉着自己的心像大海，永远不会平静，永远要有负载，而最终，也像大海那样，无声地消逝在天边……

雨又淅淅沥沥地下起来。雨雾弥漫着景颇山，弥漫着他们的世界。

"这不是结束，"他告诉我，"假如你要把这段经历写给人们，就说这只是开始，因为整整一代人都正在开始……展示他们的世界。另外，借你的笔让陈光、李红、高志勇、洪之光、林道静、欧阳明和那两个同伴知道，我从不埋怨他们的离去，只要目标相同，总会在终点相聚的，而我们每个人经历的总和，才是我们这一代人的历史。还要请你告诉他们一段话：'如果我错了，还要请你们信任，我知道我会错的。一朝发现了我的谬妄，我要比你们批评得更严厉。我每过一天都想和真理更接近一些。且待我到了终点，再请你判断我努力的价值。'这是罗曼·罗兰的话，我只是去掉了这话里的复数。"

他走了。

脚步深沉，一步，又一步，走向景颇山，走向大森林。那里有他的世界，有他的根。

中卷：长河

不是爱的长河，也不是恨的长河，更不是历史的长河，它是深山峡谷间一条汹涌澎湃的洪流……

1

天，被几座高耸的烟囱和无数平庸的灵魂慢慢涂染着；太阳像是一只被尘埃笼罩的大灯泡，发出惨淡的光辉。黄昏降临到西南高原四季常青的春城。

五百里滇池微微荡漾着一片浑浊的波浪，十数片灰帆在遥远的地方凝滞了，一道被犁开的沟痕把水面切成两半，那是一只油漆剥落的旅游汽船疲惫不堪地驶向海埂。

身材瘦小、但脑袋出奇大的路明水走出西山脚下那让人窒息的厂房，跨过泥泞的小径，不顾几个花枝招展的姑娘的白眼，抢先挤上进城的公共汽车。三十分钟后他来到了老城的十字路口。

街头，由年轻人组成的贩卖大军像洪水一样拦击着下班的人们，此起彼伏的叫卖声冲破浓密遮天的桉树枝叶，覆盖住整个城市的大街小巷。

“牛仔裤，快买喽！裤腰部分又进行了革命性创造，保证符合‘五讲四美’要求。真正港货，美国坚固呢料。”

“处理各色羊毛衫，绝对纯毛，快来买。明年羊毛就涨价啦，北方干旱，山羊死了一大半。快点买哟，穿上后保证您能和大明星一样。”

“多味大瓜子，一切用进口香料，畅销全国，誉满全球，压倒安徽的傻子瓜子、上海的奶油瓜子、北京的五香瓜子！”

“内部书，内部书，只在内部发行。《教父》、《青楼》、《他们》、《飘》，还有全本《十日谈》。”

小伙子举着白色浴女石膏像在夸赞线条如何优美，艺术性如何高，五毛钱就可以使一个小家庭变得高雅起来。

姑娘晃着色泽艳丽的尼龙胸罩和三角裤，坦然地向一切人兜售，炫耀着这些尼龙制品如何物美价廉，两块五毛钱就可以使一个胸脯平坦的姑娘变得丰满诱人起来。

拿着还散发出浓郁油墨味晚报的老头和老太太也参加进了这黄昏交响曲，他们虽然声音沙哑，气喘吁吁，但劲头和对商品的夸张程度都不亚于年轻人。

“看报啦，快看报喽！劳改了五年的劳改犯民主选举当上了三千人大厂的厂长。快买报，全文刊登了他的事迹！”

“买报呀！报上有新厂长的巨幅照片，他还是一个单身汉，今年三十四岁，年轻有为。快看吧，二分钱买一份！”

卖报人把报纸拼命向过路的姑娘们摇动，而那些匆匆而过的女性居然会被打动，毫不吝惜地掏出二分钱，其实照片不过火柴盒大，文章没有两千字。

报纸雪片似的出售着。路明水想起了一九六六年夏季，他站在百货大楼面向街心花园的窗口上，往空中撒着“誓死捍卫无产阶级革命路线”的传单。

春末的傍晚，天很久都不会黑下来，空气燥热了，似乎有无数目光射向路明水。

他有些恐惧，如同在深深的峡谷间行走，两边的石壁在慢慢合拢；也如同在一片荒漠，无数猛兽在静静地凝视着他，不知何时会一同扑上来把他撕碎。可是，在三千人的全厂大会上发表投票前最后一次选举演讲时，他充满信心，浑身勇气，甚至谈笑风生，表现出的幽默感，好像在和一群朋友聊天，也好像在向相爱已久的情人吐露衷肠……

路明水知道，实际上那些买了报纸的人们根本不会注意那麻麻点点的照片，更别说会发现他就是那照片上的人了。

每天各种报刊上都会刊登出一些人物相片，宣传一个又一个的英雄。然而在实际生活中，你却常常碰到各种各样的懦夫。

他心虚了，不知道每一个被报纸宣传的人是不是都会心虚。人怕出名猪怕壮。

不出名的人就无所畏惧了吗？瘦猪就可以寿终正寝了吗？大概不是。

现在的报纸是有改进，下午结束的会，傍晚就见了报。记者们是上午就写好了稿子，空出选票数字和当选人姓名，等着电话铃一响，把选举结果填上去就行了。这些办报纸的人胆子够大的，不怕路明水万一当选不上会抓瞎。

路明水不知道，所有厂长候选人都有一份照片和一份简历在报社放着，而且每个人都被写了一份报道，并排成了小样。

他走到一个报摊前，犹豫了一下，也买了一张晚报。卖报的老头很专心地看他一眼，他还是被人认了出来。

2

我不该心虚，更不该恐惧，我的绰号叫“狼”，一个凶狠、冷酷、勇猛，不会胆怯，不甘心失败，弱肉强食的形象。

三个月前，我第一次在堆满垃圾的厂门口贴出我的治厂方针时，就完整地表现出了我的“狼”性。

全厂都轰动了，人们立刻对我这个相貌丑陋、平时沉默寡言的现代“二等残废”刮目相看了。

我不给他们留一点情面。这个“他们”专指那些官僚主义者们。

我明确表示我若能当工厂的家，就要撤掉所有的厂级干部，请他们养老抱孙子，病休逛山水，或者到托儿所当所长，到仓库当主任。车间一级的干部要大换班，是什么工种上来的还去干什么工种，没有专长的去绿化队。

我还要揪出几个明目张胆挥霍工厂资财，给自己盖房子，把农村亲戚塞进来的家伙，给全厂工人泄口怨气。

我在的这个机械厂，已经整整十六年没有完成过任务了。省A厅硬是拿这个厂没有一点办法。别说厂头的裙带、裤带关系，仅是工段长一级，列不进行政级别的干部们，都几乎形成了一体，不是儿女亲家，就是师兄师弟；不是老乡，就是老邻居，至少也是从建厂时就在一起混的政工干部。他们是一荣俱荣，一损俱损。无处不在的利害关系把他们越拴越紧，越压越实。

这个一九六六年投产的工厂每年让国家赔一百多万元啊！

我用了整整两年时间观察着这些把人民血汗钱不当钱的家伙们，几乎是从进这个厂当临时工起就开始了。每天都冷冷地、恶狠狠地盯着他们的一举一动，一直到看出他们的全部血脉和致命之处，我扑上来了！

这没有什么可惊讶的，我可以坦率地告诉一切人，我到这个工厂来就是为了有朝一日能够领导它，使它成为一家优质产品满天下的机械公司。

这并不是年轻人光荣的梦幻。

和我一同干的是厂团委书记齐伟。他精明、英俊、稳重，具有感召力，是当今女性最喜欢的那一类男人，甚至连身高都绝对符合“标准”。

跟他站在一起，我就像块臭粪干，又黑，又矮，又瘦，脸却像一个大号盘子，不成比例地刻下了五官。

若不接触，所有姑娘都会认为她们单身过一辈子也不能嫁给我这样的男人。

但齐伟知道我是干什么的，否则他也不会把自己和我绑在一辆战车上。他在我的面前，永远表现出信任和恭敬。

当然，他敢于冒着失掉乌纱帽的危险和我一同赶改革的时髦，是因为了解到我有后台——A 厅现任厅长李宏才支持我。

人们说他是我未来的岳父大人，支持我是想借改革之机把我提拔上去，像现在个别老头子那样，把接班人的桂冠，稳稳地、准准地、牢牢地扣在自己子女头上。

对这种说法，我一律给以白眼。李宏才没有一分钟喜欢过我，他不知多少次跟老同事们唠叨：“我他妈不知前世干了什么错事，一个小鬼要进家门当女婿了。”

我心里很清楚，想根治我们这个厂是A厅内两派斗争的结果，而我们厂的领导属于暂时占下风那派，因此成为第一批牺牲品。当然，十六年没有完成任务的领导要想逃过这次改革之风，也是难上加难的。但是，即使是这样，A厅也不敢贸然从上至下地进行改组，而是让群众出面干了。

我看准了这个机会，齐伟同样看准了这个机会。他盘算得很清楚：有十分之一丢掉团委书记的危险，却有十分之九当上副厂长的可能。

他毫不犹豫地选择了后者。

说来可笑，本来我们两人更多的是冷眼相对，很少亲密无间，两个强男人之间所必然出现的一切隔膜在我们身上都存在。但历史、命运、机缘使我们又走到一条路上来了，这是我们第二次走到一起了。

我相信，这条路走不了多远就会岔开，因为我们的目的不尽相同，甚至可以说完全不同。但生活就是这样奇特：目的相同的人倒可能走不同的路，“盘山千条路，同仰一日高”；而目的不同的人，却被迫手挽手、肩并肩了。

是的，现在我们必须走在一起，因为在这条路上，不知有多少一个人难以逾越的沟壑，不知有多少一个人难于搬动的绊脚石。

改革的宣言发出了，西山并没有晃动，游龙门的人照样多，跳滇池自杀的依然在出现。

但厂长震怒了，一个电话就把我从供销科调到料场去搬废铁，声称我晚报到一分钟就开除我。

他太可笑了。我路明水也像一些公子哥一样怕干力气活吗？能被几块废铁压得说不出话吗？

在景颇山上插队时，我扛着两百斤重的竹子一天走六十里，回到寨子里累吐了血，没跟任何人说一个苦字。在劳改场里，我戴着手铐脚镣在没膝深的泥水中插秧，所有的同伴都告饶了，于是得以缩到田埂上去坐一会儿，而我咬着牙一直干到天黑，回到牢房里做梦都没哼一声。

我这个人特点太鲜明了：不会屈服！不干则已，要干就不会吃回头草，除非在南墙上撞碎头骨。

厂长那一套太拙劣了，只能镇住跟他具有同样“气质”的人。他不关起我来，是不能制止我的行动的。但一个厂长现在还想关人，恐怕我们的民族和人民都不会答应了。

党委书记表面上给我以热情支持，但背地里却从政治部抽出七个人，做贼似的奔赴各地，到我生活过的每一个地方进行详细调查，以图证明我曾经有过什么罪行，起码是错误。

然而，所有地方的答案都是一个：路明水这小伙子是整不垮的。

这是我用血、汗、屈辱和煎熬换来的几个字。人一辈子若能享有这么几个字也就心安理得了。

当然，我生活的目的并不是为了这几个字，这几个字只能说明我的尊严被确立了。

多少人几十年都是在丧失人格中痛苦地度过的，甚至连忏悔和懊恼都来不及就死去了。我的生活目的就是从我一懂事起就说过的那句话："这辈子我要干成一件大事！"

当时我是带有孩子的稚气，但这无疑是命运之神促使我那注定会成熟起来的潜意识在活动。我说这句话时，爸、妈和邻居都惊讶地望着我，不知我要干成什么大事。

党委书记太可笑了，当年几十个警察都没有阻挡住我去北京参加游行活动。他又能吓唬住我吗？一个连自己儿子都管不住的人，又能管得了什么？党委书记的大儿子每天回家当"爷爷"，训得老子团团转。我光明磊落，不怕任何人调查。

全厂的中层干部都炸了窝，联名往省里写告状信。他们这些自称"老子吃盐比你吃饭都多"、"老子过桥比你走路都多"、"老子造的机器比你见的都多"的人们，居然怕一个被罚去当搬料工的不算年轻的年轻人。

信被转到了A厅，厅长李宏才把信拿给我。

我一个字也没看就还给他。我不需要看，也不想像他们似的，把别人告的状全记在小本子上，以待来日算账。我已经看了他们两年多。他们对一个他们看不上眼的年轻人无非做出这样的评价：狂妄、无知、目无领导和组织、跟党有离心力、无政府主义等。

不，无论在任何情况下，我都不会说他们是坏人，但他们绝不适合当干"四化"的官，因为他们太缺乏干"四化"的能力。前十几年他们只学会了整人和挨整，现在老了，学新玩艺困难了。而他们越是这样瞎折腾，我就越是只能告诉他们："我治厂的原则就一条，只讲干‘四化’的能力！既不讲面子，也不讲情分，真正的六亲不认，只认本事。”

“你这条恶狼！”厂长、党委书记和不少中层干部都这样骂我。

我笑了，告诉他们：“从上高中时起，这个绰号就一直跟着我。”

他们不骂了，但脑瓜子并没有闲着，开了三天的会，终于琢磨出了高招。

在一个阴沉沉的早晨，厂门口的广告牌上又出现了一个民主选举厂长的班子，其中有新提拔的总工程师、刚升上来的技术科长、才分来的大学生。

这个班子一宣布成立，立即全部脱产，每个车间都对他们开绿灯，他们可以随意收集各种材料和数据，甚至还有五位秘书协同工作。他们的宗旨是领导班子基本不动，并为他们评功摆好，用以提高生产效率。

这是荒唐的，在一群近乎经济白痴的人领导下，最先进的生产工具也会被干出原始积累时期的活儿来。

为了有力地说明这种状况，我们也必须掌握资料，尤其是建厂以来生产方面的详细数据。

厂部、技术科、档案室、销售科都公开对我们保密，给我们设置障碍。于是，齐伟开始大显身手了。

他通过各个车间的团支部书记以及正在争取入团的小姑娘们收集来一叠又一叠图表，甚至比那个脱产班子的还齐全，因为有些管资料的小青年故意捉弄他们。

资料到手后，需要汇总、筛选，找出最典型的数据说明十几年没下过台的厂领导是一群什么人。我和齐伟白天都要老老实实干满八小时，只有利用晚上进行我们的事业。

每天下班后，我俩背起包就往城里我的家里跑。他十几天不见老婆，我也十几天不会女朋友。每天都是干到夜里三点多，然后往床上一倒，睡上三个小时，起来又赶到西山脚下的工厂去上班。

我们俩都互相惊讶对方的精力。

“你一点不见瘦，还壮得像那地里的包谷。”我用郊区农民的俗话称赞齐伟。

“你眼里没有一点血丝，天生是干夜活儿的主。”齐伟毫无幽默感，说了句根本不是玩笑的玩笑。

但就是这样干，到了选举的日子我们也完不成案头工作。没有能说服人的数据，参加选举就像没有枪去上战场一样。

“怎么办?”齐伟皱着眉。他不打算请事假，他还要给自己留一条后路。

我神情阴沉地看了他一眼，小声说：“我想想办法吧。”就走向那长满荒草和到处是臭水坑的料场。

我请事假是不会被批准的。于是，看了看周围没有人注意的时候，我搬起一块重三十公斤的生铁块，一松手，让它落在了脚上。我大叫一声，倒在了地上，鲜血立时染红了破旧的解放鞋。

本来我可以不叫，再大的疼痛我也能忍受，但此时我却不停地呻吟、嘶喊。人们马上惊慌地围拢过来，然后把我抬到厂部卫生所，紧接着又转到西山脚下的部队医院。那里的外科比较有名。

我住了七天院。齐伟的爱人于琛琛在那里当护士。她允许我干各种医生不让干的事情，使我得以一天到晚地坐着整理材料。

出院后，我又回家休息了半个月。这十五天，这三百六十个小时，大概是我出生以来使用率最高的。

我们赢得了时间，是用大脚趾断裂换来的。

齐伟问我是不是故意的，我说是天赐良缘，命中注定；但我却原原本本地告诉了于琛琛。

她担忧地看着我，问："你不怕会砸断脚踝，造成终生残疾吗？"

我微微笑了："我只怕我失去了人生中的机会。"

她眼中显然闪着茫然的光，但她却点了点头。多么熟悉的点头啊！从我认识她起，她就从没有对我摇过头。

我上班后的第二天，民主选举厂长的事如期进行，这是全国性工业改革的一个组成部分。

我觉得这不是政治运动，而是一场舞台演出，包括我自己在内，大家都是不太合格的演员。但是，戏总算演下来了，没有砸锅，没有喝倒彩的。

真的是演戏啊！

厂长瘦了，愁眉苦脸的，希望得到大家的怜悯和宽恕，可他从来都是趾高气扬的；党委书记脸上堆满了笑容，向每一个他认识的人递烟点火，可他从来都是严厉刻板，不苟言笑的；总工程师的手脚有点不知往哪儿放，对任何人都不说话，神情恍惚，似乎准备逃跑，可他从来都是稳重的；技术科长不知缩到哪儿去了，可他从来都喜欢在大庭广众中出个风头；那个才分配来的大学生端坐在台上，抚着下巴，像是牙疼，可他从来……噢，我根本不知道他的从来。

至于我和齐伟，也被一种不是自己的色彩蒙住了，我们不可能在这种场合展现出自己的本来面目。

从不穿工作服的齐伟，不知为什么套上了工作服，还是油腻腻的。一年四季在工厂里外都是工作服当家的我，也不知被哪根筋扭着，换上了一套中山装。他说是为了显出工人气，我说是为了摆出官架子。

我们都各自嘲笑着对方，也嘲笑着自己。

整整一天的发言，两个选举班子陈述着自己的理想和工厂的前途，从掌声上听，我们被笼罩在希望的光环之中。

投票开始了，一点不像想象的那么庄严。小青年们半玩半闹半起哄地填完了选票，但他们的眼睛中却都有一股平时不常见的光。

一个怀孕的哑巴女工被推上台计票，她随着一个小伙子的大声叫喊往黑板上画着“正”字。结束时，她扔下粉笔，哭着跑下台去。

我不明白哑巴女工为什么哭，是痛惜现任领导被选下去，还是欣喜我被选上来。反正，她给我画了五百个“正”字，而对方只有五十个。

记者的闪光灯追踪着我，省A厅的党组副书记上来祝贺我和齐伟，年轻工人们把各种牌号的香烟甩上台来。这些烟足够我抽三个月。

我松了一口气，也感到一阵激动，在我三十多年的生命中，这是第一次成功!

我扭头就走，没有理会任何一个记者的纠缠，也不想再即席发表什么感想。今后所剩下的，只有干了。

我的发言明确表示：一年不完成任务，扣除我全部工资。也就是说，从明天起，我将没有工资，到十二个月以后再决定能不能领取，所有中层以上干部也只能先领取三分之一的工资。

我之所以匆匆离去，是想快些把这个消息告诉我的女友李红。不，不是要向她炫耀，那是小孩子的心理和把戏。我只是想让她能对我有更多的认识。

她对于我要干成一件大事的想法总是报以冷嘲热讽，我要用事实夺回她所不承认的男人尊严！我爱她，我们的爱是独特的，很少缠缠绵绵，更多的是要力图在对方面前表现自己的价值，使对方因这价值而不愿失去对方。

可是，在那成阵的叫卖声中，我为什么要害怕呢？我不是从来都充满自信吗？而且，我怕的是年轻人，我自己也还被称作年轻人啊！

何以自己怕自己？

不，不！由于社会的“地震”，一代人中间出现了断层，我和他们其实像是两代人；而下一代永远在抵触上一代人。他们在鄙视我们正统，讥讽我们守旧，指责我们责任感和义务感太沉重，嘲笑我们不会享受。

我怕他们，因为他们比我更年轻，比我活得更长久，比我更有力量，也比我更有希望。人世间没有他们不敢干的事，只要他们能想到。其实，归根到底，我怕他们不理解我这位老大哥。

3

这里突然安宁了。

在一个窄小寂静的巷子里面，石板路上响着路明水的皮鞋声，他像狼逃出了猎人的围剿，钻进了林子深处，显得安然些了。

小巷的尽头有一座白色的门楼。绿漆大门紧紧关闭着，门框右上方红色的电铃按钮在暮色中格外醒目，像是一滴鲜红的血。

清爽洁净的风从巷口吹进来，撞到绿漆大门和白色的门楼上，在两道高墙中间回转成一个小小的漩涡。

路明水处在这个漩涡中心竟然感不到一丝空气的波动。

阴影爬到了东面的墙头，还在悄悄往上升，如同一种宽大的薄皮动物在蠕动。黑暗来得可真够快的，而且让一切人都陷在不知不晓中就降临了。

黎明的出现却极缓慢，要一番挣扎。

这绿门内不是路明水的家，他的家是在老城街面上一幢有一百年历史的木结构的小楼里。楼上楼下各有一间半并不简陋的房子，住着他和老母。

他的父亲死了，做了一辈子想干一件大事的梦，然后长叹一声，不甘心地离开了这个世界。路明水在父亲的遗体前没有落泪，只是为这个枯瘦的老人遗憾，也有一丝鄙视。他继承了爸爸这个窝，准备让这个只能走出下蛋鸡的地方飞出大鸟。并不一定非要孔雀、白天鹅，兀鹫也蛮好的。

他对这幢留下童年欢乐的小木楼长久地充满了感情。

眼下，他走近的这座新刷了大门的地方是李红的家，也就是省A厅李厅长的官邸。李宏才在这里住了三十三年，他的根基够牢的。

李厅长原来只享有这个院子的三分之一，而后扩展到二分之一，当然他也达到了全部归他使用的目的。在三十三年的某一阶段，一夜之间他又只能住在这个院子的一间厕所里；又是一夜之间，他依然成为这个院子的主人。

路明水走到了绿漆大门前，他从那闪着暗光的门板上看见了自己模糊的身影：丑陋，矮小，不成比例，如同上帝把一块捏废了的泥团扔到人间。

说实话，他没有一点能够成为英雄的体魄，但是，筇竹寺门前相面的还俗老和尚却说他命在一人之下，万人之上。他不信，冷冷地摇头。

老和尚并不着急，接着慢悠悠地说："只因你双目如鱼，鱼多而冲龙气，克掉了你的丞相之贵，但你眉粗而浓，唇厚而硬，必能成就一件存世之事。"

他这才点了点头，塞给相面人五元钱，又买了五元钱的土香，扔在如来佛像前的大青铜香炉中。

他不信神，但信命，他就是有干大事的命。哪怕他长得像猿猴，他凝聚的灵魂也是注定要附在哪桩历史使命上的。

路明水不紧不慢地掏出开门的钥匙。他像李家任何一个成员一样，拥有使用这院落当中一切物件的权利。这是李红为他争来的，李红是这所宅子里的公主！

然而，路明水没有去开门，因为他隔着门板听见了说话声。那是一男一女在用纯正的英语对话，时而流露出美国口音。

"I hope you would feel at home next time."（我希望你下次来就不会拘束了。）这是一个女人年轻好听的嗓音。

"Thanks. Welcome to Hong Kong Miss Li."（谢谢，李小姐！欢迎你到香港来。）这是一个男人浑厚嗓音的客套话。

“I will go there，if I have chance.”（如果有机会我一定去。）

“A gifted girl like Miss Li will have a lot of chances.”（像李小姐这样有才华的人会有无数机会的。）

“Keep your steps please.”（请留步）停顿了下，那个男人又客气上了。

“Excuse me，for my stopping here.”（恕不远送。）

随着话音，一个沉重的和一个轻盈的脚步声相伴来到门前。

路明水收起了钥匙，本来就不会松弛的面部肌肉越发硬板起来，阴郁凝结在每一道眼角皱纹中。

他静静地等待着。

嵌在大门上的一扇小门无声无息地被拉开了，一个身躯肥胖的中年男人走了出来。他身着米黄色西装，脖系花格领带，戴着金丝变色镜，脚蹬白色羊皮鞋，手提黑色公文箱，显出不凡的庄重和气派。

门内，是一个艳装的年轻女性。奶白色的短连衣裙紧紧地箍在身上，显露出高耸的乳峰。细细的腰肢和丰满笔直的长腿，红色的高跟拖鞋随便地穿在脚上，更使人觉得她身段的优美。披肩发像一练漆黑的瀑布，脸上施着薄粉，身体的某个部分散发着香水味道，大大的眼睛闪动着思想的光辉，没有一点庸俗气。

她非常成熟，也非常诱人。这就是李红，省外贸总公司的英文翻译，当年景颇山“七条半好汉”当中的那半条。

三个人的视线一瞬间交织在一起，都不由自主地流露出疑问和强做出来的坦然。李红首先镇静下来，用英语介绍着：“This is Mr Dong Yun-tang，the chief manager of Hong Kong Da Hua Timber Company.”（这是香港大华木材公司的总经理董运堂先生。）然后指指路明水：

"This is my boyfriend Lu Ming-shui."（这是我的男朋友路明水。）

路明水没有对这种介绍做出任何反应，甚至脸上没什么表情，他缓慢地、沉稳地跨进小院。

也许是他撞到了中年男人身上，也许是中年男人本能地一个躲闪，反正，这个香港来客摇晃了一下，险些摔倒。

路明水没理睬这些，进了种满茶花和果树的小院落，沿水泥小径向被竹丛掩映住的带门廊的二层小楼走去。

到了楼前，上了几层石阶，坐在了木栏杆后边的一张竹躺椅上，他端起躺椅边茶几上的凉水瓶，仰起脖子一口气灌下了半瓶溶有果汁的凉水。一点水珠滴在他的胸襟上，他想起在料场干活时流淌的成串的汗水。

李红送走了客人，匆匆走回来，站在路明水的躺椅边，低下头，大方地、毫不做作地吻了他一下，那神态完全如同一个对丈夫既热爱又忠诚的妻子。

路明水从衣兜里掏出一包揉皱了的春城牌香烟。李红一见忙从茶几下拿出一听三五牌香烟，递给路明水一支，自己也叼上一支，用气体打火机点着了。

顿时，两股浓浓的青烟会合在一处，徐徐升腾着。

"Why do you come back so early?"（你怎么回来这么早？）李红关切地询问着。

路明水懂英文。他在上中学时，英文就是全校第一。要干大事就要有一定的知识，这个道理他很清楚。

此时，他也用英语冷冷地回答了一句："You are unhappy?"（不高兴吧？)

李红笑了："Of course, I' m very glad. What' swrong? You look rather sad。" （当然高兴。我是看你神色不太对，是不是出了什么事？)

路明水依然用不很愉快的声调说："I really can' t control my feeling."（我太不会抑制感情了。)

李红还想用英语说什么，刚吐出一个音，就被路明水不耐烦地打断："咱们都是中国人，干吗不能用汉语传递思想信息！"

"全世界总有一天会统一起来的。"李红显得有点高傲。

"我要用中国话统一！"路明水与其说是在开玩笑，倒不如说是在发狂。

李红忽然明白了什么似的，沉下脸，讥笑着："选举失败了吧？回家跟老婆发脾气。哼，和那些满脑瓜封建思想的农民官僚有什么两样？"

路明水狠狠地吸了一口烟，把烟头塞进烟灰缸，阴郁地盯着李红美丽的面孔说："我是看不惯你和香港大老板那酸相！告诉你，我要再看见你和那种人往来，就……"他闭上了嘴。

"怎么样？揍他还是揍我？说实话，我真喜欢你打我几下，所有的人都对我奉承，这些愚蠢的男人。我就爱你那凶狠的劲头。"李红也坐在了一张竹躺椅上。

她仰头看见天花板上一只正慢慢爬动的小虫，它被一张蛛网粘住。远处，一只被某种信号触动了的大黑蜘蛛挺着肚子充满信心地爬过来。

路明水叹了一口气，感到在李红的傲慢面前，无论如何是必须要平等的。他明白，一个强女子所要求的，甚至用一生所追求的就是能和任何强男人平等地坐在一起，不是那种外在的、口号式的平等。但这种平等对于男人来讲，总包含着一种实实在在的委屈。

他小声嘟哝着："我为什么要打人？我从来没打过人，打人总显得有理屈词穷之感，我要折磨你的灵魂，也折磨他的灵魂，让你们只能进炼狱。"

"其实你折磨的是你自己的灵魂，伟大的失败者。"

路明水骄傲地站起来，挺起了胸，摆出像拿破仑一样的姿态宣布："这次我胜利了，尊贵的夫人，噢，小姐。我以压倒多数赢得了这场上级党委支持下的民主选举。以后，你尽可以称呼我为路厂长了。"

"终于熬上了一个芝麻官。"

"不是当了官，而是参了政。要想干成任何一件大事，这是第一步。"

"祝贺你的第一步。"李红也站起来，郑重其事地和路明水握了握手，然后又不解地问："可是你进门时并不是像要报告什么好消息似的。"

"嗯。"路明水点点头，忧虑地低着头说，"我突然害怕了，有一种孤独感，看着那些用一切办法只求谋生和过好日子的年轻人，我搞不清我这种成功的价值所在了。他们似乎比我们生活得更自在，更理想，也更好。他们对于我们没有丝毫羡慕，似乎只是鄙视。我怀疑，是不是刚要干，就已经落在历史车轮后面了，而落后于历史的，绝非什么大事。"

李红认真听着，那神情足以显现出她正在思考。

“还没有成功时是不会出现这种想法的。”路明水有点自嘲地解释着。

“吴大路来信了。”李红没有议论男朋友的话题，突如其来地提到一封远方的来信。

来信的吴大路是她插队时的战友，“七条半好汉”中的头领，现在还生活在景颇山的大森林中。他发誓这一辈子不再走出那山林了。

路明水对于女友的变换话题，不但没有不满，反而急迫地问：“在哪？快拿来。”

“像在盼情人的信，你的眼睛都亮了，而对我……”李红像在开玩笑，可似乎又真的有些伤感。

她从茶几下拿出一封已经拆开的信，递给了路明水。

信不长，只有一页纸，但路明水却觉得沉甸甸的。他用双手捧着，一个字一个字细读着，如同每一个字对于他都无限宝贵。确实有点像在读情书啊！

李红：

好。

寄来的药和书收到了，谢谢。木果和我的儿子也谢谢你。

你信中提出的问题使我背上了一个重负，山林太偏远，也太闭塞，我没有看到那么多，于是也不可能想到那么多。根据你信中所讲的事情，我发现，价值观念在我们的弟弟妹妹身上产生了根本性的变化，我不知是忧还是喜？我只觉得我突然间老了，也觉得我拉的车更沉重了，因为弟弟妹妹们不会再帮一下手的。

我以前模模糊糊地感到：即使是同一个目标，每一代人都会用截然不同的方法去达到。现在这个想法清晰了，明确了。于是，我依然得说：走自己的路，这就是结论。当然，这话显得更苦涩了。

至于你个人的生活，我还是不太同意。在景颇山的贡嘎寨子里，我伤害过你，而且一直没有机会弥补这个过失，以后也不会再有机会。我只是希望你幸福，希望你少些痛苦。路明水是个真正的男人，林道成死后，我曾跟他打过两次交道，他果断，有心计，正直，但是，他太缺少感情色彩。

我不知你们在一起将如何生活？你以前曾那么需要爱。

别放纵自己，当然，值得追求的就是舍弃生命也别放弃，而不管别人如何看。你看，外面正雷雨交加，该去看看发电站的水坝了。请原谅，真想念以前的朋友啊，他们都很少来信。你能见到他们，代我一一问候。

谢谢。握手！

吴大路

路明水慢慢地放下信，他这才发现，天已经完全阴暗下来。

不知何时，李红打开了门廊上的灯，和谐的灯光透过乳色灯罩，洒在门廊四周。他竟看了半个小时的信，当然，边看也边融进他自己的思索。

这半小时是值得的，对于领袖式的人物吴大路，他和李红一样，尊重到近乎有些崇拜。他的思想当然会从那远方来信中受到启示。

“吃饭吧，双蕙已经做好了。”李红站在他身边好一会儿了，见他放下信，轻轻地说。

路明水站起来，脸上涌出了自信的神态，又恢复了平时的冷峻和沉静。

他搂住李红的腰，真诚地说："谢谢，你永远清楚我什么时候需要什么。"

"这完全是偶然的。"李红并不在意。

"吴大路要不来信，你大概还会有别的方法使我得到力量。"

"我最不喜欢的就是恭维。"

"我最不会的恰恰也是恭维。"

两个人并肩走进楼下的饭厅，圆桌上已经摆好了几盘还冒着热气的炒菜。

一个十七八岁的姑娘端来了米饭，这个少女是李厅长从农村请来的保姆。

"双蕙，你也坐下吃吧。"李红向小姑娘点点头。

"李爷爷呢？"叫双蕙的小保姆忽闪着亮晶晶、但又明显充满自卑的眼睛。

"不等他了。今天开会，他不回家了。"

路明水抬起头，皱着眉问："开会？"

李红嘟哝着："哼，不是打麻将，就是和那个女秘书……干脆结婚算了，我又不是那种混蛋女儿……"

路明水没有表态，只是大口大口吃着炒得很好很香的肉片。他忽然想起来，这选举的一整天他都没吃一点东西。

吃完饭后，李红问："今天晚上没有什么安排了吧？"

路明水"嗯"了一声。

"我来给你安排一项活动怎么样？轻松一下神经。"李红挽起他的手，边说边走上楼去。

“什么活动？又是跳消食舞？我可够瘦的了。”

“录像。”

“那个香港人送来的？”

“他送的我怎敢让你看。”李红冷冷地笑着。

“什么片子？”

“没有 X 级的，《快乐的单身汉》，你看吗？”

“不看。”

说着两个人走进李红的卧室。这间房子很大，有二十多平方米，一张双人沙发床摆在房子中间，似乎是为了让任何人一进屋便一目了然这是卧室。浅白色的组合柜占满了一面墙，那些大小不一的格子里摆着从大卫的塑像一直到关公的泥胎，但绝没有一个女性。有一个小门是通到卫生间去的。

录像机和二十英寸的彩色电视机放在宽大的写字台上，写字台上摆满了各种各样的书籍和稿纸。

“看什么？有《克雷默夫妇》、《秋天马拉松》、《莫斯科不相信眼泪》、《金色池塘》、《猎鹿人》……”

“看香港打斗片。”

“哼，你艺术趣味太低了。”李红嘲笑着，还是找出一盘《鬼面人》的磁带，塞进录像机中。

“看艺术片太累。”路明水躺在沙发床上，挺舒服地看着荧光屏上出现的侠客和义士。

一连看了三个武打片后，路明水累了。他站起来，走进卫生间，用凉水冲去了工厂的泥尘和演讲时浸透全身的汗水，换上一件永远挂在衣架上的睡袍，走回到卧室中。

李红已经躺在柔软的毛毯里了。

路明水低下头，用冰凉的、有些发硬的嘴唇碰碰李红的额头、眼睛、鼻子、脸颊，最后和她发烫的嘴唇融合在一处。

李红伸出双臂抱住了他，柔情地问："你不走了吧？"

路明水点点头："我太累了，需要休息了。"

说罢，躺到她身边，把她那成熟到极点的丰满身躯揽到自己瘦小、到处露出骨骼的怀中。

李红长长叹了一口气。

路明水安慰着她："别难过，今天晚上我全部属于你……"

"只要十分之一就足够了。你永远不会把自己全部献给别人，自私的狼……"

路明水也叹了口气，摸索着关上了绿色的台灯。

4

我枕着自己的手掌，像躺在冰凉的废铁块上，也像躺在景颇山的打谷场的稻草堆上一样。夜色透过窗帘的缝隙洒进来，几缕竹影在床上和墙壁上晃动。

她满意地睡去了，从毛毯中露出光洁、滑腻、诱人的胸颈。睡梦中的她，更美，更艳丽，像是一尊放倒了的海神雕像。看着她的睡姿，我会想起阳光、春天、花和白云……

我记不清这是多少次睡在她的身旁了，我只记得一次，人永远只会记得生活中各种事情的第一次。

我早就认识她，这个跟在吴大路屁股后面的黄毛丫头。

红卫兵的时候，每次辩论会上她都不失时机地喊上几句口号，让人感到她的天真和幼稚。后来，对她的记忆慢慢淡漠了，只知道她居然成了全省闻名的景颇山“七条半好汉”中的半条。

有人耻笑她，说她心甘情愿做半个人。我倒不以为然，只是恐怕她找不回没被人承认的那一半。

再见到她，是一九七九年我被从监狱里放出来五个月的时候，我在家看书实在看得无聊了，一个邻居家打扮得花枝招展的小姑娘拉我去跳舞。我知道，她是怕夜里回来遇到坏人，找一个保镖，而并非寻一个舞伴。

但我还是去了，为了能够暂时从无聊中解脱出来，也为了知道一下沉醉在跳舞中的都是些什么人。

那是一个家庭舞会，某副省长家偌大的客厅里早已有二十几个年轻男女在迪斯科音乐声中潇洒自如地扭动着身躯，不停地前后左右摇摆着。我觉得这舞蹈挺美，表现出了应有的生活节奏。

果然，邻居家的小姑娘一进客厅，就扔下我，脱下外衣，露出薄纱紧身衫，立时加入到剧烈活动着的人群中。我安静地坐在角落的沙发上，悠然自得地拿起茶几上的云烟抽了起来，味道确实好极了。

眼前晃动的全是牛仔裤、尼龙衫、项链、飘带。不，我一点不认为这些是奇装异服，这些充分显示年轻人躯体美的衣衫使我感到了青春的活力，我有些惋惜自己的丑陋，为不能穿上这些衣服产生了微微的自卑。

在一张张挤成一堆的汗渍渍的面孔中，我分辨出了李红。

她完全变了，跟十多年前那个瘦瘦的、梳着小辫的小红卫兵判若两人。她丰满了，到处都呈现出成熟女性的浑圆；她的眼睛更亮了，但神情复杂了许多；大概是穿高跟鞋的缘故，她高了些，披肩发像旗帜一样在飘动；她穿着带有上兜的大尖领衬衫，下摆塞进裤腰，那宽宽的男式皮带使她的胸脯和屁股格外突出；喇叭裤使她的腿显得又直又长；她大声笑着，打着响指。

我无法想象她这些年的生活，更无法想象一个女性是如何发生这种变化的，三年的牢房生活使我的思维迟钝了。

她终于看见了我，先是愣了一下，然后快步走过来，坐在我身边，惊奇地说："你不是路明水吗？什么时候出来的？"

我冷淡地回答："五个月前。"

"监狱里的日子怎么样？"她露出半是感兴趣、半是看不起的神态。

"你最好自己去试试。"我早已习惯于尖酸刻薄，尤其是对我人格不尊重的人。

她有些尴尬，但随即又笑起来："这么多年你还没变，我记得一九六六年那次全市大辩论会上，你就是这个样子。"她很坦然地从烟盒中抽出一支烟，熟练地点着了。

"你变了，变得像……"我抑制着没有说出后几个字。

"像什么？"她严肃起来，认真地问。看来，她很关心别人对她的看法。

但我什么都没有说，冷落着她。

她失望了，继而觉得没趣。正好，音乐停止了，跳舞的人们"啊"了一声，似乎有些遗憾，但又觉得该休息一下了，便纷纷坐到墙边的软椅和沙发上，有的点着了烟，或端起汽水瓶子。

我听见有人在低声问：“坐墙角那个像武大郎的家伙是干什么的？”

我冷冷地“哼”了一声，盯了那个出言不逊的小子一眼。

李红忙介绍着：“这是原来中学红卫兵的一个学校负责人，现在……”她用眼睛询问我现在干什么。

“一个老待业青年。”我不卑不亢地说。

有人哄笑了，也有人惊奇，更多的是鄙视，对于鄙视我早已习惯了，我依然毫无表情地坐着，只是更猛劲地吸着烟，吐出浓浓的烟雾。

有人提议选举这次舞会的皇后。李红当选了。她站在客厅中间，骄傲地昂起头，单独跳了一段《西班牙斗牛舞》，赢得了阵阵掌声。我看见小伙子们热切的目光和姑娘们嫉妒的神情。

“李红，你过去准跳过舞，干过宣传队。”

李红笑了：“我过去插队干活，当兵打仗，手磨粗了，脚磨大了，腰压得没有了。”

“妈的，过去就像服苦役，挨打受骂，吃不上喝不上，谈恋爱都遭批判。”

“别提过去了，谁他妈再提过去，谁是狗娘养的！”

一个高个子，戴眼镜，略显得文绉绉的男子站了起来，很有风度地摆摆手。大概他有些感召力，要不就是在这群人中算个才子，大家都安静下来，听他发表意见：

“我们过去失去了很多很多，但是，我们不能一辈子都失去。一个人应该得到的太多了，我们一点都不能再放弃享乐的机会。人生到底为了什么，不就是为了过好日子吗?! 不为了这个，咱们现在还都是猴。过去留给我们这些人的只是苦难，没有任何值得记忆的东西。我们曾以为那叫奋斗，其实全是荒唐的胡闹和自我欺骗。谁还希望十年后再说起今天来，依然是苦涩的回忆？说实话，历史是不会记住咱们的，可咱们不能自己也忘掉自己。生活给我得出的结论是这样的：我们的年龄不允许我们再盲目地去耗费精力了。”

他得到了掌声，那些小姑娘们叽叽喳喳地议论着，称赞着这位眼镜的哲理，有几个人的目光中流露的甚至是爱。

音乐声又在响了，我站起来，告诉邻家那个少女说我一会儿来接她，便向门外走去。我不是厌恶舞会和音乐，而是厌恶这些装腔作势的人，更准确地说，是这些人的思想。

李红走过来，问我为什么要走。我说心情不好。

她又问，你认为那眼镜的话如何？

我只回答她两个字：放屁！

她再一次提起我说她像什么。我没让她失望，告诉了她：像动物园里那只没有了翅膀的肥鹅。

她脸色难看极了，第一次好好正视了我，然后送我到大门口。临关门时，她似乎是随意地问：“你今后准备怎么办?”

我也做出随意的样子：“还像以前那样。”我看见她目光中露出了沉思。

怎么？她在研究我？一瞬间，我有点不自在，但这种心情很快就被春城的夜色淹没掉了。

那个月亮真圆啊！

几天以后的一个晚上，我在离家不太远的树荫中碰见了李红。她穿的还是那么吸引人，紧身衫、牛仔裤，但神情却十分庄重。

她迎着我走过来，低声说："我等了你三个晚上。"

"为什么?"我有些愕然。

"想跟你谈谈。"

我没有犹豫，脱口而出："我要去挣钱，帮人家裱糊顶棚。"

她没有乞求，也没有失望，只是说："那改天吧。"便昂然地走向繁华的闹市。

那里，到处是人群。

然而，我却主动去找她了。因为在一次聚会上我看见了她的本质和灵魂，看见她找回了她的那一半。

那是我们这些曾经在紧靠国境的边寨插队落户的人的一次大聚会。

这次聚会似乎是高志勇发起的，这个"七条半好汉"中的第三条已经是解放军一个师的参谋长了。算起来，他的戎马生涯也不算短了，在战争年代，当军长也会有可能。

聚会在一片被樱花包围住的草坪上举行。我去晚了，悄悄站在人群的后面，一个姑娘站在人群中间高唱着当年在我们中间很流行的歌曲《当我告别了战友的时候》，她居然唱哭了。是啊，那时，她才只有十四岁，感情的东西在她心灵上留下太深的刻痕。

高志勇站出来，他更粗壮了，一身绿军衣绷得紧紧的额上有一块明显的伤痕，闪着一种让人心寒的亮光。

他大声地、激动地说："我们又相聚了。在景颇山的时候，我们受尽屈辱，但我们从没有折服过。我们坚持自己的信念，坚持做人的尊严，也牢记自己的价值。今天，我们不都是社会的中坚了吗?！没有插队的经历，就没有我们的现在。看看吧，今天到会的有研究所的副所长，有市团委书记，有工厂的党委书记，部队的团长、营长，有作家，有研究生，有硕士，有歌唱家，有省直机关的副处长，有省科协的翻译，有工程师，有编辑，有记者，我们这些人的总和，不就是我们民族的支柱和栋梁吗?”

我想挤进去，问问高志勇，像我这样的人算社会的什么？但我忍住了，没有必要扫大家的兴。不过，我明白，有人是命运的宠儿，有人是用血汗为自己冲出一条崎岖的路。

李红站到了高志勇身边。她穿着雪白的西装，鲜红的皮鞋和鲜红的衬衣，头发像贵妇人一样盘成高耸的髻，所有的目光都凝聚到她身上。

我以为她又要大出风头地给人们表演一段迪斯科了，然而，她却严肃地质问高志勇：“难道只有什么家、什么长才能表现出一个人的价值吗？我觉得，一个人的价值不在于他干什么或怎么干，而在于他能不能干成功一件让人们会有所记忆的事情。假如十年以后再相聚，我倒不希望听到诸位都成了什么更大的家或更高的长，而是希望听到某一件震撼的业绩是这些战友中的一个干的！”

高志勇笑了笑，不置可否。

有人呼吁着：“我们别开辩论会了，让李红给我们来一段现代派舞蹈吧。咱们聚会，不就是要欢快吗?”

李红露出傲慢的神情，大声宣布：“在战友们面前，我永远只是追求新思想的女性。”她特意强调了一下“思想”二字，然后走到离我不远的地方，腾出场地。

几个六七岁的孩子走进来跳孔雀舞。第二代已经成长起来了，他们的父母都想让他们成为艺术家和科学家，但没有人愿意他们成为思想家。

有人问李红：“你现在干什么工作？”

“资料室管杂志的，”她很坦然，没有一点虚荣的羞耻感，“既不是家，也不带长。”

“你怎么不让你爸爸……起码给你弄个宣传处的差事。”

李红笑了：“我就不信，全凭自己的力量不能创造出自己的理想生活来！说实在的，我鄙视我爸爸那样的人，我相信，我比他们有力量，比他们强！”

我不能不对李红刮目相看了。我也必须承认：我的目光粗钝，不能看到一个丰满胸膛内的心灵。李红是一个女中强者。

我突然感到：我强烈地需要她！

黄昏时分，人们都散去了。我和李红没有走，我们只相互看了一眼，就都明白应该留下来，好好谈谈。

夕阳透过樱树和海棠树的枝叶，把斑斑点点的光洒在石板路上，似乎有无数的秋叶飘落脚下，一股暖洋洋、让人心中发痒的气息笼罩住我，我情不自禁地想吼叫几声，这大概就是春情勃发吧。

坡上铁笼子里的鸟的鸣叫声响成一片，坡下石房子中的熊和虎转来转去。游人少了，情人们是不愿意伴着野兽来谈恋爱的。在空荡荡的坡路上，我和李红顿时都感觉到是在景颇山的山林之中。

“你不觉得，像我们这样年龄的人，有许多话是不需要说出来的吗？”我问她。

她不知什么时候把盘起的头发放开了，那松散的披肩发使她年轻了不少。她点点头，但是又说：“我更认为，像咱们这样年龄的人，有许多话是必须说出来的。”

我马上就明白了，我们的关系从一建立，就是基于无休止的争论之上的，我希望这样的生活，这会使我永远不感到生命的衰竭和停滞。

“是的，是要说，但是你永远别想从我这听到一句女性最喜欢的恭维和奉承。我是一个冷酷得过分的人，而且不会融化。我觉得，这不是威胁，而是真诚。”

“正是因为我感到了你这个优点，才来到你身边。我的生活中需要一块冰冷的铁块，它随时可以沉重地砸在我身上，使我不致滑向我自己的另一面。你大概也是具有两面性的吧？”

“无数面。”我告诉她。

“你今后准备怎么办？”

“已经说过了，还像以前一样。”

“我不太了解你的以前。”

“像狼一样，找准目标，扑上去，完成一件冷酷的大事情。”

“对谁冷酷？”

“对那些不愿意历史前进的人。”

“我可以吻你一下吗？”

“吻武大郎？”

“高大的男人更多的是低能儿。”

我抱住了她，因为她那出众的美，也因为她那强者的思想。

第二天，我到她家去做客。我们谈了整整一天，互相都在冷冷地攻击着对方的弱点，但天黑之后，却谁也不想离开谁。

我留在了她的卧室中。在这一刻，她承认：有许多话是不需要说出来的。

一阵狂热的爱抚之后，我们每人又都点着了一支烟。在黑暗中，两点红光一闪一闪的，像两团鬼火。

我问："你喜欢我什么？"

"冷酷无情和永不屈服。你呢？"她反问。

"美和独立的思考。"

我们都沉默着，互相感受着对方的气息。我发现，我们与其说是一对情人，倒不如说是两个同志，除了一瞬间生理上的需要外，我们都处在冷静的思索之中。我们更需要的不是对方的肉体，而是思想。

我问："你和陈光……"

她扭动了一下："我知道你总要问的，凡是知道景颇山上对我们爱情进行审判的人都要问。很简单，我和他结婚了，过了三年幸福生活。但我的思想在成长，而他却还处在向我诉说爱情格言的阶段。我不能忍受他的女人气了，和他吵架，毫无意义地吵架。于是，就分手了。幸亏没有孩子。我不恨他，在景颇山上，是他让我懂得了爱，但是，不能为了这一点就一辈子报答他。"

我想象着在景颇山大森林的一个月夜，六个坚强的男人打发走了一个少女，而面对另一个大胆去爱的同伴进行宣判，要他离开他们艰难、单调的生活。他们那时不会想到后来，更不会想到现在。

我问："以后呢？再没有别的男人？"

“你是指那些跳迪斯科的花花公子？不，我对于他们是带刺的玫瑰，只能看。”

“那么说，还有别的。”我的声音依然平淡，没有一点嫉妒或其他的感情色彩。

“有一个，为了政治上的需要，现在一提他，我都要恶心。”她用手蒙住了脸，但没有什么忏悔的意思。

“没什么，只要你并不盲目。”我居然能理解她，也许是这种事听得太多了。

“你呢？以前有过吗？”她把手放下，往我身边凑了凑。

“有，任何一个三十多岁的男子都会有过。两次，都是在插队的时候，一个是知青，一个是小普少。后来，知青上大学去了，小普少嫁到了缅甸。”

“爱吗？”

“当然。”

她不吭声了，把头枕到我肌肉很薄的胸膛上，浓密的头发搞得我很痒。

我抱住她，低声说：“但从插队回城以后，你是第一个和我有这种关系的女人。”说这话时，我的嗓子一阵颤抖，但我没有对她扯谎。

她突然抽泣起来，热乎乎的泪珠顿时沾湿我的皮肤。我一动不动，静静地躺着，任随她痛哭，既不劝阻，也不宽慰。

这就是第一次。

后来，认识了她的爸爸，知道了她的妈妈几年前去世了。不管她爸爸如何反对，我俨然成了她家中的一员，而且，她爸爸在家的日子我也可以坦然地留在她的卧室中。

三年来，她对我的认识得到了验证，虽然她总在讥讽我，但她确实存在对我的某种信任，我的成功会使她对我价值的认识有所提高。当然，她自己也在不断地使我认识到她的价值。她完全凭自己的奋斗，以最高分数考取了省外贸总公司的翻译，可以直接参加和外商的谈判。她雄心勃勃地表示过：她要成为新中国第一代女商人，她要做成几亿，甚至几十亿美元的买卖！

我相信她，如同相信我自己。

窗外。那么安宁、静谧，整个春城不知有多少像我们这样没结婚就住在一起的情人。道德观念随着整个经济的变迁也在飞速地变革着。

她爸爸问过我们，为什么不结婚，以后搞大了肚子不丢人现眼。

我告诉他，有庞大的计划生育机构提供着一切保证。

而李红则哼了一声："结婚，无疑是对人的创造力一种最大的束缚。"

对于我们之间的关系，我不知道会保持多久，也不愿意去费脑汁想，但有一点是明确的，只要谁感到不需要对方了，就会坦然地分手，只会留下记忆，而没有任何痛苦。

我侧过身，借着朦胧的月色看着她。在柔和的光线中，她的每一部分都像玉琢牙雕。她太漂亮了，假如对于她无动于衷的话，那绝不是真正的男人。我让嘴唇湿润了一下，慢慢吻着她的脸颊。

她醒了，睁开眼睛，喃喃着："我做梦了，梦见打仗，炮弹皮炸伤了高志勇的头。"

我没说话，只是用眼睛看着她。

她明白了，投入了我的怀抱，并传递出某种需求，这也正是我的欲望。我感到，我们的精力都还旺盛，这是干大事业所必需的。

半小时的激烈运动后，我们都睡去了。我做了一个梦，梦见了一个穿军装的小姑娘向我走来。

5

春城的黎明来到了。

首先迎接黎明的是各家各户冒出的袅袅青烟，在一个还没有使用上煤气和液化石油气的城市，那些煤炉和柴灶冒出的烟雾形成一片又一片淡淡的早霞。

太阳急不可耐地跃出来，五华山上那高高的电视塔如同一把锋利的长剑，把黄得像金子一样的火球斩割成两半。满城的带露珠的绿树反射出一片晶莹的光点，好像到处都是镶满水晶的宫殿。跟沿海的城市相比，这里的污染还算轻微。天空依然呈现出蔚蓝色，几座高大的建筑物上很少有被腐蚀的痕迹，远处的西山历历在目，龙门上有人吹响了小号，大概是在那里过夜的人们在眺望从滇池中升起的朝阳和第一片白帆。

第一声汽笛，第一声转铃的鸣响，标志着这个城市开始了生命的又一天。

路明水赤身裸体地站在浴室中，把喷头开到最大，用凉水冲刷着身子。他在水柱中拼命地跳动、擦拭。除了在监狱的几年中，他从没有间断过这种锻炼。从这种锻炼中，他感到了一种乐趣和快感。

李红站在门边，冷冷地看着他在运动，然后甩给他一块新毛巾，嘲讽地说："你永远不会粗壮起来。"

路明水并不在意这种诅咒，擦干了身子，穿好衣服。他这才发现李红又换上了一件大红的长连衣裙，袖口和脖领都镶有白纱的松紧花边。

他点点头："会把小伙子们的眼睛都刺瞎了。"

"你呢？"

"我色盲。"

两个人走下楼去。

小保姆双蕙已经摆上了早餐：牛奶、煎蛋和刚买回来的小肉包子。

"你爸爸会开一夜的会吗？"路明水有些不太愉快的预感。

"我不是说了吗，打麻将，要不就是和女秘书……"李红看了双蕙一眼，没说下去。

"你上了班给他打个电话，问一下厅党组对我们厂民主选举结果是不是批准了，中午我给你去电话。"

"你怎么突然婆婆妈妈的了，厅党组要不支持，你们能搞选举吗？连工段长都是委派的。要打电话就早点，中午有外商的宴会。"

两个人淡漠地告别了，好像昨晚他们根本没有睡在一张沙发床上。

路明水走出绿色的门，走出两边都是高墙的小巷，来到街上。

这里和中国任何一个城市的黎明一样，大街上是自行车的长龙，望不见头，看不见尾，只有粗粗的龙身在扭动。

高大的桉树伸展着浓密的枝杈，厚实的叶子遮住了蓝天和白云，时而有几处花坛，自动喷水器正喷洒着清亮的水花，一阵阵细小密集的雨点纷纷扬扬，落在盛开的花朵和柔嫩的绿叶上。

十几个老人甩动着胳膊，在做一些能益寿延年的体操和气功。他们的姿势比起年轻人跳的迪斯科不知要难看几百倍，可他们毫无羞耻感，怡然自得。

昨晚在街头叫卖的大军不知全消失在何处，可到了今晚，他们依然会精神焕发地冒出来，为了生存而奋斗着。

路明水走得很悠闲，他宁肯早起半小时，也不愿像奔丧一样赶到老城十字路口的班车站。这样慢慢走着，一来可以呼吸些新鲜空气，二来可以周密地考虑一下全天的工作程序。他不是庸庸碌碌挣钱过日子的人，他每天都要想，都要做许多事情。

今天更需要深思，因为他要召开一个会议，把他和齐伟内定的中层干部召集起来，商量一个最妥善的办法，接收那些显然不愿撒手的原科室、车间头头们的权力。

一辆带有警灯的三轮摩托车尖叫一声停在他身边。车上是一个戴头盔的男子，招呼着他："喂，狼，祝贺你终于成功了！"

路明水认识这个人，他是省高级法院的年轻法官，插队时曾一块混过几天。

"你消息好快呀。"

"你是昨晚上的新闻人物嘛，晚报、电台都放在头条，工业改革的先锋战士！"

路明水冷冷地笑了，阴沉地说："我不需要这种桂冠，只要能按我的想法干。"

那人不再提这件事，凑着路明水耳边小声说：“今天枪毙老K。”

路明水被震动了，几乎嚷起来：“什么罪?”

“武装走私大烟。”

路明水沉重地垂下了头，喃喃着：“他走到头了。”

“去刑场看看吗？八点钟执行枪决。不召开公审大会了，他这案子牵扯面太大。”

路明水犹豫了几秒钟，翻身上了车，咬着嘴唇说：“完事了你把我送到西山底下。”

“好吧。我就是特意去找你的。你妈说你没回家，我一猜你就是到李红那去了。真他妈绝了，那么多有钱有势的漂亮小伙子追不上她，像你这样的丑八怪反倒让她神魂颠倒。教教哥儿们，你有什么高招。”那人打着了火，松开了离合器。

摩托车超过一辆又一辆自行车，向金殿方向的刑场驶去。

“没什么高招，”路明水坐在车斗中大声说，“让你喜欢的人感到你与众不同，感到你比所有的男人都更像男人！”

“我一辈子也做不到这点，所以，只好要个母夜叉。”开摩托的人哈哈大笑着，车把一歪，差点撞上一辆丰田轿车。

离刑场还有一公里路程，摩托车放慢了速度，那人掏出一张塑料卡片做的记者证，递给路明水：“戴上，你这身中山装一点记者味也没有。记住，别发疯，你要冲上去和他握个手，咱俩可就完了。”他开了个玩笑。

路明水点点头，戴上了烫有金字的塑料牌。

一分钟过后，四个头戴钢盔的武装警察拦住了摩托车。开车人掏出工作证，武装警察点点头，放行了。

刑场到了，路明水坐在车斗中，迟迟不愿走下来。他觉得嗓子有些发堵，说不出是一种什么心情。不，他绝不同情任何刑事犯罪分子，但今天要枪毙的这个人和他太熟悉了，他无法想象这个人将被一颗子弹把脑袋打开花。

前面，是高高的山冈，上面隐约有持枪的人在晃动，剩下三面是一百多米厚的松树林，中间是一片长着荒草的沙质土地。一些穿着蓝制服的人走来走去，一百多名观看枪决的群众代表已经站在树荫中。摄影记者和录像师不停地摆着机器，几个女民警不知在本子上写着什么。

警车“呜呜”响着开来了，停在空场上，先跳下两个头戴钢盔的武装警察，然后那个叫老 K 的犯人出现在门边。他反背的手被铐住，从容地跳下车，像是来什么地方参观一样好奇地环视着周围的一切。他根本不怕死，世界上没有他所害怕的事情。

路明水已经十一年没见过老 K 了。他还是那样精干，满脸络腮胡子，一副毫不在乎、大大咧咧的样子，似乎刚完成了一桩什么大买卖。路明水禁不住往前走了几步，那个请他来的法官紧张地拦住了他。

但老 K 还是看见了这两个人。

他先是一愣，随即微微笑了。这是一种满足的笑，一种没有什么可遗憾的笑，甚至还有点赞叹的笑，因为路明水没有失言。

老 K 总是这样笑着，无论在边境线上，还是躺在旅馆中；无论是对自己的同伙，还是对海关检查员。

社会是怎样产生出这种类型的人呢？

路明水小声问身边的朋友："是你审判的？"

"我只是副手，但是，我认为量刑准确。你不应该对他有感情，你是狼。"

"他一直希望死，死对他来说是最大的享受，但他绝不自杀。可是，死神偏偏折磨他，总从他身边溜过。"

"今天他活不成了，这小子干了几十万的买卖，连手枪都置上了。"

这是一代人中间的又一个极端，他死到临头了。

6

我为什么非要到刑场来观看呢？

放着那样伟大而艰巨的使命不早一分钟去承担，却来替一个目无法纪的人送行，送他离开这个世界，值得吗？

不是值得不值得的问题，我是要来看看他临死的神态，太想看了呀！因为我说过，假如他去死，我会给他送行，那时我跟他一块干过。

十一年了，我忘记了许多事情，但这句话没忘，我是来还愿的。

在那插队的岁月中，无论干出什么事情都不会认为是荒唐的，只要不杀人放火大规模偷窃，也不会有人说你是犯罪。但是，直到今天为止，我也不埋怨谁，也不认为是谁把我逼到走私的路上。我是自愿的，极其自愿的，为了干出点大事来。

那是一场荒火烧毁了我们整个寨子的时候，什么都没有留下，只留下一百多个半裸着身子、露出绝望神情的人。公社除了向每人提供十斤包谷和毫无价值的十尺布票外，没有任何其他救济。

景颇人以一家为一个单位，钻进原始森林中，过野人生活去了。假如没有人呼唤组织他们，几十年后，这个山林中又会出现十几个自然的小寨子。

一直坚持着的三个知青中的那一男一女也最终走掉了，只剩下我一个人，望着山林空场中一片黑乎乎的炭迹。

然而，我从不会丧失掉生活的信念，更不会没有生存的勇气。在失败和绝境面前，我总有一种令人惊奇的镇定，确实像一只狼昂首站在荒野之中，绝不相信世界上会没有它的位置。

我走向公社所在的小镇，找到了公社书记，冷冷地向他要求着："不能拨三千块钱吗？有三千块钱我就可以让我们的寨子出现奇迹。"

景颇公社书记发火了："我长这么大都没有看见过三千块钱是什么样！我们景颇人不盼着出什么奇迹，只要能活着，不被人欺负就行了。"

"不想过好日子？"我热切地问。

"什么是好日子？"他认真地反问。

"住楼房，坐汽车，用电灯，使拖拉机，天天吃白米，天天有酒肉，每个晚上都跳舞对歌。"我回答他。

"用三千块钱就能换来这样的日子？"景颇公社书记觉得我在嘲弄他。

三万块钱也换不来这种好日子，但是，我并没有认为是在欺骗，一切总有个开头呀，我咬着牙"嗯"了一声。

"我这根老猎枪和镶银把的长刀值多少钱？"

我感到他在讥笑我了。

但是，他满脸都流露着景颇人固有的诚挚和善良，有些感伤地对我说："你把这东西卖了，凑个头一份。要是只值一块钱，你就再想办法去找那二千九百九十九元去。在景颇山上，想怎么找就怎么找，景颇人相信你啦。我知道，世上的事都怕有心人，你是知识青年里有心的。"

我扛着景颇书记的老式猎枪，挎着他镶银把的、大概传了几代的长刀，走向边境线，在一座被荒草遮掩的方尖碑边，坐了两天两夜，终了等到了老K。这里有一条他经常出没的小路。

"噢哈，狼，在这等食吃呢？家伙带得挺全，可惜都老掉牙了。"老K撩开衣襟，露出了腰间乌黑发亮的小手枪。

"这两件古董卖给你值多少钱？"我没站起来，由于饥饿，也由于犹豫。

"一块，"他哈哈大笑起来，"像你这么革命的小子也干这买卖了？把哪个景颇人的家给端了？小心以后把你祭了鬼！"

"好吧，一块就一快，一手交钱一手交货，另外附加个小条件，这一块钱算入股，我跟你一块干几天，怎么样？"我这才站起身，冷冷地，近乎恶狠狠地瞪着他。

他有点惊奇地望我："怎么，缺钱花了？说一声，我老K看在老同学的面上给你两百，足够你溜回城了。你跟我不一样，干上这个以后就洗不清了。"他诚心诚意地劝诫我。

"两百？"我冷笑了，"我起码要两万！"

他呆住了，右手摸住了手抢，咬着牙说："你小子是想要弄我吧？”

“不是，我们寨子被火烧了，我要找到足够的钱，给他们每家盖一所新的砖房，给他们置上家具衣被，还要从坝子里接上电线，安上电灯。”

“你小子准是跟人家许了愿。”

我点点头。

“好吧，你来得巧了，咱俩干一次大的。”老K脸上露出一副得意的样子，眼中放出了光彩，他每次进行冒险活动之前都会有这种神情。

老K天生喜欢冒险，时刻在寻求刺激。在学校时，只要他干了一件全校同学都不敢干的事，他就像过年一样兴高采烈。

他敢在三层楼，扒着窗台外檐做引体向上，他敢一个人在西山顶上睡一夜，他敢在汽车开过来的一瞬间飞跑过马路，他敢在刮六级大风时跳进滇池游泳。

文化大革命中，他更是大显身手，只身一人，钻到对立派戒备森严的地方，把我们保护的省委书记“偷”回来。十年后，这个省委书记又上了台，还找过老K呢，想好好报答一下。

其实，他倒并不讲什么“造反”与“保皇”，他只是寻找自己的乐趣，假如他要参加了那一派，也会对我们搞同样的把戏。只不过上学时，他干了什么恶作剧，我这个团支部书记总是保护他，给他留下了好感，因此就入到我的名下而已。

插队以后，他几乎没干过一天农活，整天扛根棍子在原始森林里转悠，想碰到只狗熊或者老虎，哪怕碰上个野人或者母猩猩也可以使他满足。但是，据说他连只麂子都没见过。

后来，不知他怎么发现走私是桩既惊险又富于刺激性的活动，就大模大样地干起来。他并不是单纯为了赚钱，他常常一百二百地把钱递给那些肯张口向他要的人。

而那时候，海关和边防检查站都还处在混乱之中，知青中干这种买卖的也不止他一个。因此，中国境内基本没人理睬他，他主要的冒险活动都是和边境线那边的走私集团及黑老大打交道。

我知道，我要想在短时期内搞到一个大数字的钱，只有找到他。虽然他永远是一个人独来独往，但我知道他不会拒绝帮我一把。

果然，他把我领到紧挨着边界线的一家马店中。

一个挺漂亮的傣族姑娘很亲热地把我们接进陈设简单的客厅，为我们点上烟，就歪倒在老 K 怀里，用挺熟练的汉语问："要吃饭吗？"

老 K 点点头。

很快，糯米饭、辣椒炒鸡蛋、清水煮排骨端上来。我足足吃了四大碗拌了猪油的糯米饭，那个傣族姑娘看得直瞪眼。

老 K 说："他绰号叫狼，能生吞活鸡！"

晚上，老 K 领我到边境线那边的小镇子上领略了一下异国风情。

其实，在这种边界线地区，两边从景色到风土人情都是完全相同的。竹林、小溪、蕉园、竹楼、山岭上的原始森林，都一点没让我感到是在另一个国家，甚至这里也同样是傣族人在平坝生活，景颇人在山林安家。唯一让我觉出点资本主义味道的是一家小咖啡馆，里面有两个只穿短裤和背心的年轻女招待，在浪声浪气地招揽顾客。

"进去喝点吧，"老 K 说，"这里人民币和缅币通用。"

我摇摇头，忽然看见有两个说四川话的年轻人从一家竹楼下来，竹楼的阳台上有两个衣衫不整的傣族少女嘻嘻笑着送他们。我用疑问的神情看看老K。

老K淡淡地解释着："建设兵团的知青来逛窑子。"

我明白了，那竹楼上的姑娘是妓女。可这些知识青年真的空虚无聊到这种程度了吗？还是纯粹为了生理上的需要？

当然，性压抑对任何一个男人来说都是痛苦的，只不过做一个真正的男人应该没有忍受不了的痛苦！

五分钟就逛完了小镇，我们回到了马店内。

我有些急切地问老K："什么时候行动？"

"不忙。"他在客厅里和我天南海北地瞎扯了一通。夜深之时，他把我留在客厅睡，自己到隔壁和那个傣族姑娘厮混去了。

一连三天都是这样度过的，我忍耐不下去了，一把揪住正跟傣族姑娘说笑的老K，愤怒地说："我呆不下去了，又不是养膘的猪。"

老K毫不惊慌地说："给你也找个姑娘。"

"我不干这骚事！"

"这不是骚事，我爱她，要是允许的话，我早娶她当老婆了。就你这个样子，还想挣大钱吗？连小钱都捞不着就得让人把你扔到山沟里喂蚂蚁去了。别急，我这是在等信。"老K第一次露出走私的情况。

毫无办法，只好耐心等待。

可我睡不着，想着我们那只剩一片黑灰的寨子，想着那些连衣服都不剩一件的景颇人，也想着我一旦有了一大笔钱，一定要盖一个景颇山第一流的寨子，请景颇人结束原始森林中的凄惨生活。

月光从竹窗内洒了进来，皎洁，明亮。一个长长的人影投过来，我的心差点停止了跳动，把手慢慢伸向离枕边不远的那把镶银把的长刀，准备对付这个无声无息闯进来的人。

那人嘻嘻笑了，竟是个女人，用很好听的嗓音说：“不要拿刀了，我要是想害你的人，你早就命归西天了。请问，老K在家吗？”

我这才松了一口气，坐了起来。只见来人穿一身绿色衣裤，似乎是军装，脸用花头巾围住，只露双眼，手里显然握着一支小手枪。

隔壁的竹门没有一点动静。我奇怪，像老K这样睡得比猪还死，能干什么冒险的事？正琢磨着，大门外又闪过一道黑影，老K站在了那女人身后，平静地拍了她肩膀一下，不知怎的，女人手中的小手枪就到了老K手中。

老K声音依然平淡，像是在和谁聊家常：“我等你多时了，是等你的货，可不是等你带人来。”

那女人愣了一下：“带人来？”

“别装傻了，那人现在正躺在水坑里睡大觉呢。”

“你把他整死了？”

“我老K从不杀人。”

那女人松了口气，看看我，没张嘴。

老K明白她的意思，说：“这是我兄弟，跟我一起捞这桩买卖，讲个合适的价吧。”

“货在竹林里，送到那个地方，两万元。”

我不知道送一趟什么东西能值这么多钱，于是用一种劝老K慎重的目光打量他。

可老K微微一笑：“这个价还算合理，收拾东西，走吧。”

里屋那个傣族姑娘跑出来，抱住老K，深情和担忧地说：“小心点，早些回来。”看得出，她是真爱他。

老K摸摸她长长的黑发，宽慰着：“不会有危险，我老K就喜欢找点危险事去干，可惜没有。”

我背上刀枪，跟在老K和那个女人身后，不带一点声响地走出马店，来到不远处一片竹林。

竹林深处拴着一匹马，马背上驮着沉甸甸的两大捆竹筒，很显然竹筒中塞着走私物品。

那女人抱怨着：“水坑里的人是马夫。”

但老K不再理睬她，解下缰绳，拉起马就走。他急于踏上又一条危险的道路。我紧紧跟在他后面。

夜色正浓，月光像轻柔的雾一样飘满边境线，可以看见一座白乎乎的界碑。山林的阴影倾泻得很长很长，我们就行走在这阴影之中。

天亮之时我们来到了一个小寨内，老K找到了一个知识青年，让他给马喂了料，还找了些糯米团给我们吃。

饭后，我们继续行进。

这是一条与边境线并行的战备公路，时常有军车开过，扬起一阵灰尘。老K牵着缰绳，慢悠悠地走着，还不时与车上的年轻战士打招呼，好像他是什么大首长。他确实太坦然了，马背上驮着只要能送到就可以得两万元的走私货物，可他却如同儿戏一般。

猛然，凭直觉我知道竹筒中是什么东西了，“大烟”，我冷冷地说。

老K看都没看我，点点头：“害怕了吗？”

我没回答他这个问题，只是问：“为什么从国内走？”

“安全，路程近。”

我不解了：“国内倒安全？他们那边几十里没有一个检查站。”

“但是有土匪和十几伙走私集团。你知道他什么时候在哪里出现？国内这几个检查站都是固定在几个小镇上，只要多个心眼就能混过去。”

果然，每到一个有检查站的小镇子上，老K都找来几个知识青年，连说带笑、连打带闹地就闯过关口。检查站的人对知识青年们从来不愿多管，说白了，是怕他们耍赖。

当夜幕降临的时候，我们跨过一条小河，停在一座界碑边。

“在这过夜吧。”老K把马拴在界碑上，掏出几个外国肉罐头，打开了，递给我。

“不烧堆火，热热吗？”我问。

“一烧火，敢有十拨人把你围在这里。”

我明白了，紧张地看看黑乎乎的四周，山风把大森林吹得哗哗响，好像有千军万马正从山上冲下来。

“睡会儿，半夜启程。”

“要几天？”

“五天的路。”

我没说话。

“大钱不是好挣的，我这也是第一次。”

看他这劲头，我以为他起码干过十次了。

第二天、第三天都很顺利。老K倒时时露出不高兴的样子。走私这么贵重的东西，没有碰上任何险情，确实使他大失所望，缺少他寻求的乐趣和快感。

第四天夜里，我刚刚进入梦乡，突然被一声低吼惊醒：“别动，动一下就让你们永远动不了。”

我睁开眼睛，只见三把长刀和两支手枪正对着我和老 K 的头。我们的武器被一个盘着头发的女人收走了。

老 K 毫不紧张，只是微笑着。

我也尽力做出平静的样子。

那几个人把我和老 K 反绑在一起，然后赶着马，不声不响地消失在边界线的另一侧。

老 K 低声说了句：“别动！”然后猛一使劲，我觉得被勒得紧紧的手突然松开了。老 K 一下就跃起来，也把我拉起来。

我吃惊地问：“你会气功？”

他摇摇头，让我摸摸他后腰皮带上的一个铁环，那铁环冲外的一面，锋利得像匕首的刃。我不由得赞叹了一声：“你小子天生就是干这个的！”

“你天生是干革命的。”他嬉戏了我一句，然后把捆我们的绳子捡起来，结好，对我说：“追！”

那种不愿损失两万元钱和不甘心失败的心情，使我快步跟在他身后，爬上一个坡后，我们钻进了葛藤缠绕的大森林。森林的缝隙间，有一条赶马帮的人走的小路，那几个劫道的土匪只有沿着这小径走。

当曙光使大森林变得灰蒙蒙的时候，我们终于追上了他们。

老 K 脸上露出了欣喜的神情，像是一个猎手看到一只猎物迎着他走来一样。他似乎根本没想到我们是两个赤手空拳的人，而对方是刀枪俱全的土匪。

那几个土匪大概白天不愿意行动，全部都缩进了一间不知什么人搭的竹棚中，驮着竹筒的马被拴在了竹棚的柱子上。一会儿，竹棚里冒出了青烟，还传来低低的嬉笑声。

老K在我耳边说："你留在这里，我到对面一喊，你也学成女人声音喊。"

"为什么要学女人?"

"让他们认为不是咱们两人。"

"可……"我想说他们要还击怎么办?

不等我把忧虑说出来，老K已经像猫似的溜在草棚后面，哈哈哈地怪笑起来。草棚里立时没有了声。

"把家伙扔出来吧，扔远点，要不一颗手榴弹就成全了你们这几对狗男女的好事。"老K的声音既柔和而又不失威严。

我也只好捏住嗓子，尖声叫着："老娘等候你们多时了，识相点。"

稍微犹豫了一下，手枪、长刀，还有我那老猎枪全都丢出草棚。

我和老K同时冲过去，捡起了武器。

"都别出来，好好在里面坐着，敢动一下，就让你们永远也动不了!"老K把他们命令我们的话又还了回去。说罢，解开缰绳，快步离开竹棚。我端着枪，紧紧跟在他身后。

"他们会追上来吗?"

"不会，再走四十里，就是货主的地盘了。"老K兴奋极了，这一趟买卖有了冒险和刺激，这是他最大的收获。

然而，下午交货时我们都傻眼了，打开竹筒倒出来的全是红泥巴。老K眯起眼，想了一下大声骂道："狗娘养的，那几个小子蒙了咱们，他们把原来那些竹筒藏起来了。"

"为什么？"

"他们知道会有人堵截他们，"老K冲货主一抱拳，"老哥，我老K去给你找回来，一年以后老地方见！"

我大吃一惊："要一年？"

老K平淡地说："还得抓紧找。"

我可等不了一年。

货主甩给老K五百元钱："够朋友，先付给你点辛苦费。"

老K把那五百元全部塞到我手中，抱歉地说："狼，对不起你，没给你弄到你想要的大数。你要有耐心，一年以后来这会我。"

我摇摇头，冷冷地说："我还有数不清的事要干呢。一年以后，我那寨子早成荒草坡了。"

"那好，我不强求你，你跟我不是走一条道的人。不过，什么时候需要我老K，来找我，假如我不死的话。"

"你要死了，无论在什么地方，我都给你送行。"这种许愿绝不是开玩笑。

我不知道这个把冒险当成乐趣的汉子会怎样死去，但毫无疑问，他在把死当成追求的目标。我希望能看到这个同代人生活的终极。

我用五百块钱买了五十块廉价手表，离开了老K。

我希望这些表能为我赚出十倍的利。但是，我没有老K那两下子。在过第二个检查站时，表全部被搜出来，一块不剩地没收了，连同老式猎枪和镶银把的景颇长刀。

十几天的工夫，我两手空空下山，又两手空空回到了景颇山的脚下。我没有脸再回到那个灾难的寨子，我的又一个伟大想法凄惨地消亡了。

这种失败不是第一次，也绝不会是最后一次，它的结果只是让我重新校正一下生活的舵而已。我从来也没觉得这段生活是耻辱的，它只是人生中的一段经历。如同失恋，如同考了一个二分，每一个不甘于寂寞的强者都可能会有这种经历，它是幼稚的，但绝非绝顶荒唐。

我回城了，悄悄地回去的，卖掉了爸爸珍藏多年的鎏金鼻烟壶，用这钱托人买了一支国产新猎枪和一把镶银把的景颇长刀，还是托人给景颇书记送去了，并让书记把我的户口办了回来。

这么多年过去了，时间像流水一样冲填着过去的沟痕，但没能抹平我对老 K 许下的诺言。我是在任何情况下都守信用的那种男人，即使他死在边境线外边，我有可能也要去给他送行。

我不会有良心上的重负了，老 K 被我看着击毙在荒草之中，他走完了他冒险的悲惨的一生。

这是愚蠢吗？还是一种变态心理？

我对身边那个当了法官的朋友说："你们不应该只管审判，还应该去研究，研究一下为什么会产生这种对法律无动于衷的人！"

这家伙耸了耸肩膀，表示无能为力。

我重又坐上他的摩托车。他风驰电掣般地疾驰着，把我送向西山脚下的工厂。

7

天，真蓝。

太阳，真暖。

这就是路明水所在的工厂：年久失修的柏油马路坑坑洼洼，上面积着一层厚厚的浮土；两边几棵不知什么年代种下的柳树歪立着，由于污染，像脱了头发的老头儿，光秃秃的，很少的几根柳条也带着烟尘；大门的两根水泥方柱边就堆放着垃圾，使周围的空气中弥漫着浓重的腐烂味道。

进了门，路两边乱七八糟地摆满了料坯和半成品，厂区内没有树，却到处是荒草和水坑；车间东一座，西一座，像小孩乱摆的积木；巨大的钢窗上一半没有了玻璃；动力车间附近的几个高大烟囱喷着滚滚黑烟，在工厂上空形成了浓浓的云雾。

路明水从摩托车上下来，看看表，已经九点半了，他快步向厂部三层的办公楼走去。他发现，工厂内的气氛不大对头，一些懒懒散散的工人像往常一样溜达着，几个打扫卫生的老头也依旧慢条斯理地挥着扫帚。

路明水觉得一切太平静了，昨天那令人激动的情绪一点都不存在了。发生了什么事吗？他想起应该给女朋友李红打个电话，就扭头走回到厂门口的传达室。

刚刚拨完号，耳机话筒中就传出李红悦耳的声音。她显然已经守在电话机边上了。

“喂，明水吗？”

“嗯。”

“告诉你，我爸爸昨天夜里确实是在开会，今天早晨六点半结束的。结果是，让我爸爸和另一个支持你们民主选举的党组副书记离休。他们两人今年都六十多岁了，没有任何理由再赖在位子上了。”

“这是对的。”

“可你明白这后面的意思吗？”

“明白，它来得太快了，我以为起码还要有一个僵持阶段呢，这说明反对改革的势力太强大了。”路明水居然没有一丝震惊和慌张。

“你以为我爸爸他们留在位子上就会对‘四化’的早日实现有好处吗？”

“我只以为他不留在位子上，我们这次民主选举厂长可能就算流产了，”路明水叹了口气，“像一个永远保不住胎的妇女，连一点痛苦都没有，上趟厕所就流掉了。”

“保胎药还不过关。”李红发出说不清什么味道的笑声。

“还有什么新闻吗？”路明水问得很平静。

“有人向我求爱。”耳机中的声音也很平淡。

“不是第一个，也不是最后一个。这次是什么人？哪一位公子？”

“大华木材公司总经理。”

“Mr. Dong yun-tang.”（董运堂先生。）

“你记性不错。”

路明水突然涌上一股莫名其妙的烦恼，他冲话筒提高了声音：“对不起，李小姐，我还有公务，改日再会。”说罢，就放下电话，离开了传达室。

此时，他倒并不急于到办公楼去了，反而慢慢地围着一个又一个车间转悠起来。他在琢磨着他当了厂长以后这些车间该如何改造。

首先要铺平道路，然后进行绿化，厂区周围至少要种五排树，每个车间都用海棠和夹竹桃环绕起来，并且铺上草坪。

在料场新建两个大型仓库，一个装料坯，一个装半成品，腾出料场那块空地修一个足球场和一个游泳池。

车间一级要取消脱产的党支部书记和团支部书记，几个主要生产车间全都采用闭路电视系统，由总工程师在监测室统一指挥。

还有污染问题，半年之内烟囱要冒青烟，总排水口排出的水可以让人游泳。

培训问题也要很快实施，每个工人每年要有一个月进修学习的时间。

大食堂改建一下，成为礼堂，让老工人一个月看一次戏、两次电影，让年轻人每个星期跳一次舞。

当然，最关键的是重新安排生产，派一个庞大的市场调查组出去。他早就发现产品不对路了，生产要想上去，就必须做到产品有销路。以后不准随便再抽什么人搞政治调查，谁犯了法直接送公安局……

这是路明水对这个工厂的最后一次幻想吧？

他终于走进办公楼，推开了会议室的门，一圈十几个大沙发上坐着所有原来的厂级领导和所有参加民主选举的厂长候选人。

一看见他，数十道带有各种意味的目光立刻射了过来。

厂长公开的鄙视，党委书记淡淡的嘲弄，总工程师的傲慢，技术科长的白眼，还有各种各样的轻蔑和讥笑。昨天这些人身上的垂头丧气竟一夜间全部消失了，似乎有一剂还魂药使他们又恢复了青春。他们是胜利者了，脸上露着喜悦和不可一世的微笑。只有齐伟的神情是复杂的，以至于复杂到没有任何感情色彩流露出来。

路明水靠在了门框上，抱着双臂，冷冷地说："对不起，我来晚了。"

党委书记轻轻咳了一下，摆出他平时一贯的严肃态度说："路明水同志，刚才我已经向大家传达了省 A 厅的文件。你来晚了，再传达一遍，大家也加深印象嘛。"

说罢，他把一直放在他面前的一张打印文件往上推了一下，戴上一副老花镜，显得有些装腔作势地宣读起来："省 A 厅组字一九八号文件。根据中央关于干部离休退休的指示精神，鉴于李宏才、高良二同志年事已高，身体健康情况不好，厅党组全体会上建议，安排二同志离休……"党委书记抬头从老花镜上面看看路明水，似乎是问他听明白没有，其实是告诉他：你的后台垮掉了！

路明水对这种暗示无动于衷，他只想知道昨晚省 A 厅那开了整整一夜的会上，每个人都是如何表演的。

党委书记发现路明水在走神，又大声咳嗽了一下："还有，省 A 厅组字一九九号文件。根据中央关于改革体制的精神，我们在西山机械厂进行了民主选举厂长的试点工作。这个工作是成功的。根据各方面的意见，党组进行了研究，决定基本上承认民主选举结果，但作一些适当调整。参加选举的总工程师张遥同志为西山机械厂厂长，免去厂总工程师职务；参加选举的技术科长王友云同志为西山机械厂总工程师；参加选举的团委书记齐伟同志为西山机械厂副厂长；参加选举的工人路明水同志为西山机械厂副厂长；党委书记陈可同志负责统一领导新组建的领导班子，原厂长李其玉同志调省A厅另行安排工作。”

人们忽然莫名其妙地鼓起掌来。路明水知道，这是向他示威。他觉得可笑。这些干了几十年的人，今天有了一个年龄还没他们工作年头多的人来当对手，他们竟这样认真对待。

“好，新班子的人留下，研究今后如何开展工作。”党委书记摆摆手，然后拍拍老厂长的肩膀，故意大声说，“当了副厅长对老单位要多帮助哟，都是新同志嘛。”

路明水并不惊讶一个十六年没完成过任务的人却升为副厅长，不是有在农业上搞得一塌糊涂的人，然后又去管司法了吗？他奇怪的倒是居然还把他留在了新班子中。

他站起来，没有用大声，而是心平气和地说：“对不起，这不是我参加选举的那个班子，用你们惯用的话，我需要考虑考虑，或者研究研究。”说罢，他转身出门，迈着有力的步子回到了流下他血汗的料场，搬废铁去了。

面对着这样一种近乎失败的结果，路明水表现的样子近乎无动于衷。他根本不会暴怒、悲痛、哀愁、烦恼。这有什么，只不过是一次人生的玩笑、事业的梦。

说实在的，这种失败留给他的痕迹还不如他第一次失恋深。因为他总有新的追求，也就会总有新的失败，根本来不及去痛苦和忧伤。没有时间啊，一生只不过是几万天而已。

中午吃饭时，几百个年轻工人围住他，七嘴八舌地问着：

“喂，听说没批准你当厂长？”

“他们说你作风不好，没结婚就和女朋友住在一起。”

“他们说你上中学时当过红卫兵，是造反派。”

“他们说你没有学历，不是知识化。”

“他们说凡是蹲过监狱的就没有好人。”

路明水很感激地望着这一大群被车间主任，甚至被厂长斥为“刺头”的充满青春活力和充满对新生活渴望的年轻人，点点头：“他们说的都是事实，但他们对这事实的认识……按咱们工人的话说，是臭狗屎！”

小伙子们笑了，但紧接着又有人气愤地说：“我们选了你，为什么不让你干？这不是开我们三千人的玩笑吗？嘴上总说工人是主人，论真的了，连他妈狗都不如。狗咬一声，还有人怕呢，咱们几千人选个厂长，他们吭都不吭就抹了！”

路明水摆摆手，劝阻着：“别骂，没用。我年轻时，碰到不合理的事，骂得比你们还厉害。要干，干出点事来，比什么都强。”

那个计票的女工挤过来，送给路明水一大饭盒红烧排骨。他不要，她着急得眼里又涌出了泪花。

一个人告诉路明水：“她支持你，让你吃排骨，骨头硬些。”

路明水把排骨分给每一个围着他的人。

整整一个下午，路明水一会儿也没闲着，在料场拼命地干，似乎是把后半生应该搬的铁块子全部搬完了。汗水湿透了工作服，甚至浸湿了脚下的土地。在景颇山时，他都没有这样劳累过。直到下班的铃声响起来，他才坐在那块砸了他脚的铁块子上，一连抽了三支香烟。

等到身上的工作服又一次被夕阳晒干，他才站起身来，甩下沾满铁锈的再生布破手套，略显沉重地向厂门口走去。他在那块曾贴过他们民主选举原则的广告牌上，静静地等着齐伟。前些日子，他们每天都在这个时候、这个地方相会。

可十分钟过去了，除了几个挎包鼓得令人生疑、故意晚走的干部家属外，再没有什么人过来了。

路明水走到传达室询问："老师傅，齐伟走了吗？"

"噢，走了，跟李厂长、陈书记一同出的厂门。我听见他让人给他老婆捎话，说他去陈书记家，晚回去会儿。"

路明水犹豫了一下，走出厂门。

到了已经不太拥挤的郊区汽车站，等了足足三十三分钟，路明水上了一辆开往城边工人新村的汽车。

陈书记就住在工人新村一幢刚建好的六层新楼中。

路明水下了汽车，找到那幢显然比周围所有楼房都漂亮的新楼。他上到二层，敲响了油着黄漆的门。这个门里有三间卧室、一间大客厅，还有带浴盆的卫生间和能供八个人吃饭的厨房。

没有人来开门。

路明水下了楼，敲响了一楼一个老工人的家门。这个门里的房间数便少了一半。

那个老工人拉开门，见是路明水，很痛快地告诉他："进城下馆子去啦！坐着小汽车，说是祝贺新领导班子的成立。你也是副厂长，怎么不去呀？反正都是国家的钱，不吃白不吃，不喝白不喝……"

"我在你这吃顿饭！"路明水不客气地打断老工人的话。

老工人立刻豪爽地把路明水让进屋内，拿出"杨林肥酒"，切了一大盘松花蛋，炸了一堆乳扇。

“喝!”

“喝!”

一老一少两个人，都沉默着，但不停嘴地喝，居然干完了整整一瓶“杨林肥酒”。

老工人把最后一滴酒液倒进杯中，长叹一声：“咱们这个厂什么时候才能有点起色呀!”

路明水感到被谁打了一拳，身子摇晃了一下。他有点慌张地看看表，八点钟了，这才感到屋内已是一片昏暗。他把老工人扶到床上躺下，有些不安地走出门去。

在景颇山时，他的酒量是不小的，连景颇人都很佩服他，说他是真正的男子汉。但回城后，毕竟不天天喝了，今天半斤酒下肚，还是有些飘飘然。他觉得被夜风吹拂着，能快点清醒，而且天上那闪闪烁烁的星星挺有迷人之处。

于是，他沿着林荫道，慢慢向十几里外的齐伟家走去。

他走惯了路。

插队时，一天爬个八九十里山路是小意思。那一场山火中，林道成被烧死，整个景颇山的几十个寨子都是他一个人送的信，从早到晚，十五个小时跑了一百六十多里路。今天这十几里柏油路，他还没觉出走呢，就到了。

齐伟的家住在平房里，因为是郊区，倒并不拥挤零乱。前面的大院子是他爱人所在的部队医院，边上有十几幢新盖好的宿舍楼。齐伟他们没有孩子，因此还只能住在这每家都用竹篱笆围起的平房中。

九点多钟了，月亮依然没有升起，几片浮云遮住了星光，四周显得很黑很黑，除了几对躲在树影和砖堆边谈情说爱的小护士外，没有什么人在外边闲逛了。

路明水走到齐伟家门前，透过竹篱笆向里张望，里面很整洁，只有几盆花和一个石桌。窗内没有挂上窗帘，屋里亮着灯，可以看出那是一间十五六平方米大小的房子，一个很矮小但又丰满的女兵正倚在床上看书，这就是齐伟的爱人于琛琛。

路明水向后退了几步，但他的视线还是集中在于琛琛身上。

好久，他叹了口气，走到齐伟回家的必经之路上，蹲在那里，点着了一支烟。身后，发出一阵响动，他猛地回过头去，看见一对穿军装的情人不满地嘟哝着，离去了。

大约快十一点了，路明水已经快抽完了一盒烟，才见一辆小汽车亮着大灯，疾驰而来，停在五十米外的公路边上。

车灯熄了，车门打开来，隐隐约约可以看出下车的是齐伟和陈书记。

“您请回吧，陈书记，还麻烦您专程送一趟。”齐伟的声音多少有些奴颜婢膝。

“以后咱们就一起工作了嘛，对年轻同志多尽些力，也是我们老同志的责任。”

“您放心，民主选举时说的一些过激的话我收回，那都是由于无知。”齐伟更加低三下四。

“年轻人好胜，缺乏头脑，我不会耿耿于怀的。但今后一定要和老同志搞好团结，不要再跟路明水搅在一起哟。”

“嗯，”齐伟大概犹豫了一下，有些担忧地说，“可路明水会不会退出这个领导班子，酿成事件？报纸、电台都宣传过他了。”

陈书记哈哈大笑起来："我正巴不得他自愿退出呢。厅里安排他当副厂长本来就是为了平衡，做做样子。搞改革嘛……"

齐伟略有所悟地笑了几声。

"好，快回家吧，老婆一定急了。酒后火力旺，小心点。"陈书记戏谑地说了句粗话。

齐伟连连说："不会，不会，老夫老妻了。"

小汽车像来时一样，又飞快地开走了。

齐伟的影子一步一步挪过来。他在清凉潮湿的夜风中，一定感到了壮怀激烈，禁不住大声朗诵着："三十功名尘与土，八千里路云和月。莫等闲，白了少年头，空悲切。"

路明水横在了齐伟的面前。

"你……"齐伟显然吓了一跳。

"候你多时了。吃到什么大菜了？有龙虎斗吗？有二龙戏珠吗？有佛跳墙吗？"路明水问得很认真。

"是……西餐，我让他们找你，可他们说你不会去……"齐伟有些惊慌，甚至可以说有些恐惧。他不知道这个被称作"狼"的丑陋汉子深更半夜在家门口等着自己，是不是心藏杀机。

"你害怕了，这说明你心虚，干了什么不太好的事。"路明水还是不紧不慢，不气不愤地说。

"明水，你太固执了！"齐伟倒突然激动起来。

他嘴中喷出一股股浓烈的酒气："生活里永远不可能有那么顺利的事，让你一下子就达到理想的彼岸。有时候需要一步分成两步走，有时候需要委曲求全。忍辱负重不算丧失人格吧？他们让我们当了副厂长，这说明他们畏惧我们的力量，不敢取消我们应有的位置。我们进入到这个领导层里，再慢慢施展我们的影响，使我们的思想能够占上风，这样做有什么坏处吗？”

“对，对，没什么坏处。没想到你喝了这么多酒，神志还这么清楚。”路明水似乎在赞扬着齐伟。

可齐伟早已经不舒服到极点了。他希望对方暴怒，这样反倒是正常的。

“你……你找我有事吗？”

“是的。我要告诉你，今天晚上吃了多少东西就付多少钱，否则有一天就会有人掰着你嘴巴，让你往外吐了。到那时，就不那么愉快了。”路明水犹豫了一下又说，“这不是冲你才说出来的忠告。假如是你一个人单身过日子，我今天晚上是不会走十几里路来，蹲在黑影中等你两小时的。”此时，他才显露出一丝冷酷的声音。

“这……这不用你管。”齐伟强做出不甘示弱的神态，接着他冷笑了一声，“你肯定还有别的事。”

“当然，我想跟你谈一谈。”

“谈什么？”

“谈谈我们联合起来，向省委申诉这种违反民意的做法。”

“这是不可能改变的结果了。我劝你尊重现实，你现在已经是主管供销工作的副厂长了。你不是做梦都想打开产品市场吗？”

“我要不干违反我自己意愿的事呢？”

“那是你的自由，我们……不，他们正求之不得呢。”

“你呢？”路明水开始凶恶起来。

“我……不能抛弃花费了血汗才得到的东西！”

“什么东西？一个小官吏吗？哈哈哈哈……”路明水放开嗓子大笑起来。

“你……”齐伟想解释什么。

路明水却突然停止了笑，转换了一种口吻，温和而有兴趣地说：“噢，你看，月亮终于出来了，像一个银盘，上面还有暗淡的花斑。星星消失了。城市的轮廓多清晰，人脸上的阴影也清晰了……”

他停住嘴，把视线射向齐伟的身后。

齐伟慢慢回过头去，看见了自己的妻子正站在几米远的地方。

“你……来接我？还没睡？”齐伟的声音变得柔情了。

他明白路明水为什么突然转变情绪扯起星星、月亮来。在他们两人眼中，于琛琛还是一个天真的女孩子，她不应该懂得人情世故。

但路明水的神情阴郁了，他从于琛琛的眼睛中看出了伤感和怨恨。他知道，她愿意听他们谈，而且确实听到前面的对话，对于他们一发现她到来就瞎扯别的东西感到深深的不满和委屈。

“去……屋里坐吧，我给你们泡茶，还有爸爸送来的好烟。”于琛琛的声音也像女孩子一样柔弱天真，但有一种使男人产生爱怜的东西。

“不，我要走了，已经……十二点了。”路明水此时的神情跟在李红面前截然不同，那时显出冷酷，现在露出温情，虽然同样都用一种男人的沉稳、庄重的气质遮掩着。

“别，别。”于琛琛似乎要扑上来阻拦，但却站在原地没动，恳切地说，“你和齐伟睡在这里吧，我回医院值班室找个地方。”

“那怎么行！夫妻应该一刻也不分离的。”路明水绝不是在开玩笑，这是他的真情实意。

“你……能上哪去住呢?”齐伟终于也开了口。

“一只狼在哪都可以找到栖息处的。”这大概才算是路明水的一句玩笑话。

说完，他转身就走，步子迈得那样从容。

猛然，他回过头去，看见齐伟搂着于琛琛，有点蹒跚地向还亮着灯光的温暖小屋走去。他的心疼了一下，但很快又平静了。他永远平静得这样迅速，以至于别人来不及发现他的痛苦。他确实像一只冷血动物。

8

我和齐伟有什么可谈的?

三十多岁的人不可能在一次争论中就转变对整个世界的看法和对整个人生的认识。一种哲学体系一旦在一个人脑中形成，其实是很难改换的，小说和电影中的胡扯无非是好心作家的愿望或者是庸俗作家的无能而已。

我并不是第一次跟他打交道，我们大概早已经各自看透了对方的灵魂。

上中学时，我就认识他。

他在全市中学团干部会上介绍过他们团支部怎样倒背“老三篇”的经验。文化大革命中，他在工作组、军宣队、工宣队面前都混得挺红。我们像潮水似的去插队时，他被留在了市中学生分配小组，后来这个小组成了知识青年上山下乡办公室。

我跟他真正结识是在我们从景颇山回城之后开始的。

那时我突然觉得有生命中断之感，因为整天无所事事。我这个人最不能忍受的就是空虚和无聊。我精力过于旺盛了，若没有正经事情干，就会情不自禁地干些坏事。真的，连在看书，或者和朋友聊天时我都要捉弄着任何一件够得着的小东西。

有几天，我到滇池去游泳，从早晨一直到天黑，去释放体内的精力。还有几天，我把家里的煤灶拆了又搭上，又拆了，再搭上。刚一回到城里，一切都难以适应，一下子不知道什么才应该是我做的大事。

有人介绍我去糊火柴盒，让我给大声骂走了。就在这时候，有人让我到省知青办去帮忙。我稍加考虑，便答应了。在那里可以了解到全省知青的情况，也许能找到自己生活道路上的下一个目标。

我第一天去知青办报到，就迎面和齐伟撞上了。

“听说你也回来了。”他穿着一身干净的军装，站在省知青办的小楼门口。外面汽车和自行车乱糟糟地驶过。

他记性不坏，居然还记得我！

我抬起头，冷冷地看看他。发现这小子长高了，更英俊了。妈的，上帝真是瞎了眼，给了这种混蛋以人类最标准的外壳。

他挺客气地把我让进屋里，掏出包红山茶牌香烟，递给我一支，问：“来听听关于回城知青如何安排的消息吗？”

“什么消息也不想听，以后在你手下听差了。”我不冷不热地告诉他。

他愣了一下，显然我的话对他是个新闻，但随即他握住我的手，笑着说：“那好啊，天下大势，分久必合，咱们又走到一起来了。”

“走走试试吧。”我不会说什么好听的。

我们在一个办公室里坐着了。他算个头目，听说当了三年兵，入了党，回来就不当普通工作人员了。不过，他从来不对我进行什么指示和干涉，而是凡事都平等地与我商量。他没有小人得志的气派，是个有心计的男人。

我的工作并不复杂，主要是整理各地的知青简报，和全国各省市进行交换。假如我要老老实实地干下去，也许一年以后就会转正，成为一个行政二十五级的小干部。

但是，我永远不会沉稳地、按部就班地工作，也不会甘心于一个小职员的庸碌琐事。我天生就是一个不安分、不习惯于在平静气氛中生活的人。

大量知识青年动乱的材料和当时的政治形势结合起来，使我感到历史在停滞，人类的真理在被扭曲。我的一批以前插队的战友，也正陷于深深的苦闷之中。

我们成立了马列主义学习小组，认真研究原著，用来分析和解剖一系列不正常的社会现象。我们每天晚上缩在我们家的楼上，像一群伟人一样争论着，唾沫星乱溅，有时还破口大骂，把插队时学会的脏话一股脑儿泼出来，然后又哈哈大笑。

渐渐地，我形成了一个想法，假如可行，这无疑是一件有意义的大事。

我认为应该把所有还在农村、农场的知识青年使用起来，让他们担任从教师、会计、赤脚医生一直到队长、厂长、县长的工作。这样，才真正有可能使农村从落后、愚昧的枷锁中解放出来。

我把这个想法告诉了齐伟。

他摇摇头："你这想法是荒谬的。"

而我认为正搞着的批判孔老二才是荒谬的。我把我的想法写了几十份，借和各省市交换情况之便，寄给了一些朋友。没过多久，我被隔离审查了，两个工人民兵日夜看守着我。

在我被带出办公室的一瞬间，我看见了齐伟眼睛中的轻蔑和鄙视。

然而，三个月后的一个黄昏，包了铁皮的小门打开了，鼻青脸肿的齐伟也给推了进来。

我哈哈哈地大笑着，学着他的口吻说："天下大势，分久必合嘛。"

他躺在只铺条薄被的床板上，捧着头，好久好久一声不吭。直到半夜时分，他才突然探过身子来，拼命摇着也很难入睡的我问："你挨打了吗？追问黑后台了吗？"

我闭着眼睛狠狠地推开他，反问着："你一九六六年怎么整治别人来着？"

他沉默了，过了几秒钟又问："打你了吗？"

我没理睬他，因为我不愿意回答这个可悲的问题。

"你怎么也会进来？"这是我最感兴趣的。

他告诉了我。

他对于那个知青办主任的一些做法不满，向省委写了几封信反映知青办的工作有许多问题，其中也包括使用像我这样思想右倾的人。结果信被转到知青办主任手中。立时，诬蔑大好形势的帽子扣过来，并认为他是有组织、有预谋地反对上山下乡运动，结果被工人民兵毒打一顿，关进了这小黑屋。

我冷冷地笑了：“你是觉得知青办里你能力最强，想取而代之吧？”

他愣了一下，不太情愿地点点头：“我不否认这点，我就是比他强。可是，社会上就是愿意使用这样的混蛋！”齐伟居然也会说粗话。

我明白，历史把他逼到我的路上来了。我眯着眼问：“这回怎么办？”

“只要能出去。”

“当然能，就怕你不敢。”

“我当过几年兵，论胆子还有点。”

我向他指了指天窗。

他犹豫了一下，问：“以前你一个人怎么不跑？”

“个矮，够不着。”

他抬头看着那刚好能钻出一个人的窗。一片月光正洒在那里，夜空显得格外洁静。他思索着，显然在做抉择。终于，不知什么勇气使他点了头。

半个月后，他的伤大致好了。

在一个雨蒙蒙的夜，我们把被里和被面撕成布条，拧成绳子。他站在床上，蹲下来，我踩着他肩膀，他直起身子，我翻上窗口，又把他拉上去，然后……

我们逃了出来，躲在郊区一个战友家里，听到一个可靠消息，说上面已经批准把我们正式逮捕，再晚一天，我们就没有可能逃出来了。

在这个战友家里，我们决定到全省各个州进行串联。大家取得一致结论：假如有一天“四人帮”真的掌了权，就像当年蔡锷将军一样，举行起义，讨伐他们！

当时的形势越来越紧张，周总理逝世以后，我们的活动也越来越困难，时刻都有被当作现行反革命抓起来枪毙的危险。但从与各地群众的接触来看，希望就在眼前！

几个月的同行共宿，使我了解了齐伟的精明能干。

在他面前，几乎没有什么难题。过关卡，买车票，联系当地被打倒的老干部，都是由他出面，因为我的特征太明显了。不过，他也在狡猾地给自己留一条后路，因为每次当众发表演说的都是我。

我不在乎他的畏缩，因为我很清楚，我们仅仅是同路而已。

三月底，我接到了北京朋友的来信。信中明确告诉我，清明节时，他们将要去天安门广场悼念周总理，而且也含蓄地说明了他们对“四人帮”的愤恨。我当即决定了要代表云南的一批战友北上，参加首都人民的活动。

齐伟不去，他委婉地表示要在春城举行一次类似的活动。我不强迫他。

但是，似乎有人告了密，火车站贴上了通缉我的布告。我不得不趴在一列货车的车厢顶上，离开了故乡城市。在天安门广场上，我被电棍击倒，抓了起来，很快押回原籍，关进死囚的牢房……

在那些日子里，我既有欣慰，也有遗憾。

欣慰的是天安门事件无疑是一桩震惊世界的大事，我和许多正义的人们一道参加了；遗憾的是这大事并非由我想出，我不会骄傲地把鼻子触到天上。不，我绝不是那种为了出名，敢去放火烧毁世界几大奇迹的疯子，我是为了加快历史车轮的旋转，我要看到自己力量的作用！

齐伟并没有被抓。当我摘下手铐脚镣，被释放出狱时，他已经成了英雄。跟他一块奋斗过的人要求的是用实践检验以往一切被认为是真理的东西，而他要求的是官。他不愿再回到形同虚设的知识青年上山下乡办公室，而是坚决要求到基层，于是被派到西山机械厂当了团委书记。

我们的同行结束了，在新的岁月中结束了。

我，撕碎了突然间一下子送来的五张平反书和平反信。它们没有任何用处。我以前的历史用几张小纸片是无法证明的。

我所迫切需要的是现在和未来，是成功和希望。以前，我没有干成功任何一件我所干的大事，因此，人们和社会是不会承认我真正的价值的。命运驱使着我和齐伟第二次走到了一条路上，大概又到了分手的时候。

他像第一次一样，毫无留恋地、大步地走向自己的目标。令人奇怪的是，每次他都得到了很丰厚的收获。

那么，我为什么还要找他呢？我本来应该到他大吃大喝的那个西餐馆里，把他揪起来，然后客客气气地告诉他："祝你以后能当上省A厅厅长，也小心有人砸你们家玻璃！"

但是，我还是在他的家门口等他了。因为我要为自己坚定信念，我要通过他来验证些什么，我似乎达到了目的。

我常常扪心自问：谁更公正些呢？某些人，还是历史？谁更残酷些呢？某些人，还是命运？

我曾经学过哲学，但我不想成为哲学家，我只想干成功一件大事！

9

路明水沿着柏油公路爬到了西山半山腰的龙门，那正是夜色最浓的时候。

一层不薄不厚的乌云遮住了升得不很高的月亮，于是一切都变得很阴很暗。远处的城市和更远处的山峦融为一团黑乎乎的影子，似乎在飘浮，在影子的边缘有隐约而现的光环，这一定是街灯。

几颗星星正好处在乌云的漏洞中，像是景颇山的大森林中夜猎的景颇人点着头灯，徒劳地寻找着越来越少的猎物。总有一天，大森林中将死气沉沉，没有一点生命的活力，甚至连大森林也会消失，山岭变成沙漠。

路明水趴在石栏杆上，如同趴在一座高高的城墙的门楼上，下边的滇池像一道宽宽的护城河，保护着这座城池不受侵犯。

世界上能有什么东西保护自己不受侵犯，能有什么东西使自己的灵魂不受污染吗？他笑了。他不希望像还在景颇山的吴大路那样，时刻保持信念的纯洁。

他不怕自己的大脑沾些污垢。有些尘埃，这才是正常的。他也不像吴大路那样总处在严峻的生活状态里，过分刻板，绝不放纵。因此，上景颇山时，他才没有成为那第八条好汉。其实，他毫无疑问地也是条好汉呢。

路明水来夜游西山，并不是因为苦恼和烦闷，也不是要做出什么伟大的决策，他只是想爬上来玩玩，像另一个人一样来玩玩。

昨天黎明他听到这里传出小号的声响，就暗自决定有空闲也在夜里爬上山去，和吹小号的陌生人一块观赏一下曙光和朝霞。这陌生人一定是位年轻的朋友。

从今夜起，他轻松了，民主选举的重负已经卸去，和齐伟的共事也在不久前的交谈过后成为淡淡的往事。他需要休息一下了，身体、大脑、灵魂都该有一瞬间的安宁，为着下一次的冲动。

石栏杆很光滑，是游人们抚摸的还是姑娘们翻过去自杀时衣裙蹭的？

路明水从没有想过自己结束自己的生命，他不觉得死是最好的解脱，他认为只有干成一件大事，才可以得到超度，才算是走向人生的终极。

开凿出龙门的人无疑是干成了一件大事，但这个人只因为把神像手中的笔尖碰断而跳入滇池，却是愚蠢的！若是路明水，他将是从左边再开出一座凤宫，使那里的神像双手都握着石笔。

下面传来年轻男女的嬉笑声，随即亮起了一团火光。

路明水慢慢朝火光走去。

只听见干燥的松枝发出清脆的声响，一团又一团因油脂而冒出轻烟的火苗跳跃着，映亮了两对年轻男女的脸。他们显然刚刚睡醒，眼睛中还有困涩，但欢乐和幸福的笑容已经堆满双颊。

路明水很羡慕他们，轻轻地问：“让我也烤烤火好吗？”其实他并不冷。

这个不速之客让四个年轻人吃了一惊，他们显然并不心甘情愿地让出一块地方。路明水坐下后，看见他们身后提着两只闪着金光的小号。

笑声停止了，只剩下沉默。这就是隔膜。路明水有些感伤地站起来，孤零零地慢慢离开了并不欢迎他的人们。立时，火堆边马上又传来无拘无束的欢笑。不，他们并不仅仅因为他陌生，假如他年轻十岁……

天边像划过一道闪电，紧接着又是一道，然后这强大的亮光凝固在东方的一个角落里，不知不觉地向两边慢慢伸展着，如同有着磷光的水浸透了一张深蓝色的纸。

夜一下子淡了，城市的轮廓和五百里滇池的边际依稀出现在路明水的眼底。

小号在龙门那儿吹响了，那么神圣，那么庄严，根本让人想象不到会是那么年轻的人在吹奏。这号声中有一股使人被净化了的感觉。

路明水抬头望去，只见两个男青年擎着小号，两个姑娘紧紧抱在一起，望着远处的第一缕朝霞。

黑暗原来这样轻易地就被驱散了，并不像人们说的那么艰难，那么漫长。而且，让路明水惊奇的是，一线曙光就让半边天都呈现出光明。

他心中充满了快感，轻松得突然间大声喊叫起来："啊——噢！"这是在景颇山的大森林中的呼唤。

小号声停止了，紧接着传来带着稚气的朗诵声："是我，第一个迎来了黎明，于是，我的灵魂将得到永生。爱我吧，美丽的姑娘！因为，我的小号，也灌注了生命。"

录音机被打开了，传出的是迪斯科舞曲，四个年轻人在龙门那并不宽阔的石板地上跳起了舞蹈。神像冷峻地看着他们，但并不反对。

路明水感慨了一声："地球和宇宙将全是他们的！"

走下石阶，就是一个停车场，路明水从这里钻进浓密的松树林，找到一条供游人休息的长椅，躺下去，马上就睡着了。睡梦中，他又看见了那个穿着整洁合身的军装的娇小女兵。

下午四点，路明水睡醒后，坐汽车回到了家中。刚一进家门，外面就落下了雨星。

天气比生活更容易多变。

妈妈在厨房里做饭。他没有惊动这个身躯和他同样瘦削的老女人，轻轻地爬上木楼梯，通过半间的外厅，进到自己的房间里。

靠窗子的自制长沙发上，半躺着一个穿一身黑色西装的女人，她正是李红。

"你倒挺自在，没有和外宾去摆八卦阵？"他走到她身边，沉重地坐下去。

她挪开了些身子，反讥着："中国人七天中才得休息一天，你刚当官就准备给取消了呀！"

他想起来，今天是星期天。

李红从她的仿蛇皮小挎包中拿出两盒没启封的三五牌香烟，这是常和外宾打交道的一种标志。

路明水毫不客气地拆开一包，抽出一支点着了火。他在她面前，从不会客气。

李红沉思了一下，缓慢而认真地说："我看了一份消遣性杂志，上面讲了要干成伟大事业需要十个自身因素。一是坚定的信仰，二是必胜的信心，三是充沛的精力，四是会判断时机，五是表达的能力，六是坚韧的精神，七是巨大的魄力，八是关心他人，九是优良的品德，十是相信民众。”

路明水喷了一口烟雾，关上窗子，把风和细碎的雨点挡在外面，然后转过头来问：“你认为我没有具备这十个因素吗？”

李红微微摇摇头：“不是，我是在想，你和我都基本具备这十个因素，为什么却干不成我们所追求的伟大事业。”

路明水冷笑起来，掐灭了烟头，狠狠地说：“这是扯淡，是那些一辈子永远也干不成什么事情的人的扯淡！他们自以为总结了人类发展的根本经验，其实，他们恰恰忽视了最根本的一点：去干！”

雨居然下大了，还有电闪雷鸣。黑暗和潮气从窗缝中挤进来，徐徐地散开着，把这不安分的房间笼罩起来。

路明水忽然明白了点什么，他看着昏暗中李红那白皙的脸和像珍珠一样闪光的眼睛，低声说：“你是来给我力量的？你以为我又失败了，真荒唐，我自己还没有这样认为……”

“我爸爸告诉了我那天夜里开会的全部经过，你充其量是一个摆设，或者说是幌子……”

“可摆设可以活起来，幌子能够做大旗！”

“今天我不想和你辩论，我只想知道你准备怎么办？”李红的声音一直是柔和的、温情的，她似乎掩饰着心绪中什么别的东西。

路明水站起来，拉开了日光灯，随即从床底下拿出一大卷纸，铺开来。原来是一张本省的大幅地图。

这张地图是他偷的，那是他到水利局联系本厂产品通过水路外运情况时偷的。水利局运输处一个老工程师先是向他发牢骚，说本省巨大的水利资源被浪费，另一方面许多土特产品又运不出去，然后又抱怨领导不重视，没有人认真研究这个工作。

当时，路明水就冲动起来，因为这正和他心底的一个想法相吻合。他趁老眼昏花的工程师不注意，把这张放在柜顶上的比例很大的地图夹走了。一种本能告诉他，这张地图很快会派上用场，而这种地图个人是极难搞到的。

李红欠身看看铺在地板上的大幅地图，问："厂长嫌小了，想统帅一个省？"

"我不是军人，从来不想统帅谁。"

"那……"

路明水用手指着地图上一道粗粗的、曲折蜿蜒的蓝条说："这是金沙江流域，它基本上还处在原始封闭状态中，没有被开发，更别提合理利用了。假如它要被开发出来，大的不说，那上面就要航行成千上万只木船。木船要想上水逆行，就必须安装柴油机或汽油机。而我们厂不需要增加任何设备就可以转产这两种机械，外加其他船用设备，前途大得很！"

李红凝视着自己的情人。

她理解他，他的新想法像细胞分裂一样快，一个刚刚衰老，另一个已经出现，而且，他的设想都是一个比一个更伟大，也更具有现实意义。但是，他对某些官僚的惰性和不愿改变性也许了解得还太少，他终究一直在基层生活啊！

路明水发现了她眼神的变化，但他误解了："怎么，你以为我这只是一秒钟以前的冲动吗？你错了，从我想要参加民主选举那天起，这想法就在我大脑中成熟了。”

“为了这想法，你才赖在副厂长的位子上，忍受他们对你的肆意嘲讽?”

路明水必须要承认李红的敏锐性，她一下子就可以用目光撕开你的胸膛。他不得不点点头。

“今天晚上我可以留在这里吗?”

路明水毫无表情地握住她的手，生硬地说：“不行，今晚不行，我要考虑明天将如何跟他们谈判。你回家去住吧。”

李红看了看他像铅一样的目光，拒绝了他递上来的雨衣，没有埋怨，也不愤怒，拉开门，走下楼梯，闯进水柱之中。

在那密集的雨点里，她依然挺着高耸的胸脯，庄重地迈着笔直的腿，显出一个高傲女性应有的自尊。

路明水目送她消失在黑暗和雨雾中。

他感慨了一句：“她不是女人，是女妖！是让每个人都必须倾倒在她面前的女妖!”

回到屋里，草草吃了些饭，他爬上楼，躺在自己的床上，枕着双手，望着他粘在天花板上的一个“思”字凝神沉思。

这个他粘上去好几年了的字已经布满了灰尘。房子该打扫了，他却没有时间，也懒于动手。说实话，他希望自己的环境过于简陋些、零乱些，甚至肮脏些，这可以使他感到作为一种男人生活的艰辛。他厌恶那种把屋子收拾得像闺房一样的同伴，也不愿意和这样轻飘飘的人过深交往。

他喜欢沉重，喜欢压抑。

路明水整整一夜没睡，听着风声、雨声，想着一切将可能发生的情况。

第二天，他准时到了工厂，走进那很不愿意走进的厂长办公室。等了大约十分钟，新班子的人陆续到齐了，他不等别人开口，立时把自己的想法和打算陈述了一遍。他相信，这些人都听懂了。

“靠我们一个小厂怎么能开发金沙江航道？这完全是空想嘛。”新任总工程师露出嘲讽的神情，“我们还是务务实，研究一下提高产品质量的问题吧。”

“咱们目前生产的车床质量再好，也没有销路。”

“因此让你这个精明能干的年轻人去开拓产品市场嘛。”新厂长虚情假意地说。

路明水发现这个封建士大夫的后代已经染上了中国知识分子的一切劣根性，而那种正直、讲究科学的态度早已消失殆尽。

“我要开拓的就是这个长远的市场！”路明水表现出坚决的态度。

一场争论正要开始，新任副厅长走进来，听了听大概意思之后，竟表示可以考虑路明水的意见。

路明水马上表示要给人、给钱、给权。

“好吧，党委研究一下，下午给你明确答复。”党委书记故意说得很平淡。

但路明水感到自己已经被排除在领导班子之外了，因为他不是党员，没有权力决定任何事情，包括生产上的事。

下午，党委书记找到他，亲切地说：“党委批准了你的建议，厅里也支持，但不要叫什么开发公司，也不用去联合什么其他厂家，咱们的主意，咱们自己搞。先成立个筹备组，你兼组长，人员党委已经定好，一会儿就来报到。你们可以先到北京、上海、广州去转转，取点经嘛。”

路明水惊讶这次提议批准之快，但又感到有什么不祥的结果。

果然，下班之前，筹备组的人来报到了。

第一个就是新提拔的副厅长的儿媳妇，正怀孕五个月。而后是党委书记的侄子，一个不学无术只会搞女人的花花公子。还有几个同样是厂里干部的亲戚，他们早就都闹着要坐办公室了。

最后来的是一个十年前瞎指挥生产被砸断了腿的车间党支部委员，到这个筹备组担任党支部书记。进屋之时，就指挥几个人把他的写字台摆在了最中间。

路明水明白，对他们这种人的最后一线希望也破灭了。他本来还认为，他们不敢这样嘲弄他，他是几千工人选出来的呀！

可……他突然想起昨晚李红那忧虑的目光，当时他理解错了她的意思，现在他明白了，她是在告诫他一些东西。他没有任何必要再在这里待下去了，他根本就不可能冲破这些人设置的枷锁。他们让他背上这些工人中的渣子，他将寸步难行。而他又不能抗议，人事问题是党委定的。

于是，他找到党委书记，平静地说：“我想为国家和人民做点大事，希望能批我一段时间的事假。”

“哈，这我可做不了主，你是厂级干部，要厅里批。”党委书记半开着玩笑。

“我辞去副厂长职务。”

党委书记发现路明水神情冷峻，也阴沉下脸：“即使是工人也不行，刚刚开始改革嘛。”

“那……为了不影响你们的改革，我辞职。”路明水说辞职时轻淡得如同说去副食店退啤酒瓶。

而他从进这个厂当临时工开始到转正，流了多少汗水啊，甚至一连五十七个星期天都没休息。

“这……我们得研究一下。”党委书记绝没想到还会有人把铁饭碗看得这么轻。

刚刚走进来的齐伟也大吃一惊，他情不自禁地抓住路明水的胳膊：“这怎么行！”

“这有什么不行？国家支持年轻人去创新。我去成立个知青联社，卖大碗茶嘛。”路明水似乎有些得意地笑着走出办公楼，走出西山机械厂的大门。

黄昏之时，又是一场暴雨，把他淋成了落汤鸡。

雨季到来了。

一回到家中，他马上趴在桌上，拿过一本信纸，拿起笔，刷刷刷地写起来，题目是：关于开发金沙江航道的必要性和经济价值。

写着，写着，他的眼睛中不时闪出光亮和激情，这种光亮和激情从他一上中学起就常常闪出，二十年过去了，依然存在。这种光亮和激情说明他相信自己的设想，也相信国家和人民会接受他。

他觉得工厂里那些人太可笑，他们以为他会满足于某种形式的东西。不，他要求的再简述不过：干成一件大事。

天，黑暗下来了。这似乎是个苦涩的夜，对于他，对于整个城市都显得凄冷、空旷、孤独、寂寞。世界就是这样，它从不可怜谁，也不逢迎谁，它只承认强者，只给敢于蔑视它的人以生存的土壤和空间。

路明水就在为自己争取这土壤和空间。

他写得有些热了，打开一直紧闭的窗子。外面，风停了，雨还在下，一道雨帘从房檐一直垂到翻腾着白色泡沫的水泥地上。

夜很厚，很沉重，像一块巨大的磨盘，压得这座木结构小楼和路明水的脊背都吱吱作响。他喜欢这种混浊的压力，在这漆黑的夜间，他感到了自己的存在是真实的，是一种精神和肉体力量的体现。

他趴在桌上，一直写到天亮。

在最后一段里，他写下了这样一段话：

……它有充分的权利自豪，因为它像一个处女一样保持着它本来的面目，它应该为两岸那伟大的山林和人民贡献些什么。它太美好了，但又长久地掩藏在荒野和山谷间，以至于使人们忘记了它的存在。它是中华民族的骄傲，也是我们省的骄傲，它被我们自己怠慢了。想起它来吧，给它献上一件新的衣裙，它可以使我们省突然变成一个富翁……

路明水放下刚好没水了的笔，走到书架前，摸了摸一大堆有关企业管理的中外著作，像抚慰情人一样，那么轻，那么亲切，把温情通过手指传导过去，但这些书一时半会儿大概用不上了。他找出一根绳子，把它们全捆起来，塞进床底下，然后找出一本外国现代诗集，靠在窗前念起来：

当我为了入睡而沉浸于病态的梦中时，

用你的矛刺我吧，
让我重新痛苦，那是希望的源泉。

当赤裸裸的现实像烈日那样使我目眩而返转到月光下，
寻找一个喜爱而宁静的花园时，
用你尖酸的目光烧炙我吧！

当我认为说出了要说的一切，
你就把沉默的嘴唇对我微笑，
反之，你就扼住我的喉咙，使我喊叫！

当我最后终于无能为力的时候，
用你美丽而忠实的手，
亲手把我埋葬沙场……

“哦！”路明水从嗓子眼中发出一声长长的感叹。

他喜欢这些咏赞人生勇敢者的诗句，当他疲劳了而又不能躺下去入睡时，就念上一段，这些诗会使他振奋，使他感到一种力量在注入灵魂间。

外面的雨依然没有停，黎明是灰暗的，几大块乌云扯开翅膀，在空中盘旋、停滞。春城在一个这样的早晨醒来得似乎异常艰难。

路明水脱去衣服，换上一条游泳裤，下楼跑进雨水中，去做他的冷水浴。每当下雨时，他都省去到自来水龙头前接水的麻烦了。

冲完身子，他坐到饭桌边，慢慢吃着妈妈刚烫好的米线。说来奇怪，离开干了三年的工厂，他既没有轻松感，也没有什么怀念，更不觉得不自在。因为他还是他，没有任何变化。他的思想，他的身体，他的家还依然如故。

职业对于他来讲并不像一般人们所认为的那样重要，对于他来讲重要的是要干成一件使历史有所记忆的大事。他现在就要去干！

路明水放下饭碗，披上雨衣，走进雨水之中。

世界在淌着水，人也在淌着水，地面像破碎的玻璃，无数双脚还在破坏着它，要把它踏成粉末。

春城常常下这样的雨，人们都习惯了，只有路明水每次都觉得一场雨过后，大自然就会有所改变，变得和以前不一样。

他太希望世界的变迁了！

路明水在一个公用电话亭前停下，给女朋友李红挂了个电话："我把副厂长和工作都给辞掉了。"

对方没有惊讶，只是笑着问："没有一点调和的余地了吗？"

"余地可能还有点，假如费力去寻找的话。不过，我不愿在余地上生存，我要在一片自己开拓的地方扎根。"

"哪儿将是你开拓的地方？"

"我要办一个公司。"

"为了使他们工厂的船用发动机有销路？"

"别讥笑我，我会使你看见我的公司是什么样！"

"皮包公司？"

路明水不想再解释什么，说了声："对不起，没时间调情。"就挂上了电话，继续在雨水中走着。

三十分钟后，他在一幢还不算陈旧的楼房前站住了，抖了抖雨衣上的水珠，走进门，上到三楼。

路明水在左边那扇写着6号的绿门上，不轻不重，但节奏鲜明地敲了几下。任何人都可以听出，这是男人有力的指关节撞击木头的响声。

门打开了，一个身躯有些臃肿的男子站在路明水面前。从这张过于丰满的脸可以看出他是洪之光，就是当年在景颇山上插队的“七条半好汉”中的另一条。

但是，无论如何都无法想象这是那个在山间小河边忍着剧烈疼痛扶犁开荒的人了。他白了，胖了，目光由于复杂和疲倦而混浊了，头发也像不少年轻文人一样留长了。

“嗬，路明水，稀客。”洪之光还穿着质地很好的睡衣睡裤，热情地把路明水让进客厅。

客厅里，坐着三个戴大学校徽的女学生。她们像几只没长全毛的小鸟，缩在一张长沙发里，脸上带着羞怯、敬慕、崇仰的神情。见路明水进来，这种神情依然没有变化，如同凝固在脸上。

“噢，这是几个中文系的大学生，来问问怎么写小说。明水，把你的经验跟她们谈谈，我早晨起来赶了个短篇，还没吃东西呢。”说罢，洪之光钻进了厨房，把路明水扔给了挤得更紧的三个姑娘。

路明水看了看三个穿戴挺入时的女学生，哼了一声：“自己去找些痛苦，受些煎熬，就会写了。”

其中一个留日本式短发的漂亮姑娘认真地问：“是啊，人们都这么说，有了痛苦的经历写小说就不难了。可上哪去找痛苦呢？我们好像都太顺利了。”

另外两个姑娘也皱皱眉头，似乎太顺利了倒是她们现在的痛苦。

“去救火，烧一脸疤。去谈恋爱，失身后被人抛弃了。去跟老师作对，被开除掉。去偷偷跑出国，然后再回来骂一通那个国家的资本主义。”路明水突然觉着和这些什么事都不懂的小姑娘谈话才是一种痛苦，他仰在单人沙发上，叼起烟不吭声了。

三个小姑娘互相看看，站起来向外走去，她们似乎向洪之光告了别，也似乎是悄悄离去的。

反正路明水捧着洪之光刚完成的小说在看，直到洪之光吃完早饭，拍了他一下：“喂，你把小姑娘们给吓跑了。”他才发现客厅里只剩他一个人。

“扯淡，我给她们讲了写小说的真谛，她们不懂。她们就希望你能告诉她们一句话，让她回去熬个夜就能发表得奖小说。”

“偏见。你这个人每一个细胞都是由对人类文明的偏见所组成。”洪之光坐在路明水对面，接着问，“我这篇小说怎么样？你好像看入了神。”

“和你一样，虚胖。”

“还是偏见。告诉你，能得奖。”

“得奖根本不说明一篇文学作品的艺术价值。在某种特定情况下，甚至发表不了的作品都具有比得奖作品高得多的价值。我是从人类历史的角度讲。”

洪之光并不生气，摸摸梳整齐了的长头发，平和地说：“你还在为自己的过去开脱。”

“算了吧，别提这些了，反正我再也不会写那些不可能发表的东西。它没有现实价值。”路明水从兜里摸出少半盒还没抽完的三五牌香烟，扔在桌上，“说正事，我给你找了一个可以出大作品的素材。”

“真的？”洪之光的眼睛亮了，肥胖的身子灵活地凑向路明水。

只有在这时，他脸上的神情才会使人回忆起堆满乱石的河滩边，被篝火映照着的那个瘦削的知青形象。

路明水沉静地点点头：“可以展现一代人历史画卷的东西。但是，要吃些苦。”

洪之光笑了，声音像火车站钟楼上的钟一样洪亮：“景颇山七条半好汉还怕吃苦吗？只要能得到《根》、《百年孤独》那样作品的素材，再把我累瘦成十年前那样，我眼都不会眨一下。”

“那好吧。”路明水从衣兜里掏出写了一夜的设想，扔到洪之光面前。十几页信纸卷成了一卷，不知怎的沾上了雨水，有几块湿斑。

洪之光郑重地打开来，但脸上的神情可以使人看出他在浏览大学生作品时的轻淡目光。

两居室的单元房里安静下来。

这同样是一个没有女主人的家庭，但这里并不缺少女人留下的各种香水和化妆品的淡雅香气。洪之光是名作家了，他从不缺少女性崇拜者。

10

我感到了孤独，感到了一个人面对一桩伟大事业的渺小。我需要同行者，哪怕是齐伟那样的人。

是的，我曾赶走了李红，但我并不是不需要她作为一团火燃烧着我心灵的某一部分，而是在那个雨夜里我不想沉溺在温情中。

当然，她可以坐在我身边，像许多伟大的女性一样，陪伴着她的男人度过一个不眠之夜。不过，没有这种必要，生活中的许多事情并不应该那么拘泥于形式，中国人有时候又太讲形式。

我把她赶进了雨水之中，让她浑身淋个透湿走回自己的家，这确实有点不近人情。但她不会怨恨，她只会觉得我具有真正男人的冷酷，而一个真正的女性会跪倒在这种冷酷男人面前的。

噢，最根本的一点是：那夜我要思索，要一个人不受任何干扰地思索，这种思索中不需要任何一点女性的气息。她会原谅和理解我的，她明白她在我生活中的位置。说真的，正是由于那周密的思索，才使我能坦然地，没有任何对前途的顾虑辞去了工作。

我现在所要进行的事业，不仅仅需要她一个人，而是需要一批强者。我是要申请成立一个集体性质的单位，但不是卖大碗茶，而是金沙江航道开发公司！

我绝不是偶然间想起洪之光的，在这有着一百多万人的春城中，我认识上千个各种各样的人，我承认他是在我生活中留下印象的一个。

这就足以说明他在我心目中的分量了，要知道并不是所有同龄人都能在我大脑里留下痕迹的。

我理解，人们的内心都有迷雾，都有被这种迷雾所笼罩着的属于个人追求的东西，这东西对于别人都该是永恒的秘密。但是，凡是把改变现状当作理想和生活中心的人，相互间总会有通向对方心灵深处的东西，哪怕是一根极其细微的蛛丝。

我和洪之光并不是有着近似性格和志趣的人，但我还是先找到了他。因为我知道他是对新事物充满激情的人，而人总是自己激情的影子，激情会比暴风雨更强烈地洒在将要耕耘的土地上。

我真正领略过洪之光的激情。不，不是他在景颇山躺在雨水中疼得满地打滚那次。那只是听人家讲的。我真正感受到他那近乎热恋的女人一样的心，是在我出狱之后。

在监狱里，我突然涌出要写自传体小说的念头。

这是在这个墙皮脱落、阴冷潮湿，有可能一生都在这里度过的地方唯一能干的大事了。我把每天解大便用的卫生纸留下一些来，用一截铅笔头开始了我的文学创作。

我想起了孩提时的趣事。

老师和一些大人们都讲“不到长城非好汉”，我问“长城在什么地方”？他们告诉我在北方。

于是，我打碎了大肚弥勒佛的泥罐罐，倒出里面所有的零钱，到家对面的杂货铺换成了十三张一块的、五张两毛的票子。又用一块不知有多大岁数了的老怀表和别人换了一个指北针，然后去约平时最玩得来的两个伙伴一同去寻找长城。

他们走到小西门就不敢走了，一个怕爸爸打屁股，一个怕奶奶拧耳朵。

“笨蛋，一辈子成不了好汉！”我嘟哝着，向北方出发了。

走啊，走啊，天黑了，北斗星似乎离我很近很近。我困了，想睡下，却看见了长城。那墙真高啊，也真长。我走过去，掏出小刀在砖墙上刻下：路明水是好汉！那砖真硬，我一直刻到天明。

可这里不是长城。

一个小姑娘嬉笑着说：“长城离这里还有八千里。”

我哼着：“八千里算什么，我一天走八十里，一百天就到了。”

“那你不上学了？”

我轻蔑地看了她一眼，走了。

为了当好汉，不上学怕什么。但是，我还得去上学，几个解放军叔叔把我“押送”回了家。

我想起了第一次喜欢女孩子，她是我们班第一个入团的，全校就属她长得漂亮。

我好几次做梦梦见她，和她一同去大观楼的草地上跑啊，跳啊。她学习好，凡是考试分比她低的，她都看不起。我拼命地背书，做习题，连最喜欢的乒乓球都不打了，终于得了全校第一名。

她一定喜欢上我了，因为下了课她就坐到我的桌边来，和我一同看书，还问我入不入团，她愿意做我的介绍人。

我们俩有一天真的去大观楼玩了，划着一只小船。刮风了，一个浪把我们的船打翻，我们都掉到水中，像小狗似的爬上岸去。

但是，没过几天，我当众羞辱了她。因为我们一伙男孩子去金殿烧香玩，被她告了老师。男孩子们不理我了，去金殿的事只有我告诉了她。我阴沉着脸，让全体男孩子站起来看着，我狠狠地往她脸上唾了口吐沫。

她大哭起来，学校给了我一个处分。

我还想起了许多。当一个人一旦孤独地，像一只困兽一样被关在牢笼里时，都会无休止地闪现过去，因为这里没有未来。

有人说当一个人只剩下回忆就是苍老的开始，那是指他不会再有新的创造了。而我却正在创造，创造我想象中的生活。

真的，我留在一长条又一长条的卫生纸上的不只有真实的经历，也有我在过去生活中不曾实现的理想。我突然发现，在没有自由的地方，我却变成了一个浪漫主义者。而在广阔的天地中，我却那么注重严酷的现实！

从监狱出来时，我留下了湿漉漉的被子，发出了臭味的衣衫，夹着卷得紧紧的三卷卫生纸踏上了回家的路程。

也许是在阴暗中呆的时间太长了，我的头有些昏眩；也许是在屋子里缩得太久了，我过马路时像一个老人一样颤颤巍巍；也许是太渴望烟草味了，一个小伙子刚一扔下烟头，我几乎跨上一步去抓起来。

是妈妈拉住了我，她眼中是伤心和不解的神情。我挺直了身子，在养育了我的人面前，我要尽快地表明我还是个人，以不使她觉得丧失了尊严。

那么，手中的一大卷卫生纸能干什么用呢？我想把它送到出版社去，但妈妈乞求着，把我拉回了家。

在家里，我翻阅着近期的报纸，急于使我的大脑适应思想解放的政治形势。是的，这形势正是我入狱前所渴望的，它到来了，我不应该对它茫然。

在报纸上，我看见了洪之光的名字。他是作为省里获奖作家中最年轻的一个在报纸上发表文章的。他大声疾呼打破文学创作的“左”的束缚，边上有他的一幅照片，还对他的经历作了简介。

现在他已经是专业作家了，他的小说集和描写知青生活的长篇小说将一同出版。

我应该去找找他，作为同代人，他是不会嘲笑这一大卷粗糙的卫生纸的。

我按照朦胧的记忆，找到了他过去的家。在这里，我曾和不少人一同烧毁了他们家的“封资修”的小说，他大概不会耿耿于怀吧？在那些人中间，也有他所敬佩的人——吴大路。

但是，这座别墅式小楼已经不是洪之光的家了。

这里新中国成立前住的是民主人士，新中国成立后住的是大作家，现在则是住着一位老军人。我觉着这老军人有些面熟，当他身后闪出一位女兵时，我猛然想起来，上学时他曾给我们讲过战斗故事，说他们宁肯冻病，进上海时也不侵占民房，那女兵就是曾被我唾过一口的我幼年时的女友。

我们都很坦然，没有震惊，也没有敌视，好像不相识似的。

我只是冷冷地问：“这里原来的主人到哪去了？”

老军人愤愤地说：“被关在牛棚里整得太厉害了，一直瘫在床上，没挨过一九七六年十月，就死了。”

“他儿子呢？”

那个女兵注意地看了我一眼，我一下子就能感到，洪之光在她生活中并不陌生。老军人指了指不远处一座五层的宿舍楼：“在三层。”

我淡淡地道了谢，向那座楼走去。

站在写着6号的绿门前，我并不急于敲门。

我在想：应该说些什么呢？乞求他吗？不，我从不会向任何一个人低三下四。那么，我干什么来了？我找他的目的是什么？对，是郑重地请他看看这卷卫生纸，具有不具有文学作品那最基本的艺术价值。

我抬起手，还未及敲响，门开了，两个中年妇女走出来，脸上露着职业性的笑，连连说着："不用送，不用送，我们等你的稿啊！"

连我都不清楚自己是如何说出这句话的，"我这有稿子"，还晃了晃手中的卫生纸。

那两个中年妇女愣了一下，但很快镇静下来，和气地说："噢，寄到我们编辑部来吧！欢迎。"说罢，她们走下楼去。

门内的主人显然还在犹豫接不接待我。他早已认出了我，我也不会忘记他。难道他面前升起了他死去的父亲的亡灵吗？可我相信，即使这亡灵真的存在，它也不会把黑暗和灾难、敌视和隔膜笼罩在我们这一代人身上。

它是一个正直作家的灵魂，它懂得是什么损害了我们的民族和人民。它应该闪开，应该让一个同样想做一个正直人的年轻人和其儿子站到一起。总有一天，我们会为无数这样的亡灵竖起金的纪念碑和铜的塑像。

"请进吧，路明水。"洪之光发胖了，脸色红润，显然一直过得不错。虽然我见报纸上介绍他的文章说一九七六年时他写的几篇小说遭到了批判，他受到很大压力。

"谢谢，我以为你为了你父亲……"

"你以为错了，我早已原谅了一切同代人。一个作家最重要的就是学会宽容。我主要是正在赶写一部中篇，因此……噢，请原谅……我能感觉到像你这样的人，若一旦写起东西来会震惊文坛的。"洪之光把我让进客厅，脸上立时露出真诚和热情，眼睛盯着我那用报纸包起来的卫生纸。

"我就是想请你看看我的作品。"我打开了纸包，递到他面前。

他接过去，问："你吸烟吗？"说着推过来一盒云烟。

我立刻抽出一支，点着后，一口猛劲就吸去少半支。

他看着我那贪婪的样子，深深地叹了一口气，放下手中的卫生纸，问："你写的就是这些吗？"

我明白他的意思，点点头："还有些幻想。"

他笑了，这不是嘲笑，而是一种欣慰和理解的笑："会幻想的人就会有青春和冲动的活力，这是当一个作家最基本的素质。"

我摇摇头："我不想当什么家，只是想做成一件大事。"

"你需要我给你什么帮助吗？"

"以一个青年作家的良心衡量一下我作品的价值。"我站起来，掩饰着急切的心情问，"我什么时候再来？"

"明天。"

"那不影响你的中篇创作了吗？"

"没关系，对编辑部的人拖几天没事。而对朋友，噢，景颇山的战友，绝不能搪塞。对了，你和景颇山还有什么联系吗？听说吴大路也被放了出来，又回到贡嘎寨了。"洪之光露出异常关切的神情。可以感觉得出，他对阿贡山的大森林，对一代人中的强者吴大路，都是极其怀恋的。

我同样对那里富有情感。但我们都离开了那里，而吴大路留在了大森林中。这就是差异，同龄人之间不可否认的差异。

这一代人中的每个人都在寻找最适合自己生长和开花结果的土壤和气候。吴大路和洪之光都找到了，而我还在漫无边际的沙漠流浪，但并不盲目。荒沙虽掩盖了我的足迹，但我依然在走着，走着，前面也许就是大海，那里会有风帆。

我看着洪之光渴求的神情，低声说：“你忘了，我也是刚从监狱出来，什么消息都听不到的。”

“噢，我听于琛琛讲过你的情况。”

“你认识她？”

洪之光点点头：“偶然相识，是一个很纯真的姑娘，看得出来，她对你很关切，而我……”

“真对不起，我对你这几年的了解都是从那张报纸上。”我打断了他对于琛琛的议论，我不想听到她什么消息，于是扯开了话题。

“在中国恐怕最艰难的事业就是搞写作，因为这是最难于表达一个人真正意愿的职业。”他并不是发牢骚，而是在感慨和叹息。

“可你，干得很不错。”

“你不是也走来了吗？”

我不想和他展开辩论，两个男人是不可能互相说服的，我在生活中从没有听到过这样的例子。

我只能告诉洪之光：“我们这个年龄的人，干什么大概都比别人艰难十倍，因为我们思考得太多了。”

他点点头，送我出了门。

我走在绿树成荫的街上，看着一张张冷漠的、一闪而过的脸，突然怀疑起洪之光能否认真地看完那三大卷卫生纸来，也怀疑自己是不是有些强人所难。

我还从没有听说过有写在卫生纸上的小说。

也许，那些只是我在监狱里为了不使自己的大脑迟钝下来的一种锻炼。

不，我不应该是再轻易怀疑自己的人了，也不是轻易把心托付给别人的年龄了。这一切似乎是轻率的，但也都是我生活的必然。我可以犯各种各样的错误，有各种各样的失败，但绝不会在观察自己和观察别人上面有什么过失了。坚信自己的一切吧！因为这个世界允许你存在。

我到翠湖公园坐了很晚很晚，一直到有人打着电筒轰人才站起来。

多好的夜色呀，竹影憧憧，月色溶溶，长椅上的情人们搂得很紧很紧。他们希望这个世界上只剩下他们两个人，可这夜色应该是属于所有人的，也应该属于我。假如我不再奋斗，不再想干成什么大事，那么，我也应该尽快地搂着一个少女，坐在湖畔，给她念上一些情诗，讲述着并不存在的甜美未来。

一双双，一对对，只有我是孑身一人，像是一个可怜的失恋者。

周围暖和，静寂，树梢的上边闪耀着星星点点的光斑，宛如一株圣诞树。天空的帷幕在轻轻荡漾，似乎出现了无数皱褶，那一定是白天晒热的空气在徐徐上升。每一阵夜风吹过，繁茂的夹竹桃就发出响声，好像树影中有无数的情人在亲吻，在爱抚。

我突然埋怨自己不是天才，不能把心灵的每一次悸动都留在历史的长河中，使它们变为一朵又一朵凝滞的浪花。我一直认为，历史的长河是不流动的，像一条无限延伸的路，也像一块被放倒了的碑，上面都是些固有的东西，是不容任何人的任何意志改变的东西。

那么，我的位置在哪儿呢？

“快点走吧。”有人招呼我，那声音中带着怜悯，这是一个好心的人，也许他真有过失恋的痛苦。

但我最讨厌的就是被人怜悯，在怜悯中生活的人是世上最低能的人。我轻松地笑了，哼起了一曲在监狱里常听那些小流氓们唱的歌："美酒加咖啡……一杯又一杯……"

人们离我远了些，我却真的轻松了许多。

当我推开家门，邻家的电视里正传出"再见"的声音，楼下的灯亮着，妈妈不安地嘟哝着什么，洪之光坐在竹椅上。

"哈，路明水。"

这个胖男人迎过来，脸上洋溢着兴奋的光彩，不容我妈说什么，就不间断地、大声地讲起来："我看完了，一口气看完的，太棒了，它足以感动我们这一代人，也足以让上一代人免却对我们的担忧。我觉得，这不单单是一篇自传，这是一块熔合了人世间无数悲伤、失败、痛苦、煎熬、欢乐、欣慰、爱、友谊、沉思、哲理的合金。我敢说，所有懂得文学的人都会给予这样的评价。你的语言就像你这个人，不华丽，甚至乍一看都不美，但给人一种沉重感，像海水一样深奥、广阔，有平缓的港湾，也有惊涛骇浪的海面。总之，是一种力量。不像我看的那些大学生的轻飘飘的东西。"

他像是在背诵早已记在心头的文章。

我镇静地听着，脸上没有欢悦，但却流露出感谢之情。我听到的不是夸赞，而是那种心心相通的表白。他是我的第一个读者，他不仅仅是理解，而且深深地看到了我只是在一闪念间才会露在字里行间的思想。我看到了一个三十岁男子所能爆发的全部激情。

洪之光的本质没有变，每一个人从一生下来就注定在每一个细胞中产生了决定他气质的基因，人体的每一部分在未来都可更变，唯有这种精神的东西不可替代。

“稿子呢?”我问。

“我正在请人给你抄，我决定把这篇东西送到编辑部，以顶替我那篇三等货色。”

“这……”我倒不是过意不去，而是觉得他不写是一种损失。

“就这样，我控制不了情绪，非跑到你这来发泄一通不可。你等着吧，有消息我马上来通知你。”洪之光拍拍我的肩膀，显出一副胸有成竹的样子，满足地离去了。

在边上一直默默地补衣服的母亲这时才开了口：“这个人在这里等了你一个多钟头，不停地向我说你写在卫生纸上的东西多么好。你写了什么，该不会又被扣上什么帽子吧?”

她老人家充满忧虑，但又不敢教训我。

在这个人口简单的家庭里，我的一切所作所为都是不被制止的。一走进这座小小的木结构楼房里，我就感到了人的自由和温暖。

我应该感谢母亲，这个世界上只有她是真心实意地关心我，而我却把全部精力去关心一个和她关系已经不大了的新世界。她真好，从没有在我面前伤心过，假如每个人都认为自己的母亲是伟大的，那么，我则认为我的母亲太渺小和软弱了。她对所有的人、社会以及生活，对所有的痛苦、屈辱和煎熬，从没有发过任何怨言，也没有留下任何怀恨。

我摸了摸母亲已经有点扭曲的手，表示我不畏惧什么和让她老人家放心。

她长长地叹了一口气。

我也长长地叹了一口气。

在等待洪之光消息之时，我又写了一部电影剧本，描述一个正直的人由于被人陷害而进了牢房，和一群关在一起的小偷打交道的故事。小偷们被正直战胜了，而正直的人却被小偷们震惊了。

这次不是用卫生纸，用的是花四毛钱买的一本信纸。

终于，十天以后，洪之光来了。他满脸愤慨的神情，挥动着一叠厚厚的稿纸，像在大辩论的舞台上宣讲，又像是在景颇山的菩提树下表白："他们不敢发表，对一篇真正展示一个人内心世界，从而也展现出一代人历史的艺术品表现出胆怯。啊，这些可怜的编辑们，他们被禁锢得太久了。他们把一切都看成是扭动的蛇，其实连井绳都不是。还需要多少年，多少代，中国人的思想才能冲破一些陈腐的束缚呀！"

他大声感叹着，又有些悲伤，更显出对不住朋友的内疚。

我接过那本稿纸，轻轻地翻开。我被上面工整的钢笔字震惊了。这是出自一个女性的手，娟秀，呈现出汉字的艺术美。

我凝视着洪之光，心中涌出一股少有的热流。我被一个男人这样无私的帮助所感动了。

但是，我抑制着，脸上没有任何冲动表露出来，只是冷静地说："没什么可埋怨的，他们不理解我们的思考，不承认我们走过的路。其实，当我一走出监狱的大门，就已经感到写这些东西有些荒唐了。"

"不能这么说，我再努力……"洪之光近乎激怒了，他扬起手臂喊着，使我想起人们讲他在景颇山的暴雨中的悲愤吼声。

我打断他的话，对他狠狠地泼了一瓢冷水："不用了，你若有办法可想的话，也绝不会把稿子送回到我这来了。我本来又写了一个剧本，看来也没什么用了。这怨我自己，干些本来就不会成功的事。”

“剧本？在哪？”他又一次显露出好奇和热情。

我拿出来，交给他了。

我并不渴望什么，我只是期待着他作为第一个读者给予应有的评价。我是矛盾的，我不能否认这一点。我曾认为我的作品能够发表，因为它激励着我，也一定会激励许多人，但现在我又有些鄙视自己的虚荣了。

我从不想当一个作家，也不敢相信我们这代人中间能出现莎士比亚、托尔斯泰，但是，一部我认为真实地表现自己和自己所经历过的年代的作品若能发表，还是会使我的生活增添无数光彩的。

我不应该为什么光彩而生活，可这无疑是一种诱惑，一种在我这个年龄还不太容易抵御的诱惑。

我成了洪之光家的常客，我们一同争论和探讨着中国文学的未来。我发现一个奇怪的现象，我们有许多问题谈得还算投机，可是一看他发表的文章，却如出他人之手。每当说到这个问题，他总是报以苦笑。

他不打算隐讳什么，有些茫然地说：“我在一九七六年是这样渡过难关的。我写了一篇支持整顿的小说，而后又写了一篇反对天安门事件的作品。我发表过一部算是伤痕文学的中篇，也出版了一部谴责年轻人思想解放的电影剧本。复杂，多面性，这就是一个人的本质。你若感兴趣，可以查一查从我爸爸开始到现在所有新作家的写作史，你会得出和我一样的结论。”

他沉思了几秒钟，又加上一句：“更值得研究的是我每种思想的代表作都得了奖。”

我不愿意研究这个，我也对那些整天到他家来纠缠的女大学生和一些编辑们厌烦了。我不能生活在这个圈子里。当我一旦有了可以表现自己力量的自由和环境，写作对于我就只不过是儿时的一场游戏，就像……就像曾去寻找北方的长城一样，假如那也算是人生的一次失败的话。

我要走了，洪之光乞求我不要放弃这个人类最崇高也最纯净的事业。他让我暂且退几步，按编辑们的要求修改一下小说和剧本。

我拒绝了。我绝不是一个固执到听不进任何意见的人，但编辑们的要求是抽去我作品中的筋骨和灵魂，只剩一堆任何人都有的肉。

我淡漠地说：“不行，按他们的意见改，这些东西就会被我自己耻笑。”

“那……这些素材就损失了啊！”他显出无限惋惜的神情。

“我们曾糟蹋过多少属于自己的东西，我们不是连眼都没眨一下吗？现在更没时间去惋惜了。”我摇摇头，又抽起他的高级香烟来。我大概已经抽了他三条好烟，恐怕没机会偿还了。

“那，假如我帮助你修改……”他居然会不好意思，有些脸红地小心试探着。

“你若愿意，我无所谓。”

“当然愿意，这是可以让人们有启示的作品啊！”他又恢复了热情和激动的神态。

几天以后，他把修改稿拿来了，上面落着我和他两个人的名字。我把路明水三字从他名字前面划去了。

“为什么?”他大吃一惊。

“因为我不愿意受这种东西的诱惑。”我终于战胜了自己，认识到任何一个真正的强者都不会挤到文学的窄径上来。

小说发表了，电影剧本最终也没成功。

发表了的小说果然引起不小的轰动，报纸评，大作家吹，人们断言会得奖。有人说那作品中的主人公挺像我。

我冷冷地笑了：“那是一个神经病患者。”

人们不解地望着我。我突然涌出一股伤感之情。一瞬间，我也不太理解我自己了。

混了三个月后，我离开了这座城市中最引人注目和受很多文学青年羡慕的小圈子。

在这个圈子里，我是一个多余者，一个空谈家。我应该去寻找我最坚实的道路。文学之路太虚了，虚得像一团浮云，一片烟雾，经不住一阵微风，也经不住几滴细雨。但是，洪之光给我留下了不坏的印象。

几年后的今天，我又来找他了。因为他的激情，因为他是研究人心灵的，可以理解我的举动，也因为他的创作正在枯竭，需要生活的源泉。

金沙江，那奔腾的水域能湿润多少人的心田呀！可它被人们忘怀了，我想起了它，我的同龄人也会想起它……

11

洪之光已经放下那十几页信纸好一会儿了，但他还在沉思，眼中没有出现路明水认为应该出现的那神采奕奕的光芒。

路明水扭过头去，望着玻璃窗上不停地往下淌着的雨水，似乎像无数条透明的虫子在爬着，爬着。玻璃的里面蒙上了淡淡的雾气，最中间那块大些的方玻璃上有几道手指印，细细看去，竟是一张画，画的是一只鸽子在飞翔。

“难道一个省这么多领导，没有一个人考虑开发和利用这条省内最大河流的事情吗？”洪之光肥胖的身躯扭动了一下，眼睛中闪动的是疑问和不解。

路明水为他难过了一下，冷笑着反问：“他们想不到的事太多了。你的小说里塑造的英雄，不都干着领导们考虑不到的大事吗？我以为你不会提出这样幼稚的问题呢。”

“噢……”洪之光笑得并不尴尬，他多少了解自己这位朋友的性格。他又拿起了那一沓信纸，拧起眉毛，似乎在绞尽脑汁回忆上面的内容。大概一切不是小说的文字，都会使他感到困惑和容易忘却。

“这……有什么意义呢？”洪之光又问出一个让路明水不快的问题来。

路明水一把抓过自己花了一夜时间写成的设想，长长地吁了一口气说：“你对这不感兴趣，否则你不会说出有什么意义这样的话。这上面写得够明白了，可你……”

“你希望我做什么？”洪之光打断路明水的责怪，急切地问。

他不希望任何一个朋友从他这里扫兴而去，假如有可能的话，他会尽力的。

路明水重新坐下，低沉而深切地说：“这是一项我一个人无能为力的事业。我辞去副厂长的职务和工作，就是因为在那里得不到支持，我希望有一群朋友和我一同奠定这个开发公司的基础。跟我一块干吧，干两年、三年后，你会得到大量素材。然后，你去写你的小说。那时，我相信就会有一批人围拢上来。这是开端，只有经历过最艰难生活的人才会进行这样的开端。这不是奉承你，也不是抬高我自己，我们这代人中间，实在没有什么好吹捧的。因为我们都太熟知自己和同伴的经历了。我知道你从不愿让人失望，但我路明水也不会强人所难，我只是要求你现在就给个答复。”

“你辞掉了刚被选上的副厂长职务和工作?”洪之光对这点是大为震动的。

“工人们是选我当厂长!”路明水纠正着朋友的错误，然后再一次明确地问，“干不干？答复我。”

“现在吗?”洪之光平平的前额上出现了细纹，路明水突然间觉得这个浑圆的人想缩小，想挤进他身后那一排书柜中间去。

沉闷，默然。

路明水明白了，他再一次站起来，洪之光没有一点反应。于是，路明水向门厅走去，他没有碰钉子的那种失望，而是显出些傲慢的神情。他永远是这样，不会在任何大小失败前懊恼和丧气。

“路明水，你听我说。”

洪之光灵巧地跳起来，冲到已经打开的门前，滔滔不绝地为自己解释着:“我理解你，一个想用哪怕一生时间去干成一件大事的同龄人。但是你也要理解我，我正经受着强大的压力，比我年轻的作家想拼命赶过我去，比我大一辈的作家又拼命地不承认我，说我不是学者化。在这个时候，我是不能放下笔的，不能沉默的，我没有你所希望的两年、三年时间。热情，我有。艰难，我不怕，但我也有自己生活的内容和奋斗的目标。咱们是气质不尽相同的人。当然，几年后，我若奠定了自己的位置，我会给你以更大的……”

路明水微笑着拍了拍还想不停地表白下去的洪之光，点了点头，表示一切都明白，不需要他再说什么了。

洪之光僵硬的面颊似乎松弛下来，看着路明水走下楼去。

路明水在楼门口碰见了第一次来这里时碰到的两个中年女编辑，他竟然友好地冲她们笑笑。她们显然早已经忘了他，表现出后生可畏的神态，绕过他走上楼去。

雨小了，路明水抬起头来，想看看洪之光窗子上用手指头画的那只小鸽子，有时候人会莫名其妙地流露出对某种不起眼的小玩意儿的兴趣和感情。

可是，那玻璃上的雾气正在被一只手抹去，于是小鸽子也消失了。紧接着，由于玻璃不平而使走了形的洪之光的脸模模糊糊映进路明水的眼帘。

路明水挥挥手，再一次示意他用不着内疚，他不欠别人什么，随后低头加快了脚步。细小的雨点顿时飞溅他的脸颊。

是谁在办蠢事呢？

路明水站在一家新华书店的橱窗下，默默地思索着。那橱窗内有一本洪之光的长篇小说，已经有了一层灰尘。

他的头沉重地低垂着，看着地面上一汪积水中，一个又一个人影晃过。他踢了一脚，人影碎了，又慢慢摇晃着，聚拢来。

洪之光缺少激情了吗？他苍老了吗？没有，那些老作家所畏惧他的，正是年轻和冲动。那么，是自己太固执，太过于自信，或者真的太富于偏见了吗？也不是。要解答这些问题需要有哲学头脑，而自己看过的哲学书还垒不起一道城墙。

可能，对于写一篇小说就能发表一篇的洪之光来说，成立金沙江航道开发公司是一个太虚幻的目标，成功率太低了。可他不是想寻找能写出《根》、《百年孤独》那样作品的原始素材吗？缩在他那挺舒适的小屋里，总被十八九岁的女大学生围绕着，就会有什么大作品的素材从天而降吗？

路明水突然间凄苦地笑了："看来，在我们这代，还不会有出现跻身于世界文学家行列的大作家的可能了。"

那么，自己就这样贸然想使一个人改变自己的事业是不是也太唐突了呢？路明水坐在了橱窗的水泥窗台上，一股冰冷冷的感觉从他的屁股一直传到心口窝。

他为自己解释着：不是唐突，这是生活中的强力剂，是一束阳光。他不愿自己享受，想使每一个同龄人都能从中得到力量和温暖。但是，他个人的理想呢？哦，这同样是他——路明水在干一件大事！

他站起来，向所选择的第二个合作对象的家走去。他为自己的这个开发公司拟订了十个同龄人。

他挤上一辆2路公共汽车，到了西站，下车后沿着一条水淋淋的柏油路走到了师范学院。在师范学院内一幢很长很长的筒子楼黑暗的楼道里，寻找着，最后敲响了一扇油漆剥落的门。门上挂着一个牛皮纸袋，里面装着一本便条。

屋里似乎有人在哭泣，听见敲门声，哭声止住了。

"谁？"随着一个女性低沉严厉的问话，门被打开了。

路明水首先看见的是坐在窗前，穿着一身便装的于琛琛。

很显然，是她在哭，现在她的双肩还在抖动，胸脯还在剧烈地一起一伏。然而，可能由于羞涩，她没有抬头看进来的人。

路明水犹豫了一下，还是跨步走进显得拥挤零乱的房间。这个房间右面的墙壁上，醒目地贴着一张设计得很周密的大表，上面的大标题是：《知青运动大事记》。左面的墙壁上，有一幅油画。一看就知道是一个傣家竹楼，然而却没有一个人物在上面。路明水明白这是什么意思，她在思恋着那里……

“你，是来安慰她的吗？”开门的人在路明水身后冷冷地问。

路明水转过身来，他面前站着一个瘦削的女性，这是吴大路的第一个爱人，为救火身亡的知青林道成的妹妹——林道静。

她的身上已经没有一点当年知青的青春气息了，头发尽管染得乌黑，但根部露出的几点花白使人能够想象她这些年是在一种多么深重的忧愁中熬过来的。她穿着一件室内长裙，所有露出的皮肤都青筋暴露，显得像患了肝炎一样青黄，曾经鼓起来的胸脯如同哺育过许多孩子一样下垂了，甚至扁平了。她的眼角是一层细细的还不算深的皱纹。

一个枯萎了的女性！所有人都会从她身上得出这样的结论。

但路明水却不这样认为，每次他站在她面前，都会感到女性最坚强的东西充斥着林道静的每一根神经。因为，她的腰杆挺得很直。还有，眼睛如桌前的窗子总是那么明亮。她渴望着什么。

有渴望的人就不会枯萎。

路明水不是偶然想起她来的。在省知青办公室帮忙时，他曾和林道静有过一段交往，多次征求她对当时上山下乡运动的意见，也向她提供着各地上山下乡的情况。那时，林道静就住在这筒子楼二层的房间里。她不愿意和父母住在一起。

在她的生活中，她只有一个亲人，而这个人却不属于她，永远属于景颇山的大森林了。

她有工作，每天下午四点到十点在师范学院的图书馆里负责借阅图书。她挣的钱除了吃饭穿衣，就是买大量的邮票和各地的知识青年通信，有时也买一些书。尽管她在图书馆工作，可她还是希望有自己的藏书。

她睡得很晚，从没有在十二点以前躺在她那张被来信和资料堆满的床上。但她又起得很早，无论春夏秋冬，都是在第一缕曙光升起的时候，就到学院后面的松树林里漫步，沿着一条溪水，走啊，走啊，一直到太阳升起的时候。当年在景颇山下的傣族寨子时，她可爱睡觉呢。

吃过早饭后，她就坐在桌前，用抹布擦擦玻璃窗，然后开始整理知青运动史。她已经积攒了几百万字的资料，要从这些资料里面筛选出最有代表性的，著成历史书籍。

路明水很少会对一个女性产生敬意，但他却被林道静这种不懈的毅力和沉重的责任感所打动了。他曾希望能够进入到她孤寞、沉寂的生活中。他和她一同散过步，甚至还在几个星期天约她去海埂游泳。

在清澈见底的滇池水中，他凝视着她已经开始缺乏女性诱惑力的身躯，深深地叹了一口气。林道静不会游泳，一阵风浪过来，她被呛着了。

他冲过去，拉起她，一瞬间，他产生了想把她紧紧抱在怀里的欲望。

林道静对于他的臂膀没有拒绝，他们就这样静静地站在波浪起伏的滇池中。许多目光注视着他们，他们依然一动不动。

路明水问："你真的想一个人过一辈子？"

此时，林道静才离开他一些。他看得见薄薄的尼龙游泳衣后面，她那一根根肋骨明显地突出来，他真想把它抚平。

但林道静镇定地开口了："我从没觉得我是一个人生活。"

路明水点点头，他已经很明白林道静的意思了。他应该尊重她对吴大路的爱，她那执著的追求使她在无限的痛苦中享受着回忆的温暖和渴念的欢乐。

"你的生活中再不会需要别的男性了吧？"

"你指什么，生理的还是精神的？"

路明水不愿意再问下去了，这是一个使他自己感到羞愧的问题。他第一次在一个女性面前有了羞愧感，因为他觉得她比他强。她即使永远这样孤独，永远被人认为精神不正常地努力着，路明水也会和她并肩站在一起。

她在人生的道路上，不会屈服，不会变更信念。

就是这些，促使路明水来找她了。他已经近七年没有见过她，从屋中的陈设看，七年来，她还是按照过去的程式生活着，没有什么变化。所不同的是，她老了，更憔悴了，更瘦弱了，但眼睛中的光更深沉了，以至于冷峻得像一个伟人。

真是奇怪，李红同样是路明水敬佩的女人，年龄和林道静也一样，很可能对生活的最根本看法也一致，但生活方式却截然不同，而且相貌的差异也如此之大。

在景颇山时，她们都那么黑瘦，可现在，一个丰满、白皙，令演员、明星们羡慕；另一个在四十岁的女人堆中是那么协调，不会被拉出来。

历史啊！生活啊！我们这一代人啊！

这一切回忆和感慨大概都是在一秒钟间完成的。路明水用目光扫视了一下林道静，低声回答着她那不客气的问话："不，我不知道她在这里。她是齐伟的爱人。"

林道静很不满意地冷笑了一声："为什么，所有想干大事的男人都注定是冷酷得像铁，像冰，像石头？"

"吴大路一直没有来信吗？"路明水感到林道静的脾气有点坏了。也许一个女性到了这个岁数还孤身一人都会产生心理变态。

"是我一直没有给他写信。"林道静的声音与其说悲伤，倒不如说是骄傲。

"为什么？"

"因为我想等到我写的书出版之时。"

"也许一辈子都出版不了。"

"那就一辈子……不写信。"

路明水心中赞叹着："坚强的人啊！"

他掏出那卷成立金沙江航道开发公司的设想，交给林道静："你看看，我需要帮助，需要你参加进来。"

林道静接过那一沓信纸，随意地靠在书柜上，认真地看起来。

路明水感到另一个女性的目光正烧灼着他的脊背。他缓缓转过身去，走向凝视着他的于琛琛。

这是一个长得普通，但却娇小可爱的姑娘。她有着一头黑黑的卷发，用黑缎带扎成一个松鼠尾巴的样子披在肩头。前额略微突出，眉毛不浓，眼睛也不大，但神情却十分诱人。她那小巧的鼻子和红红的小嘴，使她再过十年也会呈现出少女的样子。她的身躯有点发胖，但却并不臃肿，虽然到处都是圆滚滚的，却有着很细的腰和很窄小的脚。男人们都不会拒绝要这种类型的姑娘做妻子的。

此时，她的眼圈发红，脸上还有泪痕。

“你，为什么……”路明水的声音抑制不住地充满柔情，即使和李红说话，他也没有用过这样的声调。这里有那种兄长对可爱的、受了委屈的小妹妹爱抚的色彩。

于琛琛咬着嘴唇，努力控制住颤抖，用平静的声音说：“我和齐伟吵架了。”

路明水的眼睛慢慢睁大了，又慢慢眯了起来。他的心有些发疼。

12

为什么，为什么，为什么我会对别人的妻子如此同情和关切，以至于失去我惯有的冷酷和对年轻女性漠不关心的态度？

因为，她曾经要做我的妻子！但是，由于她太听我的话了，于是，她和别人生活在了一起。

我是和齐伟一同认识于琛琛的，当时，她还是一个十八岁的小护士。

那是我俩一同逃出私设牢房后，到一个小县城和过去的战友联系。

正值深秋时节，潮湿的雨季已经过去，山和道路不再是湿漉漉的，汽车一过也不会溅起泥浆，远处的山和近处的树都变得有些发黑、发褐，薄薄的阴云总是凝滞在上空，没有太阳，也没有星光，到处给人一种沉闷感。

我们急切地需要从这阴郁、沉闷中找出颤动的，和我们一同期待的心。可是，齐伟却病了，发疟疾。这小子长期缩在大城市里，连当兵都是给市革委会站岗，一下子适应不了偏远地区的贫困、落后和恶劣的环境。

他在一个根本不是疟疾流行的地区和时期病倒了，一会儿冷，一会儿热，仿佛他的灵魂正被折磨似的翻来覆去。但是，他没有呻吟，也没有死的恐惧，每当我们目光交接之时，他露出的只是羡慕，以至于嫉妒。

我们几个还在当地插队的战友，和我一同把齐伟送进了距离县城五里路的一个部队卫生所。在那里，我们会少些被捕的危险，因为这个部队的营长是高志勇。虽然他正在省城学习，但他的部下对营长的朋友照顾得是很不错的。

齐伟被安排在一间简陋但安静的病室里，其实住院的大兵本来也不多，甚至还有空病房。

“换上衣服吧。”我刚把齐伟扶着躺下，一个很稚气，但又严厉的声音响起。我俩一同把目光射向门口，一个孩子样的女兵正站在那里。她就是于琛琛。

她梳着两根又粗又短的小辫子，没戴军帽，开领的白大褂里面透出她一片白皙的皮肤和两个鲜红的领章。她手里托着一套灰白色的病服，走到床边，把病服放在床头柜上，然后笑了笑。

我不否认，我的心头颤动了一下。我觉得她的眼睛内非常非常干净，笑得非常非常甜。我斜视了齐伟一眼，他那被疾病折磨得干涩的眼睛内也有一道男人才会闪动的异样光彩。看来我们对这个小女兵的看法一样。

而后，我们就算认识了她，知道她是从省城部队医院派出的医疗队到下面驻军巡回医疗的。本来这个小卫生所里不该有女兵呀。

“你们来干什么呢?”当知道了我们一些情况后，她侧着头问我们。

我冷冷地告诉她：“满脑子想回老家的知识青年，没钱买车票，就靠两条腿，结果走出病来了。”

她同情地点点头，可又向往地说：“我挺羡慕插队的知青，你们多自由自在呀!”

我看了她一眼，没有理睬她那浪漫主义的向往。

齐伟又开始发冷，上下牙咯咯直响。于琛琛把邻床的被子抱来给他压上，还体贴地塞了被角。齐伟这小子居然还有劲冲她笑了笑。

齐伟一共住了十天院，我每天都来看他。看他时，我常会和他谈形势，谈越来越严重的考验，谈整个民族和我们个人的希望。

不知为什么，我们这些危险的谈话都不躲避于琛琛，她来送药、打针、收拾房间，完了事，就会坐在一边，默默地听着我们谈话。

“她不会出卖我们。”齐伟肯定地说。

“那是因为她还不懂得出卖。”我点点头。

我发现，于琛琛每听我们一次谈话后，都会对齐伟的照顾更加细心，无微不至，她热切地希望他的病能快些好，而齐伟在谈到她时，明显地露出了爱。

我和齐伟离开这个小县城时，她也和我们的战友们一块来送了。她穿着军装，脚上是一双解放鞋，没戴帽子，躲在人们身后望着我们，那目光是单一的、明确的：希望能再见到我们。

齐伟上去和她握手，表示感谢。

而我没有丝毫热情地向她告别："别把我们当成好人。"

她愣了一下，我心中涌出不安。但我想我是对的，我们不应该让她记住我们，我们也不应该记住她。

当送我们到了金沙江边时，齐伟还在和于琛琛亲热地说着什么。

我看着金沙江翻腾着的流水，却感到一种壮怀激烈的情绪，真想单独驾着一叶小舟，搏斗于波峰浪谷之间。我当时隐隐约约在想，假如人们把提防被人整和整人的智慧及力量用在改造这江水上，那对世界和历史该带来多少好处啊！

虽然过后觉得这想法近乎荒唐，但还是觉得是神圣的。

上了汽车后，齐伟情不自禁地对我说："我还从没有见过这么纯洁的少女。现在的女性都变得早熟了，复杂了，而她却仿佛透明似的。"

"本来世上就是石头多，水晶少。"我脸上毫无表情地说，以表示我对她不感兴趣。

然而，于琛琛却给我来信了：

明水大哥：

我看得出来，你鄙视我，看不起我，觉得我幼稚，不懂世事。其实，你们谈的那些，我心中都明白。

我敬佩你们，觉得在你们身边就像面临无垠的大海，心胸骤然开阔，也像置身于一座坚固的城堡，突然有了安全感。

我这是第二次出来巡回医疗了，这次会在我一生中都留下不可磨灭的记忆。我希望和你们在一起，听你们似乎冷漠的谈话，我能从中感觉出你们内心里对我们民族巨大的热情，对我们祖国巨大的担忧。在我身边，有这种热情和担忧的人太少太少了，他们似乎在麻木地生存着。你们不是普通人，是一种想干大事业的人。

跟你们相比，我确实显得无知，一个才十八岁的女孩子，一直厮守着父母，能有多少经历呢？我不知道该写什么，我很快就结束巡回医疗，回总院去了。我一定去看你们，齐伟大哥哥的身体完全恢复了吗？你们走得那样急，他还应该再休息几天呢。

一个小女战士于琛琛

我没有把信给齐伟看，没有必要。

一个小姑娘看见生活中从没有出现过的敢于谈生活实质，敢于忧国、忧民、忧一代人的未来的两个男人，就产生了一种莫名其妙的冲动，或者说一种小姑娘天真的想象，这没有什么值得夸耀和记在心头的。

当她无聊、枯燥的兵营生活结束后，当她步入社会涉世再深一些，她就会嘲笑自己的过去了。我何必使她和我们都成为虚假的人呢？

我没有给她回信，这不是伤害她的感情，而是锤炼她的灵魂。

但是，她找我们来了，她肯定是从那个小县城的战友那里知道了我们躲在离她所在医院不远的农舍里。

她一看见我们，那张被垂悬着的、有些弯曲的头发环抱住的脸庞，顿时焕发出青春的光彩和乡间孩童常有的红润。她的手出奇地大，比我想象的有力得多，紧紧握住我和齐伟的胳膊，似乎寻找到什么宝藏一样雀跃着。

齐伟露出欢欣和满足的笑，而我只是淡淡地“嗯”了一声，重新走回到桌前，继续书写抨击那些残害人民的人的诗词。

齐伟和她坐在木椅上交谈着，我如同忘记了他们的存在。但是，每当我有意无意地抬起头来时，总会感到有一对目光同我的眼神碰撞在一起。这对目光并不是带着似曾相识和灼热的神情，也不是天真和好奇，而是冷静地、探询地、思索地审视着我。

这一来，即使我不再抬起头来，也同样能感到这种不是成熟妇女充满欲望的而是十分透明的光束久久地停留在我的脸颊上，仿佛轻轻的吻，有些痒。

我干脆走过去，加入了他们的谈话，这样，会使我和她都轻松一些。我是要干大事的人，我不需要感情的重负。

以后，她几乎每个不值班的晚上都会步行到我们这个地方来，带着报纸，还有市面上难以买到的食品。

她甚至也参加进我们危险的工作，用她那伺候病人的手印刷诗词选集，搞得满身油墨。每次十点钟以后，由我和齐伟轮流送她回部队医院。

我们都能感觉出来，她更愿意和我一同散步，因为她太透明，太不会掩饰也不愿意掩饰灵魂了。

不，我对她从没有过任何亲昵行为，虽然这时我已经懂得和女性在一起的欢快，但我真的不愿陷进感情的漩涡中。

每次轮到我送她时，和她一同在阴暗的树影和明亮的水田边走二十多分钟，我几乎不谈什么，即使说上一两句，也是冷冷的。而她，甚至一句话也不说，只是默默地，有些本能地靠在我的胳膊上走着。我那少得可怜的几句话会使她产生巨大的欣喜和激动，我能明显地感到她的肌肉在抖动。我有什么地方值得她这样呢？

她对我的话简直奉若神明，假如我说："明天你别来了，我们要开个会。"那么她点点头，第二天绝不会出现在我们的农舍。

假如我说："不要去参加什么宣传大好形势的报告会。"那么，她就会在我们农舍里待上一天。

终于有一天，齐伟忍耐不住了，把我叫到农舍后面打谷场上，在热辣辣的太阳下面，很认真地问我："你喜欢于琛琛？"

我盯了他一眼，摇摇头。

"那，你不应该折磨她的心。"

"我对所有的女人都用这种态度。"我有点心不在焉地说，因为我正考虑着北京参加清明节悼念活动的事。

齐伟咬了咬嘴唇，好像很艰难地把一段带压抑感的话说出来："我希望你对她别这样，或者爱，或者离开……因为，我爱她！"

我讥讽地笑了，一句话都没说，扭头走回屋去。齐伟追上来，有点结巴地愤愤说："我知道，你鄙视我，认为我是一个笨蛋，想爱一个女人却缺少男性的果敢和吸引力。这是因为和你在一起。假如没有你，我早就……"

"我怕是男人中最丑的了。"

"可你的灵魂却是女人最喜欢的！"

猛然间，我镇定了，觉得在我和齐伟的联盟中将出现危机。

不，它出现得太早了，我们的工作甚至还没有出现一点成果。不能，绝不能因为一个小姑娘而毁掉我们的事业，何况，我对于琛琛并没有什么特殊感情，只觉得她纯洁可爱。假如我要干出什么大事来，就必须永远表现出冷酷。

我眨眨眼睛，随便地说："以后，我不再送她回医院了。"

有好几天，于琛琛眼中流露出对我的哀怨，但我像没看见一样，我没有时间去研究女性的内心世界，我将踏上北上的征途。

在货车车厢的顶子上，我紧张地趴了一夜后，打开我的书包，发现里面有两个不是我放进去的火腿午餐肉罐头，还有二百元钱。

这绝不是齐伟干的，那么，就是她——于琛琛。

进了监狱之后，她来看过我一次，是通过她父亲的关系，借口是女朋友劝我改邪归正。一见我，她就哭了，不顾看管人员在场，紧紧地扑到我身上。

我冷冷地说："我不希望看见有人为我伤心，我干的并不是伤心的事业。"

她愣了一下，随即擦干了眼泪，虽然双肩还在不停地抽搐，但却没有一点哭泣的声音。

我这才轻轻摸了摸她卷曲的黑发，小声说："假如我能出去，会还给你二百元钱的，谢谢了。"

她一听这话，又要放声大哭，但在我冷酷、严峻的目光下，忍住了，断断续续地说："你肯定会出来的，我……等你……"

我摇摇头，看着她那永远也长不成大人的脸，冷静地告诉她：

“嫁给齐伟吧，他比我热烈一百倍地爱你。我被关进来，他太孤独，缺少依靠，没有你，恐怕他会忍受不住，会……投降……”

这是我的真心话，也是唯一使我不能安心的事。齐伟若投降了，那么就会有一大批参与了我们串联的战友和老干部将被关进牢房，因此……

我以为于琛琛会惊愕，会哭叫，但她却严肃地点点头，如同接受什么重大使命似的说：“我……明白，明……白。”

我抱住她，使劲地吻了一下。我认识到，我是个罪人，不但要自己做出牺牲，还要去牺牲一个少女的爱。

我是心甘情愿的，她也会心甘情愿吗？

我心里默默念叨着：“原谅我吧，原谅我吧！”我从没有乞求过任何人原谅。

她的胸脯贴在了我的身上，我感到是那么丰满、火热。也许我将永远再也不能触碰到女性的肉体，当然也不会感到爱抚的温暖，但我还是推开了她。

她深深地看了我一眼，走了，走得那样稳重、坚毅，她的灵魂在成熟。

出狱后，她来看过我一次，告诉我她结婚了，还没有孩子，也不会再有了。她曾经怀过一个，但做了流产，她决心永远不要孩子，虽然齐伟反对，但她仍然往体内放了避孕环。

她在讲述这些时，那么坦然，目光还是那么晶莹、透明，没有一点杂色。

她送了我一大盒巧克力，是瑞典货，她说是她精心护理过的一个华侨老人送给她自己的。她留了一年多，婚礼上都没允许齐伟打开。

我一下子没什么可送她的，在我这简陋的房子里，除了我自己以外，没有任何值钱的东西。忽然我看见小阳台上有一大盆山茶花，但早已过了开花季节，连一个花蕾都没有，不过，我还是折断了几片绿叶，扎成一束，送给了她。

她欢欣地抱着这些还带着小露珠的枝叶，眼睛潮湿了，但并没有哭出来，她一定记着我不许她哭的话。

后来这盆山茶花死了，因为我把几枝主杈都折断了。

又和齐伟在一起了以后，我尽量不和于琛琛接触，我不愿意使齐伟的嫉妒和猜疑上升到让我们关系激化的程度。我只是在他们结婚纪念日才去了他们家一次，而且完全是礼节性的。为此，齐伟不能不感谢我，敬佩我，也不能不恐惧我。

但是，于琛琛在我心灵最隐秘的地方真的没有一点位置吗？

应该实事求是地说：我好几次梦见她。在时而混浊、时而五彩缤纷的生活里，一个男人不可能一生只爱一次，也不可能只爱一个人。吴大路是从压抑地爱到狂热地去爱，而我却截然相反，从狂热地爱到压抑地去爱。

插队时我对和我同居过的那个女知青，还有傣族少女，都是用全部的情感和全部的力量去爱的，我使她们都感到了这个世界上没有什么比爱更值得人去追求的了。但是，我们似乎又都欺骗了自己，很快就都觉得爱是不实际的东西。

那两个姑娘比于琛琛漂亮，可太外在，缺乏内心世界的美。

我惊异在如此动乱的年代中还会有于琛琛这样透彻、纯真，如同明净的水一样的女性。假如我不想干大事情的话，娶了她，会享受到这个世界上最欢快又最安谧的夫妻生活。但是，假如我真的没有干大事情的理想和坚韧不拔的毅力，她还会对我这个其貌不扬的人感兴趣吗？

是的，世界上许多伟大的男性都会以身边有一个温顺的、聪颖的，又崇拜他的少女为自豪。可我不是伟大的男人，我也不以成为伟人为生活目标，我只是想去干一件将铭刻在历史丰碑上的大事，能使我们的中华民族因这事而活得更幸福美好些。

然而，我又不能不关心她，我不愿意有什么丑恶的东西摧毁这美好的灵魂。我所做的一切，不是都在创造和捍卫美好的东西吗？

哦，每个人的生活都会有例外的，虽然我尽可能使自己的感情淡漠，使自己冷酷，但对于琛琛，我不能……人们也许永远也搞不清楚哪些是爱，哪些是友谊，哪些是本能，哪些是理智。我只知道，于琛琛还在爱着我，这种爱可能会延续她的一生。她是多么地崇拜永远爱着吴大路的林道静啊！

而李红呢？我和李红之间算什么关系呢？能说不是爱吗？

准确地说，应该是一种吸引，一种都发现对方是异性中特殊人物的好奇和热烈的占有，也有需要，生活和事业的需要。在某一个特定的时间，在某一个空间，谁也离不开谁，相互依存，相互满足。

我需要于琛琛吗？于琛琛需要我吗？

爱就是需要吗？

那么，现在我对于琛琛该做些什么？

看，她一听到我的声音，马上就停止了哭泣。在我面前，她不敢哭，也许是不愿意哭。她还记得在监狱里我对她说的那句话：“我干的不是伤心的事业！”

13

“不，我不能参加。”林道静冷静地说。她比洪之光要直率得多。

“那么，你的知青运动史将缺少有力的一章。这应该是知青运动的继续！”路明水放下想去抚慰于琛琛的手，慢慢转过身来，用严肃的口吻告诫林道静。

“所有的历史都是延续的。但是，地球和人类的每一个发展或倒退又都可以形成独立的阶段。我要研究和记述的只是这样一个阶段，也就是我感受最深而又使我最怀恋的那个阶段。”林道静的眼睛闪现出热切的东西，她扁平的胸脯起伏了……

“要是吴大路来求你……”路明水有些不近人情了。

但他知道，他不能不这样问，因为他曾希望过进入她的生活，也因为对这样的女性必须用强刺激才能使她震动和重视你的意见。

“他不会，他根本不会求谁，他的生活中没有这个字眼儿。”

林道静没有震动，也没因提到吴大路而感伤，而是颇为自豪地夸赞着吴大路。由于不可能再得到他，他将是她终生的偶像了。

“你不能再考虑一下吗?”路明水不愿意这样轻易地就又失去他第二个寻找的目标。

林道静摇了摇头：“用不着了。”她犹豫了一下，放低了声音接着说：“我没有多少时间了，我感觉到我的生命正在枯竭，我的内脏的某一部分似乎正在变化，它折磨我，也促使我快些利用所剩不多的日子。”

路明水愣住了。

林道静冲他笑笑，笑得一点也不凄凉。这是一种温和的、不带一点欺骗的、绝对信任的笑，也是思想信息的传递。

路明水这才想到她日益消瘦，并不全因为精神的压抑和情绪的沉闷，也可能还有由此而引起的……他不愿意想象是什么病。

像在洪之光家里一样，沉默了。空气凝滞着，屋檐上时而有一颗大大的水珠跌到下面的水泥地上，雨不知何时完全停了。

大概是几秒钟，也许是几分钟过后，路明水大声地、坦然地招呼着："琛琛，走吧！你道静大姐要开始工作了，她时间紧迫……"

他突然觉得嗓子噎了一下，说不下去了。要是对任何一个其他人，他这话的言外之意都是说谁的时间也没多得往水里扔，但对林道静是真诚的，没有一点尖酸刻薄。

林道静感激地点点头。

于琛琛看了看两个已经完全像中年人一样的这一代年轻人中的强者，站起身来，冲林道静点点头说："道静大姐，原谅我，耽误了你的时间，以后我再不来打扰你了。"

无疑，她也听到了林道静对路明水的低语。

林道静抱住了于琛琛，亲了亲她的耳朵，小声叮嘱着："跟他在一起，他可以保护你，可以让你明白许多做人的道理。大姐不会骗你的，别看他长得像鬼，可他的灵魂却是一个真正的人。"

于琛琛"嗯"了一声。

门拉开了，路明水和于琛琛走出屋去，还没关好门，林道静已经坐在了书桌前。雨后一团明亮的、带些潮气的光洒在她脸上，使她更显得面色苍白。

她展开一些资料，眼中透出在景颇山下傣家寨子的雷雨之夜中曾出现过的火热目光。那时正有一道闪电过去，吴大路拉开小竹门，向她走来。哦，她和他就是整个知青运动史！

筒子楼外面，路明水和于琛琛一前一后走在水淋淋的小径上。

校园里很宁静，学生们在上课，几乎没有什么人踏破操场和道路上一汪汪的积水，空中洋溢着薄荷似的清凉气息，灰暗的光在缓缓流动着，时而几滴大颗的水珠从枝叶浓密的海棠树上滑落下来，砸在他或她的头发和脖子上，使他们感到冰冷的一击，禁不住浑身颤抖一下。谁也不愿意开口，连脚步都放得很轻，仿佛怕打破这静谧的气氛。

此时，在这空旷和宁静之中，他突然升起一种实实在在的惶惑感。

“我送你回家吧？”路明水站住了，小心地扶住于琛琛那浑圆的、还在颤抖的肩头。他似乎不希望她继续跟在身旁。

于琛琛垂下眼帘，也站住了。这许久，她一声不吭，默默感觉他的气息。

路明水不问她为什么和齐伟吵架，她也绝不会主动向他诉说其中的缘由。她不希望像路明水这样的男子只把她看成是纯洁的天使的化身，她要求自己深沉起来，庄重起来，能在力量上和他们平等，可她又觉得自己永远做不到这点。

这时，在路明水这种她并不需要的关切问话下，她禁不住第一次用埋怨和委屈的口气说：“我真的让你那么讨厌吗？

路明水愣了一下，把手从她的肩膀上挪开。

在她面前，他第一次不知该用什么样的态度，有点结结巴巴地说："我怎么会……我从来没讨厌过你。我只是……不知道怎么对待你最贴切，最不损害你的……噢，你若不想回家，跟我一块去找几个朋友吧！"

说完，他扭头就走。他不习惯于卿卿我我，也没有时间抚慰一颗受了委屈的心。

但是，他最后一句话对于琛琛来讲已经足够了，她像渴望已久一样，顺从地，甚至有点兴奋地跟在他身后。是的，能跟在他身后，就是此时对她最大的安慰。

他们踏破了无数摊积水，来到了景颇山七条半好汉中的"军师爷"欧阳明所在的研究所。

路明水希望欧阳明能和他一道用数学的方式计算一下自己的公司和整个金沙江存在的意义。当然，这种计算绝非马上用计算机能完成的，它需要欧阳明参加进来，作为一项重大课题，可能用两年或三年的时间来完成。成功的希望是很大的，但和路明水一起干，失败的可能也存在。

欧阳明完全是一个学者的样子了，普通眼镜换成了金丝变色近视镜，头发分得很齐，幽默荡然无存，只是那对眼睛还闪动着对一切都报以怀疑的神情。

他已经结了婚。他的老婆居然是一个比他小十二岁的普通女工，已经是一个孩子的母亲了。她对于欧阳明最大的吸引力就是能为他抄写论文稿子，这大概是他留给这个世界的最后一次幽默了，还是黑色的。

欧阳明只淡淡地表示：他对这些不会感兴趣了，他有自己的事，但他希望路明水成功，他羡慕路明水到了这个岁数还会冲动和重新选择事业。

路明水拉起于琛琛走了。

在行人开始多起来了的街上，于琛琛忧虑地望着身边这个长相难看，身材矮小，但却让她崇拜得五体投地的男人。她真希望自己能有什么法术，让他一下子尝到成功的欢乐。据她所知，他还几乎不知道这欢乐是什么滋味。

他们继续寻找着，路明水又来到了曾经和他在一个寨子插队的几个同伴家里。他们中有一个是机关的职员，一个是司机，一个是摄影师，他们对他的到来都很高兴，当然也有些惊异地望着身躯丰满的于琛琛。

有一个人在聊了几句闲话后，要请他去北京饭店吃饭。还有一个人当即就开了一瓶茅台，打开三个肉罐头。可以看得出，他们的日子过得很安定，一个旧时朋友的来访，都会使他们冲动起来。

当路明水和他们回忆起在景颇山共同奋斗的岁月时，他们都十分怀恋；然而，当他很认真地要他们考虑参加金沙江航道开发公司时，他们都拒绝了，有的婉言，有的直接，有的还倒过来相劝。

“哦，老婆刚生了孩子，我又刚被调到室里当主任……”

“不能再去受那个罪了，景颇山那几年还没熬够吗？”

“你这家伙永远不会安分。不行，我劝你。不行，没有人会支持你这个公司。告诉你，老老实实结婚吧，当个倒插门的女婿，在 A 厅里工作照样能干大事。你眼太高，副厂长还嫌小，谁也不可能一下子就当厅长嘛……”

路明水离开了他们。

他谢谢每一个人，他们让他终于明白了些什么。剩下的几个拟订的寻找对象他认为没必要去了，结果不会有什么两样。

他看看表，竟然已经是下午六点多钟了，他们连中午饭都还没有吃。于是，他便带着于琛琛走进了全市唯一的一家西餐馆。

这种中国味的西餐显然不很吸引顾客。

虽然这里是一座白水泥和大块钢化玻璃的建筑，门口的霓虹灯显出现代派的气氛，电镀架桌椅和不入流画家涂抹的巨型油画虚假地呈现着雅致，然而，座位却永远不会坐满。

来就餐的大都是些年轻的情人们，他们与其说是来吃饭，倒不如说是谈情说爱。到底是偏远的城市啊，比起大都市那开门前两小时就排长队的场面真是不能同日而语。

“坐下吧。”路明水把自己和于琛琛的雨衣都放在了宽宽的水磨石窗台上，透过薄薄的落地窗纱可以看见外边的天色正在暗淡下来。树、建筑和行人变成了模糊的，或固定或晃动的阴影。

夜，即将降临了。

于琛琛的手从兜里往外摸索着什么。

路明水使劲地按住了她的手，不容反驳地说：“由我来花钱。不，不是白请，是还账。你曾经给过我二百元钱……”

“可你到工厂后已经还了呀！”于琛琛着急地打断路明水的话。她怀疑他真的记忆力那么不好吗？

“不是还钱账，是还情账。今天请你只是为了感谢当时你悄悄塞到我书包中二百元钱，确实太需要了。”路明水解释着请客的意义，把“只是”两字说得很重。

他小心地看了于琛琛一眼，发现她的目光内闪过一丝忧郁和不满足的阴云，但整个面容还是飘着欣喜的微笑。这是他第一次请她吃饭，且只有他们两个人。

奶油大虾端上来了，蟹黄色拉端上来了，还有煎猪排、罐闷鸡、铁扒杂拌、奶油烤鱼和红菜汤，甚至还有一瓶金奖白兰地。

“我……不喝酒。”于琛琛不知道该不该拒绝，在为难中又流露着歉意。

路明水立即为她要了鲜橘汁汽水。

“吃吧！齐伟他们就是在这吃的，咱们也可以在这吃，还要比他们吃得好。”路明水此时似乎忘记了齐伟是于琛琛的丈夫，一边抨击着他挥霍人民的血汗，一边为自己倒上酒，为于琛琛倒上汽水。

这时，服务员又端来了猪肉卷。

“咱们吃得了吗?”于琛琛担忧地问。

“在景颇山时，我一次吃过三斤烤牛肉，喝下去一斤半包谷酒。不过，我也曾有过三天不吃一点东西的纪录。生活就是这样，一下子让你感到撑得慌，一下子又让你饿得难受。”路明水感叹着，吞下去一只大虾。

于琛琛在思考着什么，慢慢呷着清淡的汽水。她喜欢路明水这样，并不把她当成什么客人。她希望他自顾自地吃，别像齐伟那样，结婚几年了，还带着虚伪的客套，好像他永远处处都是个有风度的人。

“你在想齐伟，想和他在一起过得不和谐。”路明水喝了一大口酒，放下酒杯后，凝视着于琛琛的眼睛说。她确实太透明了，整个心都在眼睛内浮动。

她点了点头，寻求保护似的向路明水身边靠了靠，小声但快速地倾诉着："不是不和谐，他对我很好，很温柔，从不会命令我什么，永远在满足我的一切要求。可是，他不是正直的人，他自私，只想着自己，对我这么好也是为了自己享受，保护我，不让我碰坏一点，损害一点，总使他占有完美的我。

"我跟他在一起，是希望能得到他的帮助，坚强起来，深沉起来，变得和你们一样强。但他从不理解我的这种想法。我让他不要干副厂长，而是和你一样对这种不按民意的官僚主义做法提出抗议。可他不，他第一次嘲笑我无知。

"那天，他喝醉了，结婚几年来第一次喝醉了，是由于高兴。他说他得到了盼望已久的东西，他让我为他祝贺，和他一同欢乐。但是，我没有……我站在你站过的地方待了一夜，他怎么劝我我也没回去，后来又骂我……他，他太容易满足了，他……"

于琛琛的思绪还很混乱，她不知道怎么样才能说清楚她的忧伤和烦恼。

而路明水并没有过多地关心身边这个受委屈的女性，他一口气喝干杯中的酒，脸上泛起一阵潮红，嘟嘟哝哝地说："你不觉得我也自私吗？每一个生活在世上的人都是自私的。我为了自己想干成一件大事的理想，挨着个地去打破旧时朋友们安宁的、已经习惯了的生活，让他们放弃已经开始走运的职业和工作，跟着我去重新艰难地寻找一条前人没有走过的路，不知什么时候就会摔倒在这条路上爬不起来。

"幸好，他们也是自私的，三十多岁的人了，不愿再有波动，一切都成熟了，固定了，缺少新奇感和整个身心的冲动，不想去耗费更多的精力，也不愿去冒险，对自己所已经取得的一切偏执地热爱，对别人刚刚发现的东西给以冷遇，只想创造自己生活中的奇迹，忽视别人道路上的建树，从思想到肉体都在大步地向不惑之年跨进。

“假如说，在人和人的关系上我曾有过一次盲目认识的话，那么，就是今天对旧时朋友们的拜访。我以为他们还是景颇山时代的知识青年，一句话就会点燃心中的火花，一代人共同探索的愿望使我们自然而然地烧到一起。

“哼，我太愚蠢了，对齐伟也太刻薄。我不应该讥讽和咒骂他，他其实和洪之光、林道静、欧阳明，甚至和我，和吴大路是一样的人！每个人都有追求自己生活的权利，为什么要强求别人。他们假如已经站在离生活顶峰不远的地方了，为何还要返回到山脚下重新攀登？

“我们是一代人，都有过共同的经历，但是现在终于有了一条……噢，不能说是裂痕，应该说是不同的道路。

“从什么时候起，一条路变成无数条路了呢？我竟然没有注意到。说来可笑，你认为我深刻，可在这个问题上竟然这样肤浅，像个只知道扔传单的小红卫兵。不知你听到没有，那个室主任跟我谈些什么？不，不是他有可能当副处长的事，而是谈性生活，谈得那样有兴致，告诉我怎样才能得到最大的享受，一星期几次合适，用什么姿势好。对，生活需要这个内容，但是，我找他并不是要谈这些呀！

“当然，我没有理由埋怨他们，但我也不愿意埋怨自己。洪之光需要他的小说得奖，需要不断有中文系的女大学生去求教；林道静需要用回忆来充实她可能不会太多了的岁月，她正在拼命加速熬她生命的油；欧阳明需要做一个用数字使自己单调、冷漠的人，他不想再被嘲弄，哪怕是人为的嘲弄；那个机关职员想有朝一日升到厅长，不大也不小的职位；那个司机想在自己家的四合院里竖起一幢楼，这快接近现实了，因为他那院里堆着几万块砖、几十袋水泥和预制板；那个摄影师做梦都想拍一部电影，可他所在的那个电影厂上马十二年了，还只能制作幻灯片。

“噢，对了，还有一个叫老K的，也找到了自己的归宿，被枪毙了。我呢？和他们一样，也有需要，用哪怕一生的岁月，用失去爱和幸福，去干成一件大事。

“你大概能看出来，这些需要中又有多么大的不同。本来我们是一样的，都当过红卫兵，上山下乡插过队，发誓要在景颇山上干出点成绩来。为了这成绩，可以去死，可以挨饿、受辱……然而，过去了！那过去了的一切，谁都怀恋着它，可谁都认为它是过去了。只有我还固执着……

“我冷酷吗？这只是性格外在的一面，我的每一个细胞中都有一粒燃烧着的火。我的那些朋友们都不冷酷，但却让我如同置身于冰窖之中。因此，我才要喝酒，我要把这一整瓶白兰地全喝下去……”

“我陪你喝！”于琛琛的眼睛中像有两颗星星在闪动。

她一口气喝干汽水，给自己倒下满满一杯发着淡绿色光芒的液体。

她激动了，因为还从没有听路明水这样坦率地解剖自己的内心，也可以说还从没有见过任何一个男人敢于把灵魂毫不掩饰地呈现出来。她感到他似乎是痛苦的，却又表现出无所谓和自嘲的态度。于琛琛不太理解这种情绪，但她又无疑地被感染了，触动了。

她从懂得世事起渴望的就是这样的男性。

他虽相貌不佳，但心灵却有力量。而相貌英俊的男人，大都是只会搞女人！

夜，完全笼罩了这座城市。

梧桐树一层又一层枝叶遮挡住了远处的灯火，使外面的一切都影影绰绰的，不虚幻可也不够真实。饭厅里的灯光并不明亮，还用几块红色的遮光板挡住。于是，在柔和得像月色一样的光线中，坐在屋角的情人们已经紧紧靠在一起，躲在满桌的白龙潭啤酒瓶的后面了。

路明水开始打扫盘子了。

他确实是个怪人，一天中他碰了这么多钉子，但胃口还如此之好，以至于干了不少年护士工作的于琛琛都大为惊奇。

她也倒了一大杯酒，并不是为了陪伴他，而是怕他喝醉了。她不愿意看见一个她所敬重的男子变成一个摇摇晃晃、满嘴胡言、被人们哄笑的醉鬼。那天晚上，齐伟喷着酒气要亲吻她，她就逃出了屋门。

路明水很清醒，他根本不会醉。

一整块猪排被他消灭后，他又继续说："你能想象一代人的瓦解吗？这种可能是存在的，从历史上看……"

他忽然停住了嘴，因为齐伟走了进来，而且视线一下子就扫了过来。路明水并没尴尬和惊慌，而是冷冷地笑了。

于琛琛没有注意到自己的丈夫正站在玻璃转门前犹豫着，她把刚才思索了好一阵的话急切地说出来："你应该寻找更年轻的人，像我们这种年龄的人。我们的热情还在迸发，甚至精力旺盛得无处发泄，希望有压抑感，希望有复杂的经历，希望有表现自己的机会，对所有新奇的东西都感兴趣。

"我们中有不少人甚至还没有找到该走的生活道路，还不知道选择什么作为今后努力的目标，但又不愿意平平庸庸、淡淡漠漠地熬过青春。我们对你这伟大的事业，近乎幻想的设计，会投以全部的热爱，对生活的爱。真的，你把你的想法一说，那些和我同龄的年轻人就会被深深吸引。

“我们同样和你是一代人，只不过更年轻，更有朝气，更富于幻想，就像……就像你讲过的在景颇山插队时的那些人。当然，比不上他们那么坚毅，也没有他们那些沉重的责任感，但同样有勇气付出些属于个人的东西，可能只是为了某种乐趣……”

她也戛然而止，因为齐伟终于下决心走过来，站在了她身边，沉重的、她所熟悉的热乎乎的气息喷在她的脸上。

“哦，你们在吃饭。明水，听说你辞职了，这大可不必，厂里多少还是给了你点条件嘛。琛琛，你已经跑出来整整一天了，我从下班就到处找你。”齐伟的声音依然是平和的，显出一个男子应有的风度，也显出一个青年政治家的镇定和自控能力。

但显然，他的内心并不平静，因为他的神情中流露出一丝对路明水的乞求。

路明水站起来，握住于琛琛那双和整个身体有些不协调的大手，说：“谢谢你对我的启示，在你面前，我忽然感觉到老了。”

然后他把电镀软椅向后面推推，离开餐桌，一边拿雨衣一边对齐伟说：“你不会不懂得，一个人与其背着一堆破烂啃窝头，倒不如破烂、窝头都不要，轻松地去找肉吃。当然，就这个厂来说，我还是很喜欢它的，可惜，它不属于我了。对啦，你看看我们吃的菜比你们花公家钱吃的味道是否好些？”

齐伟有点有气无力地嘟哝着：“我已经用这个月的工资和奖金付

了全部饭钱。”

路明水哼了一声，大步向门口走去。

于琛琛身体向前扑了一下，似乎想去追他，但却一步也没动。她只是哭了，在路明水不在身边的时候哭了。

路明水出了西餐馆后，并没有回自己家的小木楼，而是快步向李红家走去。

来到李红家那幽暗的小巷里，他的影子被巷底门楼上那昏暗的灯光拉得很长很长，甚至他已经快走到门前，身影上那奇形怪状的头还在巷口处晃动，假如走到何处身后都拖着这样一个影子……他不禁毛骨悚然了。

他掏出钥匙，拉开小门，走进了竹影憧憧的院子。沿着水泥小路走了几步，就看见门廊那明亮的灯光下，本来他常坐着的竹躺椅上，正仰坐着大腹便便的原A厅厅长李宏才。

看来这个老干部真的离休了。

他在职之时，是难得有这种清闲工夫的，不是开会，就是打麻将；不是到老同事老部下家里谈论国事，就是到女秘书那两间一套的单元房去享受一下老年男人爱的甜蜜。而现在，他将无处消磨时光了。

当他不再是厅长的时候，生活中突然会少了许许多多友谊，甚至包括爱。

路明水作为一个正直的年轻人，虽然厌恶这个官僚主义老头子，但对于他和那个同样孤身一人的女秘书的爱还是同情的，希望他们能最终生活在一起，在以后的岁月里相互有一种依靠。

“伯父。”路明水走上台阶，毫无感情色彩地叫了一声。

“嗯。”李宏才把茶几上的香烟略微一推，示意他这个不是女婿的女婿可以放心大胆地抽。

但是，路明水没有去拿烟，而是从凉瓶中倒了满满一杯橘子水，一口气喝下去。他知道自己今天晚上的酒稍稍过了些。

“喝酒了？”

“嗯，李红呢？”

“今天晚上国际旅行社举办舞会，有外国人请她去了。”李宏才不无得意地说。

“不是外国人，是香港人吧？”路明水冷冷地追问了一句。

李宏才显然不愿意解释这个问题，而是摆出一副长辈训晚辈的神态说：“听说你辞了工作。你知道如今在中国没有工作意味着什么吗？没饭吃！可能成为流氓、小偷，一个无赖！多少人做梦都想有一个铁饭碗，你倒好，一甩手扔了，连响都没有。别以为我不在位了，他们敢把你怎么样，我还有许多老部下嘛，他们不是还得给你个副厂长干吗……”

路明水打断李宏才的话：“伯父，我从来不想依附着谁过日子，至于说没工作就可能成无赖更是荒唐。中国现在怕是有几千万没有铁饭碗的人，有几百万根本没饭碗的人吧。”

“好，你不依附谁。那你可以离开这里。”

“我到属于她的地方去。”路明水平静地说完，走上楼去。

他并不畏惧李宏才，也不觉得和他生硬地对话有什么不好。他们从一认识，相互间就基本是用这种口气交谈的。他其实还是有些可怜这个老头的，可他不会安慰他，因为他从来没有安慰过任何一个男人。他认为男人根本不需要安慰。

路明水走进那间充满女性温暖气息的大卧室中，到卫生间里擦了一把脸，然后用手抹了抹镜子上几乎不存在的灰尘。

他看见镜子里有一张用紧张有力的线条刻画出见多识广印记的脸，浮在上面的神情半是明朗，半是阴暗，使人一看就知道这人是惯会深思熟虑的，会控制自己的行为、激情、愿望和语言。

他充满自信地点了点头，镜子里这张脸是属于从不会屈服和容忍不了任何不公平的那种男人的。他不必要怀疑什么了。于是，他走出卫生间，脱下外衣，扩了几下瘦小胸脯，坐在了松软的大床上。

桌上的录像机已经不在了，即使在，他也不会碰一下。因为他脑子里正在活跃的任何一个图像和意念都比那录像强一百倍！

墙上挂着李红的大幅照片。她梳着两根短辫，神采奕奕，虽然并不丰满，但浑身都迸发出青春和生命的活力。这张照片上有她自己的题字：我十八岁的时候。

是啊，和现在相比，她更留恋十八岁的时候，那时，她刚刚上景颇山。但是，作为一个男人，是喜欢现在的她，还是十八岁时的她呢？路明水敢说百分之九十九的人都喜欢现在的她。

我呢？路明水想着。

14

不，这不是现在该想的问题。

那该想什么呢？不是年轻、青春、活力、欲望吗？

啊，我能信任他们吗？年轻的、青春的、充满活力和欲望的人们……

于琛琛代表他们向我提出了接纳他们的倡议。

看来，她早就想向我呼吁了。可我得正视这一点：我从没有把他们和我的事业联系在一起。当我刚参加完民主选举厂长的大会回到城里时，不是还对他们产生了恐惧吗？那种恐惧是什么呢？

和李宏才对我们的恐惧一样吗？怕被更年轻的人取代自己费了九牛二虎之力才取得的生活位置，我不应该这样想啊，因为我也还算年轻！

那么，就算于琛琛的那段话是客观的，这些二十来岁的人们会放弃艰难地取得的职业或可能取得职业的机会，而热情地投身于我设想的事业中来吗？

李宏才说的关于铁饭碗的问题是现实。在还存在着花钱送礼，托人走后门才会得到一个铁饭碗的今天，大概不会有什么人会像我一样把它轻易地丢掉。

然而，若不找他们，恐怕我将永远是孤家寡人了。同龄人失去了年轻时的热忱、冲动和果断，老年人更不会有人跟我走到一条路上来，他们只希望维持现状。那么，只剩下这些更年轻的人了，他们占据了中华民族人口的一半。

必须承认，在这些更年轻的人中间，是存在着有本事的人的，否则，我也就不会对他们心惊肉跳了，我认识他们中的一些人：

省报的一个记者，二十四岁，叫吕大为。

他永远穿着一身呢子军装，提着一个黑色的采访包。有时骑一辆有着一百毫升排气量的铃木摩托车，有时骑着一辆大概是最早一批出厂的老式飞鸽自行车。他高高的个子，具有丰富多彩的表情，时而低三下四，像个乞讨者；时而目中无人，像个贵族。傲慢和卑贱共存于他的肉体和灵魂中。

他是在洪之光发表了从我那卷卫生纸上得到素材的小说后来采访我的，我让他去找洪之光。

“我是新闻记者，对于旧的人和旧的东西我一点不感兴趣。”他的神情甚至鄙视洪之光这个在全国都小有名气的年轻作家。

他太狂妄了，这个叫吕大为的，连胡子还没有长出来的小子。

我不客气地告诉他：“我是个不喜欢被宣扬的人，这太累，负担太重，而且，你们这些记者永远会把人搞走了形，搞得连他自己都会从文章中认不出自己来。”

他愣住了，但随即开始乞求我，那样子如同一个孙子让爷爷去给他买块糖吃，但我还是拒绝了他。

他嘟哝着：“我就不信我写不出一篇能轰动的长篇报道。”

他原来把我当成爆炸性题材了。我开心地笑起来，于是，他越发显得沮丧。

后来，他到底写出来了，同样是报道一个有争议的人物。他把载有那篇通讯的报纸特意给我送来一张，我看都没看就扔到了一边。

不过，他并不气愤，反而以后只要写出了一篇长通讯就给我送一份来，如同在一心一意地追求一个对他冷淡的情人。好在他一年半载才会来打扰我一次。

终于，我看了一篇他写的内参，那是关于一件错案的调查报告。他不但调查清楚了案子的全部过程，还详细描述了采访的艰难，甚至被阻碍调查的当权者派人打得头破血流，扔进粪坑。他没有屈服，而是变换手法，假装受贿，从而抓住头绪，使错案真相大白。

我问他："你为什么愿意让我看你写的报道?"

他傲慢地笑了："我只想试试我能不能成功。"说完他扭头就走了。

我明白他指的成功是什么，就是一个貌似拒人千里之外的人最后被他感动了。哼!

C厅的一个助理工程师，同样二十四岁，叫赵圣。

很难想象他是一个技术人员，因为他太像一个演员了，清秀、文雅，有时还腼腆。他没有文凭，没有学历，完全是凭自己钻图书馆和在领导"不务正业"的骂声中成才的。

我认识他是在一次省经济学会扩大召开的年会上。我们正好分在一个组讨论。他明确提出市场预测问题，指出我省产品的积压就在于没有市场预测，盲目生产。

一个挺著名的经济学教授口齿不清然而又长篇大论地谈着计划经济的实施是对资本主义制度的批判，他说本省产品的积压不是人民不需要，而是商品渠道不通畅。

赵圣一反腼腆之态，咄咄逼人地和这位老教授争论起来，用一系列数字说明了我省积压的产品当废铁卖时才会出现商品渠道不通畅、运不出去的问题。这些积压产品根本没有人要。

有人劝他不要得罪老专家，说他今后的前程都捏在这些学术权威手中，例如职称啊、定级呀。

他对这些绝不感兴趣，他说："我只想让我的理论被承认，让我们的国家真正富强起来。"

我很少跟他交谈，因为觉得他太年轻。

果然，经济年会结束后不久，赵圣就被调离了C厅，发到郊区的一个供销站。但是，他仍然收集着各种有关市场预测的信息，并把这理论结合实践写成文章，向外投稿。听说是在一个什么科普小报上刊登过一篇。我去看过他两次，只是想了解一下有关我厂产品积压的问题。

邻居家的一个女大学生，二十岁，叫吴雄，粗壮结实得像一个小伙子，随时都要活动着，连和父母说话两只脚都在不停地跺。

她对大自然格外地爱，对于司空见惯的生活环境厌恶透了。放暑假时，她骑着一辆自行车，单独一个人去周游祖国的大西南，谁也拦不住她，甚至学校出面都不行，她宁肯退学。

两个月后，她才回来，衣衫褴褛，面色憔悴，自行车不在了，提包没有了，只剩下写满了字的两个游记本。

她兴奋地告诉了我一路的艰辛和奇遇：车被偷了；钱和手表被抢了；几个粗野的山里人想强奸她，她假装顺从，却趁他们不备，跳下一条水流很急的河。就这样，她也没有提前回来，而是走完了预定的路线，到了黄果树、花溪、东山、峨眉山……为了走完这几千里路程，她甚至厚着脸皮乞讨过。

听完后，我拍拍她肩膀，一笑而已。

原来跟我一个工厂的一个车工，二十一岁，叫王大山。

论技术，他全厂第一，每次全市车工比赛都必须他去，而他也肯定无论大小地抱回一个镜框来。他对谁都有意见，都不满，都认为人家不如他，于是，得罪了所有的人。但他又从不拒绝帮助任何一个求他的人，他希望他的车工技术能有更大作为。

一个出差时认识的干部子弟，十九岁，叫林林。

他从参加工作到我见到他时已经换了三次工作，但到哪都觉得不受重用，有一种怀才不遇的苦恼，总想自己能干出一件成功的事来。为了这，他愿意豁出去。

一个送煤的工人，二十三岁，叫李英才，是全区的先进工作者。

但每次把煤送到我这来时，他都要埋怨说："要是我当了煤炭公司经理，就搞煤炭气化，又能充分利用能源，又可以减少污染。"

还有：小学教师、饭馆的服务员、公安局的打字员、医院的药剂师。至于待业青年，也不少，有的组织了包工队去给发了财的农民盖楼，有的准备到大山里给农民去照相……

一张张年轻的脸在我眼前晃动。他们做的、说的，都还幼稚，有时甚至可笑。但是，他们都是认真的，都有着不屈服于命运的摆布，力求改变自己和社会现状的渴求。这大概就是于琛琛所认为的我们之间的共同之处吧。

以前，在我认为同龄人是我的不可分割体时，我从没有认真地分析过更年轻人们的思想脉络和心理状态。

试试吧，他们是一种不能否认的力量，只是还不知能不能绑到我这架战车上。

夜深了，李红还没有回来。

她可能不会回来了。和那个香港人跳上一夜迪斯科，然后又朝气蓬勃地去外贸总公司上班，去准备做几百万美元的大买卖，去说服外国人掏腰包。她哪里像一个商人呢？但她会成功的，因为她虽然尽情享受生活的美酒，可也从没有放弃过对事业的努力。

我要睡了，孤身一人躺在这张老式的大床上，早知道她不回来，我又何必来这里呢？

我不是禁欲主义者，对女性的冷酷是因为干大事情的需要，因为我没有时间和精力陷进感情的深渊中去挣扎。但我希望在李红那丰满温暖的胸怀中安睡，希望在休息的时候没有寒冷、孤独、紧张、做作、提心吊胆……

她不回来了，那么，我只好一个人睡了，今天的感慨也就用不着再对她去诉说。临入睡前的一刹那间，我似乎看见一个穿军装的小女兵，她是于琛琛。

15

路明水办事从不会拖拖拉拉。

他努力地摒弃着一切中国人的劣根性，使自己更接近人类共同的优点。

他一觉醒来，马上就去寻找记者吕大为、助理工程师赵圣、女大学生吴雄、车工王大山、干部子弟林林、送煤的李英才……以及那些他有些畏惧的更年轻的人们。

他几乎没有说什么，只是把那十几页纸的开发金沙江航道的设想给他们一一看，这些人自己先跳起来，大声叫好，还滔滔不绝地提着各种他还没有去想的建设性意见。

他们对于舍弃正在干着的工作，居然没有一点犹豫，停薪留职，或者干脆辞了；至于几个待业青年，宁肯不去工厂考合同工。人反正得活着，活就活出个样子来，窝窝囊囊的还不如头猪。

他见的每个年轻人都是脸涨得红红的，可以感觉到那兴奋和激动从全身每一个地方往外飞扬。假如他路明水说是去乘着独木舟发现新大陆，或者坐着热气球去另一个星球上生活，他们也不会面露难色。

年轻啊，这就是希望，就是世界还可以存在下去的证明。任何老一代人的杞人忧天都是给后人们留下被嘲讽和讥笑的话柄。

路明水也不由得有些心情激荡了，他从来对更年轻的人都刻板的脸柔和了。假如于琛琛此刻要在身边，他会用打动任何女性的温柔声音告诉她："谢谢你。"

一瞬间，他想起了一九六六年他们竖起第一杆红卫兵大旗时，那张张天真、热情的脸；也想起他们这一派不分男女被人拥着，敲锣游斗时那屈辱和渴望的神情；还想起了景颇山下，方尖碑边几百人悲壮地分离时，那坚定和向往的目光。

而眼前的这些面孔和那时有什么区别吗？这些人恐怕就是那些人的弟弟、妹妹，他们流着相同的血液，有着共同的遗传基因，也开始表现出了人类的责任感、民族的义务感和不甘于平静生活的本能。虽然这表现还微弱，而且晚了，但这能责怪他们吗？

当然，路明水是清楚知道自己和这些年轻人的差异的。他对待世界更深思熟虑了，更冷静地看待纷乱的生活，以选择有更大希望的目标。简单地说，就是盲目性少了。

他没有让主动参加他事业的年轻人们马上就去单位汇报，而是让他们等等，先利用业余时间进行公司成立的筹备工作，因为他首先要去省里获得批准成立这个集体所有制公司的文件，这样才能名正言顺地进行各种工作。

批准这两个字写在纸面上并不复杂，可在实际生活中想得到这两个字一点都不比攀登一次珠穆朗玛峰更容易。

路明水初步询问了一下，要想成立一个集体所有制的公司，并取得银行贷款，大约需要盖一百二十四个公章，向四十八个厅处提出申请和证明。路明水突然间对李红的父亲李宏才感兴趣了。

这个刚被解职、满腹牢骚的老头一时间无所事事，整天惶惶不可终日，不愿去会老同事，怕被嘲弄；更不愿有人来拜访，怕尴尬；女秘书那儿不能去，心情欠佳，怕对她发脾气；旅游时间又不对，省内赶上雨季，省外炎热来临，怕搞垮了身体。

于是，一个人闷在家里，胡乱找些事做。但是，浇花，水淹了土埂；做饭，烧糊了锅；骂街，没人听；看电视，心烦。而路明水却给他的生活增添乐趣来了，整天哪里也不去，陪他聊天。

孤独的老人再也没有理由讨厌这个其貌不扬、脑后有“反骨”的名不正言不顺的女婿了。两个人躺在门廊处的竹躺椅上，从早扯到晚。吃过饭，睡会儿觉，又接着吹，晚上拉住李红，让双蕙当个牌架子，还可以打几圈麻将牌。

睡觉时，李红靠在床头上，披散着瀑布似的头发问：“你又在打我爹的主意了？让老头安静几天吧。”

“他安静不了，让他离职跟要他命一样，我跟他聊聊天，他还痛快点。我倒觉得你该安静几天了，别把董老板累出病来。”路明水放下手中一本有关金沙江流量的小册子，伸手拿过一根烟点着了火。

“这是我的自由，也是我的革命工作。奇怪，你怎么不把我拖进你的公司呢?”李红躺下来，眼睛望着天花板问他。

“是啊，我从来也没想过这个问题。”路明水说的是实话。他自己倒不奇怪，他是怕李红进来有可能淹没掉他。

李红叹了口气，闭上了眼睛，很快地睡着了。于是，路明水又捧起了那本小薄册子，一直看到深夜。

五天之后，路明水离开了李红的家，因为他已从李宏才那里详细了解到了他所要打交道的四十八位厅处长的性格、经历、爱好，甚至于私生活。他心中有数了。

经过和他那些年轻朋友们的研究，他决定先去拜会一位S厅的厅长。这是一个留过学的老知识分子，刚刚被提拔到厅长的位子上。

路明水回到自己家，把楼下妈妈屋里的衣柜和衣箱打开，翻找着。

正在做饭的母亲奇怪地问："你找什么？"

"找爸爸以前的衣服。"

"唉，都卖了，只剩两套毛料的，留给你穿，你又不穿。"妈妈并不是埋怨，而是心疼。

"对，就是那两套，在哪？"路明水直起腰喘了口气。

妈妈把手往围裙上擦了擦，蹲下去从床底下拖出一个小皮箱，打开盖子从里面拿出两套毛料衣服，一套是黑色的西装，大概是新中国成立前制作的；一套是中山装，可能是公私合营时穿的，灰颜色，做工精细。

路明水收好西装，拿起那套还很新的中山装上了楼，在一面小镜子前，穿好，扣上领扣，又戴上一副同样是父亲留下的平光眼镜，然后向镜子望去。除了蓬乱的头发外，他简直是和父亲从一个模子中出来的。

他深深地叹了一口气，为父亲，也为自己。

他到街上一家最好的理发店，花八角钱理齐吹光了头发，又买了一个黑色的公文包，把开发金沙江的设想夹进去，然后镇定了一下情绪，向S厅的办公大楼走去。

这是一幢新建成的白色高大建筑物，楼下还堆着破碎的建筑材料和渣土，大概久已无人过问，已经从中冒出了发黄的小草。

多么旺盛的生命力啊。它们不会在这个世界中消失掉，哪怕死皮赖脸也要生存下去。当它们存在了以后，就会处处表现出骄傲和自尊。

看着路明水气派的样子，传达室里的工作人员居然都没有阻拦他。他直接上到了二楼，敲响了走廊尽头处一个不挂牌子的房门。记者吕大为早已经调查好了，S厅厅长天天坐在这间房子里办公。

“请进。”两个字透过门板传出来，客套，庄重。

路明水扶扶眼镜，昂首走了进去。

“有什么事吗？”一个充满学者风度的老人缓慢地站起来，指指沙发，做了一个请坐的手势。

路明水点点头，这个老学者确实如同人们介绍的一样，对于路明水这身年轻学者庄重、整洁的打扮，眼中流露出赞赏的神情。尤其是当路明水用英语向他表示问候和作了自我介绍后，老人更是欣喜了。

路明水稳稳地坐下，拉开公文包的拉锁，从里面取出已经打印好的最简单明了的《关于开发金沙江航道，开辟北线出省通道的设想》，恭恭敬敬地递给了S厅厅长。

老学者马上戴上眼镜，认真阅读起来。

这就是为什么路明水他们认定要第一个拜访他。因为他不会打官腔，不会把送来的任何材料积压起来，多年的专家习惯使他马上就阅读任何到了手上的文字。

然而，跟这样的人打交道也有难处，就是他鄙视没有文化和教养的人，希望永远被尊重，永远摆出学术权威的样子。你要让他接受你的意见，但又必须做出像从他那里得到启示的样子。这些，路明水都自信能做到，而且确实做到了。

“嗯，很清楚，意义、目的和一些数字都很清楚。那么，人力呢？船舶呢？”老学者摘下眼镜，很内行地问。

路明水尽量使声音浑厚，胸有成竹：“长航总公司的船总是空载下水，因为西南拥有最多资源的我省不能通航，而一旦通航，我们则可以租用他们的空船。最关键的是水路一通，无数条小木船将会来往于各地之间，西山机械厂可以大批生产船用动力设备，一下子可以搞活多条战线。至于人力，您是专家，您在报纸上发表的文章《怎样充分利用最大的资源——人》已经说明了这个问题。”

老学者点点头，他具有办事果断的作风：“好吧，我们厅支持你们这些有志气的待业青年。噢，请问，你的导师是谁？”他认为路明水虽然没有职业，但一定会师从于某人。

路明水愣了一下，随即用怀恋的声音说出吴大路爸爸的名字。

老学者闪出悲伤的神情，叹了口气：“故去许久啦。你们这一代可不要辜负他的期望哟。我们国家现在还困难，一时解决不了所有人的工作。你们有想法，不跟在别人屁股后面开茶馆、办饭铺，而是搞开发公司，这是大家风度。祝你们成功。”他握了握路明水的手，然后在申请上签署了意见。

成功的喜悦使路明水决定当天下午就去拜访第二个目标，一个由工人提拔起来的处长。

他回到家里，脱去呢料中山装换上洗得干干净净，肘部和膝盖打着补丁的工作服，抓乱了还带着发蜡的头发，后来索性又用碱水洗了一下，使它显得干涩。这副样子使他在那位处长面前也得到了好评，并同样对他的申请给予支持。

要会见的第三位是个副厅长，由空军转业下来的。路明水考虑了一下，给于琛琛打了个电话，求她给搞一套空军的新军装。

“我给你送去吗?”于琛琛的声音有些颤抖，显然是由于能为路明水干些事情而引起的激动和欢欣。

“不，我来取。”路明水放下电话，就去找记者吕大为，让吕大为用摩托车把他带到西山脚下的部队医院。

于琛琛已经在大门口前的花坛边等他了。

“顺利吗?”于琛琛一边递给路明水包在报纸中的衣服一边问。

路明水点点头。他发现于琛琛瘦了，脸色有些苍白，不觉一愣，心想：才几天工夫怎么就……

但他没让这种忧虑流露出来，只是抚着她肩头说：“注意休息，衣服用完了我会给你送来。”

“不用了，你留下穿吧，这是我……”她没说完脸上就浮出一团红晕，以至于使她垂下眼帘。

记者吕大为来回扫视着这两个站在一起极不协调的人，似乎已经感到了这其中超乎友谊的感情色彩。

路明水看出了他的眼神，狠狠推了他一下说：“别乱想。”说罢坐在了摩托车的前座上，让吕大为坐在了后面。

十五分钟后，摩托车就又回到了被桉树包围着的城市中。

路明水在吕大为家中打开了报纸包，拿出一套崭新的军装。绿上衣和蓝裤子都还带着光泽，他穿上后，居然正合身。

于是，他耳边不由得又响起于琛琛的话："你留下穿吧，这是我……"下面的话是什么呢？是她穿过的？

有可能。路明水是个矮个子，身躯又枯干，穿一个胸脯和下肢都很丰满的女性的衣服是可以的。但他又摇摇头，因为这衣服是男式的。他不愿意再想下去，因为天黑了，记者在门外打着了摩托车的发动机。

晚上的拜访是在副厅长的家里。路明水迈着很硬实很有节奏的步伐走进客厅。待副厅长点了点头，才笔直地坐了下去。

副厅长很感兴趣地问："你从空军下来的？"

"是。"

下面的谈话立刻亲热多了。路明水有几个同学在空军任职，他的记忆使他说出了那些番号和驻军地点，甚至还说了几件从同学那听来的趣事。

"复员兵都要安排工作嘛，你怎么……"副厅长不是怀疑他，而是有些打抱不平，或者说要维护自己战士的利益。

"噢，分的工作完全束缚了我的手脚，我喜欢大刀阔斧，像打仗一样地干。"路明水认真地解释着，"所以我辞了职。这个公司要能干成，为国家所作的贡献就太大了。"

副厅长以军人的果敢和大度答应扶助他，让他第二天就去厅里盖章。

然而，再往后就越来越艰难了。首先要花力气去找到那些工作和生活都很繁忙的干部，再求得能被他们接见，然后每次都要重复关于成立这个开发公司的必要性和获益的预想。因为有些干部根本就不看这没有红字头的材料。

“……为了翻两番……需要从根本上改变生产和运输状况……我省资源丰富，锡、磷、石膏、大理石、木材……但就目前情况，运输能力差，成本高，开出来运不出去。于是积压，烂掉，不能具有使用价值，反过来抑制了我们的生产能力，使我省长期处于落后状态。同时，我省二十多个少数民族，两千多万人口也应该是个大的消费市场，也同样处于低下情况，问题都出在运输上……现在铁路每年只能交出三百五十万吨，到了八十年代末完全电气化了，可以增加一倍交出量，可到那时，光化肥产量就将达到一千万吨……”

“……在我省修铁路，费用昂贵，进度缓慢，因为山多坡陡，一时难以受益，因此开发金沙江航道有非常现实的意义。若打通，运输成本比火车低得多。具体数字在申请报告上详细说明了。更关键的是，运输一畅通，可以刺激几十个行业的生产热情，为它们打开长远的、广大的市场……”

“在资金的筹集上，可以利用外资，可以和各省搞补偿贸易，通航后用化肥、锡、木材偿还，个别受益的行业和单位也要进行投资，当然国家也可能会贷款……”

“……我们这个小小的集体所有制公司，并不负责建设，而是搞技术咨询，提供开发金沙江的技术情报，联系资金和建设单位，进行市场调查和委托设计……”

“……我们将使人和资金达到最有效的使用，甚至创办初期我们可以不拿工资……"

"……我们……"

路明水又进入到了以往要干大事时的工作状态，每天夜里十二点才睡，早晨四点就起，然后一整天不挨家门，到一个又一个厅，一个又一个处，一个又一个官员的家，去诉说，去解释，去宣传，去乞求，甚至找这些官员的老婆、孩子、同事搞"曲线救国"。

他那些年轻的朋友们也在利用业余时间紧张而又热情高涨地工作着，他们都感到这是一个伟大而神圣的事情，不知晓的前途又使他们有一种神秘感，从而更刺激着他们去努力。

记者吕大为写出了内参，使省委领导得到他们的信息；助理工程师赵圣把全国哪些省份急需资源的调查报告递来了；女大学生吴雄钻在图书馆里摘录各种政治经济学中有关的段落，交给路明水去争取专家们使用；干部子弟林林利用他爸爸的关系奔走于各位叔叔、伯伯之间，使路明水能如期拜会到应该拜会的人；送媒工人李英才在家里油印他们的各种设想和具体措施；车工王大山和几个待业青年去与街道办事处打交道，让好心的大妈腾出两间房子给这个公司办公用……

两个月过去了，四十八位厅处长说服了四十七位，或多或少，或明确或暗示地表明了态度：支持他们。

但是，最关键的、负责盖最后一个公章的副处长对他们给以冷遇。路明水前后找了他三次，他都是说：他们的开发公司没有党的领导，不正规，又不直接生产产品，有成为资本主义托拉斯公司之嫌。

路明水每次都用充分的理由向他解释：

我们是在为党的最终目标，为人民的根本利益服务，我们的公司将归到某一个厅或某一个处的直接领导之下，根本不存在脱离党的领导的问题。没有党的领导，我们注定是一事无成的，而且我们这些年轻人中，吕大为、李英才、王大山都是党员，可以成立支部了。我们会逐步正规起来，以后会有办公楼、研究所、计算中心。在整个社会制度都是社会主义的情况下，是绝不会出现资本主义托拉斯的，因为我们不是为个人积累资本，不会压榨人民的剩余价值，这只不过是加速四个现代化的一种新形式，甚至都不同于那些个体户和知青联营公司……

那位副处长板着脸，一口又一口喷着浓浓的烟雾，根本就不把路明水的话往心里去，他甚至连“研究研究”、“考虑考虑”的话都不说，只是固执地坚持着：“卖大碗茶可以批，办这种公司不行，我要有原则性。”

“难道其他领导同志都没有原则性吗?”路明水的声音冰冷起来，“你这才是目无党的领导，不执行中央关于用多种形式发展经济建设的决定，阻碍党的事业。”

“你不要吓唬我，文化大革命我都经过了，那时候你们这些小青年比现在威风得多，可我低下头了吗?”副处长不知为什么非要把路明水的申请报告和文化大革命的造反联系起来。

路明水站起来，他知道再求也没有用了，他碰上了他预想中应该碰到的最难对付的官僚。这种人从没有懂得什么叫马克思主义和社会主义，更没有管理和建设社会主义的本事。

路明水临出门时并不生气地说：“对不起，打扰您了。有一点我想提醒您，因为您的记忆显然不太好。我听一个比较了解您的同志讲，文化大革命中您极其自愿地写了一份认罪书，抄出来后居然围着办公大楼贴了一圈。上面揭发了十二个‘三反分子’，二十四个‘走资派’，其中有三个人后来被批斗死了。”

副处长的脸一下子涨得发紫。

他想喊，却喊不出来，眼睛往外鼓着，呼呼吐着粗气，憋了好几秒钟终于喷出一句话：“在我这儿，你们别想过关。”

“我们什么关都要过。”路明水心平气和地给副处长关好了门。

不，他并不是强做出来的坦然，他一点也不沉重，只是想着用什么办法过关。

又下雨了，淅淅沥沥的雨点砸在梧桐树的枝叶上，然后又落在方砖便道和柏油马路上，确实是雨季了。

路明水再一次从公文包中掏出那个红皮的，记有四十八个厅处长性格、爱好、简历的小本。

翻到刚刚离开的那位副处长名下，他眼睛凝视着这几行字：

“……屡犯男女关系的生活错误，因此而受过三次党内警告处分、两次降级处分。跟他一块入党的人现在一般都是厅局级干部……他自恃资历较老，对人态度骄横，毫不在乎。没有能力，架子却很大……”

雨点轻飘飘地落到了横格纸上，一个又一个钢笔字洇湿了，模糊了。

路明水的眼睛也透出一团有些迷乱，甚至近乎茫然的光。因为他脑中突然闪过一个连他自己都感到可怕的念头：他想让李红去诱惑这位生活上屡犯错误的副处长，借此冲破这道人为的关口……

16

我的狼性真的已经完全湮灭了人性吗？

我狠毒、冷酷到要出卖自己的情人以达到我能干成一件大事的程度了吗？

我站在一丝一丝想要束缚我，然而又显得无能为力的雨线中，任凭水滴打湿头发，浸透衣衫。我第一次不那么相信自己灵魂中最根本的东西了。

但是，不能回避，既然念头已经出现，就像有另一个我站在面前一样，要较量，要争论，要厮打，要各自扼杀对方，使自己存在下去，得到世界的承认。

"她谁的老婆也不会是，她只是她自己。但是，为了你的成功，她会去做一切的，真的，她不会拒绝，她会把这当成对世界上最丑恶东西的嘲弄，用不太黑的去说明那更黑的。"我面前的另一个我坦然地说着。

他是赤裸裸的，没有一丝纤维遮体，露出那让人厌恶的骨头，血脉发黄的肌肤。

我用自己都觉不出力量的语言反击着另一个我："这是出卖，在一个感情成分已经越来越少的世界里，你把自己身上最后一点温柔的爱像卖破烂一样送进了废品收购站！"

"你和她根本没有爱，只是强者之间一种特殊形式的吸引和结合。你对于琛琛才是爱，你正在保持这种爱的纯洁，因此才不敢沾染她。你怎么了，忽然间优柔寡断，缺少勇气和干劲。假如是这样，你就不要有做什么大事的梦想。你学过历史，古今中外哪一个取得成就的人不是刚强的，敢于舍弃一切的呢？”

“但是，良心何在？”

“你不能为民族和人民干成一件大事才是没有良心！你不是虚伪的人，何必用这种假道学来掩饰自己的不安。去干吧！这是你的格言。起码，你去问问李红，我敢保证，她绝不会拒绝！”

我沉默了，另一个我趁机慢慢地侵入了我的灵魂，和我的肉体合二为一了。他胜利了，他就是我自己。

我自己战胜了我自己。

我把李红叫到了我的家，在我那间类似一个穷学生的房子里，我很艰难地向她诉说了我目前的困境。

她听着，因为她能从我的眼神中感觉出来我将会对她提出要求。

我提了，甚至是愤愤地提的：“帮我一下吧，再验证一下我的理论，这种道貌岸然的、对一切社会生活都毫无热情的人其实正是这个世界上最卑污的小人！是我们民族的渣滓！”

李红走到我身边，用手捧起了我的头，让我的眼睛和她的目光交织在一起。

她的神情中第一次对我露出高傲和鄙视：“第一，咱们之间是不需要说帮字的。”她缓慢、清晰地说：“第二，你不是要验证什么理论。你就是想把他打趴在你脚下，让他给你叩头求饶。第三，你在做这件事时，确实最充分地表现了你就是你，你是整整一代人中极特殊的人，能和你一同生活，是一种幸运。”

她微微喘了一口气，放下了捧着我的头的手。

我突然发现，在李红面前，我们本来平衡的天平，现在她那一头正在沉下去，比重变化了，她的分量在增加。

这是为什么呢？就因为我向她提出了这种会被许多人谴责的没有办法的办法吗？可为什么没有人去谴责那个副处长？

我猛然站起来，真可怜，和她一般高！

“不要羞辱我，我可以不求你，可以不这样办，但你记住，路明水总会成功的！”我站到了窗前狠狠地说。

她居然笑了笑。

楼下，妈妈叫我们去吃饭。我们一同下了那很陡的木楼梯。

方桌上，妈妈给我们摆好了鸡丝米线、红烧排骨、炸乳扇，还有一个凤尾鱼罐头。我妈妈很喜欢李红，希望我们能早日结婚。但是，我却难以满足她老人家的微薄愿望。

雨季中一个少有的晴夜来临了。

我和李红吃完饭又爬上楼去，我们一同站在窗口，透过一片片黑暗的树叶，朦朦胧胧看见了高高低低闪烁不停的灯火。微风飘荡着，月亮在浮云中时隐时现，又快圆了，那地球的卫星。阳台上又摆上了一盆新的山茶花。同样只有绿叶，没有花朵。

我折了一片饱满、厚实、湿润的叶子，先是别在李红的黑发上，后来又卡在她胸前的衣扣上。然后，我轻轻地、像一个初恋的男子一样吻着她。以前，我从没有对她这样温柔过，我们之间总是毫不顾忌地、近乎疯狂地占有。

我是在对刚才对她说过的话忏悔吗？是对要她去办一件不光彩的事进行自我批判吗？

李红能看透我的心，她微微摇摇头，小声说：“不用，不用这样，咱们在一起不是寻求温柔的。这种东西谁都可以给我，也谁都可以给你。我们是各自看上了对方那世界上不易寻找的色彩……”

我猛地紧紧抱住她，躺倒在我那结实的小铁床上。

月亮正好跃上树梢，把全部光线都倾泻到我们两人的身上……

大半夜，我们都没有睡着，但谁也不再提刚才的话题。我发现，她眼睛中时而含着泪，时而透出深思。我伤害了她吗？但我不会去问。她不开口讲的事情，我从不会主动打听。每个人都应该允许有自己的秘密。

第二天，我送她出家门时，她镇定自若，口气平淡地说：“等我的消息吧。”

我不能等，不是不相信她，是因为世间的一切事情都需要作两手准备。

我和记者吕大为商量，由他再写一篇内参，反映年轻人想为祖国和民族，想为加速四个现代化做件好事而碰到了官僚主义的阻力。

他躲到家中动笔去了。

然而，都不需要了，那个副处长由于在公园里耍流氓被公安局拘留了。代理他那个职务的人正是很同情我们遭遇的一个中年妇女，马上给我们盖了章。

我去主管厅取营业执照，记者吕大为和干部子弟林林在西餐馆定下了座位，我们要举行公司成立的欢庆会。

是啊，齐伟他们懂得庆贺，我们也同样懂得。

我到了主管厅，厅长不在，接待我的竟是省经委的一位副主任，他显然了解我们成立公司的全部过程。一种不祥的感觉顿时笼罩了我的全身。

“噢，坐下吧，路明水同志。”

我坐下了。今天我穿的是爸爸留下的那身西装，而这位副主任大概对这种式样的衣服不很感兴趣，目光一溜过那条红色的领带就皱一下眉头，但厅长却曾称赞过穿这种衣服体面、大方，增加人的优秀气质。

“你确实还很年轻啊。”副主任居然抽烟斗，用的是散发出一股香气的劣质烟丝。

“不年轻了，已经三十五岁了。”我认真地回答。

“嗯，对，我像你这么大时已经成熟了，带领一个纵队几万人马啦。”副主任有些感慨，不知是遗憾自己升得慢，还是遗憾这一代人总显得那么幼稚。

我没有吭声，这时需要保持缄默。

“你们的想法很好，大胆，有年轻人的热情，也具有现实意义，给省里领导启发也很大。但是，你们的准备工作还不完善，在报告中还缺乏一些令人信服的数字。我问你，你们到金沙江一带做过考察吗？”他严肃地审视着我。

我摇摇头说：“我们认为这工作是公司成立之后才需要开始的，因为调查工作是一个比较长期的、需要一定资金的工作。”

“噢，这不行。说实话，我们还不能这样盲目地批准同意，这会害了你们，当然，也将给国家带来不利的后果。我……”电话铃声打断了他的话，他拿起听筒，“对，我是。什么？又开会。我不是告诉你我已经安排和一个年轻同志谈话了吗？省委常委会……好吧，让小车停在门口。十五分钟后我下去。”

他放下了话筒，加快了说话的速度："我需要你们提供一些这样的数据和情报，这些是在书本和文件上都查不到的：一、金沙江最急需通航的水文资料和道路、人口分布、雨量、物产、可装柴油机的木船数量。二、哪些省份可以和我们搞联合开发，哪些省内单位可以前期受益，哪些是可以后期受益？三、要详细了解一下金沙江两岸少数民族对于破坏自然水域有什么意见？他们对于打通航道持什么态度？

"好吧，就这样，调查回来直接找我。我支持你们年轻人。你们能体谅国家困难，懂得奋斗。不过，要慎重。我听几个厅长反映了，你很能干，愿意放弃副厂长职务来干这件大事，为全省谋利益。好嘛，我们党需要这样的人。我本来想跟你谈一上午，可省委突然开会，以后还会有机会……"

我不愿意听这些没有任何实际意义的赞扬，追了一步正往外走的经委副主任，小声问："能不能先给我们贷些款，购买一条船和必要的仪器，好进行调查。"

他摇摇头："不行，手续不完备，没有正式成立公司，银行一分钱也不会给。年轻人，创业时期一切都得靠自己想办法！"

他来到了走廊上，立刻有一位秘书夹着皮包跟在了身后。

我略微思考了几秒钟，镇定了一下情绪，马上大步走下楼，向西餐馆赶去。那里，十几个更年轻的朋友正等待着举杯相庆，迎接营业执照呢。

我超过了一个又一个行人，来到了西餐馆前。

透过玻璃门我看见了那些焦急的、期待的脸庞。我犹豫了，他们经受得住这种打击吗？也许，他们马上就会炸窝，散了摊子，各奔东西？不，这不应该是失败，这只不过是一道曲径，或者说是以前没有发现的一块路障。转过曲径，搬开路障，前面还是路。即便真的没有路了，这么多人不能铺出一条来吗？

我应该相信这些朋友，不，战友，他们总会在一次又一次打击中坚强起来，成熟起来。

我坦然了，推开转门，走到最里边那张已经摆满酒菜的大圆桌前。十几个等候已久的年轻人立刻同时举起了酒杯，记者吕大为也递给我一杯。这显然是他们已经商量好的仪式。

我接过酒杯，看着那红色的、浮动着泡沫的酒液，想起了我们这一代人的鲜血和痛苦。

“干！”我沉重地吼了一声，把高脚杯放在嘴边，一饮而尽。

“干！”年轻人欢呼着，全都喝干了杯子。他们坐下来，静静地凝视着我。

对他们，不需要婉转，越坦白越好，越没有隔膜越好。我用轻松的口气说：“执照还没有拿到。别惊讶，也别埋怨，这是我们自己努力得不够，还需要再做工作。这其实本来应该在公司成立之后才开始的，但经委副主任出于慎重要求咱们做完了才发执照。既然反正早晚都要做，那我们就去做吧。”

“做什么？”几个人同时问。

“很简单，又很艰难，沿还没有通航的金沙江上溯调查，取得各种令人信服的数据，然后根据这些数据咱们才能联系其他各方面……”我的话被议论声打断了。

“我们马上就干，明天我就去请三个月事假！”

“我已经写好辞职报告，放在抽屉里多时了。”

“我不参加招工考试了，在哪里不是干！”

“我……”

我打断了他们的话，让他们安静地坐着，因为这是公共场合：“我们应该学得有教养些，懂得尊重别人些，这才是现代文明。”

我指了指那些希望在安宁环境中吃饭的情侣们。

年轻人不吭声了，但眼睛中还放着光，脸上涨红着，手脚不知怎么放才好。

我低沉地说：“在没有正式领得执照之前，你们谁都不能辞职，甚至不能请假，要好好地安心地工作，使你们单位的领导对你们没有任何意见。我作为你们的大哥哥，有义务使你们在生活的道路上少些磨难，在事业的攀登中少些挫折，虽然你们并不惧怕磨难和挫折。

“别激动，我理解你们，知道你们连死都不放在心上，只怕不能随心所欲地创立自己理想的生活。这一点，我们从来都是一致的。是啊，三十多年了，这么多的企业、事业单位，这么多专家、工程师，投了这么多资金，花了这么大力气，但没有人想到我们所想的和所要干的工作，甚至连一些基本资料都没有。

“我们像一个媒人，将把金沙江这位还没被认识其价值和力量的处女嫁给我们的民族和人民。我们一定能够做到这一点。我和你们一样，想马上就去做。但是，这的确不太现实，我不想重复报纸对体制改革和官僚主义机构效率低的认识。既然存在着这种国家和人民都不喜欢的现象，而我们一下子又不可能克服，那我们就只好寻求一种折中的方法了。

“我是这样考虑的：去调查金沙江水域的工作由我一个人去做，你们利用业余时间去进行经委副主任要求搞清楚的第二点，要细致到连一个社队企业也不能放过，然后由吕大为去找我的朋友欧阳明用计算机计算，这点忙他会帮的。”

年轻人都沉默着，他们对我一个人去深山峡谷间那条洪流般的水域去调查并不持热情态度。我理解他们，他们希望能亲自参加这项事业的每一个具体工作，成为真正的奠基人。但是，他们理解我吗？

我是在为他们着想，假如……万一……不，我是绝不希望这万一出现的。但像我这个岁数的人是不能否认这种万一存在的，假如万一不能领取执照，那么他们匆忙辞职，跟我溯江而去，今后该如何生活呢？

是的，饿不死人了，但我的良心能承担这样的重负吗？不能，绝不能，我不是宁肯我负天下人、不能让天下人负我的曹操。我只是一个想干成一件大事情的普通人。

我从不想成为什么政治家！齐伟倒是可能会有这种想法的。

“假如你们尊重我，假如你们相信我和我的经历，那么，这件事就这么讲定了。不要惋惜，以后公司成立了，我们要一年到头地泡在金沙江里，说不定会有人怕苦受不了呢。”我笑笑，努力使气氛缓和起来。

“那……你一个人怎么调查呢？”记者吕大为问。出于职业的本能，他对细节很感兴趣。

“是啊，这就是我想讲的第二点。经委副主任拒绝贷款给我们，因此，去调查的经费需要我们自己凑。”

“要多少？”干部子弟林林口气很大地问，好像他兜里揣着支票簿。

我看了他一眼，真诚地说：“不是任何一个人的经济能力所能负担的，要买一条带发动机的船和一些必要的仪器。”

“借……”

“不行。这将成为我们公司以后的固定资产，所以，要我们大家凑。”我把目光从一个人的脸扫到另一个人的脸上，希望没有看到为难和吝惜的神情。

果然没有，我埋怨自己对于他们的忧虑。这些年轻人为了这事业可以付出一切，难道还在乎几个钱吗？

“别废话，简单点，说数吧！”送煤的李英才粗声粗气地说。

女大学生吴雄嘘了他一下，眼中递过去一道嗔怪的光。我发现，没多少天的接触，这一对男女的神情中竟流露着爱了。

“我出三千。”林林第一个把自己的名字和钱数写在了一张纸上。

“一千五。”吕大为说。

“一千二。”李英才放低了声音，但仍充满自豪感。

“八百。”王大山伸出食指和拇指。

“八百五。”赵圣似乎有点不好意思。

“五百。”吴雄把手按在桌上。

“……”

我的嗓子眼儿突然被哽咽住了，看着那些代表个人全部财产的数字，我的眼睛潮湿了。已经多少年，我不会这样被感动了。我心中涌出一股对自己，也对那些认为一代不如一代的人的愤怒。

你们凭什么看不起这些更年轻的人？你们凭什么大喊着这些人不如五十年代的青年？就是要靠着这些年轻人，使我们的祖国成为一个真正的巨人啊！而恰恰某些咒骂年轻人不爱国、不爱民族的人，却争着去出国参观，上班也要坐外国小轿车，家里摆着外国彩电、外国冰箱、外国音响设备，甚至连刮胡刀都要用外国的！

我明白，这些年轻人将在许多年内置不上结婚家具，穿不上毛料西服，买不上电视机。他们是为了能让他们的许多同伴早些享受上这些才掏光腰包的。

这举动，这行为，和二十年代的青年参加革命，五十年代的学生哪里艰苦哪里去，有什么本质的不同吗？歌颂自己的后代，赞美自己的子孙吧！

我最后一个拖过那张不够整洁的纸片，记者吕大为已经算好账，一共是一万三千五百元，我在后面又加上三千元。

“你……”吕大为是了解我家情况的，除了一台黑白电视机外，就再也没有什么值钱东西了。

我制止了他，因为我绝不能比那个出钱最多的人少。首先，是我把他们拖入这个事业中的；其次，我是老大哥，无论从哪个角度讲，我必须出头一份。

“干杯吧，预祝我们胜利！”我提议。

杯子碰响了，气氛并不热烈。

我发现，一瞬间，每个人的神情都严峻起来，有一种沉重感，似乎他们一下子就成熟了、深沉了。这多像我们在景颇山时的一个场面啊，那是在干什么……啊，是第一次大聚会，每一个知青都举起竹酒筒，互相祝愿一辈子扎根农村的时候。

他们在长大，而我们在变老！

大家分手的时候，约定三天内把钱交到我这里来，然后我就启程。预期三个月完成调查工作，也就是在雨季结束时，我回到他们身边。

我回家了，看着显得空荡荡的房子，思索着：我将到哪去找到三千元钱呢？去向李红借吗？我不愿意，因为我向她借还不如说是向她要。不，一个男人怎么能要女人的钱花呢？何况，她有什么钱，还不是靠她父亲李宏才施舍。再说，我还没有到山穷水尽的地步，不能找她开口。

那么，卖家里的东西吧。我打开衣箱，拿出爸爸留下的西装和中山服，它们已经为我完成了应负的使命，结束我们的友谊吧。还有皮鞋、毛毯，一只有着银饰的老钟，连同摆在妈妈屋里那台电视机，一同用一大块黑布包起来，捆好，提在手中，走出家门，准备到东风路的委托商店来个大拍卖。

一到街上，我的视线中就出现了穿着军装的于琛琛，她又来找我了。

很显然，她根本不想和齐伟过下去，她那像水晶一样的心容不了一点沙子。但是，我假装没看见她，继续向前走着。我能感觉到，她默不做声地跟在后面。

在我跨进委托商店的门槛时，她从后面拉住了我的胳膊。我站住了，但并没有回头。我希望她会由于我的冷淡而离去。然而，她却慢慢地转到我的前面。我看见她消瘦下去的脸上带着惊愕和疑问。

我在她面前实在是不能有一点做作的，我不知道这是为什么，也许就像在一片美好无瑕的田园中，你根本就不会产生邪念一样。

我微微笑了一下，低声说：“有事吗？等我一下，我把这些东西……”

她终于明白了，脸上浮起了阴云，眼中闪动着深深的自责：“都怨我，我竟然忘记了你一辞职就没有钱用了。”她从兜里掏出钱包。

我按住她的手，摇摇头：“不，太少了。”

“少？”她看看钱包中的几十元钱，又陷入了迷惘之中。因为她知道我一向是朴素的。

我应该告诉她，一出家门的时候就该告诉她，我没有权利再伤她的心，齐伟已经让她受了够多的伤害了。

于是，站在来来往往的行人中，我告诉了她我们在西餐馆里的一切决定。

“可这些东西也卖不出三千元呀！？”

“嗯。我还要卖房，把我们家那小楼二层的一间半卖掉。”

“那你住哪？”她惊讶了。

“住楼下那小间厨房里。”

于琛琛看着我，好久一句话也不说，可我能感到她那充满崇敬和爱的神情，能看出她微微沉思着在作什么决定。

果然，她开口了：“明水大哥，你别卖了，求求你，我会给你想办法的。你等我，我回趟家就来。”

说完，她扭头就走。她没有了来时那沉重、痛苦的样子，而是急切地像一个要办什么大事的小姑娘一样慌慌张张。

直到她跳上一辆去西山脚下的汽车，我才大步跨上委托商店高高的台阶。出来时，手里捏着四百一十二块五毛钱，还不足我需要的七分之一。

我回家了，考虑着如何向母亲提起卖房子的话题。这是她和爸爸结婚时买下的房子，在这里她度过了她的新婚之夜，生下了我，又耗去了她全部青春。这里有她老人家的欢乐、幸福，也有痛苦、悲伤。

我知道，我提出来，她不会反对，就像我搬走那台买了还没半年的电视机她一声不吭一样，但她会悄悄地难受许多日子，而且，她绝不会让我睡在厨房里，而是她自己在那烟熏火燎的地方度过晚年。

这要被人骂下地狱的事，能干吗？

我犹豫着，一直到了黄昏。我想，等到晚上，到那夜深人静之时，待到母亲将休息时，再告诉她老人家，若能剩下几个钱，一定给她讨个媳妇进家门。

当我倍感艰难的时候，于琛琛满头大汗地冲进我的家门。她二话不说，伸手递给我一个定期存款单，上面写着五千元。

母亲欣喜地望着于琛琛。

我看得出，她老人家一下子就看上了这个长得像孩子一样的姑娘。但是，这是别人的妻子。

“你拿着用吧，真的，就算是我……借给你的。”她胀鼓鼓的胸脯起伏得很厉害。

她显然想说送给你，但她知道我的男性自尊心是不允许我要一个女性的东西的，就如同我咬着牙只抽一块钱一斤的烟末子也先还掉她那二百元钱，也如同我一用完她的军装马上就给她送去一样。

当时，她托着那套熨平了的衣服，眼里含着泪，但不敢哭，嘴角嚅动着，但什么也没有说出来。

“齐伟知道吗？”我低沉地问。

她愣了一下，摇摇头。

我把存款单塞回她手中，冷冷地告诉她：“这是你们家庭的财产，你一个人没有权利使用。”

“我……”她一时不知说什么好，憋了好一会儿才咬着嘴唇说，“我有一半的权利，你用这两千五吧。假如你要不收下，那……我就买你的房子，还让你住！”

我看见她的脸渐渐地苍白了，身子在剧烈地颤抖，我不能再拒绝了。何况，我是多么需要钱啊，比那次跟老K一同去冒险走私时还需要钱。

我从她手中又缓缓地拿回那几乎被她痉挛的手抓皱了的存款单，轻轻抚摸着她丰满的肩头，让她平静下来，然后一同出了家门，向银行走去。

我取了属于她的那两千五百元钱，并认真严肃地告诉她一定会还的。公司一成立，贷款一下来，我们就在经济上会宽松一点了。

她听了之后什么话也没说。

有了钱，我的心安定多了。给了我钱，于琛琛似乎平静下来了。我们放慢了脚步，在最后一缕光线中并肩走着。不知什么时候，我的肩膀感到了重量，她的身子在紧紧地倚过来。我不能躲闪，现在她需要依靠。

“你跟齐伟……”我想问他们现在关系如何。

“别提他，别……现在别……”她几乎是嘶叫起来，但却压抑着声音。

我们沉默了。我伸出一只手去扶着她的腰，我怕她会摔倒。

最后一束光线一闪，消失了，天边只剩下一红一白两条色彩暗淡的影子。随着黑暗的扩展，所有路灯一同开启了。城市显得辉煌起来。

一声轻轻的冷笑在我们前面响起，我和于琛琛不约而同地抬起了头。

在五六米远的地方，站着身穿红色长连衣裙，肩披一块白色细羊毛披巾的李红。她身边陪伴着的依然是衣冠楚楚、风度非凡的董运堂先生。

大约几秒钟，我们谁也没有吭声。这不是通常的那种尴尬，而且谁都会觉得没有什么可尴尬，更没有什么可解释的。

还是我先开了口，微笑着说："董老板，您的生意显然做得很不顺利，才会在这边远省份长久逗留。"

"哪里，"他坦然地回答，"有李小姐帮忙，我想对祖国四个现代化做些事的心愿总算实现了。我很快就要走了。听说路先生要成立一个大公司，欢迎到香港来做生意。我们都是中国人嘛，岂能让外国人赚了钱去？"

他说一口很流利的普通话。

我点点头，表示谢意。

李红走到我身边，平淡地告诉我："明水，我也要走了。去香港，和董运堂结婚。"

我不震惊，也根本不可能震惊，只是像听她说晚上不能回家要去参加什么宴会一样冷静地看看她，小声说："祝贺你！"

李红又回到董运堂先生身边。董运堂挽住她的胳膊，莞尔一笑，向灯火通明的翠湖宾馆走去。

17

路明水也走了，向着那远离人群的深山峡谷进发。

在临行的前一天，经委副主任托人给他送来了一千元钱。这是副主任的私人存款，他确实支持年轻人啊！

路明水和李红的分手恐怕不具备一点情人间那种生死离别的悲痛和哀伤，因为他们都知道会有这么一天到来，他们甚至都期待着这一天的到来，因为这将说明他们生活中又有了新的剧变。

在这新的剧变中，他们将各自寻找着新的依靠。那么，他们的过去说明什么呢？他们不愿意总结，这大概要由哲学家或者文学家去探讨和研究。他们像他们结合时那样冷静地分手了。

李红在家里摆了一桌很上等的酒席，不知她从哪里请人做的，虾、蟹、鱼、参、鸽、贝都有，而吃饭的人却只有他和她。

李红的父亲去住院了。这个孤独的老人终于忍受不了寂寞和压抑，病倒了。而保姆双蕙被李红打发到街上看电影去了。

“这都是从香港运来的。”李红解释着桌上菜料的来源。

路明水没有任何反应，只是大口吃着他很难吃到的鲍鱼、干贝、螃蟹。

李红不吃菜，一杯又一杯地喝着酒。那个酒瓶很奇特：扁的，肚大颈小，从英文商标上可以知道是法国白兰地。

“一百零五元一瓶。”李红的神情有些暗淡。

路明水还是不说话，只是吃，似乎要把这一桌菜都吃得干干净净。

李红放下酒杯，坐到路明水身边，眯起眼睛说：“你认为我看上香港的花天酒地，嫁给一个富翁去当阔太太吗？你认为我将抛弃自己的故乡吗？你认为我会像以前的白俄一样，靠咒骂自己的同胞过日子吗？”

路明水打断李红的话：“你喝多了，我什么也没有以为，你还是你，这是你必然的归宿，我有预感。另外，香港也是中国的地方。”

他把一只手放在她的肩上，平视着她。他个子低，和她在一起永远不会有居高临下的感觉。

“吃好了吧？我们上楼去。”

路明水摇摇头：“用不着了，我们何必去做那套所有情人分手前都恨不得死在对方身上的把戏，这不符合咱们的性格。祝贺你，选择了一条新的路，希望你也能祝贺我。”

李红的脸变得阴沉了，狠狠地说：“你选择的是一条不会、也不可能成功的路。”

“你在诅咒我？”路明水有些惊奇。

“不是诅咒你，是诅咒一种坠力。”

“别谈政治了，这不像你。”

两个人突然间都沉默了。然后，没有任何暗示，一种超自然的力量使他们向一起靠拢，让嘴唇贴在一起，像四块小巧的冰在接触。

一分钟、两分钟……整整一个小时过去了，他们像是大理石雕像，一动不动地吻着。又是一小时过去了，大门发出声响，双蕙回来了。

这时，路明水才缓缓站起来，最后看了她一眼，轻声说：“我们都曾经给过对方许多许多，而每个人又都不愿只沉溺于一种形式的生活中，我们大概不是那类会埋怨、喜欢记恨的人。再见吧！为了以后的日子，忘记今天的日子。”

说完，他毫无留恋地走出饭厅，几乎和刚跨上门廊的双蕙撞在一起。

回到家后，整整一夜路明水都没有睡着。

他望着屋顶上那个模模糊糊的“思”字在沉思，他知道李红摆上那桌酒席是想向他解释和验证什么，但是，他不太喜欢她这样做，他自信自己的眼睛能看到对方的心。

李红走了，到一个繁华的、不少人都向往的地方去过一种性质完全不同的生活。路明水也走了，为了干成一件大事而去寻找一种比在景颇山还艰难困苦的煎熬。

有一瞬间，他懊悔为什么那晚不留在李红身边，但他马上鄙视自己这种所谓侠骨柔肠。没必要了，在某种时候，对某种欲望的克制是正常的，虽然他并不欣赏吴大路那种苦行僧式的生活。要知道，不会享受的人也一定不会创造！

路明水带着一些必要的仪器，从杂乱的火车站出发了。

更年轻的朋友们和于琛琛一同来欢送他。他忽然看见，这些年轻人眼中都带着泪。为什么？他并不是一去不回。他一下子感到：他并不是很理解这些比自己小十来岁的人的感情。他想问，但又控制住自己，心说：慢慢去理解吧，日子还长。

于琛琛把一包包有各种急需药品的小包递给他，小声说：“我又参加了巡回医疗队，很快要到金沙江上游去，我在那里等你。”

“齐伟……”

“别提他！”于琛琛又一次几乎尖叫起来。

铃声响了，车开了，十几个年轻人一边挥手，一边抹着眼泪。路明水终于明白了，他们还是在痛惜自己不能亲身参加这次长途跋涉。而于琛琛呢？是因为……爱……

火车停在东川站后，路明水下了车，没有住上一晚，就搭乘一辆顺路的汽车向江边赶去。他知道年轻人在等着他，也知道夜长梦多的道理。

汽车在弯曲起伏的柏油路上行驶着。两边的山坡上长着稀稀落落的茅草和马尾松，时而在较平坦的地方有几十块大小不一的包谷地，齐膝高的绿苗中，半裸着身子的男人在锄着杂草，地边有光屁股的男女儿童在玩耍。

驾驶室里坐着司机和一个半土不洋的姑娘，从后窗子可以看见司机不时地和她调笑，还动手动脚。

路明水对这种现象并不惊奇，在景颇山时，他们就曾戴着红头巾拦过汽车。可以理解，这些经常孤零零在大山里开几天几夜汽车的司机确实太苦闷和惆怅了，既然姑娘自己都没意见，旁人又何必看着生气呢?

两边的山似乎高起来，光线阴暗了，汽车肯定是在下坡，不时发出难听的刹车声。离江边近了。

在最后一团晚霞中，汽车停住了，司机从窗口伸出头来喊着："下车吧，我要进县城了，你得自己走到江边去。"

路明水跳下车，背起不算重也不算轻的行装和仪器，继续顺着下坡的路向江边走去。

一股沉闷的、如同不断的雷声般的轰响从前面传来，又好像有一列重载的火车在山洞中行驶，这是金沙江的涛声。

路明水加快了脚步，当又拐过一道山梁后，他站住了，那奔腾的江水就在眼前，那阴冷的、水淋淋的气息迎面扑来。

浓重的山影使宽阔的江面变得昏暗了、神秘了，一堆又一堆白色的泡沫翻滚着，爬上岸边的岩石。两边的山坡并不如想象的那样陡峭，在一个江水的转弯处还有一大片平坦的沙滩。水流也不如书上形容的那么湍急，只是在山峡间发出的吼声有些使人产生微微的恐慌。

路明水掏出塑料皮的笔记本，记下了第一段感触：“从我第一眼看到这江水，就认为它将会给我们带来无穷力量。它其实比我们想象的要温顺，内涵更为丰富。上一次到江边产生的朦胧念头这次已在实践中了。”

他合上笔记本后，用仪器测量了这里的宽度、流速，算是取得了第一个数据。

天黑暗下来，他没有打开手电，而是在朦胧的夜色中，听着江水的声响，向前面的一个小镇子走去。他将在那里过夜。

他不怕走夜路，在景颇山的大森林中，他常一个人在黑夜里漫步到很远的地方，有时甚至就睡在一个树洞中。他喜欢黑夜，黑夜中一切都显得模糊不清和沉重，好像到处都是阴暗冷峻的光。在这奔流着汹涌江水的山峡之中，他更觉得夜的庄重、浑厚、雄壮……

路明水非常惊讶，他的这次出征竟然顺利得出乎意料。

第二天，他轻而易举地搭上了一辆运石头的汽车，继续往下游进发，那汽车中途不过夜，一直开到了他预定要到达的一个江边城市。

那里是这条长河上最后一个可以停靠江轮的大码头。他在这里没费多大事，就收集了一切需要的情报和资料，甚至还和几个知青办的工厂挂上了钩，以后可专门修理船用机械。他又如愿地买了一条带有柴油发动机的木船，装上两大桶柴油，还买了些食品，就开始上溯这条江，为开辟航道做简单的测量和了解两岸的工农业生产情况及其他所需要的资料。

两个月过去了，他几乎没有碰到什么艰险，江水、暗礁、浅滩、迎面而来的石壁，他全都习以为常了。他这只拥有十五匹马力发动机的小木船时而像只兔子，时而像只老牛，在这段还不能通航的江水中跳跃着、爬动着。

这期间，他只碰到了两起引起他思索的事情。当然，这和这次考察可能并没有什么直接联系。

一开始，他半天驾船在江上行驶，中午时分靠到一个江边小镇的用几块木板搭成的码头边——这些码头都是为停泊打鱼用的小木船准备的——把船拴好，去找个客栈或茶馆住宿下，然后到水文站和一些部门去进行开发金沙江的调查，晚上找几家去串串门，第二天黎明时分又解缆开船。

一天，他把船停在一个冷清的小镇边，上岸之后沿着石板铺成的小路找到了一家面临江、背靠山的小客店。这是几间用木头搭成的平房，大约有四五间客房，可在这雨季里，都空闲着。

这客店显然是私人开设的，店主是一个中年妇女和一个十七八岁的姑娘，她们穿着都很朴素，但又格外整洁。房子陈设简单，收拾得却很干净。

路明水放下行装后，立刻就出去了解情况，一直到天黑才回来。客房里已经点起了油灯，桌上摆着一碗米饭，一荤一素两个菜，还冒着热气，两位店主坐在他对面，陪着他吃。

他吃了几口后，忽然发现那个姑娘打扮得艳丽起来。她上身穿着一件尼龙衫，呈现出健康少女那高高的胸脯，下身居然穿了条白色的筒裤，使她身上的朴实无华一览无余。

她发现路明水惊奇地看了她一眼，显得有些羞涩，又有些局促不安地低头坐在那里，把弄着搭在胸前的长辫的辫梢。路明水微微笑了笑，说不出是冷嘲，还是客套。

“一看你就是从省城来的呀，”那个中年妇女不尴不尬地搭讪着，“我女儿眼睛可行啦，不论是哪来的客人，她一下子就能看出来。”

噢，原来是母女二人。路明水仔细地看了她们一眼，在摇曳不定的光线中，确实可以隐约看出她们的脸形有相似之处。严格地说，她们长得都不算难看，尤其那姑娘，由于青春的力量，使她显得很有些秀美呢。

“客人住几天呀?”中年妇女找着话茬。

“明天就走。”

“多住几天吧，这小地方没啥玩场，可有吃场哩。江里的鱼，山上的野味……客人，孤零零一个可闷得慌?”

路明水大口大口喝着有些鱼鲜味的汤，随口答道：“一个人当然闷。”

说完，他放下碗，准备收拾，但那个姑娘已经抢先麻利地收拾好碗筷，擦干净桌子了。

路明水抽了支烟又走到小镇上，找了几户人家串串门，记了些江边人们的想法，大约十点多钟才回到小客店。

“洗个澡吧，厨房里烧好了水。”店主人还在等着他，中年妇女殷勤地说。

路明水道了声谢，拿出干净内裤，走出客房。

厨房里，姑娘已经把水倒进一个大木桶内，里面有只竹筒，是用来舀水的，毛巾和肥皂摆在边上。见路明水进来，她直起腰，并不出去。

路明水有些诧异，看了她一眼，见她还没有转身的意思，便说："行了，谢谢你。"

"你……不用擦身子吗？"

路明水不知道这是不是这偏僻地区待客的习惯，但他断然摆摆手："我从来都是自己洗。"

那姑娘这才退出去，小心地带好门。

洗澡的时候，路明水听见又进来一个投宿的客人，被安置在他隔壁的房内。

擦干身子后，他换上干净内裤，走回自己的房间，打开笔记本，准备记述一下一整天的收获。

门一响，那个中年妇女又走进来，小声笑着问："客人，你抽烟吗？"

"抽。"说完，路明水从兜里摸出盒春城烟，自己拿了一支，又把烟盒递向中年妇女。

中年妇女忙摇摇手："这没味，你来点黑的抽吧？"

路明水顿时明白了。他想起在公安厅工作的一个朋友说过，老K他们走私的大烟，一般都是卖到云贵川交界一带的山区里。

"不会抽。"他拒绝了。

"试试吧，可长精神呢，还治腰酸、关节疼、止咳……"中年妇女说出一串抽大烟的好处。

路明水还是冷冷地摇摇头，不停手地用钢笔在本子上写着。

中年妇女叹了口气，为没做成一笔小买卖而惋惜着慢慢走出屋去，虚掩上了门。

一个小时以后，路明水合起本子，吹熄灯，伸了个懒腰，躺到床上。

在这山峡间的夜里，没有蚊虫，只有江水的潮气一股股冲进屋来，把一切都搞得湿淋淋的，甚至连透过薄云的月光，也好像沾上了水汽，不那么柔和、明亮。没有一丝风，没有一点动静，树影像被粘在墙上似的一动不动。

路明水翻了个身，床板响了一声。他并不太疲乏，在这宁静的夜中，一时还不会睡去，他在想着那些年轻的朋友，也想着于琛琛。

从一出发到现在，他没有给他们去一封信，这是他性格所决定的，没有成功的事情他绝不去报喜。当然，他也不愿意报忧。让那些朋友们再等等吧。而于琛琛呢？她大概已经到了上游那个小镇，正在期待着他的到来。

哦，不，他不能怀着这感情色彩去想她，她是人家的妻子，他不需要感情，但那穿着绿军装的身影啊……

门开了，一个轻巧的人影在月光中慢慢向他的床边挪动。他从枕下摸出了弹簧刀，一下子按开了。

一声“嘻嘻”的微笑使他看清了原来是那个姑娘。她只穿了一件山里女性贴身穿的红布胸兜和一条花衬裤，露出女性丰腴的胳膊和大腿。

路明水坐起来，严肃地问：“有事吗？”

“妈说你一个人闷得慌。”姑娘说话间已经坐在了床上，伸手去解系在脖子上的胸兜系带。

路明水狠狠地抓住了她的手：“对不起，我……不想，你出去！”

姑娘惊异地看着他，眼中露出了伤心和忧虑的暗淡神情。路明水扫视了她一眼，叹了口气，摸索着从钱包中拿出十元钱，塞到她手中，把她使劲推开了。

那姑娘走了，外面传来中年妇女低声的呵斥声，似乎埋怨她白拿了客人的钱。一会儿，隔壁房间内又响起了那姑娘的低语。

路明水长叹一声。

他睡去了，梦见自己走在大海上。

第二天一早，他留下房钱和饭钱，没有向店主告别，就在江边的浓雾中跳上小船，逆水出发了。

在船上，路明水突然觉得有了一种只有吴大路才会有的沉重责任感和内疚。他眼前总是闪现着那少女半裸着身子的样子，难道她只能以此为生吗？是啊，母女二人，在这个冷清的小镇上，又能干什么呢？

他可以想象得出，在前面越来越偏僻的地方，这种以大烟和女人为手段招徕顾客的小店绝不会越来越少。假如，这条航道被开发出来，两岸的资源能被运出去，外面的人和物资伴随着文明涌进来，这里繁华起来了，其他行业兴旺了，是不是这样的经营就会最终消失呢？也许会更多？

那……路明水看着流向远方的江水，觉得两岸的大山都挤压过来，倒在他的肩上。一个三十五岁的正直男人，看着还用这种手段生存的人们却不能给以根本上的扶助，确实是痛苦的啊！

从这一天开始，他不再上岸去住，每天调查和了解完情况后，都回到木船上，盖着一件雨衣睡觉。第二天起来，用冰凉的江水冲个澡，就点火开船。

几天以后的一个黎明，他刚要起航，一个男人跳上了这只木船。

“你能带我一段路吗?”这人的口气不像请求，倒像是命令。

“上哪?”路明水没想到在远离家乡的地方会遇到乡音，面露出惊喜的笑容。

然而这个人并不大惊小怪和显出亲热，依然用原来的口气回答着：“随便上哪。”

路明水愣了一下，感到一种微微的侮辱，阴沉下脸来哼了声：“翻到江里呢?”

“碰运气呗，该死活不了，该活也死不了。”他坐在船舱里，似乎路明水已经答应了他。

路明水犹豫了一下，还是决定不把这个人轰下船。一个人确实太沉闷了，可以和这个同乡聊聊天。

但是，船开后。路明水才觉得有些后悔了，因为这个粗壮的男人竟不再说一句话，只是躺在舱里，仰头望着滑过的乌云。浪花溅在他胸口上，也毫不在意。一路上，视野中总出现的这个似乎更冷漠的面孔使路明水有些心烦，他真想一脚把他踢到江水中去。

直到下船时，那人才说了一句：“谢谢，假如我没看错的话，你是路明水，绰号狼。”

一个再能控制自己神经的人此时也会露出诧异的神情了，路明水望着那人问：“你是谁?”

那人嘿嘿一笑：“云游四方的仙人。”说完，跑上石码头，钻进山坡上的树林中去了。

路明水苦思冥想了许久，终于在脑海中闪过了一丝淡漠的记忆：两年前，他的工厂里一个工人因觉得生活无聊而离家出走，还给报社写了一封信，阐述他云游四方的好处。报社没登他的信，但劝说他回到现实生活中来。他没有回来，人们也就很快把他忘却了。今天这个奇怪的人就是他。

路明水又被这个人所折磨了：难道他不能给自己的生活创造出激动和沸腾的事来吗？无疑他是软弱的，只不过是用另一种形式来表现。可这个小伙子看着多么健壮啊，像一个举重运动员。

但是，这是不是也证明了社会上对年轻人的某种轻视呢？假如要给那个人一个表现才能的机会，把他投入到某种沸腾的事业之中，说不定他会干出惊天动地的成绩来。当然，也可能他只是个庸人。

路明水发誓，若是公司成立起来，他一定给更年轻的人们以用武之地。

他继续上溯前进。

当他的仪器开始出毛病，他事先买好的五个大笔记本都记满了，吕大为借给他的照相机照完了二十个胶卷的时候，他和他的小木船也进入到他的终点站了。

这个地区正是雨季中雨水最集中的日子，他是顶着暴雨把木船靠在一个当码头用的木桩上的。木桩边上，有几块石头连接着江岸。

厚厚的雨柱中，一个穿雨衣的人向他走来，从坡上淌下的水流冲击着这个人的脚跟。

“明水大哥。”

“于琛琛。”

路明水已经拴好了船，跳上岸来。

两个人站在雨水中，隔着密集的雨帘，胸脯都起伏着，有些百感交集。

“我等了你整整三天了，假如你再不来，我们就该返回总院去了。”于琛琛走近了些，声音和脸上都流露着难以抑制的欣喜和宽慰。

路明水也一下子有了一种轻松感，连续两个多月来的疲劳似乎全消失了。

“你瘦了。”

“你也瘦了。”

“我本来就瘦。”

“我瘦点好看。”

两个人都说出了以前根本不会说出的话，而这种话大概只能在这深山里的小镇上才有可能说出来。

路明水伸手给她抹了抹遮住眼睛和流进领口的水，不无柔情地说：“你从来就没有难看过，真的……”

于琛琛仰起头，使劲闭上了眼，那被雨水倾刷着的脸上显出激动的样子。

路明水突然觉得自己过于温情，甚至有点不像自己了。

他使劲吸了一口阴凉的湿乎乎的空气，大声问：“这雨下了多久啦?”

“五天了，江水上涨了好几米。”

路明水点点头，看了看在岸边摇晃得很厉害的小木船。一大颗一大颗的雨点砸在遮挡住船舵的小棚子上，溅起无数细碎的水花，飞溅进江水之中。

“走，我已经在这里的部队卫生所给你联系好了床位，饭也准备好了。我说……你是我……表哥。”于琛琛的脸红了，低下头。

她并不是为撒了谎而惭愧，而是为一种说不出来的情感而羞涩。

“不，我最近一直都是睡在这船上。”路明水说得很坚定。

“可这雨……”于琛琛的话语中带着无限忧虑。

“我遇上十几场雨了，那船上的小棚子很严实，风雨不透。”

“那……”

“谢谢你了，我现在要去调查这里的情况。”路明水无论在任何情况下，也不会让别的东西束缚住他去干大事情的手脚。女性的温情淹没不了他坚定的心。

但是……

“我都调查好了。”于琛琛看了路明水那刻板的脸一眼，扭头往山坡上的街道上走去，流下来的积水冲得她摇晃了几下。

路明水慢慢往石阶上走着，和于琛琛拉开了一些距离。在这滂沱大雨中，他总觉得这狭窄的世界上缺少了真切的现实感，好像一切都轻飘飘的，陷在云里雾里。

街头有一家生意冷清的小酒馆，于琛琛招呼路明水走进去。两个人面对面坐在已经被碱水洗得发白的木桌跟前，摘下雨衣的帽子，互相凝视了几秒钟。

于琛琛买了一瓶“杨林肥酒”，一盘卤猪肝，一盘瘦鸭肉，还有一盘咸鸡蛋，都推到了路明水的面前。

“喝吧，暖暖身子。”

她不再要求他去她那里吃饭和住宿，她知道无论谁都不能强求他改变自己的决定。他并不是固执，而是一种自尊和自信。哦，只要能和他这样面对面地坐着，没有人来打扰，也没有什么事情缠身，就是她此时此刻最大的满足了。在她二十多年的生涯中，这种满足是屈指可数的。

路明水打开了酒瓶盖子，把这种淡绿色的液体倒进一个有了裂痕的碗，然后像喝水一样把它灌了下去。他在用酒来熄灭心灵中一些正在燃烧的东西。

于琛琛把一个小本放在路明水面前，然后大胆地、深情地看着他两个多月没有理的长发和两个多月没有剃的胡子。他显得更丑陋了，然而在她眼中，他是天底下最富有魅力的男人了。

路明水翻开那小本，从那记满了的几十页纸中发现这个小镇子确实不需要他再去奔波调查了。于是他收好这小本子，继续大口地喝着酒，吞食着过于咸了些的菜。

两个人都一声不响，只是时而把目光凝聚交织在一起，像是两双臂膀紧紧地扭曲在一起，难舍难分。

路明水到现在也不愿意明确地回答自己这个问题：为什么一和于琛琛在一起，他就不由自主地流露出温情，显得轻松了许多。虽然他自觉有抑制自己的能力，但在于琛琛身边，却总是或多或少地失去一些自己引为自豪的冷酷，而这种冷酷即使在和李红紧紧拥抱时也不会消失。

不知过了多久，天黑暗下来，雨却越下越大，那“哗哗”声和江水的轰鸣汇合在一起，震耳欲聋。小酒馆里点起了昏暗的油灯，屋角里有两个半醉的山里人嘟嘟哝哝地骂着什么，徐娘半老的酒馆主人睡眼惺忪地趴在柜台上。

假如地球停止了转动，假如世界就此凝固起来，假如人们都忘记了明天，假如宇宙就是这个小酒馆，那么，路明水准会推开酒瓶和菜盘，轻轻地抱起对面那个像孩子一样的小女兵，吻着她的嘴，吻着她卷曲的黑发，吻着她那可笑的大手，一动不动地坐下去。

可是，时间在无限的空间飞逝，江水在几千里长的河道内奔腾，人们在盼望着社会的巨大变迁，小酒馆连一个孩子的灵魂都容纳不下。

他不得不站起身来，沉重地说："我送你回部队去吧。"

于琛琛并不情愿地点点头，戴上了雨衣的帽子。

路明水挽住她的胳膊，他居然能感到她身躯的热度透过雨衣传到他身上。

两个人在茫茫的雨雾中向前走着，似乎是在一个黑暗的、深远的山洞内行走，街道旁的建筑里都已经灭掉了灯火，悄无声息。

假如身边的是记者吕大为，或者是随便一个路明水认识的男人，那他都会滔滔不绝地讲述着什么。然而，却是她。对于她，只要用神情就行了。虽然她盼着他向她讲，向她谈。

前面就是部队卫生所了。于琛琛转过身，对路明水小声说："明天我请了假，和你一同去江上进行最后十几公里的测量。"

路明水捧住她的脸，笑了："你永远这么单纯、天真，回去吧。"他扶着她肩膀，强迫她转过身子，见她不动一下，便自己转身走去，一下头也没回。

到了自己的小木船上，路明水久久不能入睡。

浪头让船身颠簸起伏，船帮不时撞到木桩上，发出"咚咚咚"的声响，小船似乎随时都会裂开。但，这还不是使他难以成眠的原因，他在想着于琛琛。

这种想，单纯极了，根本不像是他的大脑在思索，只是有一个女性的美好形象在他眼前晃动。就这样，他一直清醒地躺到东方出现了灰蒙蒙的曙光。

路明水并没有等待于琛琛的到来，只剩下最后几公里了，没有必要让她也经受一次这种不该是女人经受的磨难。

木船冒着仍没有停歇的大雨离开了开始摇动的木桩，慢慢驶到江心，然后机器猛烈地响了几下，像蜗牛一样向上游爬去，好一会儿似乎都没挪动地方。

天气太坏了。江水、山峰、天空都是铅灰色，显出沉甸甸的样子，一阵比一阵大的江风带着群兽般的狂吼，轻易地穿过陡岸上大森林的屏障，在江面上顺流而下，刮得小船演杂技似的高高昂起了船头。

一个漩涡接着一个漩涡，好像是魔鬼的大嘴张开着。江面上白浪滔天，上游的木筏子散开了，冲下来，不时从小船两边闪过。雨点不再是一条条倾泻下来，而是像一个巨大的容体，把路明水和他的小船凝固在中间。

江水一股又一股地涌过船头，有时甚至把整个小舟都淹没起来。当巨浪铺天盖地压下来时，路明水顿时消失在水的坟墓中，世界一片昏暗，人间不复存在了。

他紧紧地掌住小小的舵把，把柴油机的油门加到最大，柴油机发出的声响在风雨浪涛声中如同蚊子在轰鸣的机器边心平气和地叫着。

船一点一点地向前挣扎着，拐过一道险滩后，后面的小镇不见了，而前面似乎开阔了一些，两岸的树木和裸露的石壁也隐约可见，几间临时住人的草棚正在慢慢坍塌。

路明水骂了句“他妈的”，他并不是畏惧什么，这最后一段路程的艰难倒给他增添了信心和力量，也增添了这次考察的光彩。一帆风顺倒常会使他忐忑不安呢。他此时突然骂了一句是因为胜利在望了，一种兴奋使他不由自主地随便吼了一声。

忽然，他似乎看见左岸的羊肠小路上有个人影在闪动，他一开始认为是山里人冒雨去干活，便没有在意。他们在景颇山插队时，比这还大的雨都没有缩在屋中，而是去挖木薯给猪吃。这里还处在贫困中的人们同样没时间休息吧。

他感慨地叹了口气，继续加大油门，在风雨波涛中挣扎。不远了，再有几小时就将结束这一千里的航程。

然而，岸边小路上那个人在奔跑着，手里扬着一块红色的东西，似乎是红旗，更像块女人用的红头巾。

路明水的视线终于被吸引过去了，透过一道又一道雨帘，他能觉出那是一个穿着绿色雨衣的人。这裹着雨衣的身躯有些眼熟，继而使他的心灵颤动了一下。他醒悟了，那一定是追赶而来的于琛琛。

他摇摇头，自语着：“多固执呀，对不起你了！”

他没有把船靠向岸边，而是继续上行。

船行驶得越来越慢，河道狭窄的上游不时冲下来整棵大树，还有一些看不清是什么动物的尸体。波涛也越来越汹涌了，好像上游有一种什么力量推动着江水向下倾泻。

一瞬间，路明水想调转船头，但马上他又鄙视起自己来，他路明水什么时候从危险前逃脱过？而且，在岸上正站着于琛琛，难道她敬慕的男人竟是一个在大自然面前的胆怯者吗？他咬住嘴唇，把油门按到了头，船跳跃着，马达剧烈颤抖着，两岸向后闪动得快了一些。

路明水回头望了望，只见于琛琛还在追逐着小船，奔跑着，拼命挥动着红色的头巾，像是呼唤他的名字，又像是在给他送行。渐渐地，她的身影模糊了，只看见水雾中，那红头巾在飘扬。

他并没有因甩掉了这个小女兵而轻松，倒是心情沉重起来。这样做，是不是太伤一个姑娘的心了呢？三十多年来，他大概伤过不少女人的心，有坏人，也有好人，有时出于恶意，有时出于善意，但他都没有这样认真过。

而对于琛琛……不，他不敢想象这是……爱！

前面，风浪到了一种令人胆战的程度，几米高的浪头席卷着树枝、泥土、草屋冲下来。路明水突然明白了：洪峰下来了！

他来不及调转船头，只是飞快地套上了两个救生圈，把早已装进塑料袋的几大本资料绑在身上，而后，甚至没有机会再看看周围的情况，小船就被掀翻了。

一会儿工夫，他也被浪头击昏在混浊的江水中……

18

我醒来了，从地狱和天堂之间回到了我不肯舍弃的世界。这世界充满着痛苦与磨难，但也有着诱人的欢乐与幸福。

我睁开发涩的双眼时，正躺在一张散发着消毒药水和肥皂味的床上，身边一个穿白褂领口露出绿军装和红领章的女护士正往输液瓶里倒葡萄糖溶液。

我明白，我并没有葬身于水底。

“我的笔记本呢？”我的声音明显是虚弱的，但我努力显出镇定的情绪。

在一个陌生女性面前，我更不应该有一丝一毫的惊慌。

“都在，请放心。”女护士轻声回答，表情十分平淡。

“我这是在哪？”我扫视了一下四面并不洁白的墙壁。

“部队卫生所。”

“部队卫生所？”噢，我还在这小镇上。

“那……于琛琛怎么不来值班？”我又问。

“她……牺牲了，为了给你报信。”女护士难过地放低了声音，嗓子有些哽咽，神情中却流露着对我的怨恨。

“她早晨知道了上游的洪峰马上就要通过这里的消息，没请假就跑出了营房，在沿江的小路上跑了十来里路去追你。结果，遇到了泥石流，从山坡上滑下的大石头砸……在她身上……”

我猛然坐起来，瞪大了眼睛，一阵热血涌上大脑，眼前一片昏暗。我又失去了知觉……

我没有看见于琛琛的遗体，当我再一次醒来时，部队已经用汽车把她运回春城。

我不顾医生的劝阻，跑出病房，赶回故乡时，她已经被火化了。一个美好的姑娘化成了烟尘……

我看着于琛琛的大幅相片和那做工粗劣的骨灰盒，突然觉得，假如我这一生还欠谁些什么的话，那就是对她的感情。然而，这又是无法偿还的了。

我离开了于琛琛的相片和骨灰盒后，马上就去找省经委副主任。他看着我风尘仆仆的样子和几大本记得满满的资料，显出非常欣喜的神态，当即让我作了整整两个小时的汇报，还请我吃了一顿饭，然后让我回去休息，说是明天就给我消息。

我回到家里，洗了洗澡，就睡下了，没有做梦，一直到第二天上午九点才醒。起床后的第一件事就是找到一个公用电话，拨通了省经委副主任办公室。

副主任显然正在等我的电话，耳机里第一个“嘟”声未完，便传来他的声音，依然是那么热忱，对年轻人那么关切：“明水同志吗？休息得怎么样？噢，年轻人可千万要爱护身体呀。你们成立金沙江航道开发公司的事，我昨晚上向省委作了汇报，也仔细研究了。年轻人的勇气、热情，我们这些老同志是赞成和支持的。我们现在确实需要改革家，需要实干家，需要你们这样能想出新点子来发展经济的年轻人。

“不过，有些事情应该让你们知道，我们现在还很穷，按你们报告上讲，开发金沙江航道需要筹集两亿元资金，这恐怕办不到。各建设施工单位都在确保重点建设项目，是不可能为你们抽出人力和资金的，而我们也不能挖人家墙脚。至于各生产、事业单位的产品，只有在打开市场后才会见效，见效后你们才能受益。因此，在近几年里，你们的公司也就没有必要存在。

“两亿元呀，这不是一个小数目……别急，年轻人，你是有出路的，聪明和才智现在不会被轻易淹没了。我现在成立了一个参谋班子，也就是情报所，你来当个所主任吧。不要固执。……好，你再考虑考虑吧。你的经历我都知道。我很喜欢你，准能干出大事业来……”

我知道，我现在终于陷入又一次惨败之中，不管我目前接受不接受这现实。我将怎么和我那些更年轻的朋友们说呢？我将怎么对于琛琛那委屈的灵魂解释呢？但是，我绝不会去死，绝不会去逃避迎面而来的任何东西！

我迈着沉重的双腿回到了家里，有两封信正等着我看。

一封是齐伟送来的，他问：“成功了吗？”

我摇摇头。他没有一点幸灾乐祸的意思，而是闪出忧愁和哀伤的光。难道他……噢，是因为于琛琛的死。

“这是她留给你的信。从部队送来的遗物中发现的。你和我从两个不同的侧面伤害了她的心。我们对于她，同样都是有罪的。”

齐伟停了一下放低声音说：“你可能不承认，不过，你应该知道，这次巡回医疗本来没有她，是她自己坚决要去的。”说完，他掏出了薄薄的两页信纸，递给了我。

我展开来。

明水大哥哥：

我多想和你一同回到那有一个小棚子的木船上，坐在里面，听着外边的雨声和涛声。真的，一回到营房里，我就在后悔，于是也就抑制不住地想给你写这封信。

说什么呢？在你面前，我永远是一个幼稚得让你发笑的小孩。但是，我已经是一个妻子了，若是愿意，也早该是一个母亲了。其实，对于这个世界，对于这个世界上的人们，我已经有自己的看法了。只不过你不愿意承认。

我知道，你并不是像你自己所表现的那样冷漠。你在许多人面前是随和的，在不损害尊严的情况下，你还会对生活和社会开上一些玩笑。你把热情全部献给了你向往的事业和未来，因此，对于我这样一个小女兵，你似乎感情枯竭了。

但是，我却在拼命地感受着你的爱，从你每一句话，每一个眼神，每一个动作中觉察你流露出来的哪怕是微乎其微的感情。你是喜欢我的，但你不敢得到我，你不愿意陷进感情的漩涡，不能自拔。我知道你和李红的关系，我真羡慕她。不，我不嫉妒，我只希望她能给你温暖和宽慰，给你智慧和力量。

我承认，我还理解不了你和她所信奉的道德观念，可我相信，生活中必然会出现一种与以往不同的人与人之间的关系。我虽比你们小，却没有勇气冲破旧的传统习惯。否则，我应该勇敢地扑进你的怀抱。我只能把这种爱留在梦中了。

关于齐伟，我不想说他什么，你比我更了解他。我嫁给他，并不全是因为听了你的话，我也有我的想法。这想法，我不想告诉任何人，让它永远成为我心底的秘密吧。我只是想让你知道，我爱你，这种爱可以到为你做出一切牺牲的程度。

我不敢从你那里奢望什么，你是一个把事业看得比生命还重要的人，只要能经常看见你，能在你面前坐一会儿，能在某一天听到你成功的消息，我就会万分欣喜了。

说实话，按一般人的观点来看，我和齐伟也算是匹配的一对了，他似乎正在前途无量，可我越来越感到他那可怕的自私。他从来不像你们那样，在为民族和人民忧虑，他只考虑自己的得失。他不是真正的男人，即使成功也不是英雄。而你虽然一次又一次失败，但你是真正的英雄……

雨更大了，该去查房了。明天，明天一早我就到你的小船上。我要和你一起去考察金沙江的最后一段航道。假如你再一次拒绝我，我就把这信留下。假如你不拒绝……啊，我会幸福得……放心吧！即使高兴，我也永远不会在你面前落泪。

悄悄地吻你……

琛琛

我放下信，紧紧地抓住自己胸口问："这信交给我保存吗？"

"她写给你的，当然留给你。假如你要娶了她，恐怕就不会有今天这样的结果。"齐伟伤感万分地说，显然他在忏悔。

"假如我要娶了她，可能结果会更坏。噢，别提这个了。"

我到阳台上用剪子把我又买的一盆山茶花几乎连根切断，抱着一大把枝杈，递给齐伟："放在她的骨灰盒上吧！"

齐伟点点头，转身要走，但没走，背冲着我低声说："明水，回厂里去吧，我坚持着没让他们除掉你的名字。现在厂里依然完不成任务……"

我拍了拍他的肩膀说："谢谢，我会重新作打算的。"

齐伟捧着一大抱山茶花的绿枝走了。我打开了第二封信。这是李红来的，更简短，中国人终于有人学会简单明了了：

明水，吻你：

我敢说，等着你的依然是失败。我说得对吗？

我嫁给董运堂，但我并不是阔太太，而是在他的木材公司经理部当经理。总有一天，我要办一个自己的木材公司，我真希望你能来这里帮助我。当然，我也希望能买到因为你从金沙江运下来的银杉树，不过，这恐怕不太可能。

我求你一件事，能经常去照看我爸爸。他终于和那个秘书结婚了，我祝他们幸福；老年人不会理解我，而我们却应该学会理解他们。我年底回内地探亲，会去看望你的。希望你能和那个小兵幸福。

再一次吻你

李红

我一定发出一阵凄惨的笑声，因为妈妈惊慌地从厨房跑出来。

我从嗓子眼里发出一个声音："我就不信，一个中国人在中国这块宽广的土地上干不成一件大事！"

假如现在李红站在我面前，我一定会照准她那美丽的脸狠狠地打上一个耳光，让我这一生也享受一次打人的快感。

19

路明水终于卖了自己家的房，把得到的一万五千元钱的大部分还给了年轻的朋友们。尽管吕大为他们含着泪，脸上露出悲壮的神情，死死拒绝，他还是把钱塞到他们手中，说："以后我需要，会来找你们。"

年轻的人们终于忍不住，不分男女地抱头痛哭起来，嘶喊着："为什么年轻人想干成一件事这么难啊！"

他们不像路明水，对失败习以为常了。这是他们生活道路上的第一次创举，就遭到了沉重的打击，他们受不住了，眼中流露着淡漠的神情。

路明水一瞬间忽然觉得并不是全失去了，他得到了这么多年轻朋友，从他们身上看到了希望。

路明水走了，离开了市区，住到了以前他避难时曾住过的那个战友家，买了他两间房子，安顿下母亲。在曾和于琛琛一同走过的小路边种下了一百多棵山茶树，又把年轻朋友中两个待业青年找来，一块办了个养鸡场。

记者吕大为得知后，也停薪留职，参加进来。

当山茶树开花的时节，一万来只鸡下蛋了，他们很快开始赚钱。

有人来看望路明水，带着敬佩的神情问："这是不是你干成的一件大事？"

一天早晨，省广播电台的新闻节目中播送了一则消息：西山机械厂厂长因盲目引进国外四十年代落后设备，浪费国家大量外汇而被撤职查办；副厂长兼总工程师从中受贿，接受外国商人各种家用电器，出卖科技情报，被依法逮捕；党委书记任人唯亲，把文化大革命中支持他的人安插在全厂各个部门，被开除党籍……

"齐伟呢！这小子又逃掉了。"吕大为狠狠地说。

路明水制止了他："别这么说，他是精明人，还不至于陷得太深。"

很快，有人通知路明水说，省经委副主任在寻找他，准备让他回西山机械厂当厂长。

吕大为说："妈的，不去。"

然而，当天下午路明水就翻出了自己的工作服，迎着夕阳走向西山机械厂。

经委副主任和几个老工人在门口迎接他。

下卷：逆行

当他寻找到爱，当她面临着死的时候，首先感到的并不是永恒，而是难以诉说的感慨和无法形容的遗憾……

1

日光灯闪烁了几下，亮了，发出并不算柔和的光。他有些机械地按了几个开关，X 光透视仪的嗡嗡声消失了。屋子里一片沉寂，遮光用的暗红色窗帘不知怎么会突然抖动了一下，随即掠过一股带雨腥气的风。

一个看不出年龄来的女人从铅板后面走下来，脸上毫无表情。她从容地系着衬衣扣子，当发现他用一种异样的目光盯着她平坦的胸脯时，也没有惊慌和躲闪。

他收回凝视她的目光，不易察觉地轻轻叹了口气，似乎是感叹一个女人怎么会没有隆起的乳峰，在她的病历卡上写着未婚、未孕呀。

他缓缓地解下厚橡皮围裙，露出浆得发硬的白大褂，夹起 X 光透视登记卡向门口走去。

那个女人拦住他，并不急迫地冷冷问道：“水大夫，透视结果怎么样？”

他用早已想好的话告诉她：“问题是有一些，甚至也可以说有些严重，但放心，住院治治会好的。”

说罢，他拉开门走出去，门上边的红灯灭了。

她紧闭着的嘴角流露出一丝让人忧虑的笑，随即大声说：“不，我不住院。”

在另一间明亮的屋子里，她又重复了一次她的话：“不，我不住院。”

她的话音刚落，不远处的乌云中间，闪出枝杈似的电光，不一会儿，一道雷声像木轮大车一样笨拙地、沉重地滚来。

他全身的肌肉都抖动了一下，为了掩饰这不安，他把病历卡挪到眼前，又扫视了一下上面一行行的字迹：

姓名：林道静……

他已经不奇怪她为什么和一本五十年代的小说中的女主人公叫同样的名字。她第一次出现在这间门诊室里，就冷笑着解释过了：“我妈给我起名字时，杨沫还没打算写小说呢。”

他现在只是出于一种本能，再次查看了这份他认为有着不祥之兆的纸片：

性别：女，年龄：34，工作单位：师范学院图书馆，主诉：消瘦、乏力、厌食、胸闷、咳血……

她站起来，仍旧是毫无表情地问：“水大夫，我不住院，只希望你告诉我，我还能活多久。是一年？还是几个月？”

他不会装假，但还是挤出了一个笑，用所有病人都称赞过的态度温和地说：“不要瞎猜。一个病人，最重要的是排除思想负担。曾经有过一个没有病的人，因为怀疑自己得了不治之症，结果身体越来越坏，这在医学上叫精神型癌患者……”

虽说他到这所大医院的时间不长，可他行医的年头可不短，接触的病人也够多了，但他始终学不会麻痹病人。

对，是麻痹，不是安慰。麻痹这词儿比安慰更准确，更科学。来到这所大医院之前，他从来不麻痹病人，可是现在，他不由得谨慎起来，谨慎这词比虚伪好听一些。

她听着，先是冷冷笑着，然后突然暴怒起来：“你们有的医生对小病敷衍了事，对面临死亡的人欺骗，欺骗！有人就不愿来看病，忍着，忍着，忍到病入膏肓，无药可救……”

她咳了起来。

他在一切巨大的声响面前，都会胆怯。此时，他嘴角抖动着，不知所措地望着他的病人，甚至露出哀怜和乞求的神情，以期使她安静下来：“不要生气，你的病不宜动怒……”

他用更温和的口吻说。

但是，处在绝望状态中的病人的歇斯底里是很难平息的，尤其是女性，更尤其是一个神情阴郁、到现在还没建立家庭的女人。

一个年轻的胖乎乎的小护士闯了进来，对林道静厉声地呵斥道：“你喊什么?！你有病没病？这是医院，要撒泼耍赖回你们家去!”

他慌忙制止住她。他从不会对别人大声说话，也不愿听到有人对他的病人大声喊叫。对病人要温和，这能使他们得到些安慰。这是他在拿起第一本医学书时，母亲就铭刻在他心头的一句话。虽然，他自己几乎从没得到过什么安慰。

但是，他没想到，小胖护士的威严却起了作用，林道静不吭声了，她冷冷地白了他一眼，站起身走了。在门口，她竟然冲板着面孔的小胖护士笑了笑。

他先是一愣，随后苦笑着摇了摇头。病人中古怪的人不少，他永远也搞不清他们的心理状态。

“水大夫，对这号人，您不能客气。凶点，她就老实了。”小胖护士诚恳地向他传授这很有成效的经验。

她最多只是二十岁出头，那认真而关切的神情，却仿佛他只是个不谙世事的儿童。

这使他不由笑了笑。

“水大夫，她们都说，你爸爸是个大资本家?”

迎着小胖护士好奇的目光，他摇了摇头。

“还保密呢!”小胖护士笑了，“还补了你好多钱，对吧?”

她那么直率地提到钱，又探究地望着发窘的他：“保你的密去吧，水大夫，人家说，你还会弹钢琴?”仍旧是探究的目光。

“嗯……会一点，小时候学过……”

“就是嘛!”她发出胜利的欢叫，仿佛已经得到了某一种证实。“水大夫，今天晚上去听音乐会吗?您别愁买不到票，我的同学就是卖票的……”她热情地邀请他。

他慌张了：“不，谢谢！我今晚……有事……”

“准是有人给您介绍对象吧?”小胖护士有点不高兴了。

他的脸红了，是那种中年人的羞涩。这种羞涩表明他并不否认对方的猜测。

小胖护士悻悻地走了，走到门口，又说：“为什么要介绍呢？真的，这种事情，还是自己认识的好！”她回过头来依旧真诚地教诲他。

“……那么，明天晚上您有空吗？”她的热情又明显地上升了，“明天晚上我陪您去听音乐会。一早我就把票给您送来！”她不由分说地走了。

明天，她一定会这样做的。不过，从明天起，他就不会再来这里上班了。

屋里只剩下他一个人，他觉得轻松了许多。空气越来越潮湿，甚至有些水淋淋的感觉；气温比起中午下降了不少，他浑身清爽起来。

又一道闪电，使乌云四周出现了几圈光环，雷声还没传来，雨点便砸在玻璃窗和院子里的桉树叶上，发出不可思议的军队行进似的声音。

他怀着说不出来的一种复杂情感，扫视了一遍这间明亮和整洁的、刚刚熟悉起来的诊室，然后收起那个叫林道静的病人的病历卡，离开了这里。

乌云包裹着世界，楼道里亮起了灯也摆脱不了阴暗。

他的身影在昏黄的灯光中显得模糊一团，就像他在社会生活中总是模糊一团一样。

他，医学院附属医院的“临时工大夫”，已经三十八岁的单身汉水宇天，披着一件塑料斗篷，在溅开团团雨雾的滂沱大雨中骑车行进着。车轮扬起的水花击断了一根根雨柱，那些雨柱毁灭了车轮留在泥水中的长长的印迹。

水宇天喜欢在雨天行走。

人们都躲进了房子里和屋檐下，整个世界空荡荡的好象留给了他一个人似的，于是，他感到了独立，感到了无拘无束的痛快，感到了儿时才有过的漫无边际的联想回复到了现实生活中。

假如世界上真的只有他一个人该多好。哦，这是心灵过多的创伤带来的病态思绪。假如世界上果真只有他一个人，他的存在也就没有任何价值了。然而，在一个人流如云的世界里，他的价值就被人承认了吗？

他摇晃了一下身子，露出一个痛苦的笑。

一股一股的水在他脸上流淌，那不过是雨。他不会哭，大概从一记事起就不会哭了！

雨帘一层又一层，紧紧缠绕着他，但他仍不紧不慢地蹬着车，让雨水砸在头上、背上，这在他是一种享受，一种被大自然不停抚摸而涌出的无限快感。确实，在雨中，听着哗哗的声音，他舒服极了。

然而，那幢红色土坯房还是越来越清晰地进入他的视野，那就是他的家。

他下了车，把车靠在房檐下，掏出钥匙打开已经出现几条裂缝的厚厚的木门。屋里黑洞洞的，有一股霉烂的味道涌了出来。他走进去，拉开了灯。

屋子很大，家具也不少，但摆得很杂乱，白色的组合柜和栗色的大衣柜挤在一起，床头桌和写字台并排放着，一张三人长沙发紧挨着沾满油腻和炭灰的水泥灶，茶几上堆着装有剩菜的碗盘。

一望而知，这屋里不仅缺少女性的气息，还可以感觉到，主人是一个不会也不愿意料理个人生活的人。这间屋子里，唯一能让人感到清洁的，便是那张不窄的单人床，其实，那上面被子也没叠，但床单和被子是干净的。

水宇天挂好雨衣，坐在沙发上，喘了口气，从暖瓶里倒出最后一杯水，拿起放在盘子里的一块硬馒头和一块叉烧肉吃了起来。五分钟后，他的晚饭便结束了。

食品柜上摆着一台九英寸的电视。他伸手要打开，但突然又想起什么事，慌慌张张地收拾起屋子来。当把一切都搞得略有点条理后，他的额头已经出现汗珠了。

应该擦擦汗。不，还是该洗个脸，还应该去刷锅里那堆碗。面对这两件事，他竟一时决定不了先干哪桩更好。

正犹豫之时，透风的门被人敲响了。他急忙去开门，让门外的人多淋一秒钟的雨，他都会觉得是一种过错。

客人被让了进来。

小胖护士没说错，介绍对象的来了。

介绍人是一个中年妇女，平平庸庸的脸上堆满了笑，似乎欠着水宇天多大人情。被介绍的姑娘倒很漂亮，苗条的身材，纤细的腰，大眼睛上是两行剃得细细、描得长长的眉毛，头发剪得很短，显出青春的活力。在这阴凉的雨天，她竟然穿着件无袖连衣裙，露出白嫩的皮肤和结实的长腿。

中年妇女介绍着：“噢，这就是我跟你提过的，电视剧团的明星呢。噢，这就是水大夫，在医学院附属医院。”

“……坐，坐吧。”水宇天拘谨地往后退，“砰”的一声不知踢翻了一个什么瓶子。

“水大夫，你看着她面熟吧?”介绍人努力在两人中间搭桥，“前几天播的电视剧《彩凤》你看了吧?”

介绍人背着姑娘一个劲朝水宇天挤眼。

“我……我从来……”水宇天想说，他从来不看电视剧。

介绍人眼明嘴快，立刻接过话头：“你从来不记人名是吧？她就是演彩凤的妹子。真人比电视里水灵，是吧?”

“那个角色是农村的，故意化装得土里土气的。”那姑娘解释了一句，并冲水宇天莞尔一笑，笑得很甜，却又恰到好处。

不过，在水宇天看来，这笑和电视屏幕上女演员们的笑并没什么两样。全是职业性的，缺少真情实意。

他想给她们倒茶，但没有水，只好拿出一盒糖来。

“你们聊聊吧！认识了，就不是外人了嘛。”介绍人见水宇天总沉默，便又朝水宇天使了个眼色。

“唔，吃糖。”水宇天开口了，但同样缺少真情实意。

“你们医生干的是项伟大的事业，能够直接解除病人的痛苦。”这也许是姑娘刚从哪个剧本里背下的台词。

“嗯。”水宇天点点头。

“我从小就想当个医生，可没想到命运这么残酷，让我走上了演员的道路。”其实，她说这话时，流露出的是得意甚至骄傲。

“噢。”水宇天依然应付着。

姑娘的自尊心显然受到了伤害。像她这样的姑娘，走到大街上会被无数的青年男子注视，可今天却受到一个已到中年又其貌不扬的人的冷落。

她站起身对中年妇女说："张姐，我得走了，没跟家里说。"

"不再坐会儿了？"中年妇女显然是大失所望，但还是抱着一线希望问道。

姑娘期待地望着水宇天，但满脸倦容的水宇天却已起身送客，用接客时那样急促的动作把门打开了。于是姑娘不愉快地穿上雨衣，像一个公主那样挺着胸，昂着头，目不斜视地走了。

中年妇女急忙跑到水宇天身边，小声地埋怨："这么漂亮的姑娘你还看不上！听说什么副省长的公子都在追她。你呀……"

"谢谢您。其实，我……"水宇天惭愧地笑着，不知作何解释。

"你们这种知识分子呀，大概也想找个有学问的人是吧？别着急，我再帮你打听着。"她追那个姑娘去了。

水宇天如释重负地躺到床上，他确实疲乏了。

近一个多月来，这种疲乏感与日俱增，尤其是和被介绍的姑娘们打过交道后。

这些天来，他见过的姑娘怕有好几打了吧。人们好像突然发现了一个马上就能考上状元的落魄秀才一样，争着把自己的表妹、侄女、知心朋友、同学、老同事的女儿介绍给他。而在一个多月以前，凡是知道他叫水宇天的，都从没有跟他并肩走过路。

他心里明白自己的确是貌不惊人。不是为了证实，而是要嘲笑一下自己，或者不如说嘲笑一下纷纷登门的姑娘们，他站起来，走到穿衣镜前。

看着自己那刚刚一米七〇的身材，那一张很长很瘦的脸，张开嘴，满嘴的假牙，只是那双眼睛还不算小，但也绝非神采奕奕，充满英雄气概。至于才能，同样没什么过于出众的，充其量相当于一个医大毕业生的水平，一个还算称职的大夫，可为什么会有如此之多的姑娘愿意被介绍人带来呢，他今年已经三十八岁了呀！

都是那……五十万元钱！

在人们平均月收入不到六十元钱的时候，五十万元是一个多么震撼的数字呀！

但一想到这，他几乎想去死，虽然，他已经忍受了近二十年屈辱生活的煎熬。

他希望有一个妻子，一个能和他患难与共、白头到老的生活伴侣。他的心灵需要女性温存的抚慰，他也有男人生理上的强烈要求，也有传宗接代的愿望。可他并不愿意和这些仅仅因为他有了五十万元钱而来的姑娘们见面。

然而，他又无从拒绝那些好心的人们。许多年来，每一个对他略施善意的人，他都会感激不尽，更何况面对着这些要帮助他组成家庭的人了。

于是，每天下班回家后，他都要接待一个又一个介绍人，而这些人又带来了各种职业的年轻女性：演员、大学生、售货员、空中小姐、机关干部、工人、女兵……各行各业的姑娘走马灯一样来到这间近二十平方米的屋子里。无论她们是怀着什么样的希望来的，结果全是失望而归。

这使得人们越发关注着：谁会成为这笔巨款的另一个主人。

他不会表达自己的感情，因为他显露出来的永远是温和。但他心灵深处，却感到自己受到了侮辱，就像前些年，人们把他推到高台阶上，往他身上吐唾沫、扔大便纸一样。

无论是那时和现在，他都感到他的人格被忽视、被践踏了。这种作为一个人从降临到这个世界上或多或少都存在的尊严，即使在他最难熬的日子里，也深藏在他心底。虽然，表面上看来，他是一个很柔弱的偏于中性的男子。

他急切地想躺到床上休息，好好睡一觉，肉体和心灵都太疲劳了。

他是大夫，但治不好自己的神经衰弱症。每天晚上，他在这张床上翻来覆去难以入睡，睡着了又常被噩梦缠住，即使这样，他对这张随了他许多年的床仍旧有很深的感情。假如这张床要有生命的话，他宁可和它终身为伴。然而，他却不能脱去衣衫，他必须在沙发上等待，因为今晚上，还有一个好心的大妈要给他介绍一个对象。

其实，他并不很明确自己所需要的妻子的固定标准，他只希望对方心好，不是冲着这五十万元钱而来就行。但是，由于那位不招人喜欢的记者的报道，半个城的人都知道了他突然由一个流浪汉变成了一个富翁。

也许那记者只是为了宣传市政府落实政策好，可看报纸的人无一不是听话听音呀！于是，他不得不怀疑每一个找上门来的姑娘都是为那笔钱而来的！

他不需要钱，或者说不需要人们这种貌似对他，而实际是对钱的尊重。不过，他也绝不想放弃这笔钱，因为他朦朦胧胧觉得，钱有时会给人带来灾难，有时也会使人达到某种目的。他不是基度山伯爵的后代，也不想去对那些伤害过他的人进行报复。他只希望去创造自己平静的生活。在那种生活中，获得他应有的位置。

为了能达到这个目的，他需要钱！

门又敲响了，这次进来的是一个小巧的老太太和一个小巧的少女。他用同样温和但毫无热情的态度把人家给应付走了。

老太太临走时有些恼火地说他："你到底想不想找老婆？要想找，就认认真真地，别叫我这么为难……"

其实，他比谁都更为难，不正是这些好心人缠着他，非要给他介绍的吗？他只不过没学会说"不"这个字，他不会拒绝什么。

水宇天在来人走后，把门一插，立刻躺到了床上。他长舒了口气，因为今晚的见面会终于结束了。不，永远地结束了，因为明天……

水宇天发现自己并没有特别的兴奋和激动。固然，他不是冲动型的。也许刚出生之时，血液中曾有过易于冲动的成分，但生活和历史的流水早已把它冲淡了，甚至消失了。那些年轻漂亮的姑娘坐在他对面，对他含情微笑时，他不激动是可以理解的，因为感情的信息没有传导到大脑，一个中年人控制情感上的激动又是很自如的。

而现在，他面临一个人生抉择时竟也能这样平静，这绝不是伟大人物的镇定，只不过是在生活中漂泊惯了而已。

雨还在下，在哗哗的雨声中，他比平时能入睡快些，有节奏的雨点敲击声对他是一种最好的催眠剂。

2

他做梦了。这是每天夜里都必定要发生的事。

他梦见他的前面行走着一个少女。她的步履蹒跚，从那微微拱着的腰可以感到她身体的某一部分正在给她以难忍的痛苦。他想招呼她停下来，可是他不敢，他有什么权利去招呼一个陌生的姑娘呢？他为自己的胆怯羞耻过，但他现在已经习惯了。

她依旧在前面走着，他甚至不敢超越她，不敢在跨到她前面去的那一刹那间侧目看看她的神情。不，他还是收住脚，一直慢慢地、沉重地、表情温顺地跟在她后面，但他始终想看看她。

他总觉着她的神情一定很痛苦，但那痛苦的神情将会把他从畏缩中解脱出来。

她要到哪儿去？医院吗？

他要到哪儿去？不，他不会再去医院了。

响雷了，不是。好像是有人故意用锤子使劲地敲打石板，这条路上铺的全是石板。“咚、咚、咚、咚”的敲击声让人心烦，但对于搞这种恶作剧的人，他同样不敢去阻拦，他只是痛苦地、屈辱地忍受着这对宁静世界的破坏……

他猛地醒来了，心跳加快。

他发现灯亮着，有人在敲门，“咚、咚”地一下接一下。

这是现实，但刚才的梦境却更深地印在他的脑海中。要说他有些什么特殊的地方，也就是这一点：对于现实生活的记忆倒常常因为某种原因而淡漠，而梦幻则成了他生活中的一种需要了。

他看看表，九点十分，刚才他只是迷糊了一觉。这个时间谁还会来呢？当然，冒昧地撞上门来作自我介绍的姑娘也曾有过，同情他的过去，甚至为之落泪，鼓励他在新生活的道路上奋勇前进，希望之光永存嘛。

他挺愿意和这样的女性谈点什么。因为他敬佩她们的勇气，要是叫他自己闯进一个陌生人的家，且不要说还是异性，天，他可不敢。然而，他忍受不了她们那背报纸的劲头，难道她们没有自己的脑袋吗？莫非是谁把报纸浓缩了塞进她们的头脑中？他失望了。

是的，以前有过三个这样的姑娘来找他呢，但都是在白天，在他休息的日子。这么晚来……他又有些担忧了。

“水大夫，水大夫在家吗？”是一个男人的嗓音。

“谁？唔……在，在。”他听出是谁了，于是心神不安地跳下床，打开了门。一阵湿漉漉的风使他打了一个哆嗦。

他没有听错，进来的是医院的党委书记老金。他一共只听这位书记讲过三次话，但他记住了这个鼻音很重的嗓音。

“啊哈，你已经睡下了？早起早睡，好习惯。我来晚了，开了个会，专门研究你的事。不过就是半夜，我也要来。”老金倒真有点像电影里党委书记的架势，只是不像那样动不动就要双手叉腰。

“噢，请坐，专门研究……我的事？我又不是正式职工。”水宇天有些诚惶诚恐地望着这个瘦高个、像个跳高运动员一样的党委书记。

老金依然站着，他不习惯坐着说话，即使是聊天。“我们刚才就是研究你的转正问题。现在我可以告诉你，你已经是医学院附属医院的医师了。”

水宇天并没有激动得不知所措，他同样认为这是五十万元钱带来的结果。曾有人向他建议，让他把这笔钱捐给医院作为科研费用，转正不成问题，作为统战对象，当个政协委员也不是不可能的。

不，他不爱钱，也不会做买卖，尤其是他觉得这种交易不公平，若是用五十万元来买这些东西，他太占便宜了。

他不喜欢占便宜，更何况，这许多天来，人们对他态度的改变使他形成了一个想法，使他做出了一个决定。这决定在昨天已经向人事科长说明了。

当时，人事科长表示惋惜，因为他要离开医院。而不久前，当他还没有得到这五十万元钱时，人事科长甚至认为给医院烧锅炉都不能用他，二十岁的姑娘都比他力气大。

而眼下，能否有正式工作对于他来讲意义并不重大了。假如，三个月前，党委书记要告诉他这样的消息，他一定会……跪下，可现在……

老金还在期待着他的反应，为了使自己先镇定下来，这位书记点着了一根香烟。

“噢，谢谢，谢谢。”水宇天真诚地说，虽说这个消息并不使人兴奋，但这毕竟是出于对他的一片好心。

老金摇摇头，苦笑了一下：“谢？你不骂我们我们就该谢谢你啦。让你这样一个有医术的年轻人到处流浪了十多年，这是我们的工作没做好……”

水宇天挺熟悉这样的话，不少小说和电影里的领导人物探望受苦多年的知识分子时都这么感慨过，听了这类似的话之后，让人真是感动。他曾希望有朝一日也能听到有人对他说这样的话。可今天真听到了，他反而并没感到心灵的颤动。

也许，他现在不再需要这种抚慰，他渴望一种支持，一种犹如在荒漠中行进时希冀的勇气和不会被淹没的信念。

老金那善于观察的目光敏锐地发现了水宇天那并没加以掩饰的神

情变化，这神情准确无误地映出了他的心灵。

老金先是长长地叹了口气，继而又笑起来，扶住水宇天的肩膀问：“你认为我是来阻拦你的？”

水宇天没有吭声。他一点也不习惯一个长者、一个掌握着许多人命运的人这样亲切地向他问话。

在他愿意忘却的记忆中，像党委书记这样身份的人，还从没有如此关怀地对待过他。这使他惶恐不安，反而变得僵硬、呆板，近乎无动于衷。

“小水呀，”见他不出声，老金放低了声音，更显出对他的体贴，“我是来打消你的后顾之忧的。你完全可以走，放心大胆地走，现在政策允许的嘛！什么时候你想回来，还可以再回来，什么时候回来都欢迎。另外，也许你会需要药和医疗器械吧？需要的时候，开个单给我。我知道，你不喜欢听好听的话。只要我能帮你办到的，你尽管找我……”

水宇天再一次连连说：“谢谢，谢谢。”

而党委书记老金则再一次摇头、苦笑：“你说谢，可真让我难过啦……”

水宇天抬起头，惊讶地发现老金脸上果真有些伤感，莫非是自己的感激表现得太少了些？偏偏他又不会装假。

他胆怯地垂下了头：“我……我烧点水，给您沏杯茶。”

水宇天拉开抽屉，取出一个电热器。

“不用，我也该走了。你再考虑考虑，有什么想法，有什么困难，去找我。总之……去，留都随你！”说完，老金穿上雨衣跨出门去，如同他来时一样果断，走时也没一点婆婆妈妈的。

水宇天望着那瘦瘦高高、有些驼背的身影消失在雨夜中，才返身关上了门。

他察觉出党委书记后来的态度有些沮丧，这使他难以理解。这位书记是以胸怀宽广、敢做敢当、善于用人而在医院享有盛誉的呀。是的，假如水宇天参加了专门研究他的问题的会，他就明白老金的复杂心情了。

那个会上，人事科长坚决让水宇天捐献一笔钱，才把他转正，而且定医师职称一定要考试。支持这个方案的人有好几个。老金发了脾气，甩出了一摞材料，那是经水宇天治愈的患者的病历、感谢信。最后，他又得到了作为医院业务方面最有权威的院长的支持，这才否决了人事科长的提议，但老金作了保证，一定要把水宇天留下来。

然而，水宇天却丝毫没有要留下来的意思。

老金理解他这种性格的人，虽说一贯是温温和和、逆来顺受，一旦敢于决定了的事就轻易不会改变。

本来，老金就只寄希望于他能使水宇天受到一种大的感动，当他感到并没有产生这种效果时，他也就无法勉强水宇天留下了。于是，老金想到了明天该如何在党委会上讲清这件事，该如何去向不知内情的人讲清并不是他不珍惜人才……

这一切，水宇天当然都不会知道。关上门后，他只觉着干渴得厉害，用电热器烧开一大缸水，往缸子里扔进了一把茶叶。

这一夜，他彻底失眠了！

灰蒙蒙的光线终于像几条塑料片一样悬浮在水宇天小屋的沙发上方。

夜过去了。

水宇天跳下床，换上那身从来也没洗过的旧西装。刷完牙，擦了把脸，首先把那扇木门打开了。一股清凉的空气涌进来，其间还夹杂着微弱的妇女专用的香脂气。怪事，他嗅了嗅，向外扫视了一下。

立时，一个女人的身影映入了他的眼帘。

“你……林道静……”他情不自禁地自语道。

她转过身来。一点没错，这正是昨天下班前，水宇天检查的最后一个病人。

她毫不客气地说：“我以为你得睡一上午呢，我已经在这门口站了两个小时。”说罢，她抖了抖手中的折叠伞，抖落了一片亮晶晶的水珠。

水宇天吓了一跳，连忙问：“等我两小时？有……什么急事？”

“当然。”林道静仍然不客气地边说边走进他的屋子，并且立刻坐到了沙发角落里，似乎疲乏极了。

“那你说。”水宇天转过身，靠在门框上，一夜没睡，他的精神也不好。

“听说你准备走了，那我这个病人就被抛给死神了吗？我是因为对你信任才专门求你看病的。”林道静大概也睡得很少，脸色蜡黄，这使她比昨天苍老了许多，若不仔细观察，说她四十岁，绝没有人怀疑。

“可……我让你住院，你不是拒绝了吗？……这样吧，你还是去住院吧，我可以给你安排妥当……”水宇天耐心地对他的女病人说。

这确实是一个奇怪的病人，她昨天下午既没有挂号，也不托人介绍，非常主动地找上门来，而且还对他恶声恶气地，甚至大发脾气。

但是，水宇天并没有因此而厌烦她，他在给她细致地做了一切检查后，十分同情她；也许这种同情超过了对他自己，这是应该的，因为她只能……哦，不，不能说。

“我只相信你，只相信你能治好我的病，至少，只有你会认真地给我治病。”林道静笑了。既可以说是嘲弄，也可以说是一种讨好。

水宇天为难了。他无可奈何地摊开双手说：“可是我……必须走了。再说，你的信任毫无道理，我还从来没有治好过你这样的病人……”话一出口，他后悔了。

果然，林道静的脸刷地一下子白了。这是由于强烈的震动而引起的。

但马上，她更加坦然了，轻轻地说：“正是由于你的走，我才对你有了信任，我相信你能给我治病，不论治得好治不好。”

“可……我不在医院了呀！”

“那我到你要去的地方……”

“你知道我要去哪儿吗？”

“知道。”

“知道？”水宇天不相信地望着她，“我可不是到什么好地方去，我要离开这儿，到大山里，到有林子的地方去。”

他简直像在吓唬一个小孩。

林道静的眼睛中竟闪出了亮光，激动得声音都有些发颤，连连点头说：“对，对。大山上的林子里空气新鲜，对肺的疗养最有好处。”

“你……你要去？”

“这有什么，你就是说要去雪山，我也会跟着你去，治病要紧嘛。”林道静说得轻松极了，似乎跟着他无论到哪儿都如同到疗养胜地似的。

水宇天不得不凝视住她，仔细观察她的瞳孔，看是不是一个神经病患者闯入了他的家。若是那样，那他应该做的不仅仅是说服，而是给她打上一支镇静剂，再叫上一辆车把她送到医院。

但是，他观察的结果是，她一切正常！

“你以为我疯了？看错人了！你受了那么多年罪不是也没疯吗？说句真话，我是知道了你要进大森林的消息，才来找你的。我能给你当个助手，当然，也请你给我治病。”林道静此时严肃下来，眼中射出冷峻的光芒。

他丝毫不奇怪，她怎么会知道他受了这么多年罪，因为一个多月来，他成了这座城市的新闻人物嘛。

他奇怪的是，一个患着重病的女人为什么非要跟着他。他根本就不打算要一个助手，而且是一个变态的、丑陋的女人。

“对不起，实在对不起，我一个人过惯了，希望你能理解我的意思。我不是嫌弃你，我只是愿意一个人，过点安静的生活。”这是他的真心话。

他懂得，在拒绝别人时，不要扯谎，实话实说才容易得到别人的原谅。

可是林道静并不原谅他，她又像在医院诊室那样，发火了：“你想干什么？你是不是医生？你还有没有一个医生起码的良心和道德准则?！不管怎么说，你给我看了病，并且给我做出了诊断：只能再活六个月。哈哈哈哈，一个医生宣判了一个他的同代人的死刑，给予半年缓刑期，哈哈哈……”

她笑得热烈而不凄凉，似乎知道了自己生命尽头就在前面是一件幸事。

水宇天呆住了。昨天，他在看了她几项化验指标和亲自做了 X 光透视的检查后，确实认为她只能再活半年了，无药可救！

但是，作为医生，他绝不会把这痛苦的结局告诉病人。现在他只是惊讶是谁把这诊断告诉了她。

“怎么样，同意了吧？”见他不做声，林道静满怀期望地问。

水宇天这时才发现，他的病人穿着一件黑色的连衣裙。黑色使她更显消瘦，甚至隐约能看出她一根根的肋条骨。她显然用了假胸，僵硬地高高耸起在连衣裙里，没有弹性，叫人看了不舒服。

他把目光从她身上移开了。

林道静走到他面前，她的身上散发着化妆品的芳香，香得有些刺鼻，而她那对咄咄逼人的眼睛紧盯着他，使他无法掩饰为难和窘态。

他不由自主地倒退一步，结结巴巴地说：“可我实在……不能带一个陌生人……”

“陌生？这有什么，我们很快就会熟悉起来，说不定，我还能成为你的实验对象、情人，或者妻子，这都是可能的。”她简直有些无赖，“只要你让我跟你走，我可以贡献自己的一切。反正，我剩下的不多了，青春和秀美早就不存在了，生命也还只有六个月。”

“这……太突然了，你让我考虑考虑好吗？”水宇天突然想出一句婉转的话，这句话本来多是属于带“长”字的人专用的，他今天使用起来倒也恰当。

说实话，此时此刻，他也只能用这句话来搪塞了。这可不是介绍对象，这是关系到他今后生活的抉择呀！

林道静对这个答复是满意的。她本来也没想一下就得到一切。

“那我什么时候来听你的结果呢？”

“明，明天。”

“好吧。”林道静咬了一下没有血色的嘴唇，提起折叠伞，走出了这间阴暗的房间。

外面，路上到处是一洼一洼的积水，反射着各种光亮；鸟也开始鸣叫起来，在水宇天的房后，是一片树林和一个水塘。

3

这简直是一场梦，恍恍惚惚；而昨夜做的梦，却像现实，清清楚楚。

一个少女在行走，步履蹒跚，她到何处去呢？

林道静竟挺直了腰肢，踩着一片片水洼，步子迈得坚实有力。从后面看，谁也不会想象她只剩下一百八十天的生命历程了。

从她的背影看上去，她像一个长得高了些的小姑娘呢。

水宇天简直不明白林道静究竟想干什么！昨天上午，他还没听说过世界上还有这么个女人，而今天，她就可以缠着要跟他到那遥远的地方去，甚至说什么可以当他的情人、妻子。难道她也像那些蜂拥而来的姑娘，为了那五十万元钱？

她只能再活半年，即便这笔钱全成了她的，又有什么意义呢？

不，她不像是想要钱，从她的眼睛中可以看出，她是一个有着复杂生活经历、忍受过无数创伤的人，她和那些被称为漂亮姐的女性不相同。这一点，水宇天还能感觉出来。

那么，她为了什么目的要去呢？提到大森林，提到那地处边陲的大山，她的眼里就放出异彩，莫不是她要到那片没有污染的地方去死，死在人森林中？

他为自己发现了一个女人隐藏很深的目的而惊喜了一阵，但随之又怀疑自己的想象和分析。那么，她为什么一定要跟着他，为什么不自己单独一个人走到自己的坟墓前？在大森林的深处，和大自然同在，于是，灵魂便成为永恒了。

她完全可以一个人去，她并不怕孤独。水宇天凭自己的切身体验认定她也是一个孤独惯了的人。

不，她绝不是寻找什么归宿！

唉，水宇天叹了口气，他不是心理学家，他再一次承认自己无法领略人们灵魂的信息。

他不想再为林道静此行的目的烦恼，尽管他同情她，但他是绝不能带上她一块上路的，他不能拖着一个重病人，从一个边寨走到另一个边寨，更何况，他凭什么要带着这么一个古怪的陌生人，而且，她毕竟是个女人。

不过，他也不想因为不能给她治病而成为良心的重负。他当即骑车到了银行，取出一千元钱到医学院附属医院去，为林道静办了住院手续，预交了住院费和手术费。

当从医院的高台阶上走下来时，他如释重负，浑身轻松了，剩下的就是只要走后在家门上贴一张字条便可以了。

整个下午，他跑遍了这座城市的所有药品批发部和医疗器械商店，用各种药品和医疗器械装满了他的旅行袋。

这天晚上，他早早地就睡了，很快又开始做梦，但没有梦见那个步履蹒跚的少女。他梦见了那片高山大岭，或者不如说，他在梦中尽情想象着那一片他早已向往的地方……

人们总是认为，当一个人离开自己的故乡，离开自己的家时，通常都是心情沉重、难以割舍。其实不尽然，水宇天就对这一切都不留恋。

十多年前，当上山下乡风起云涌之时，他就曾想随着大批知青到边陲五县去，但他没有这个资格。那时他想到那遥远的边陲，并不是被那儿的亚热带风光所吸引，也缺少改造边疆的热情；他只是想摆脱屈辱，想躲开一场他预感到的更大的灾难。

但是他费尽心机，还是没能如愿，有人冷酷地阻止了他。因为这个，他这十几年里受到了更多的伤害。

他恨那个阻止了他的人。

现在，已经没有什么力量能拦住他了。他背起旅行包，拖着电镀的小折叠车，上面压着两个沉甸甸的药箱，迎着东方微微的光亮走去。

三天前，他就已经买好了长途汽车票，为了使药品和医疗器械放置得安全些，他一个人买了三张票。当他到达长途汽车站时，天已经大亮了。

检票员守在汽车边检票。水宇天有点胆怯地向她解释自己为什么买三张票。

检票员冷漠地说："只要你愿花这份钱，把一辆车包了我都没意见。"

水宇天不计较她的态度，虽说花了钱，箱子占了人的座位，他总有些过意不去，但只要放行，他就高兴万分了。

他把箱子一件件搬上去安置好，然后坐在他给自己留下的靠窗的一个座位上。当他直起腰来喘口气时，一下子愣住了。

只见林道静穿一身早已过时的时髦服装——一套洗得发白的军装，提着一个带小轮子的旅行袋走了上来。

“你……”水宇天愕然了。

一刹那间，他简直想跳车跑开，躲开这幽灵般的女人，躲开这身勾起他恨、勾起他心痛的、对于他象征着暴力和侮辱的发白的军装！

但是，车门关上了。林道静是最后一个乘客。

“哟，真没想到，咱们同路。”林道静爽朗地笑着，大声向他打着招呼。

但当她走过他的那排座椅时，她把一沓子人民币塞给他，拉下脸，压低声音愤愤地说：“谢谢了！”

水宇天垂头丧气地坐在人造革已破成一块一块的窄小座椅上，简直不知该如何办才好。他又一次纳闷了，她怎么知道他为她交了住院费和手术费？又如何知道他坐今早的长途班车进山？

他当然更不知道，十多年前，林道静用同样的办法，跟着另外一个男人，从他将要去的地方回到了这座城市，度过了一段使她难以忘怀的日子。

汽车开动了，驶出汽车总站，便开向通往远方的公路。

路两边，上班的人们骑着自行车，水流般地涌向郊区的一座座工厂。

水宇天到此时才突然觉得心里紧缩了一下，下决心走的时候，他就没有打算再回来，这里给他留下了难以数计的痛苦和屈辱，但毕竟还留下了唯一值得记忆的欢乐的童年，虽然这种欢乐只延续到八岁零一天。

水宇天把窗子推开了，在这儿生活了三十八年，今天，他突然想好好看一看这座故乡城市。

一棵又一棵有着几十年树龄的桉树稀稀落落地站成一排，一直通向遥远的山峦和刚刚染上淡淡粉尘的白云间。

不知在什么节日种下的小树，有的活了，挺着腰杆，也有的已经枯干，细树枝上吊着几片黄叶。田埂和小路边已经又挖出一溜土坑，边上的土是潮湿的，但树苗不知将在何时栽下。

老式的土坯房旁边，脚手架庄严地矗立着，塔吊骄傲地摇摆着长长的手臂，像在召唤着什么神灵。

不远处有几座白色的建筑物已经竣工，阳台上那飘飞着的一串串布片说明这些楼宇已经开始使用了。

柏油路面不宽，坑坑洼洼的地方，像打补丁似的铺着一块块新垫上去的沥青。耗油量很大的公共汽车拼命喘息着，爬上一个坡，似乎哀叹地看着丰田车灵巧轻松地从分隔线中间超越过去。

更有那些临街的住户搬出小土炉子，生着了火，一股劲地用绵纸糊的扇子扇着，灰色的煤烟像青雾一样徐徐上升，慢慢扩散开来，一股股青烟全在空中汇合在一起，淹没了这座高原城市引以为豪的蓝天白云。

人们的脸上略带倦容，安稳、缓慢地动作着……整座城市的节奏像一个村落的早晨那样不紧不慢、安详，带有田园味道……哦，故乡！

“观感如何？我来告诉你我怎么看它。在中国，它不比任何一座城市差。”林道静不知什么时候坐到了他身边，一个医药箱被她挪到了后边本来属于她的座位上。

“你……”水宇天想冲她发火，可他又从来发不出火来，他不敢。

“这样好聊天。五天的路程，还是有个伴儿好。”她说服着他。话说得很体贴，把他心里那点火星子扑灭了。

水宇天只好不反对了。说实在的，这会儿的林道静猛然年轻了许多，而且并不像刚见面时那么丑。他惊讶极了，难道一个人可以在短时间里产生这么大的变化吗？

她在微笑，从她的笑容里，很难想象她会暴怒，会冷峻得怕人，会像一个四十岁的女人那样撒泼。

难道终于赖着跟他同车前往，就值得这么高兴吗？按绝大多数人的看法，离开这个城市去大山里，并不是什么聪明的做法，谁都清楚那不是个富足的好地方。

不可思议的女人啊！她只有三十四岁……她已经三十四岁了。

一连五天的长途旅行，他和她似乎熟识了。

他从来没有乘汽车走过这么远的路，尤其是开头三天，当窗外掠过的几乎全是无尽的红土时，他才感到旅途的单调和乏味。

在城市里，或者无论在一个什么地方，他不怕孤独是因为他有事可干，至少可以走动吧！然而蜷腿曲腰地坐在这个小角落里，动弹不得，除了打打瞌睡，就只有聊天了。

同车的人认识不认识的，只要挨在一起坐，都跟老相识似的天南海北瞎扯；碰上身边坐的恰好是个缺音少语的旅伴，那另一个人就会眼馋地把脖子伸长，听前后左右的人谈天说地。但车上的轰鸣声太响，尤其是当汽车吭哧吭哧爬坡时，便是任你把耳朵竖起来，也听不见什么了，于是百无聊赖，只好闭目养神了。

水宇天明白了这些，便不再对林道静产生反感，暗暗地心里倒还有些感激。而且，通常是林道静先开口，说出来的话又很有意思，一点也没有老女人那种古板；也不像一些自认为经历不凡的女人，动不动就谈生活；更不像那些漂亮姐一样故做见多识广的样子，以显示自己并不庸俗。

她很欢快，像一个第一次出远门的小姑娘。

“看，那几块小水塘，多像是几块蓝天落在地上。”她站起来，把头伸出车外，用手指着山坡下的几片水洼，整个身子毫无顾忌地挤在他肩上。

“坐好！坐好！”司机从反光镜中看见了她，不满意地叫道。

她坐了回来，仍然兴致很好地告诉他：“我小时候，家门前就有一个水塘。姥姥说是我生下来时，从天上带下来，给我洗澡用的。我就把它叫作我的水塘。里面的一切都是我的：几片荷叶、几尾鲤鱼。我常到那里面去扑腾，开始只会狗刨，后来就像一只小青蛙了……有一年，天特别旱，水干了，荷叶枯了，鲤鱼死了，我哭得眼睛都红肿了。爸爸骂我，哭有什么用。我一想，是啊，就用桶提水往里倒，一连提了三天，只湿了一层泥，可终于感动了老天，下起大雨来。我的水塘又满了。但是，再也没有荷叶，没有鲤鱼，真让人难过。你有水塘吗？”

他摇摇头，有些不好意思。他从不敢把什么东西说成是自己的，甚至有一度他都不敢承认他本人属于他自己。不过，他也有童年，那是他的珍宝，他不舍得把那么少得可怜的美好记忆拿出来炫耀，别人不会珍惜，也许，只会觉得那可怜呢。

林道静倒并不想听他回答，她早又被窗外的什么所吸引，把头扭向窗外看着。

水宇天漠然地望了望，并没有什么值得惊奇的东西，路边和山坡上长满了马尾松，虽然并不茂密，但还是遮挡住了车上人们的视线。

“看，草棚！看见了吗？人字形的。”

水宇天看见了一闪而过的那顶用木棍和山茅草搭成的小棚，里面似乎有什么东西在闪亮。

这种草棚在路边是供修路人休息的，若在大森林中，是供猎人和守林人住的。他知道这个。他看过的一些描写边疆生活的小说向他提供了这个知识，也正是这些小说，向他展示了一种神秘的宁静。

他冲林道静默默地点了点头，并没有流露太多的惊奇，他渴望的不是这个，或者说不仅仅是这个。

林道静却不像他这么平静，她好像对那草棚有一种特殊的感情。她热切地望着，把头朝退向后面的草棚扭过去，再扭过去，望了好久好久，直到那小草棚完全隐没在山峦之中。

“喂！水大夫，你知道吗，我也有一个小草棚，用六根竹子和一大堆山茅草搭起来的。”她略微沉默了一会儿，慢慢讲述着，“那是我自己搭的，在背靠山林的公路边，我在里面住了三天三夜，一步也没离开，像是一个狩猎的景颇人，也像是一个逃进山里的囚犯……黎明，看着一团团雾飘进来；晚上，看着夜色挤进来，萤火虫和蚊子围着我打转，我不轰它们走……大森林的阴影遮住了这小草棚，看不见太阳，看不见蓝天，看不见星星和月亮。我一动不动地注视着公路的一端，看着一辆又一辆汽车开过去，一群又一群牛帮和一个又一个行人走过去……实在困了，我就躺在草棚里，头冲外面，一丁点儿微小的动静都会把我惊醒……我等了三天。”

大概发现自己的语调变得有些伤感了，她猛然停住了嘴。她看了看水宇天，仿佛刚才她说的都是梦话。

她笑了起来：“你相信吗？我除了水塘还有草棚。不过这么多年了，那草棚肯定不在了，但是那座高山会在。”

水宇天无法分辨出林道静是陷入回忆之中，还是在杜撰一个什么故事。“你说的……是真事？”他问。

“当然。”

他很想问问她在草棚里等什么，等到没有？不过他不敢问。别人不说的事他不敢问，别人不愿意说的事他更不敢问。

然而猛然间他醒悟到，她一定是到过那块地方，在那儿生活过。对了，她一定是一个老知青，这么说，这个不久于人世的姑娘一定是要将自己埋葬在插过队的地方。

他听过不少老知青怀恋插队的那段经历，认为在那插队的岁月中，他们开始懂得了世事，懂得了人生。他们不厌弃自己的过去，不鄙视那备受煎熬的生活。她也一定如此。

他再一次认真地看了看她。一缕阳光正洒在她的脸上，在她的头部形成了一道光环，在这光环中勾画出的她的剪影竟然可以说是挺秀美的，长长的睫毛，高高的鼻梁，薄而棱角分明的嘴唇，柔和的下巴，还有那一头短发，黑极了，黑得像……像假的一样。

哦，他还从没有这样细心地观察过一个女性。他的脸有些发烫了。

她感觉到了他的目光，但她丝毫没有忐忑不安，也没有惊慌，反而更高地昂起头，让颈项和胸脯也沐浴在滑动的阳光里。阳光是柔和的，它使她的皮肤显得滋润而有光泽。

是的，她希望他能欣赏自己，希望他不要忽略了她身上还存在的女性美。这也许只是出于一个女人的本能，而没有什么可耻的目的。

终于，他挪开了自己的目光，有点结结巴巴地说："我有过一棵山茶，长得和我一般高。那时我还小，后来，它被人砍了，它倒在地上的时候，从树根处流出了血，哦，这是我梦见的，流血……"

"这有什么，它也会流泪，凡是美的东西被摧毁时，都会用自己的方式向这个世界抗议。"林道静很平静地说，既不是附和他的意思，也没有表现出过多的气愤。

他正是这种情绪！

"你是老知青？"

她点点头。

"你要去你插过队的地方，去找你的草棚，去找你的大森林？"

她突然阴沉了脸，压低声音说："你别胡扯，我是找你。让你给我看病，也为你当助手。"

他根本不打算惹她生气，他本来是想找些话题。一路上，都是听她在讲、在笑，他觉着自己也该讲点什么。他以为她和那些老知青一样，喜欢谈谈当年的插队生活呢！唉，也许确实不该提，那毕竟是不堪回首的岁月，他惶恐和内疚地低下了头。

前方，黑压压像高墙一样压过来一片浓郁密实的大森林，那长长的阴影笼罩住半个山坡，仿佛汽车再往前开，就会被撞得粉碎似的。汽车依然行驶着，在一条显得过于狭窄的山路上喘息着，像一头粗笨的海猪在水底潜游。

乘客们都困倦了，东倒西歪地睡了。林道静也靠在椅背上，闭上了眼，很快，头一歪倚在水宇天的肩上。水宇天的脖子感到了她头发的拂动，从肩头渗进了一股温暖的气息。

4

终点站到了。

汽车停在山脚下一个不大的空场上。空场四周是竹林和蕉园，一条石板路的两边立着一些木屋和砖楼。

这是一个小镇，水宇天将从这里步行上山。

他无法像从故乡出发时那样悄悄溜走，因为小镇上只有一座不大的旅店，根本掩饰不住行踪。而现在夜幕正降下来，他不熟悉道路，更不敢在黑暗中钻进大森林。于是，他只好和林道静同住在这座破旧的二层小楼内，甚至两个人的床只隔着一堵不厚的墙。

一盆热水洗了脚，多少去了些旅途的疲劳。

水宇天慢慢走出小镇，沿石板小路向坡下走去，那儿传来哗哗的流水声，一股股清凉潮湿的空气从山谷间飘来，夹杂着一些成熟果子的香气。路边的竹林里传出男女青年的喃喃低语和吃吃的笑声。成串的萤火虫趴在草叶上放着忽明忽暗的光亮。

前面骤然开阔起来，一片灰暗的沙滩和一条发亮的流水映入他眼帘。天空显得很深很远，可星星却比在城市里明亮得多。几棵菩提树站立在河边，宽大的树冠遮住了一大片河滩和流水。河心有人在洗澡，顺着河面飘来的是姑娘们的嬉戏声。

他站住了，随后找了一处靠近菩提树根、有阴影的沙滩躺下了。被亚热带骄阳晒了一天的沙子暖融融的，他舒服地使劲伸展着四肢，惬意地望着头顶上罩着的这一片树叶。

忽然，一阵簌簌的声音使他惊觉起来。紧接着，他发现菩提树干上有一条圆圆的长长的东西在滑动。

“蛇!”他吓得几乎跳了起来，但随即传来的声音又叫他放心了。

“水大夫，怎么样？比城里的夜要美吧?”菩提树下，林道静的双臂紧搂着再有三个她也搂不过来的树干说，“才来插队的时候，我们也天天都要到沙滩上躺着，望着天上的星星、月亮，谈谈理想，谈谈未来……”

真见鬼！仿佛她能掐会算，总能知道他在什么地方，他在想什么!

“你……就在这里插队?”他不由自主地问。

“不，在这河的下游，只要有一个竹筏子，飘上半天就到了。当然，身体好的时候，游泳也行。”

“那儿不是有个竹筏吗?”水宇天指着河流边，“你是不是想现在就回去看看?”他完全是怀着自以为理解她的心境而说的。

阴影里传来一声冷笑：“水大夫，你难道就没有一点同情心？为什么总要把你的病人支走?”

“不，我……我没有这个意思，我只是……”水宇天仿佛真的做了什么亏心事。

他从没有遇到过这种情况，也不知道该如何和这样固执的女人相处。不过，他隐约觉得，这老姑娘并不应该使他产生什么厌恶。

“噢，真谢谢你，说出了这样的话……”林道静忽然猛烈地咳嗽起来。

他能感觉出她整个胸腔都在震动，一定有哪些部位被牵动了。在咳嗽的间隙里，还传出压抑得几乎听不出来的呻吟声。

出于一个医生的本能，他伸过手去，轻轻地捶打着她的后背，减轻她的痛苦。她咳了很长时间，当停歇下来时，她已经满头大汗了。

“经常是在晚间咳嗽?”他问。

她点点头，突然用手捂住嘴。他闻到了一股淡淡的血腥气，明白她的病灶使她的毛细血管破裂了。

“快回旅馆吧，我那儿有药。”他急切地扶起她。

“药我也有，把你的药留给山里人吧。”她喘息着，但说得很真切。

他奇怪地望着她。河水微弱的反光中，隐约能看见她脸上的痛苦。她不是就为了让他治治病，才缠着他、赖着跟他来到这儿的吗?可为什么又不用他的药呢?莫非她觉得他的药来之不易?莫非她要表现出她并不想贪图他的钱?

他解释说：“我买了药，就是为了治病用的。你不是……要我给你治病吗?”

“真的?”她瞪大眼睛，惊喜地望着他，好像听到了可以使她复活的喜讯。

他点点头，他从不欺骗谁。

她的眼里涌出了些闪亮的东西，他疑惑那是泪。为什么?她这么信任地追随他，真的就为了让他治病?成千成万的医生中，她选择了他做救命的人！

水宇天的心灵受到了莫大的震动，他感觉到温暖。多少年来，人们给予他的都是不信任，这使他又难以相信此情此景是真实的，也许，这只是他的幻觉？他想再看得真切些，再看看她眼里闪亮的泪。

但是，林道静突然直起身子，不用他的搀扶，向旅馆走去。

在大森林边缘的一块空场上，在这个空场上的小旅馆里，在这个小旅馆的八个人一间的房间里，在这个房间里的一张既有跳蚤又有臭虫的床板上，他又梦见了那个少女。

她走在一条铺满落叶的道路上，秋风一阵紧似一阵，一片又一片黄色的树叶飘撒下来，像一些大瓣的菊花，落在她的头上、她的肩上、她的脚下。

她似乎不那么痛苦了，但步履并没有加快，她的前面仍是一条无穷无尽的大道，通到世界的另一端。

他看见了那世界的另一端，是海，是岛，是沙漠，是古老的城堡……就是没有大森林。只有他才会走进大森林，去寻找他那内心宁静、被公正对待的生活。

可是，他为什么要跟着她？怕她会因为疾病倒在路边吗？是谁让他把她默默地护送到世界的另一端，是医生的职责，还是人从生下来就有的善良？

梦中的问题，比现实生活更难以解答，但却更惹人烦恼。

他跟着她。

她头也不回。

地上金灿灿的落叶在滚动，如同一条阳光的河流向前翻腾，他和她同在这永远不会沉没人的河中行进……

梦啊！

水宇天大概是第一个用皮鞋的鞋钉敲响了石板路的人，这响声打破了小镇拂晓的宁静。但是，他无暇欣赏这里的黎明，以后，他会有无数机会站在大森林的某个空场上，望着太阳被高高的树梢挑起，甩到蓝得像海水一样的空中，任它戏弄大地的一切。

现在，他必须尽快离开这里。他反复考虑，犹豫再三，还是决定一个人进山。趁着全旅馆的人都在沉睡，他溜了出来，尽管他对林道静怀有太深太沉的内疚，但只要她不出现在他面前，他还能有勇气把她甩开。

他又一次为她做了安排：留下了药和钱。

他拖着折叠行李车，背着沉重的背包，再一次回头望了望那还没有一点生气的小旅馆，默默地忏悔着："对不起了，林道静，假如你要现在醒来，也许我会……但，对不起了，我一个人更好些，这更符合我本来的愿望……"

他穿过整个小镇，跨过一座石桥，沿着一个蕉园走了半里多路。石板小道消失了，与它接壤的土路上有两条深深的车辙和被牛蹄踩出的印迹。路两旁的草叶经受不住越来越沉的露珠的压力，草叶一颤，亮晶晶的水珠滚到路面上，碎了，渗进土里。

这就是通进森林深处、通向山林村寨的牛车路，水宇天昨天已向旅馆的服务员打听清楚了。他迈上这条土路，加快了步伐。

"你们男人走路总是那么重，几百里外就知道你们来了！"一个声音在水宇天耳边响起。

他站住了，望着芭蕉树宽大的叶片下站立着的林道静。他明白，他不可能再赶她走了，因为她苍白的脸，因为她并不难看的眼睛，因为她这一路上少女般的欢笑，因为她对他的信任，因为她的泪光，因为她只能再活六个月，因为她能跟着他离开家乡，既不鄙视他又不奉承他，一直跟到这牛车路上……

"你……起这么早？"此时，他只想出这么句话来。

"你还不如说我根本没睡觉呢！走吧，我从你的眼睛中看到了你允许我跟着你进山，没错吧？"她走到他身边。

"把你的旅行包放上来吧。"他觉着再没有别的好说。

他觉得行李架子沉重了许多，真不知道她那个不大的旅行包里放了些什么，总不至于是石头吧。他不再言语，用力拖着这些重负，往前走了。

她跟在后面，笑了。

他们就这样走进了亚热带起伏的山林之中。

本来他是要一个人，可现在却有了一个伴侣，一个强人所难而跟来的伴侣。他没有要干大事业的男人那种冷酷和果断，也缺少油滑和狡诈，于是，他不得不给自己的行程和生活带来不轻的拖累。

然而，他很快就谴责自己那种把她当成拖累的想法了，因为他们进入第一个寨子后，他就感到有她在身边是多么幸运。

这是一个崩龙族寨子，与其说安宁，倒不如说冷清。寨子里空空荡荡的，仿佛这里的人们都搬走了。

他迟疑地站在寨子的一簇凤尾竹边，不知该找寨子里的什么人联系，他只知道内地的农村里，把责任田分给了个人，不知道在这儿是否还存在生产队，是否要找一找队长。

她咯咯地笑了："你应该像那些跑江湖、卖狗皮膏药的一样，挂出一块白布，上书祖传秘方、药到病除，再挂出几面奖旗，上面写着感激你救命之恩的词句。"

话里没有嘲讽，他觉着是幽默，于是，他也笑了。

她挺认真地说："用不着那么麻烦，随便找到什么人都行。不过，寨子里恐怕碰不到什么男人。"

"为什么？"水宇天大为惊异。

"你没看现在是什么季节？男人们，还有青壮劳力都收割去了。他们的田不在山上，在靠近坝子的地方。"

他们推开了两间竹房的门，不仅没见到男人，连个女人也没碰着。

林道静站在门口，稍一思索，手在嘴上握成喇叭状，高声地喊了两声："噢……喂……"

这出其不意的叫喊声把他吓了一跳。要是他，绝不敢在这陌生的村寨肆无忌惮地嚷叫："你，别嚷……"惧怕一切巨大声响的习惯使他不由自主地想制止她。

她不理他，密切地注视着周围的动静。

一道竹篱笆墙后面，闪出了一个黑黑的小脑袋瓜，一双黑亮黑亮的眼睛朝他们窥视了几眼，就惊慌地闪回去了。紧接着，在那道竹篱笆墙下面，出现了第二双、第三双黑黑的小赤脚。

"瞧！有人。"林道静兴奋地喊了起来。

小赤脚倏地不见了，传来一阵窸窸窣窣、噼噼啪啪的声音。

"快跟着！"林道静招呼他，自己先追着这群孩子去了。

这大概是这个小寨子里最高大最堂皇的一幢竹楼了。水宇天拖着行李架赶到竹楼前时，林道静已经登上了竹楼的楼梯。而那几个山里娃娃在竹楼阳台上坦坦然然地坐着、趴着，好奇地望着他们。娃娃们不再惊慌，显然因为在这儿他们用不着害怕这两个陌生人——屋子里一定有他们的保护者。

果真，竹楼里有成年人。令水宇天吃惊的是，这间宽大的屋子里，坐着不下十个女人，都是中年以上的老女人，她们头上包着黑布，穿着黑衣黑裙，一个个沉着脸，不言不语地望着站在门口的他和她。

水宇天觉得似乎陷入了一个幻觉里，眼前席地而坐的老女人们就像是童话世界里的树妖和女巫。虽然这样去想这些从未伤害过自己的山里人使他感到很有些歉意，但他又无法摆脱这种感觉，仿佛由于她和他闯入了她们的禁地，于是她们需要一起来审判他们似的。

他从她们阴沉的脸和冷漠的目光中，感受到的就是这样的内容。他毛骨悚然了。

林道静却不一样。她站在门口，向她们弯腰，合掌鞠躬，亲亲热热地向她们问好；然后，并不等她们邀请，就坦坦荡荡地坐到了她们中间。

老女人们不再审视还僵在门口的水宇天。她们回过身凑在一起，叽里咕噜地用民族语低声地聊了起来。林道静凝神听着她们说话，不时地问一句什么。

他听不懂，怔怔地站在门口，望着外面那一群娃娃，现在那群娃娃好奇地围住了他的行李架子，试探地摸摸电镀的亮闪闪的车架，摸摸那几个小轮子。

忽然，林道静喊了起来：“他是医生！”

水宇天吓了一跳，望着她们。她们也齐刷刷地扭头望着他。

“水大夫，她们这儿有个病人，难产，两天没生下来……”林道静急促地说。

“在哪？”医生的本能立刻使水宇天的精神为之一振。

一个老女人呜呜地哭了起来。

“她的儿媳妇……”林道静同情地说。

水宇天这才发现这个人是这群人中最为悲伤的。一旦明白了其间的缘由，明白了这群人对他们的冷淡是由于悲哀，他顿时觉得轻松了许多。他转身飞跑下竹楼，解下行李架上的医药箱背上，又飞快地跑上了竹楼。

“病人在哪儿？带我去！”他问。

“死了。”老女人用生硬的汉话说。

他呆了，怅然若失地垂下了手。

“不，也许还有救！他们刚把她抬走……”林道静冷静而果断地说。

“在什么地方？快带我去！”在任何病人面前，他都有一种焦灼感和责任感，这使得他的口气变得干脆，甚至带上命令的语气了。

一个老女人站了起来，摇摇晃晃地走到了水宇天的前面，水宇天立刻紧紧跟上了。但走到竹楼下面，他不由得又停住了脚。因为从他身后，传来了林道静剧烈的咳嗽声。

“你在这儿休息吧。”同样是出于医生对病人的责任感，他对她说。

另一个上了年纪的老大妈，终于也发现了林道静那苍白的脸和瘦得像根芦苇的身子：“你们……来住我家。”传统的好客习惯从悲伤中复苏了。

看那个老大妈带着林道静朝另一座竹楼去了，水宇天赶紧跟着那个老女人走了。

寨后，是一片烧过荒的土地，黑乎乎的，给人一种凄凉的印象。一些没烧干净的竹根、树枝堆在地边，歪七扭八的像是巨兽的肢骨。水宇天背着沉重的医药箱，跟在老妇人身边，深一脚、浅一脚地走过这块松软不平的土地，钻进了一片灌木丛。

灌木丛密实，浓郁，潮湿，闷热。不一会儿，水宇天就觉得浑身捂出了汗。当他感到有些受不住需要脱下外衣时，老妇人已经把他领出灌木丛，来到一块向阳的坡地边，这坡地上是一座座坟头。

他大吃一惊，也马上明白了，产妇已经被送到了坟地！莫非她当真死了？

一块用旧了、已经老化了的塑料布铺在地上，死了的那个产妇就躺在那上面，身上盖着一块毛毡，毛毡上沾满了血迹。

水宇天立刻扑了上去，先一把掀开产妇身上的毛毡。产妇下身血迹斑斑，水宇天不顾一切地把耳朵贴到了产妇鼓鼓的腹部上。他怀疑，肚里的胎儿还活着。

可猛然，他被人一掌掀了过来，把他掀坐在地。

这一掌好沉，打得他一时爬不起来。他惊愕地抬起头，只见他面前立着一个横眉竖目的汉子，他个子虽然不高，但结结实实的肌肉一团一团伞在他裸露的手上、背上、胸上、腿上，黑黝黝的，仿佛是钢铁浇铸的一般。

这个汉子把毛毡重又盖在产妇身上，恼怒地问水宇天：“你想干什么?!”这是崩龙族的年轻一代，汉话说得很好。

从他那红肿的眼睛和眼神中流出的凄切神情，水宇天有些明白他与死者的关系了。刚才，这个人像座雕像一样坐在死者身旁，水宇天视而不见，因为他心中除了他想抢救的病人，一切都被排除在外了。

“我……我想看看，能不能救她。”水宇天爬了起来，并且又想去接近死者。

一只臂膀拦住了他：“你是什么人?!”汉子吼叫道。

“我是医生!”

手臂仍旧拦住不放，汉子怀疑地问：“医生?”

带水宇天来的老妇用民族语向他解释着。水宇天虽然听不懂，但他频频点着头，他明白老妇是在向汉子作介绍。

不料那汉子听了之后，反而愤慨地吼叫起来：“你是哪里来的医生？区里医院的？县里医院的？我们认不得你！以前我们有人病了，去请过你们，哪个来过?！现在我们不去求你们，你倒自己冒出来，像个神仙下凡一样……”

“我当真是医生，省城里来……”水宇天着急地向他表白。他焦虑不安地望着产妇那毫无血色的苍白的脸。

“省城？……”汉子稍稍愣了一下，又激烈地反驳开了，“你咋个不说是北京来的？医疗队？别骗人了，医疗队好几年没来过了……”

然而水宇天根本没听他在说什么，他紧盯着那产妇垂在地上的手大喊起来：“你看她的手！你放开我！你让我号号脉，她好像还没死!”

他不是去推开那汉子横在他面前的手臂，而是双手抓住那手臂，乞求地轻轻地摇晃着。

那汉子和那老妇都看到了产妇的手，那手指浅浅地抠住了松软的泥土。汉子的手臂垂了下去，立刻扑到产妇的身边，紧紧抱住了她的头，用民族语热切地喃喃起来。

趁这工夫，水宇天握住了产妇的脉搏，“……她活着”，水宇天不是因此而轻松起来，他反而变得紧张了，他要迅速做出决定，下一步该怎么救她。

他又一次掀开了产妇身上的毛毡。现在，他怀疑的是，产妇肚里的胎儿很可能已经死了；如果这样，就应该把死婴取出……

但是，他又一次被推坐在地上。

“她活着！你让我救她……”水宇天哀求似的，仿佛她是他的亲属。

“我信不过你！”汉子直率地说。

老妇人用民族语急切地劝着这汉子，但他固执地说：“不，我不让，我不让这个从哪里钻出来的野汉子碰她……”

矛盾重重、悲伤至极的汉子扑到女人的头上，呜呜地哭了起来。

“你这个人怎么这样……”水宇天急得直搓手。

“大哥……”一个声音在水宇天身后响起。

这声音伴着喘息，不用回头，他就知道是林道静来了。他立刻求援似的望着林道静：“你看，他不相信我是……”

“大哥，”林道静不理睬他，径直走到那汉子身边，用手拍拍他的肩，像对一个熟人似的说，“你信不过他，还信不过我？”

汉了抬起头，泪眼模糊地望了望林道静：“你，你是什么人？”

那语气，倒温和些了。

“我是护士，他是医生。”林道静说。

汉子的目光里仍保留着不信任。

“……我还是他的女人。”林道静平平静静地撒着弥天大谎。

她不动声色地往水宇天那儿迈了一步，以挡住听了这话而目瞪口呆的水宇天。“真的，大哥，他能把阿姐救活，我生孩子时，都是他给接的生。”

“当真?!”汉子的眼里实际上已完全没有了怀疑，他惊喜地一下跪在水宇天面前，双手抓住了他，颤声说，“医生，求你救救她……”

“……”水宇天完全被林道静这番话给惊呆了。

“喂，”林道静推了他一下，“救人要紧!”

这句话使水宇天清醒了许多，他奔到药箱那儿，从里面拿出急救包、听诊器。这个过程中，他仍然无法摆脱林道静那些令人难堪的话的影响，动作有些慌乱，但当他诊断出产妇腹中的胎儿确实已经死了的时候，他完全镇定了。

“必须剖腹，取出死婴!”他果断地说。

“你能把她救活吗?”那汉子突然紧张起来。

水宇天犹豫了，他从来没有向任何一个垂危的病人打过包票，虽然有时医生需要善意的隐瞒，但他不会。

然而，林道静却大声说：“她当然能活，以后还会再给你生儿子、生女儿呢！水大夫，你总不能在这儿给她做手术吧？那还等什么？快把她抬回去!”

于是，水宇天和产妇的丈夫，这两个都显得既紧张又惊惶的男人，在林道静的指挥下，把这个垂危的产妇从坟地抬回了竹楼。

在竹楼里，水宇天又一次惊慌了，在这没有什么消毒措施的竹屋里，能进行手术吗？即使施行了手术，以后伤口感染了又怎么办？手术过程中，要大出血了怎么办？他想着想着，感到大脑阵阵发胀。

他心情沉重地坐到了楼板上，竹排的凉气传上他的身体，他的脑门上却出汗了。

林道静从他的眼神和举止中看出了他的胆怯，冷笑了一声："一个医生怕一个病人了，那就别当医生。我还以为你真的能拯救这个女人的生命呢，可你连试一试都不敢，那干脆我来，这铝盒里不是有手术刀吗？我学过解剖学，我知道……"

她当真打开了铝盒。

水宇天一把按住了她的手，急切地喊了声："你的手没消毒！"

这是一种本能，也是胆怯的消除。

他发现，这个骨瘦如柴、生命正处在最后阶段的年轻女性对他的灵魂有一种强烈的刺激因素，她总在往他的身体内注入一种可以说是力量、勇气的东西。

他很奇怪，那么多比她年轻、比她漂亮的姑娘，都丝毫引不起他的注意，而这个女人一出现在他生活中，就强烈地影响着他。难道这就是命运？命运就这样地安排他和她走向一条通往森林深处的路吗？

来不及想这些了，他用酒精把手消了毒，也让林道静消了毒，又在产妇身边洒上些来苏水。竹屋内立时升腾起煤酚皂溶液的刺鼻的味道。其余人都被赶到了屋外，产妇的丈夫和婆婆隔着竹门不时地嘱咐和哀求着。

他用锋利的小刀划开了病人腹部的皮肤，切开淡黄色的脂肪层，割开肌肉，用镊子夹住几根粗粗的血管，又用刀锋轻轻一碰那已经很薄了的子宫壁。

子宫顿时像熟透了的西瓜一样裂开了，一个浑身有些青紫的胎儿露了出来。

林道静把胎儿接了过来："啊，女孩!"

她叫了一声，又惋惜地说："可惜死了。"

水宇天没有时间理睬她，而是急速地为产妇缝合着，直到把最后一个线头扎好，才吐了口气。

他又一次为产妇量了血压，数了数脉搏，有点不相信地说："她竟然经受住了这一切。"

"山里的人有惊人的旺盛的生命力，他们在生活的磨难中熬得太久了。"林道静发出深深的感慨。

水宇天取出一支杀菌的针药水，准备给病人注射。

林道静接过注射器说："你歇会儿吧，我来。"

"你会?"

"我跟你说过，我看过医学书，不止一本，我甚至想学会开刀。"

"为了给你自己治病?"

"不，那会儿，我还没染上病。我是为了……"林道静吞回了后半句话，很利索地把针扎进了病人的肌肉里。她冲他笑了笑。

水宇天尽管很疲乏，但他还是感觉到林道静的笑带着一种深切的含义。不是讥讽，也不是得意，而是……不，他不敢这样想。但他可以说，这是一种只有笑给男人看的表情，很美，很甜。

5

水宇天和林道静在这个小寨子里住了七天。

由于他们把已经“死了”的产妇给救活了，寨子里的人们把他们简直看成了神仙。

这几天里，水宇天给留在寨子里的老弱妇女和孩子们看病治疗，还随着那个崩龙老弟到山下田棚里给青壮劳力们看过病。

自从那产妇睁开了眼睛，那个浑身肌肉疙瘩的汉子就把水宇天当成了亲兄长。其实在山下收获的人们中，有病的人并不多，崩龙老弟把他带下去，是因为人们要看看水宇天到底是个什么三头六臂的人。

这使水宇天很不好意思。在那些直率地、火辣辣地盯住他看的目光中，他显得拘谨而惊慌，一想到人们见到他这副其貌不扬的样子会大失所望，他心里便涌出一阵阵内疚。

然而，这些淳朴的山里人并不在乎他的外表，他们看重人的本质，看他对待山里人是否真心实意。以这一点作为评判人的标准，水宇天和林道静成了他们信任和欢迎的人。

其实，他们的语言不多，感激的话都不大好意思说出来，送他们一些吃的，也是些在城里花不了几个钱就能买到的瓜果蔬菜。然而水宇天从他们的神态中已经感受到了无限的温暖。他们给予他的友情和信任，把他多少年中所得到的加在一块儿，也没有这么深厚、丰富。这是他梦寐以求的呀！

但是有一点叫他很难为情，人们把他和林道静认成是一对夫妻，从第一天起，房主人老大妈就把大竹屋隔出来的那一间小小的卧室让给了他们两人住。

“这……不行!”当时水宇天急得又摆手又摇头。

房东老大妈只把这举动认成是他客气，她越发干脆地把他的行李架拖进了小屋，把自己的铺盖卷抱走了。

水宇天期待着林道静向他做些解释。

可是林道静只是笑笑，劝说道：“这是山里人的厚待，拒绝了，人家可要不高兴的。”

“可我们不是……”他觉得浑身上下都热烘烘的。

而林道静却仿佛挺情愿地住进了小屋，那神情仿佛很开心。

水宇天却很不解，她这副神情总不能解释成是幸灾乐祸吧，因为这也关系到她。女人的名誉，应该更重要。

这一晚，水宇天披着一件帆布雨衣，夹着一床毛毯，悄悄地坐到一堆柴草旁边。他不敢去向山里人说明。他觉得林道静既然插过队，一定懂得少数民族的一些规矩。他甚至连躲到柴草里也怕被山里人看见，怕因此也会得罪他们。

但他无论如何不能和她同睡在那间小屋里，从他记事起，他就没有和任何女性在一间屋里睡过。除了羞涩，也是他所信奉的道德观念的强烈抑制。

他并不认为林道静在诱惑他，她那几乎已经没有什么女性特征的身体也很难诱惑一个男人。他只是觉得她太不在乎，太欠考虑，他们都是未婚男女呀。

他紧裹上毛毯，靠坐着柴堆，望着天上亮闪闪的群星，心里觉着应该想点什么事。可怎么想，就想到了林道静。想到她对山里人的诚挚的笑容，没有居高临下的高傲，也没有奉承讨好，就像她是他们中的一个，没有任何差别那样的自然（差别其实是存在的）。

还想到她居然当真学过点医学。她做他的助手，实在是很称职的。不知道她为什么要学，是为了照顾自己？可她说过那时她还没生病。那么是为了照顾别人？还是为了有一技之长？现在当然不同了，久病成良医，说不定她还会做些小手术呢。

水宇天暗暗庆幸，林道静对自己进山确实帮助不小呢。

这时，从竹楼敞开的竹窗内，传出了林道静的歌声：

虽然这不是我的故乡，
没有山茶花到处飘香，
但这里有他的足迹，
从竹林到小河旁。
大森林的阴影，
把我们的身影遮挡……

水宇天不很熟悉这调子，歌词也很陌生。他听说以前的老知青们编了不少歌，排遣着忧伤的思绪，也表达对美的追求，这恐怕就是那个时代的遗物。

他挺喜欢这歌，也不讨厌林道静的嗓音，她嗓子不好，肺上长肿瘤的人不可能有好嗓子，但她唱得很朴实。他不由自主地侧着耳朵倾听。后来，歌声已经消失了，可他似乎还能听见什么。

天亮的时候，林道静来了，把一件羽绒衣披在他身上，但是，他已经醒来了。山区的黎明很凉，也很潮湿，而他却感到了一种柔情暖意。

在他的生活中，这是第一次有一个女性用怜爱关切的神情，把温暖给了他。这使他突然涌出一股希望：假如他和她曾一同插过队……他不由又恨起十多年前那个阻止他下来的人。若是他来了，也说不定会在这儿认识林道静，早十多年认识她，就不会像现在这样……他因为有这样的念头而惶恐起来，脸上热辣辣的。

他手忙脚乱地站起来，把羽绒衣递还给林道静，却又把围在身上的毯子掉在地上。

林道静没有再增添他的不安，她好像故意不去看他的窘相而把头向着森林的东方说："你看，这儿的早晨多静。树叶一半是明亮的，一半是阴暗的。你仔细听，露珠跌下来的声音都能听见。"

他什么也没听见，只感到她说话时热烘烘的气息。

第二天晚上，当他又来到柴草堆旁，发现那里已经有了一个人。在阴影里，只能看到那一对闪着光亮的眼睛。

"你，林道静……你这样的身体，怎么能……"水宇天焦急地说。

从黑暗中传来平淡的声音："既然你觉得那间小屋子容不下两个人，那么我在这儿，你回屋里去！"

他心里不由暗暗叫苦，这个人的固执他领教过，真要叫她在这儿过夜，她根本挨不过去那寒冷的黎明。

"可，可人家会怎么说我们呢。"他喃喃着。

"人家已经认为我们是夫妻了。"

"可我们不是。"

“假如你真是个正人君子，就是一群女人围着你，你也会酣然大睡；至于解释，已经完全没有必要，在他们眼里，我们已经同居两夜了。”林道静的声音阴冷起来，如同刚和他相识之时那样。

他不禁打了个寒战。

终于，他无话可说，沉重地、像进监狱似的跨进了那间小屋，不敢点灯，也不敢脱衣，缩在了靠门的角落，好像他是一个时刻防备被别人欺侮的弱女子，而林道静倒是一个强男人。

林道静却很坦然，她快速地脱去外衣，钻进被子，点亮了油灯，从她的旅行包里，取出厚厚的一个大本子，一直看到很晚很晚才睡下。

半夜里，她不时传出几声压抑不住的痛苦的咳嗽声，使水宇天惊醒过来，他非常想去帮助她，帮她轻轻捶捶脊背。但是，他畏惧不前。

有一天傍晚，就是他们去山下田坝里回来的那一天，林道静问他：“想洗个澡吗？”

他当然想。

这些天，亚热带的骄阳烤出了他一身又一身汗，山风又将它吹干，身上很痒了。但他没有回答，怔怔地望着她，不明白她这是什么意思，因为他没有发现有可供洗澡的地方，连他们喝的水都是房东大妈每天清晨用竹筒背来的。

“你难道不懂人类没有水就不能生存的道理吗？而有水必有源，你跟我走吧，要是有游泳裤，你带上。”林道静从旅行包里翻出了游泳衣。

水宇天看见，旅行包里几乎全是她晚上看的那种厚本子，大本大本的一大摞，怪不得沉得很呢。除了这些，她只带了很少的一点衣物。不过，她居然想得这么周到，还带上了游泳衣。

他也带来了游泳裤，但他是因为把四季衣服都带来了，这下半辈子他似乎没打算要回城里去。

黄昏时分，林道静把水宇天带到了一条山泉边。山泉在岩石下积起了一个不大的水潭，水清亮清亮的，水底的小石子看得清清楚楚。

林道静从竹林里跑了出来，她换好了游泳衣，很快就跳进了水潭里。“哎哟，真凉快呀!”她快活地大声叫着，并催促他，“还愣着干什么？快去换衣呀!”

他钻进了竹林，却迟迟不肯出去，那潭水太小了，又只有他和她，他不敢想象他们一起在一个大澡盆似的潭水里洗澡。于是他换好游泳裤，呆呆地坐着。他想等她洗完上岸，他再下去。

终于，他听见她喊了起来：“水大夫，你在那儿磨蹭什么？我都洗完了。”

他走出去了，看见她正水淋淋地从水中爬了上来，于是，他紧跑几步，跳下水里。

他在水里游着，搓洗着，洗去了汗水，洗去了疲劳，舒服得似乎连心灵里也纤尘不染了。

水宇天泡够了，爬上岸来，没走几步，他就怔怔地站住了。

林道静并没有像他所想的那样，去竹林里换衣服，她穿着游泳衣，躺在岸边这片向阳的草地上。在晚霞的余晖中，她那裸露的四肢染上了些红色，像孩子般的纤细。

她的皮肤不像他以为的那样松软，还显得细腻而有弹性。被游泳衣裹得紧紧的胸脯也并非十分平坦，随着呼吸一起一伏，她脸上呈现的轮廓秀美，眼睛紧闭着，但却似乎在向往着太阳、天空和白云。

他的心跳了，他的胸中萌发着一种令他激动的情绪，使他想去亲近这个女性。在大城市中，她不美，在这森林里，她却像仙女，更何况，他要求的并不是单纯的漂亮，他感到她那摸不着的灵魂时时在缠绕着他。

他的脚不安地动了一下，使小草发出轻微的声响。

她睁开眼，坐了起来，说："该回去了，还要给咱们那个弟妹拆线呢。"她说的就是那个死里逃生的产妇。

他像个听话的孩子，到竹林里换好了衣服，跟着她踏着干燥的小路，回寨子去。他那想拥抱她的欲望被压进了心底。

他们给那产妇拆了线，她竟一点也没有被感染。

林道静说："这里缺医少药，所以对各种药品都没有抗药性。"

她又问水宇天："就是说，要是一个人有了病总是忍着、忍着，不看病，也不吃药，那么，最普通的抗生素也会使他的身体像注入了灵丹妙药，是吗？"她期待地望着他。

"倒不至于像灵丹妙药，不过效果要比一般人好。"因为他的第一个病人恢复得如此之好，他也很高兴，他乐呵呵地回答林道静。

"哦……那就太好了！"林道静长舒一口气，不由得发出欣慰的笑。

"是什么人在忍着？有了病还是要及时看。"水宇天忽然觉得，林道静似乎在替一个什么具体的人担心。

"我只不过是随便举个例子。"林道静平静地说。

这天晚上，主人们备下了酒菜。是感谢他们，也是为他们送行，因为第二天一早，他们就要离开这里了。

他们回去得很晚，而刚睡下去一会儿，林道静就剧烈地咳嗽起来。她累了，洗澡的时候也有点着凉了。

水宇天像前几天一样，默默地听着她痛苦的声音，可这一夜，她比哪天都咳得厉害，一声接着一声，憋得喘不过气来。但是，她并不叫他。

他明白，她不愿伤害他的自尊。他感动了，他觉得，她太理解他，也太谅解他了。在这些夜晚中，她不把自己当成病人，也不把他当成大夫，她在等待什么？而他也怀着一种忐忑不安的心情观望着他们关系的发展。他不敢采取主动，而她也绝不会做出什么超越他们关系的事。

终于，他忍不住了，不是男人的冲动，而是对她的同情。他点燃了灯，走到她身边，小声问："是不是给你打一针吗啡？"

她摇摇头，又猛烈地咳起来，嘴角处，渗出几丝鲜血，随后她伸出细细的手臂，捶着自己的胸膛。

他无法再抑制自己，伸出手臂把她揽在怀中，一只手轻轻地拍打着她的脊背，那"空空"的咳嗽声能让他听出她的肺已经溃烂了不止一个地方。他痛苦地闭上了眼。

渐渐地，她咳得轻了，闭着眼，一动不动，他也一动不动。第一次这样亲密地接触女性，他全身有一种触电般的感觉。

他们就这样坐到了天亮，于是，他和她都不约而同感到他们之间的关系起了一种变化。

他不得不轻轻地问她："这……是爱吗？"

他怕这只是一个医生对一个病人过分的关怀，怕这是由于每天都给她打针吃药而产生的一种误解。

她点了点头，表示同意他的问话。她用有些潮湿的目光凝视着他，久久凝视着。但这目光中明显地还有着很多别的东西。

大森林似乎是漫无边际的，到处是大树、枝藤、腐叶，还有被闪电击黑的土地。

而水宇天从地图上看，发现这里只是几块斑点。他知道世界是广阔的，他只是不知道为什么一个人永远也不可能踏遍地球的每一个角落，来为自己寻找一块能够安宁生存的地方。

在大森林中一条湿漉漉的小径上，林道静告诉他："每个人那最安宁的角落都是在爱人心间。在那里，可以像孩子一样欢乐和休息，幻想和享受。"

这是他和她认识以来，第一次用热烈的声音谈到爱情，可这似乎又不是说给他听的。他奇怪，自从他和她有了那谨慎的拥抱以来，他们之间根本没说过什么甜言蜜语。他曾想象过的热恋中的一切在他们之间都不存在。

他还奇怪，他怎么能这么快地爱上一个女人呢？这女人不漂亮，没有吸引男人的丰满，重病在身，不久于人世，可她却能紧紧地抓住他的心灵。他考虑过，是不是因为自己从没有和女性这样单独接触过，所以稍微一点温情就使他融化了，但他马上又否定掉这种念头。

他确实是爱上了她，他觉得自己期待着的就是这样一个女性，她不向他要求什么，但他又时时能感到她的存在，这种存在使他的生活变得丰富和充实了，灵魂有了一种依赖，不再孤独无助。而她从不做作，对于生活显出的是本能的爱……

哦，他实在说不清楚她有哪些优点。他记不得谁曾说过这样的话：“假如你能说清楚爱对方什么，那就不是爱了。”他信奉这句话，也佩服总结出这句话的人，爱是不需要说什么的。

他们就什么也没有说，没有海誓山盟，也没有互相许愿，甚至各自连过去的经历都没有问过。没有必要，因为相互爱的都是眼前这个人，何必去管早已逝去的岁月呢。

在她面前，他觉出了自己的价值。不，这不是那种男人对女人的轻视，而是由于女人的自信使男人产生了力量。

他们从一个寨子走到另一个寨子，从一个小村走到另一个小村，整整一个月过去了，他们为几百个山里人看了病，及时地拯救了好几个人的生命。

他们每天早晨都一同看到黎明，呼吸着最清新的空气；每天黄昏，都会找一个泉水洗去一天的疲劳；晚上，她还是常常咳嗽，他就给她打针喂药，然后轻轻抱着她，给她捶背或按摩胸口，用湿手巾擦去她嘴角的血。

他有时实在心疼她的身体，跟她说：“在一个条件好些的寨子住下来吧，这会有利于你的身体。”

可每到这时，她就会发怒：“你是医生，不应该只为我一个人服务，那么多山里人缺医少药，你忍心只伺候我一个人?!”

他只好答应她，继续向大森林深处走去。从地图上看，他们离一处叫阿贡山的山脉越来越近了。

有好几次，她咳嗽得轻些时，他那三十多年不能去爱和得不到爱的压抑以及男人本能的冲动使他想睡在她身边，与她结合在一起。但她一声不吭，有些痛苦地推开他。

他不会强迫，也不想勉强，他只会为自己羞耻，感到深深的懊悔：法律还没有承认他们的关系呀！而且，她有病，她心情不好……

但是，最终是她主动了。

那是当他们走到阿贡山脚下一个傣家寨子的时候，那个寨子的空场间正点燃着几大堆熊熊的篝火。火光映红了半边天和无数的树影，火堆边一群群欢乐的人们似乎正在庆贺什么节日。听到他们是远方来的客人，穿着艳丽服装的傣家青年便热情地邀请他们加入到欢庆的人群中。

熊熊的篝火边上，放着几张竹桌，竹桌上摆着米酒，熟透了的芭蕉、香蕉和芒果。

林道静从一接近这寨子就有些兴奋，此时，几乎是扑到桌边，端起一碗米酒就喝起来。一些液体从她嘴角淌下，反射着一条闪亮的细光，似乎是红色的火苗印在她的唇上。随后，她向在火光照不到的地方坐着的一些中老年人走去，在瞬间的沉寂过后，那里发出了惊愕和欢喜的叫声：

“林道静！”傣家人用生硬的汉话呼唤着她。

水宇天马上明白了，她就是在这个地方插过队！他想跑过去看看，她会不会激动得流泪。他希望从她身上发现一些女性柔弱和温情的东西。但是，有人用竹酒筒挡住了他。

很快，他便被那一群无拘无束、无忧无虑的人们感染了，而一时间忘记了林道静。这是一种真诚的、发自内心的狂欢，没有任何强迫和勉强，不是为了任何卑鄙的目的和私念。

他们尽情地高喊着、呼叫着，这种场面只有在这密密实实的大森林中才会存在。没有人干涉，没有人阻挠，来的人只会情不自禁地挤进这些人群中。

多少年了，水宇天没有见过，自己也没有萌发过这种情绪，他为自己走入大森林行医的抉择而自豪。在这些山里人面前，他没有因为某种情况而被歧视和遭受侮辱，也没有因为不但给人看病送药，有时还白给一些营养品而把他当成有利可图的人来阿谀奉承。他无论什么时候，都可以是这些人的朋友。

他不能不端起大碗，像傣家人一样喝起了那又香又甜、略带些辣味的米酒。这就是他所渴望的那种平等吧。

傣族姑娘是丰满的，那五颜六色的筒裙紧紧裹着她们的下身，呈现出女性最美的曲线，那高耸的乳峰在薄薄的纱衣内跳动，使人想到人类应该延续下去。

傣族小伙子们则是南国男人那精干、瘦小的体形。他们用火热的目光看着那些比孔雀还优美的少女们，大声唱着，吹着笛子，弹着琴，还不时地开怀大笑。

林道静不知什么时候脱去了那永不离身的绿军装，换上了一身傣族少女的衣裳。无袖短衫是淡黄的，长长的筒裙是墨绿的，头发向上盘起，一根银色的发卡别在脑后。比起那些正当妙龄的少女来，她是一枝开败的花朵，但在水宇天眼中，她却像一枝干枯了许久，突然又绽开了的山茶。

他并没有深想一路上都处在沉静、紧张和淡淡欢乐中的她，为什么会在阿贡山的脚下变得纵情、热烈了。他只认为她是由于回到插队的地方，重温少女时的生活而激动和兴奋。

是的，此时此刻，谁都会热血沸腾，激情蓬勃，尤其是在大城市生活久了的人们，也尤其是对生活永远存在着爱恋的人们，更尤其是从懂事时就在阴影中煎熬的他和离死神越来越近了的她！

欢乐在继续。她竟然跳得和傣族少女们一样好，她还会用傣语和她们谈笑。看来，她插队时和老乡们关系亲密，即使她在跳着舞的时候，那些中老年的傣家人还不时和她共饮一杯酒。

水宇天突然皱了一下眉，从医学的角度上讲，她不应该喝这么多酒，甚至要严格禁酒；她也不应该这样大运动量地活动，只能散散步或打打太极拳。然而，她拼命地喝，拼命地跳，似乎在弥补以往生活中的缺欠。

他不想劝阻她了，不是没有勇气，而是缺少冷峻。他觉得这对她也许是有好处的，兴奋和激动可以使她的身心都得到某种程度的抚慰，灵魂的欢乐无疑将使肉体增加活力。

任何一个医生都懂得，忧郁、阴沉和对死亡的恐惧可以加速一个人的死亡。

让她跳，让她喝吧……

然而，他还是难以使忧虑消失，他站在几株夜来香的边上，凝神望着林道静，只见她的脸被火焰和酒染得通红，眼睛内闪动着光亮，额头出汗了，几缕细发贴在上面。他真想走上前去抱住她，可是……

酒喝干了，人们跳累了，篝火渐渐熄灭了。

大森林的阴影爬过来，天上的白云一缕缕飘过，一会儿遮住不多的几颗星星，一会儿遮住还不算太圆的月亮。潮气伴着淡淡的雾从水塘和草丛中升起，慢悠悠地飘上来，像傣族少女穿的纱衣，笼罩住竹楼，也模糊了人们的视线。

不过，即使是雾气缭绕，水宇天还是发现，一个又一个黑黑瘦瘦的傣族小伙子不知什么时候披上了毯子，把一个又一个丰满秀美的姑娘裹走，双双钻进蕉园和竹林中。

在省城时，他从小说中看到，也曾听人讲过少数民族的这些风情，没想到今天亲眼所见了。这是文明，还是落后呢？他说不出，可觉得这具有一种诗意，也觉得自己的血液在加快流动。

火堆只剩下几块闪动着暗淡红光的木炭，一个长长的身影走近他身边。他觉得这个人热烘烘的气息伴着一股酒味扑面而来，不用看，从脚步声和呼吸声中他就可以断定是她。

他没有扭头，只是轻轻地、有些担忧地问："你身体……"

她拉起他的手，按在自己的胸膛上，像少女一样淘气地说："你摸，心跳完全正常。"

他没有感到心跳，只觉出那小小的、不太坚实的乳房正急促地起伏。

他连忙收回手，有点埋怨地说："看，这么晚了，恐怕找不到住处了。"

"连有竹楼的人都不去住呢。"林道静有些挑逗地看了他一眼。他忍不住全身一震。

"那……"

林道静把瘦弱的身子倚到他的胸膛上，颤声说："你不愿意像一个傣族小伙子一样，用一张毛毯裹走你的小普少吗？"

他知道"小普少"是傣族话"少女"的意思，可他几乎不相信他听到的话是真实的，但那越靠越紧的女性身体使他无法再作任何别的联想。

他明白，爱，成熟了，即使是一个三十八岁有抑制能力的男人也无法阻挡它了。

于是，他从背囊中拿出毛毯，红着脸，怀着忐忑不安的心情，怀着一种犯罪感，裹住林道静，慢慢向后退去，那里是一片夹竹桃的丛林。

她像任何一个健康的女性，像任何一个狂热的情人那样，献身给他了……

作为一个医生和男人，他知道她已经不是处女了。没有任何理由要求一个三四十岁的女人还是处女。他不需要酸楚和嫉妒，也不愿意产生追问她过去的念头，他爱的只是现在的她，他得到了她，这就是最大的满足。

无论如何，这是他生活中的第一个女人啊！

当他们平静下来，望着头上面夹竹桃厚实的叶片和从缝隙中漏过的几点星光时，他倒有些内疚了，小声问："我是不是有点太……轻率了。你不知道我的身世，不知道我的生活，不知道我的好恶，不知道我的灵魂，你会不会认为我欺骗你……"

她猛然捂住了他的嘴，喃喃着："不用，全不用，只要你有一天能原谅我……"

他的胸脯上感到了她热乎乎的泪水。他紧紧抱住她，摸着她皮肤下那明显突起的骨头，什么也不说了。他知道，确实不用说了。

6

在大森林中一个傣族寨子边，在寨子边的夹竹桃丛中，在夹竹桃丛中一个睡得并不安宁的女性身躯旁，水宇天又做梦了。

他追上了他曾很多次不敢跨越的那个少女，向她絮絮叨叨地讲述着自己的童年：“我很苦，很苦，我希望，希望极了……”

她不理睬他，只是向前走。她的神情也很痛苦，但她压抑着，掩饰着，只是不顾一切地向前走。前面漫无边际。

他忘记了自己是一个医生，他想起了自己是一个男人，男人跟女人……于是才有了世界，有了这个世界，男人和女人才得以结合。

秋天过去了，落叶被人们堆在一起，焚烧成黑色的灰。他的家也曾经是黑色的灰。

前面是冬天，他走向冬天。那不是白雪皑皑的冬天，而是一个温暖的冬天，他喜欢冬天。

他终于看清楚了她。这是一个很美很美的女性，不是人们通常认为的那种美，而是由于眼睛中有一道理解一切人的光而显示出来的灵魂美。这种美会使人得到比肉体美高出一千倍的享受。

她苗条，纤细，像男孩子，也像少女，但她已经不年轻了。

这个女人是谁呢？

他奇怪，梦居然会像连载小说，接着做……

人生是难以分割的，包括梦！

下雨了，一颗水珠又一颗水珠，同样不间断……

是露水滴在水宇天的脸上，使他从梦境中醒来。他睁开有些发涩的眼睛，看见身边已经没有了林道静。

他先是怀疑和她之间发生的狂热冲动是不是梦？他早已习惯于把一些现实当成睡眠中发生的事了。

当他发现撒在胸膛上的几根女人特有的柔软长发时，才长长地出了一口气。她确实曾躺在他身边，把一切都献给了他。是的，他认为是一切！

几只白鹭从不远处的大榕树上飞起，落到亮晶晶的水田中。虽然它们的动作那样轻，好像小心翼翼的样子，但那明镜般的水膜还是被踏破了，如同一大块玻璃镜子突然炸裂开来。他心中升出一阵惋惜之情。

林道静呢？他边想着，边穿起了衣服，把毛毯使劲塞进背囊之中，然后走出夹竹桃丛。

他终于看见她了，她正靠在一棵大榕树上，又穿上了军装，一动不动，凝视着前面一座被大树覆盖的山峰，在那山峰的最高点，在还没有被白云和浓雾遮住的地方，正飘出一缕又一缕青色的烟霭。

那里肯定有一个宁静的小山寨。

水宇天抖下几颗露珠，抹在有点僵硬的脸上，他觉得一下子清醒多了，于是慢慢走到林道静身边，伸出一只手臂抱住了她。他自认为：从昨天深夜起，她就永远属于他了。

但是，林道静推开了他，似乎昨晚上她和他并没有发生过亲昵的关系，似乎他这样热切地拥抱她是对她一种不友好的行为。

他愣住了，但马上觉得，她是对的。

她的这种冷静举动可以使他不至于每时每刻都陷在只有少男少女

才会出现的冲动状态中。他们是中年人了，他们的生活范围更广泛，而不仅是爱和情欲。

他应该感谢她，在短短的一个月中，她默默地、无形地使他明白了许多生活的道理，而以前，他只是唯唯诺诺地活着，只会徒劳地希望。

“你起得真早。”他被黎明吸引了，或者说，他让她感觉到他被黎明吸引了。

“我一整夜都没睡。”她告诉他这会使他惊讶的话。

可他觉得，这一夜她睡得比以往要香甜、沉稳得多。他几次情不自禁地亲吻她苍白的脸和消瘦的胸脯时，她都毫无知觉。

而她醒着时，即使轻轻碰她一下，她的反应都是很强烈的。

“真没睡着？”他不太相信地问。

“真的。”她坦然地望着他说，“太兴奋，也太激动了，一点也不想睡。我听见了你在说梦话。”

“我每天都会做梦。”他有点不好意思地解释。

“生活在两个极端的人都会天天做梦。”她颇有感触地说，然后又极其真切地问，“你不会认为我是一个……太放纵的女人吧？”

在水宇天三十多年的生涯中，只有她，对，还有刚刚结识的山里人会这样真切地向他询问。但他还是摇摇头，因为他不理解她的意思。在他的概念中，爱和放纵完全是两码事。

而她则感激地仰起头，轻轻吻了吻他的嘴唇。这种碰触使他感到了小妹妹般的信任和母亲般的放心。以前，她从来没有流露过这种情感，总是顽强地表现出她是一个男人般的强女人。这是为什么？

他不想问，也没有问这种心灵活动的习惯，他只是说：“你要感觉累了，今天就休息一天，明天再开始巡诊。”

“不！”她很果断，也很固执地摇了一下头，放低声音说，“你是医生，医生在病人面前不应该休息，在那里，正有一个重病人。”

她指了指高高的山峰上那开始被密集阴云遮挡的地方。

“你怎么知道那里有病人？是山上有人捎信下来？”他奇怪地问。

“我早就知道，还是在省城的时候就知道了。”她的声音更低了，充满了忧虑，还有深深的怀恋。

就是最愚蠢的男人此时也不能不有所警觉了。他用一种怀疑的口吻说：“为什么不先给你插过队的寨子里的人看完病呢？”

她显然不是心甘情愿地点了点头，表示同意先给山脚下这个傣家寨子里的人看病。

他们一同回到了竹楼群中，整整忙了一天。

傍晚，她再一次提出上山的事：“这个寨子里的人都很健康，从我插队的时候，他们就很少得病。咱们离开这吧，到山上去，山顶上那个叫贡嘎的寨子里有一个病情很重的人。”

说实话，他并不想违背她的意愿，对于这个生活中他第一次爱上，并第一次与之结合的不算年轻的女人，他甘愿满足她所有的要求。

但是，一种男人的本能使他不能不说：“山下还有十几个寨子要去看一看呀，到这些寨子去的路程加在一起，也比到那山顶上近，我们应该最后再去那山顶，然后从我们到过的所有寨子中选一座环境最好的，让你住下来，休养治病。你还应该好好活下去。”

她眼中喷出由于焦躁而冒出的怒火，瘦弱的胸膛剧烈起伏着，但她却在向他乞求："别这样，别这样，转完这十几个寨子，就会耗去一个多月的时间啊，而那个病人早就该被治疗了。先上山吧，今晚就走，四十里路，明天天不亮就到了。它对于你是远些，可对于我是多么近啊，能看见炊烟了，而以前，几千里，只能用心去眺望……"

她的声音那样哀怜，又那样动情，她的眼中充满了晶莹的泪花，充满了渴求的光。

他的生活经历使他感到那山顶上的病人与林道静可能有着一种极其特殊和极其紧密的关系，很可能是插队时的恋人，他听人说过几千万知青在农村时发生的各种各样的故事。

他小心地问："那个病人是不是知青？"

林道静犹豫了一下，但马上镇定地用毫无欺骗的口吻回答："嗯，他是老知青，而且你大概还认识他。他叫吴大路，在这个小寨子里整整生活了十六年啦！"

水宇天的脑袋里像爆炸了一枚炸弹，这个响亮的名字狠狠地敲了他一闷棍，也像被什么东西扼住了他的脖子，使他窒息。

他来不及想什么别的，只是嘶叫了一声："不，啊……不！"随即跌坐在铺满夕阳余晖的土地上。

他感到，他被这个垂死的女人狠狠地欺骗了！

7

吴大路，这个名字不能不使水宇天想起以往的生活。

虽然，他不愿意向任何人提及过去，而这过去又恰恰是促使他走上今天这条大森林中泥泞小路的唯一原因。

他的父亲是国民党时期一家大报社的主编，叫水大望，在美国攻读过新闻专业，得过硕士学位。

他信奉民主，反对独裁，希望中国也能有两党竞争制，对于贪污、腐败嫉恶如仇。他不喜欢国民党，也不同意共产党的某些主张，他的思想无一不表现在他的报纸上。

一九五〇年，他飞抵这边远省份的省城，准备接当医生的妻子和刚刚四岁的水宇天去美国。但到达的当天，这里的国民党军政要员便宣布起义，同共产党合作，封锁了交通。他没能飞走，留在了自己的故乡。

一开始，因为他是知名文人，妻子又是颇有些医术的内科大夫，他的境遇还好。他买了一套房子，水宇天还有保姆照看。但是，后来水大望突然被捕，接踵而来的是他的家产被查封，儿子和妻子被赶到一间老式的土坯结构的房子中居住。

从此，水宇天便开始了被人歧视和备受屈辱的生活。

严格地讲，在水宇天的血液中，没有那种过分的阴沉和对一切都仇视的成分，他基本上是一个软弱的人，他默默地忍受着同学们的欺负和老师的白眼，忍受着贫困和凄凉。在这种状态中，他长大了。

在许许多多不公正地对待过他的人中，他只记住了两个人，一个是吴大路，一个是吴大路的父亲。

这两个人从没有亲手打过他，可是他却认为他们给予他的伤害是最严酷的，而那些打过他、批斗过他、往他身上吐口水的人们，他反倒记不太清楚了。

在他孩提的记忆中，他父亲被抓之前，先是有人在报纸上发表文章，说水大望是反动文人，写过许多咒骂共产党的文章。

他父亲当时拿着报纸，仰天长叹了一句："岂止是文人相轻，简直是文人相杀呀！"

后来水宇天知道了，写这篇文章的就是吴大路的父亲，这篇文章的作者后来被提升为教授。

但是，这篇文章使水宇天的家庭坠入了深渊。不管当时形势如何，反正水宇天认为正是从那个时候起，他一个孩子的一切幻想和希望全部泯灭了。他被列入另册，甚至他一九六五年高考成绩是全市第七名时，也未被大学录取。他上不了学，也没被安排工作，成了当时屈指可数的几名待业青年。

文化大革命开始后，一拨又一拨的人来到他的家，毒打他和母亲，毁坏一切家具，搜寻"反革命文章"。他母亲忍受不了这种对待，吃了大量安眠药自杀了。剩下他一个人像一只病狗一样被人踢来踢去。

他想跑，想离开这座只会折磨他的城市，可到哪去呢？再说他也缺少这种果断和勇气。

上山下乡运动给他带来了希望。众多的年轻人去接受贫下中农再教育，去改造农村的落后面貌，他没有这样的理想，也不允许他有这样的理想，但他也想去农村，为了逃避灾难。

他从不少描写边疆生活的小说中知道那里的人们是善良的、古朴的，可是他是无业青年，他不能随任何一个学校去插队，他哪一派也不是，更不能依仗组织派去下乡。他到处徘徊，想去寻找一个机会。

终于，他发现离他家不远的地方有一个学校组织了一批人去插队，而且还发现有一个人在出发前偷偷藏到了车顶上……他也想用这种方法离开这个城市。

然而，冤家路窄，藏在那车顶上的竟是吴大路，他是在一次批斗他的会上认识了这位中学红卫兵头头的。

吴大路发现他也钻到了车顶，立时阴沉着脸问：“你来干什么？”

“我……”水宇天无法解释。

“下去！”吴大路严峻得近乎冷酷，“我们是去干革命，是去实现我们拯救全人类的理想，你干什么，想逃避对你的批判吗？下去！”

他畏缩了，但他不愿意失去这个机会。

突然，跳上几个小伙子，把他连同他的行李一起扔下车去，嘴里还嘟哝着：“大路，你别心软，不能让他破坏了咱们的计划！”

吴大路哼了一声：“我知道，他和咱们不是同路人！”

他被那几个小伙子拧回到他家附近的街道革委会，说他想逃跑，让他们对他严加看管。革委会的人勒令他必须每天来请罪一次。从此，他再也没有机会脱离灾难，他把这个账记到了吴大路身上。他只是不明白吴大路为什么也要藏在车顶上去。

后来，水宇天忍受屈辱，饱尝人世间的辛酸。没有钱过活，不被保护，只能靠有时给人打打木匠活，做些衣柜、桌椅，挣点钱充饥。

更多的时候，他是翻阅从母亲那继承的一些医学书，这些书是他从一识字起就感兴趣的，他的母亲也希望他能成为一名像她一样的内科医生。他高中毕业时，报考的就是医学院，虽然上不成学，但当一个医生的理想还存在于他心底。

不知什么时候，他忽然发现省医学院里的人们都在忙于革命，于是他从一扇被打碎了玻璃的窗子溜进了尸体存放室。

在那阴冷的地下室里，他结识了一位也不甘心于挨斗和写自我批判文章的教授。那位教授出于职业的本能，欣然接受了他为自己的学生，并且把他带到附属医院去为病人看病，以提高他的临床经验。

医生这个行业，即使在最混乱的年代里，也不会溃灭，因为疾病从不会离开人世间。在学习和为病人服务中，屈辱和伤害对于他有些淡薄了。

然而，一年以后，有人知道他是一个国民党大人物的儿子时，一阵拳打脚踢，赶跑了他。后来，那个教授也死去了。本来，那个教授想悄悄把他培养成最得意的门生。

然而，人的希望多么容易成为泡影啊！

水宇天又一个人孤独地、痛苦地在压抑和折磨中生活了。他悄悄地给邻居们看看病，收取一点微薄的报酬，用以度日。

由于他医术还不算平庸，因此，邻居们倒还不拒绝他送医上门，有时还会来请他去看急诊。但是，街道革委会和派出所却勒令他停止此种活动。他这个历史反革命的儿子不能从事这种对人生命攸关的职业，他只好又去给别人打家具了。

“四人帮”的倒台，并没有给他的生活带来多大的变化，因为他的家庭的破落并非十年动乱造成的，甚至跟反右运动都没有关系。他继续生活在屈辱中。

当个体户风行之时，他也想申请挂牌行医，但没有文凭，卫生部门也不允许他行医。

他，没有工作，也没有任何一个单位愿意要他。不能上大学，因为根本没有权利去报考。他维持生计的办法，就是去打零工，有时帮人家盖房，有时帮人家拉煤，有时又卖卖汽水、香烟。但无论何时，他都没有放弃为人治病的想法。

因为一种治病救人的善良愿望永久伴随着他。

突然，有一天人们告诉水宇天，他的父亲平反了。

有人发现在一份起义宣言中有他父亲的签名，于是，要给他落实政策了。首先应当发还三十年前查封他家时没收的东西和房产。当然，东西不在了，房子被一个什么要人住着，一时也无法归还。

于是一切都折算成钱，大约价值五十万元，请他领回现款。然后先安排他去医学院附属医院上班，等批下指标后，可以转正。

紧接着，省政府、省政协、省青联都发给了他委员证，民革、民盟都来发展他加入组织，记者、编辑蜂拥而至，说媒的也踏破了门槛……

而他却坚决地离开了省城，去寻求一个可以让他安宁生活的地方，这竟和十几年前他要出走的目的一样。

他早就想摆脱被虐待的岁月，但他也不欢迎这种使他处于某种漩涡中心的生活，这都是一种不正常状态的两个极端，都是没有把他当正常人来对待。

他多希望过一个正常人的日子啊，既不是被一脚踏进泥坑，也不是被一手捧上云霄。他终生渴求的、梦中幻想的，就是希望人们平等地对待他。

那么，是谁给他带来了这种不正常的生活？不，他绝不至于愚蠢到只认为是吴大路父子。然而，在那许许多多把他推进黑暗中的人里面，留给他印象最深的是这两个人。

他本来认为，一切都将忘掉了，他不是政治家，不会背诵“忘记过去就意味着背叛！”这样的词句，他认为走进大森林后，新生活就会开始，而且他果然得到了安宁，享受到了平等与尊重，还意外地得到了爱，尝到了女性的芬芳。

可没想到，一切又是梦。

那个垂死的女人把他引到吴大路身边，并且要他去为他治病。这，是让他难以接受的现实！他要告诉这个女人，她用虚假的爱情骗了他，用她那病躯嘲弄了他，她这样做是可耻的！是无耻的！

水宇天从地上站起来，用他所能表现出的最气愤声调说："你……你不应该这样！"

这声音平缓、淡漠，还不如竹叶的沙沙声响亮。他这时才发现，三十年来被压抑的生活早已经使他不会气愤了。他长叹一声，等待着林道静向他解释。

然而，没有人声，晚风吹落了淡淡的夜幕，吹散了遥远的晚霞。

他惊讶地看了看四周，根本没有林道静的身影，再往远处看，除了大森林黑乎乎的阴影外，没有任何别的东西。他惶恐了，一下子不知所措。她上哪儿去了呢？他焦虑地想着，为她的病体担忧。刚才对她的愤恨和怒火马上被这种不安的情绪所淹没。

他跑回寨子，挨家询问，她可能会在哪个早年熟悉的大妈家躲避他，或许在伤心地流泪。然而，二十几幢竹楼都问遍了，整个寨子里的小路上都留下了他急匆匆的脚步声，她还是没出现在他视野中。

猛然，他发现她那从没有当他面打开过的，挺沉重的旅行袋不见了。他顿时醒悟过来：她走了，离开他，一个人钻进夜幕中的大森林。

重又站到昨夜和她共眠过的夹竹桃丛边，水宇天感到了从没有过的惆怅、孤独。

假如，他还依然像一个月以前，从没有享受过女人的温情；假如，从一走进这潮湿、温暖的山林就没有林道静在身边，他是不会产生这种痛苦的精神状态的。

真的，三十多年来，他还没有感到哪个女性能像林道静这样和他在一起如此和谐。他怎么能昨天刚刚得到她，今天就又失去了呢？他突然觉得，自己错怪了她。

她不是那种放荡的女人，她是坚强的、成熟的、有着固定生活目标的人。她何时欺骗了他？没有！真的没有。绝不是她诱惑他到大森林中来的，他是极其自愿的，在没有任何人提示和强迫下，自愿用那不是自己劳动所获的五十万元钱为自己买一个安宁的生活。

而她是得知了这消息后，主动挤进他的征途中来的。她要求做他的病人，每天都认认真真接受他的治疗。她没有强迫他干任何事情，是他情不自禁地爱上她，觉得生活中有了她就有了光辉，就有了清泉，就有了大地，就有了信心。而她，就是在昨夜最冲动之时，也没有告诉他“我爱你”。

当然，他一直认为不说这句话是由于女性的庄重和羞涩，女人是善于掩饰自己的，说这三个字大概应该是男人的事情。

当她说出吴大路在那山顶的贡嘎寨子中时，也只是乞求他去尽一个医生的责任，并没有因为和他有了肉体关系而强迫他。

不，她对他不存在欺骗，她只是隐瞒了她来山林中的另一个目的，或者说，没有在和他同行时就说出这个目的：想让他去为吴大路治疗疾病。

可为什么非要他呢？当然，阿贡山的寨子里不可能有医生，但几十里外的小镇上有卫生所，一百多里远的县城里有医院呀！

哦，他应该对她忏悔，他没有道理埋怨她，他更不能让她一个人走进被茫茫夜色笼罩着的深远无际的大森林中。一个患着癌症的女人，一个被他爱着的老姑娘，一个……他不能，绝不能。

他背起自己的背囊，拖起有着医药箱的折叠车，沿着那唯一一条通向山顶的小路追去。她只可能向那里行走，他不得不承认，是吴大路把她吸引到这里的。

那么，他将为伤害过他的吴大路看病了？

不，不！他只是去陪伴林道静，她是他的病人，是他的情人，他不能离开她，他将一直陪伴她到最后。

晚来的爱比少男少女的情更真挚、更深沉、更忠贞。

8

大森林的边缘是灰蒙蒙的，最后一缕光线挣扎着挤进树的缝隙中，很快就被密实的枝叶吞没了。

于是，一团比一团阴郁、潮湿的黑暗扑过来。水宇天不得不拿出手电筒，打开按钮。

随着一条黄色的光柱冲向前去，大树的黑影像是张牙舞爪的魔鬼向他扑来。他浑身抖动了一下，轻轻咳了几声，使神经镇定下来。

一个多月来，无论是走夜路，还是黎明时出发，他都是和她结伴而行，他已经习惯了一边走一边听她说些欢快有趣的事情。而此时，寂静，落寞，心绪烦躁，他一直在潜心享受的那种安宁不复存在了。

这一切都是因为身边没有了她。

他忍不住高声呼唤起来：“林——道——静——！”

声音在山林的夜间，响亮极了，但一定传不远，因为树干太粗，叶子太厚。他沮丧了，不知道会不会追上林道静。

一瞬间，他产生了惊恐的念头：她会不会迷路？会不会碰上毒虫猛兽或者坏人？他本能地用手摸出了一直带在腰间的弹簧刀。

“宇天……”一个细微的声音似乎从落满腐叶的地下传来，他先是吓了一跳，手一使劲，弹簧刀被打开了，而后，他又惊喜万分地搜寻着这声音的来源。

几声喘息，又有几声咳嗽，就在身边。水宇天用手电筒照去，只见身边站立着一棵几个人抱不过来的巨树，几根拱出地面的粗根形成了一个不大的缝隙，林道静就缩在那里面。

水宇天激动地叫了一声，扔下手电筒和弹簧刀，弯腰把林道静从树缝中拉了出来。

林道静一下子扑在他怀中，带着一切女性都会出现的胆怯和委屈的哭腔说：“我……怕了，我知道你会来，一定会来……找我的……对不起你……”

水宇天的心融化了，为了这样的语言，他就是找上她一天一夜也不会有什么怨言。他还从没有听过任何一个女性向他说出这样信任的话呀！

他搂着软弱不堪的她，感到了做一个男人的自豪。好一会儿，他冷静下来，说：“咱们回去吧。”

她扭动了一下，慢慢挣脱出他的怀抱，似乎惊愕地问：“为什么？为什么回去？前面有一个病人呀！”

她显然已经从胆怯和委屈中解脱出来，对他的提议感到不满：“我以为你明白了一个人的良心，恢复了一个医生的责任感。”

“可我，可我……不想，也不能去给他看病，他伤害过我！”水宇天努力使自己鼓起勇气说出心里的意思，他认为这意思已经明确得可以使她理解自己的心了。

可林道静只是冷笑了一声，说：“为什么？就为他在还不大懂得世事时的一些举动，你就在已经成熟了以后对他进行报复吗？你是医生，医生眼里是不应该把病人再分为好人坏人的！何况，他并不是坏人。好吧，既然我打动不了你，那你就回去吧，我继续往前走了。”

她离他更远些，做出准备出发的姿态。听她那口气，她把走几十里神秘莫测、阴暗可怕的山路当成去小店买酱油。

“你去……”这是他本能的忧虑。

“我去给他看病。我学过医，我看过医书。我……要是从小就学医该多好啊。”她在感叹她不是一个真正的医生，可这种感叹又不是为自己，而是为一个十几年前，她少女时期相识的一个男人。

她已经十几年没见到他了。现在，她急切地要见到他，因为她知道自己将不久于人世。

她果断地提起自己沉重的旅行袋，大步向黑暗的前方走去。可是，刚刚走了两步，剧烈的咳嗽使她不得不又停下来，使劲弯着腰，揪着自己的胸口。

水宇天能感到她又在咳血了，他甚至闻到了血腥味。于是连忙借着手电的光亮，拿出注射器。

她顺从地让他给打了一针，然后倚在他怀中，微微喘着气，静静地休息，不再提往前走的事，可也绝不回去。

于是，他只好拿出了毛毯，他们又一次露宿了，这一次是在渺无人烟的森林深处。

好久，好久，两人都没有睡去，可又都一言不发。周围竟然没有一点声音，如同在一个通向地心的深洞之内。

终于，她开口了，这是一种经过深思熟虑的低吟："宇天，你听我说，别插嘴，别问为什么，一直听我讲完，好吗？"

水宇天轻轻"嗯"了一声，他早就希望听她讲些什么了。

她很认真地讲起来，像是临死前的忏悔：

"我从不埋怨谁，也不埋怨自己，生活就是让我们按照各自的命运走完自己的人生道路。十五年前，我还是个不懂事的小姑娘，随着上山下乡的洪流，来到了阿贡山脚下插队落户。就是在这块山林间，我认识了吴大路，并且爱上了他。

"在我眼里，他是一个真正的男人，他勇于剖析自己，折磨自己的灵魂和锤炼自己的肉体。他用最艰苦的劳动来使自己从一种罪恶感中解放出来，他从内心深处向一切被他伤害过的人认了罪，其中也包括你。他不是一时的冲动，他是决心用一辈子来弥补他不懂事时犯下的几件过失。

"我爱上了他，我觉得他是值得被爱一辈子的男人。为了这，我没经过他的同意就和他一同回到省城为他父亲奔丧。他开始把我当小姑娘，不理睬我，冷淡地对我，但是在我们返回阿贡山脚下时，在那个我永远也忘不了的雨夜，我成了他的女人。

"哦，人的一生也许只要有那么一个夜晚就可以满足了吧。

"我决心搬到他所在的贡嘎寨子，和他一起在那最贫困、最落后的地方磨练身体和灵魂。可是，当我和他一同上了山顶时，贡嘎寨子的景颇人为他准备好了一个新嫁娘，他们用这个山里人的女儿考验他，看他是否将永久地留在大森林中。他为了使那些人们相信他会一辈子将与他们同甘共苦，表示愿意要一个山里人的女儿为妻子。

“我震怒了，认为他太自私，为了使他自己的目的和尊严不受伤害，却伤害了我的感情，冷酷地玩弄了我对他的爱。我痛苦了，一夜间头发白了一片。但我没大喊大闹，我用眼神明确地告诉他：‘你会一辈子解脱不了一个压在你心头的阴影，将使你的良心总处在被审判的地位。’”

“他默默地点点头，同样用痛苦的神情回答我：‘我没有别的办法，没有别的抉择，我不能回到自己的故乡，在那，我伤害过一些人；在那，也没有适合我生存的土壤。而在这里，我可以得到许许多多景颇人的信任，却只需要失去纯属个人的东西：爱！’

“我不忍心再增加他的痛苦，我跑了，给他留下一封表示爱的信。搭了一段汽车后，我跳下来，在路边的一个小草棚里，就是我跟你讲过的那个人字形草棚里，我躺了三天三夜，希望他能来追寻我，向我道歉。我，一个十九岁的少女，是难以经受住这打击的，可是……他没有……

“于是，我恨他。这么多年过去了，我一直恨他。为了这恨，我一直独身生活。孤独和忧郁使我的心情很坏，而这种很坏的心情使我本来就有的肺病萌发成了恶性肿瘤。当我得知这一消息时，不是在找你看病时才知道，早在几个月前，我就被肿瘤研究所的医生确诊了。哦，当我得知自己将不久于人世时，也得到了一个确切的消息：他在阿贡山上积劳成疾，被好几种疾病折磨着。但他发誓，他绝不走出这片大森林。而在这片大森林中，除了几个全部由赤脚医生组成的卫生所外，没有一家医院，这些卫生所充其量只可以治治感冒，做个结扎手术。

“他太固执，为了信守誓言，可以不要命。他不出大森林，无非为了说明他根植于这块丰饶的土壤，和这里的人民一样生活。对，这里的景颇人都是这样，无论发生什么事情，也不会走出大森林。你肯定是了解他们这个习性，才会到大森林里来为他们治病的。

“我突然觉得十几年间错怪了他，错恨了他。他把自己的一切都献给这块土地了，为什么我非要占据他一块心呢？为什么要诅咒他的良心一辈子都要受审判呢？不，他不应该再被任何人怨恨了，也包括你。

“他用全部青春、爱、生命来偿还他不懂事时犯下的那点错误，这已经是太不公平了！严格地讲，他所受的屈辱和压抑，一点不会比你少。他不该再被疾病折磨了！

“我想找一个愿意到大森林中来的有水平的医生为他治病，但没有，在大城市享受惯了的医生们不愿意来这里受苦。至于一些临时凑起来的巡回医疗队，也不过是到县城医院就算走到头了。于是，我想自己学医，来为他治病，让他原谅我对他的诅咒。然而，来不及了，也许等不到我学完基础知识，可能我或他就离开了这个世界。

“也就是在此时，我在医学院的一个朋友告诉了我你的情况，我就主动去找你看病，赖在你身边，希望跟你熟识以后，说服你去为他看病。我知道他曾经拒绝过你和他同行，他曾告诉过我。要知道，他当时也正处于被人家批判的境地。即使是这样，他后来也很懊悔，希望能有机会向你道歉。他说他的父亲在遭受一系列磨难之后，临死前也忏悔了……

“在和你同行的这一个多月时间内，我喜欢上了你，实事求是地讲，你不是吴大路那样把尊严、男人的力量、伟大的事业都毫不掩饰地强烈表现出来的人，但你的善良，那种默默地信守做一个正直人的原则都是如今男人身上所不多见的了。

“正是这不多见的东西吸引了我，使我在曾献身于一个男人十几年之后又献身给你。当然，我可能是一个没有人愿意要的痨病鬼和丑陋的老太婆，但我还自认为是一个年轻的女性，自认为心灵同以前一样神圣、高贵、美丽……

“哦，大概就是这样，这些了……我等不及你再去转完山脚下那十几个寨子，我恐怕没有五个月的时间……”

林道静累得连咳都咳不出来，像一个死人一样瘫软在水宇天的怀抱中。

水宇天完全被感动，甚至心都被强烈的颤抖搞得几乎窒息。他从来没有听到过这样震撼人心的故事，也从来没有听到过一个女性这样认真、实在地向他剖析自己的灵魂。自从和林道静一同踏进这块山林以来，他的第一次感受太多了。

此时，他紧紧地抱住她那柔弱无力的身躯，低声急促地说：“不，不，在我心中，你不是痨病鬼，也不是老太婆，你确实是神圣的、高贵的、美丽的。我为你治病，也……为他治病，治好你，也治好他……”

“对了，我忘了告诉你，他有了一个快十岁的孩子。”她挣扎着又说了一句，似乎是在感慨什么，也似乎是想解释什么。

他没有仔细琢磨这话的含义，也不愿让她更加疲惫，于是用毛毯给她裹上，自己和衣躺在她的身边。

她马上就睡去了，而他却想着刚才她说的一切，包括她说自己的头发白了一片。

大森林还是那样安宁、静谧，没有因为这两颗激动的心而抖动。黑暗包围着他们，把他们往一块挤压。

9

又是一个晴朗的日子，一阵沉重的脚步声使两个搂在一走相眠的人猛然间醒来。

那显得像羽毛般轻飘飘的光线正弥漫进草缝、叶隙间。水宇天和林道静同时看看表，已经九点多钟了。几只小鸟被树下坐起的两个人吓得飞走了，撞下来几滴露水珠。

有着沉重脚步声的人拐过那棵巨大的古树，从小路上出现了。这是一个中年汉子，黑黄枯干的脸，长长的络腮胡子，一身五十年代的旧黄军装，头戴一顶的确良绿军帽，眼神同所有赶路的山里人一样机警、单纯。

但他突然看见树下那一对男女时，先是愣了一下，随之涌出一股回忆和思虑融合在一起的神情，紧接着，浑身一震，眼神中冒出愕然的光芒，最后便沉浸在痛苦、茫然、悔恨和许许多多男人才会有的复杂思绪中。

他站住了，僵立着，等待着小路上的两个人开口。

世界就是这样小，也可以说是冤家路窄，更可以解释成为殊途同归。

他，就是吴大路！

林道静慢慢从水宇天的脚边站起身来，系上军衣的扣子。她的第六感官早已使她从那沉重的脚步声中觉察到了来人是谁。

这脚步声曾无数次从她的记忆深处走向梦幻中，而现在，是现实了，她再也不需要梦幻，她的感情一下子进入一个极端的状态。

于是，她倒不像一般女人那样又哭又跳，反而平静得如同天天和来人见面一样，轻轻呼唤了一声："你……下山买粮，还是开会?"

水宇天是费了好大劲才发现这张男人的脸有些熟悉，而听林道静用这种不陌生的口吻去打招呼，立刻醒悟到眼前站立的人就是吴大路。

他吓坏了，不是十几年前被从车上扔下去而遗留下来的恐惧本能，而是被吴大路外貌的变化吓坏了。他简直不能想象人能被贫困折磨成这个样子，他记忆中的吴大路是一个头发粗黑、面色红润、眼睛大大的英俊小伙子。

而眼前这个人，似乎祖祖辈辈都生长在这山林中，手大得像扇子，脚趾全部叉开了，紧紧地抓着地上的泥土，皮肤粗糙得如同用沙砾粘起来的，脸色黑黄，还透着灰绿。

水宇天是医生，见过许多形同枯木的病人，但那……哦，他不知怎样比喻才好，只是用人类最本质、最同情的声调叫了一声："你……是吴大路!"

吴大路这时才冲两个人点点头，他比他们更震惊啊。

"你们是来找我算账的?"他沉重地问。

此时，他没有别的话好说，只能这样，因为他无论如何做不出高兴、惊喜的样子。

这就是命运。这就是想躲避也躲避不了的灵魂撞击！

“算账？”水宇天惶恐地望望林道静。

不，他从记事时起，就不知道什么叫算账。他没有能力，也没有权利去找谁算账，何况他那善良的本性也不会去找谁算账。他只可能，也只会躲避别人找他算账，虽然，他自信从没有欠过别人任何东西。

“我，我是来给你看病的。”水宇天不知道自己是如何说出这句话的。

即使在昨天夜里，林道静倾吐那样多的替吴大路辩解的话，他也还没有决定下来是否为吴大路治病。但当这个父子两代伤害过他父子两代的人一出现在眼前，他却不由自主地说出了要为这个人治病。

他不能不这样说，他不可能对一个身患好几种严重疾病的人进行报复，他没有受过这种教育。医生，就是给一切人治病，更何况，林道静说得对：太不公平了，一个人用十几年的自我折磨来抵偿不懂事时犯下的过错，还不够吗？

这是人世间最严厉的审判了吧？这种痛苦的生活比死要难忍一千倍。有时，死倒是最简单、最轻的判决呢。不过，作为一个医生，他是要禁止死神扑向任何一个人的！

林道静理解此时吴大路的心情，也明白他问是否来算账的意思。在她眼中，他一切都没有变，还是她和他在一起时的样子，甚至没有苍老，也没有病态，十几年来她在梦中相见的就是这个人，这副样子。

她点了点头，表示肯定吴大路的问话，她有多少账要跟他算啊，这是一笔拖了十几年的账，她一直没有勇气来算。

当死亡临近了她时，她再也没有什么顾忌了。因此，她才会欣喜这死亡的降临，它为她排除了一切胆怯和其他心理上的障碍，使她毅然回到了给她这一生留下最深印象的地方和给她心灵留下最深刻痕迹的人身边。

“怎么个算法?”吴大路直视着林道静。他一下子便发现了这两个不速之客的差别，从他们的眼睛中看出两个人不同的心绪，也多少明白了林道静的主动地位。

“到你的寨子里去，给你治病。水宇天是医生，真正的医生。等你身体好了，一切账都从头算!”林道静回答着。

“我没有病，我壮得像一头野猪，我过了十几年，还可以再过十几年。”吴大路冷冷地说。

“我知道你有病，别拒绝我。十五年前，你已经拒绝了我一次……”林道静又一次表现出她绝不是永远都是暴烈的女性。

她没有发怒，叫骂，而是悲伤地、柔顺地乞求。在吴大路面前，她完完全全是一个弱者了。

“不……”回答还是那样强硬。

她使劲叹了口气，又剧烈地咳嗽起来，这是因为感情的创伤。因为心灵受到了打击。

水宇天扶住她，看着她紧闭着双眼，嘴角溅出了血丝，他的心像针扎一样疼痛，这是他三十八年来第一次爱上的女人啊。

猛然，紧盯着吴大路冷酷的脸，他发怒了，愤愤地吼起来：“你不能拒绝她，谁也不应该拒绝她的要求了！她觉得十五年前对不起你，她觉得你有了一身病跟她有关系，她的良心上总有重负，因此，在她自己还只能活六个月的时候，找我来给你看病。你知道吗？这个世界只给她六个月的时间了。肺癌，你明白这两个字的意思吗？就是这样，她还想自己学医来给你看病呢！吴大路，我不记你什么仇，我们都是同龄的中国人，岁月会冲刷掉耻辱和怨恨的。你假如觉得欠我什么账，还想还的话，那就请听她的话，让我给你治病。这样咱们就算两清了。”

这是他一生来第一次真正发怒。他发现，这种咄咄逼人的大喊大叫确实可以使一个人显出威严来。

吴大路没有想到这个被自己伤害过的人竟会这样来和自己算账，他虽然难以接受别人对自己的宽容，但他无法拒绝善良，他没有勇气再硬挺着脖子；更何况他初恋的那个女性只有六个月的生命了，她用这六个月的生命来求他答应一件事：治疗。

他必须答应，由于不是心甘情愿，他把头沉重地垂下去。

林道静则被水宇天如此大度和善良所感动了，她伸出双手，搂住他的脖子，深情地吻了他一下，这个吻中包括了一个女性所有的温情、感激和爱。

吴大路虽然垂着头，但还是看见了她的吻，他嘴角酸楚地抽搐了一下，但他马上用男性强烈的自尊抑制住了自己，喃喃着：“好吧，请上山去。寨子里还有一些别的病人呢。我下山就是想到公社卫生院去找点药。”

说完，他提起林道静的旅行袋。

他们向贡嘎寨子走去。

10

这是一条沿着湍急的小溪流向上蜿蜒的小路。

一排排亚热带树木向两边闪开，三个应该算是中年人的年轻人行走在胡同般的森林缝隙中。阳光正好照进这胡同里，小溪的浪花像是抹上了一层金粉，每一下跳跃都使它身边的行人们眼花缭乱。

吴大路为林道静扛着旅行袋，默默地在前面带着路。从他的眼神中可以感到，他思绪烦乱。

他在思索，在回忆，在忏悔，也在琢磨这场聚会的最终结局。当然，他最最忧虑的还是林道静，他不能相信她还只能在这个世上活六个月，可他也不能怀疑水宇天的话。

他知道，这个备受屈辱的人没有学会欺骗。

水宇天想的并不太多，他根本不是一个善于思考的人。他的生活目的和要求都比较简单：不再受欺侮，也不受奉承，平平静静地行医，得到尊重和平等待遇。这要求不高，从进入山林中以后，就算达到了；这目的也不坏，同样得以实现。

而且，他还得到了意料之外的收获，找到了自己的爱，享受了一个女人的温暖，虽然这个女人不是处女，也不是第一次恋爱。他满足了，他认为命运对他还不算太苛刻。因此，在向那山顶攀登时，他没有过多的不安，也没有过多的忧虑。

而林道静却像一个没有病、刚刚进入青春期的少女，一路不停地笑着，唱着，说着，无比欢欣，甚至走路都有些蹦蹦跳跳的。

“宇天，你看这条小溪，一到下暴雨的时候，腰身立刻变粗了，现在看着挺温顺的，一到那个时候就撒泼耍赖，像个泼妇。有一次我正在里面洗澡，突然下起倾盆大雨，我还没来得及爬上岸，它就喧闹起来，裹着我往下游冲去，幸亏一头老水牛过河回圈，我抓住老水牛的犄角才保住这条小命……”林道静回忆着少女时的趣事。

水宇天笑了，他想着十五年前她浑身水淋淋的，抱着老水牛逃命的样子，那是一幅美丽的山林图画，而不会是什么险况。

她捡起一根枯枝，使劲扔进小溪中，小溪打了个漩涡，那枯枝转了几圈，往下一沉，随即又翻出水面，漂向曲曲弯弯的下游。

水宇天看着林道静由于激动和兴奋而浮起红晕的面颊，猛然滑过一个念头：也许大森林安宁、干净的环境创造了奇迹，使她的肺滋生出了新的、健全的细胞和组织？他渴望这奇迹。

她又唱起了刚走进大森林时曾唱过的那首歌：

虽然这不是我的故乡，
没有山茶花到处飘香，
但这里有他的足迹，
从竹林到小河旁。
大森林的阴影，
把我们的身影遮挡……

水宇天也不由得跟她哼起来。每当她情绪高昂、心情激动之时，他总是情不自禁地受到感染：

星星还在眨着眼睛，

月亮又爬上山冈。

一阵夜风拂过树梢，

我把脸贴在他的胸膛……

她咯咯咯地笑起来，没有一点邪念地说："应该是他把脸贴在我的胸膛。"

他不好意思了，脸有些发红，因为他想起了前天夜里在傣家寨子的边上，他把脸贴在了她几乎平坦的胸脯上的情景。他悄悄瞥了吴大路一眼，认为吴大路一定在嘲笑他和她了。

然而，吴大路像是什么也没有听见似的，只是大步向前走，好像前面有什么东西可以使他烦乱的心绪得到平息，可以使他的灵魂得到保护。可像他这样一个男子汉又有什么可惧怕的呢？

路宽了些，小溪流也宽了些，两岸出现了不高的石头堤坝，显然是经过人工整修的。骤然，前面开阔了，一大片蓝天和金灿灿的阳光笼罩住一座高高的水坝，也笼罩住水坝后面绿色的湖泊，湖面上倒映着大森林起伏不平的阴影。一根粗钢管从水坝一边伸出，通到水坝下面的一座白色石房子中。

"发电站！"林道静惊喜地伸出双臂，像要拥抱水坝似的呼喊着，"那时候我们说这里可以修电站，景颇人还说我们吹牛哩。"

水宇天看见四根电线沿着木头电杆伸向山峰，钻进浓密的树林深处。

又走了几里路，林道静更兴奋了，她看见了十五年前这条小路边所没有的果园、小学校、菜园、猪场、鸡场、牛圈、中草药种植园。

当他们穿过竹林和夹竹桃丛，来到贡嘎寨子时，她的激动也达到了顶点："这，这全是梦啊！"

与其说是向水宇天发感慨，倒不如说是在向吴大路赞叹。

二十几幢竹楼，全部是崭新的，屋顶不再是几年就会腐烂的茅草，而是进口的瓦棱铁，每幢竹楼都用竹篱笆围起。一条条石板路从竹楼门口汇入一条能并行两辆牛车的碎石路，这条碎石路又通向寨中一个水泥铺面的灯光球场，绕过灯光球场，牛车路从那棵巨大的菩提树下穿过，延伸进森林。灯光球场的另一边有一幢结实的木结构尖顶楼房，全部涂上了绿漆，像是传说中的宫殿一样华丽。

"宇天，你知道吗？十五年前，来这里插队的知青是住在只有几根栏杆的牛圈里……"

"不是十五年前，是十八年前。十五年前，我们已经住进了竹楼。"吴大路打断了林道静的话。

他突然间恢复了往日的镇定，坦然了，有了一种能抗御任何突如其来情况的勇气，因为一个穿着景颇人红毛筒裙的年轻妇女迎上前来。

"这是我妻子。"吴大路介绍着。

水宇天惊奇地看着这个丰满漂亮的山林中的女性，他觉得，看上去她要比吴大路年轻得多呢。

山里人把最秀美的姑娘给了值得他们信任的外来人。

可是，即使是和天仙结婚，没有爱能生活下去吗？水宇天本能地扫视了吴大路一眼，他惊愕，吴大路脸上显露的神情，除了对妻子的自豪外，就全部是爱了！

林道静则难以抑制地呻吟了一声："你……木果！"

正是这个景颇妇女在十几年前占据了本来应该属于她的位置。虽然她自认为早已经成熟了，坚强得像钢，虽然她上阿贡山之前是做好了精神准备的。然而，真的一看见他和她如此亲密和爱恋地站在一起，她还是痛苦到了极点，甚至心如针扎似的疼。

不过，即使是如此，她也不能相信吴大路心中已经没有了她的位置，他不应该是那样的男人。

吴大路不愿意出现沉闷和令人尴尬的场面，他笑着，大声呼喊着："喂，远方的客人来了，大城市里的医生来给景颇人医病啰！"

没有出工的老人、妇女、孩子们从一扇扇竹门中拥了出来。

这里的人们还保存着传统的、古朴的好客习惯。

晚上，他们为这两个客人的到来举行了篝火舞会。人们把他们俩称为第一次飞来的孔雀，没有任何一个人还记得曾在这贡嘎寨子住过五天的林道静。而林道静也不希望被人们认出来，她还记得那时人们对她的冷淡和暗暗的仇视。

也许，过去的一切都消失在这阿贡山顶被大森林所环绕的小寨子中。

又一个夜晚来临了。

吴大路为水宇天和林道静安排了一间洁净的小屋，他不需要问就能明白这两个结伴而行的人的关系了。

水宇天有点不安地说："我……我们还没有正式……结婚，没有结婚证……"不知为什么，他对吴大路总有一种本能的畏惧。

而林道静则像一个胆怯的女孩子，紧紧依偎在水宇天肩头，嗫嚅着："我怕……我不敢一个人……住。"

吴大路没有看林道静，或者说他不敢看林道静，只是笑着冲水宇天说："只要有真正的爱，我们这个寨子里，哪个家庭都过得挺美满。"

水宇天隐隐感到吴大路说这般话与其是在宽慰他，倒不如说是想解释些什么。他想问清楚，然而吴大路已经轻轻退出屋去，小心翼翼地拉好了竹门。

林道静此时坐在阴影中，一声不吭，慢慢脱去外衣。水宇天发现，除了刚见面时，她再也没有跟吴大路说一句话。

为什么？她是怕他有什么误会吗？不，他不是那样的男人，既然以前她和吴大路有过爱，现在又见面了，当然免不了会有感慨和感情的波动。这他完全能够谅解的。

他插上门，走到林道静身边，惊讶地发现她正在伤心地哭，泪水一串串淌下来，跌落在竹片拼成的地板上。他慌忙跪下来，扶住她，用抚摸来安慰。

但她摇摇头，哽咽着："别管我，别管我，让我哭个够吧。"

他默默地坐在一边，陪着她，让她哭个够。她对他提出的一切要求，他都将使她满足。

第二天，水宇天开始为吴大路看病了。

"你的情况……肝、肺、胃、关节都需要诊治，腰肌劳损，还有慢性疟疾，你需要休息，让我慢慢给你治疗。"

水宇天告诉吴大路，他并不是想吓唬他，他从不像一些平庸的医生那样吓唬病人。他觉得对吴大路这样的男人，不需要掩饰和隐瞒什么。

“我们贡嘎寨子里不少人都有你说的那些病，可他们都没有休息，也得不到治疗。”吴大路穿好衣服，语言平淡，但却神情痛苦地说。

“为什么？”水宇天不理解。

“不能休息是因为要生活，要让子孙少受些苦，刚刚从束缚中摆脱出来，不肯浪费时间啊。至于不能治疗是因为没有大夫愿意到这密林深处、大山之巅来。”

吴大路明确表示：当整个山寨的病人得到治疗后，他才接受治疗。

木果站在一边，她从来不会阻拦自己的丈夫办任何事，她用自己身上景颇人传统的力量向他血液中注射营养。此时，她就是要领水宇天去为全寨每一个人检查身体和诊治疾病。

这项工作，也许应该由林道静来干更合水宇天的希望，然而，他刚刚爱上的这个女人却不能陪伴他走进一幢又一幢干净、清新的竹楼了，自从进了贡嘎寨子的第三天，她所有的青春和精力似乎一下子全部消失掉，奄奄一息地躺到了竹床上。

她全身浮肿，连咳都咳不出来，只能时而粗粗地喘一口气。

这时，水宇天才明白她连半年时间都没有了，奇迹不会发生。她一个多月来的轻松、欢乐、力量都是由于能把他领到吴大路身边而爆发出来的。真的到了这里，她无所求了，于是，没有了支撑生命的希望，也就……

他花钱请了一辆汽车专门到省城托医学院的党委书记买了几十支一百元一支的昂贵进口针剂，依然没有任何转机。她也拒绝他再花钱，让他把钱用在治不起病的山里人身上。

在水宇天每天为景颇人看病的时候，木果终日陪伴着林道静，给她喂水、喂饭、喂药，洗脸梳头，甚至接大小便。

木果已经知道自己的丈夫第一个爱的是林道静，但她依然精心伺候着这个依然爱着她丈夫的女性。她不懂得什么叫“嫉妒”，景颇人的词汇中没有这两个字。她只知道，丈夫所爱的，她也应该爱，这一切都基于她这十几年来，已经清楚知道吴大路绝不会欺骗她，绝不会干任何对不起她的事情。

晚上，水宇天回来，睡在林道静的身边。他搂着她，使她感到温暖和舒适，可以早些入睡。

但是，她不可能入睡，病魔和死神一同在折磨她，那么他也就不可能入睡，他用最轻柔的动作抚摸着她，用希望的语言安慰她，常常就这样一直到天亮。

每当第一束曙光挤进竹屋时，他都会发现他原以为她那是乌黑的头发根处冒出一片白斑。他想起了她说过的第一次失恋使她头发白了一片，她的黑发一定是染的。

有一天她照镜子时，他说买点药水再给她染一下，她惨淡地一笑，拒绝了。

终于，诀别不可避免地来到了。

在一个黄昏，林道静让木果给她洗了一个澡，用药水褪去头发上的染料，换上十几年前曾经穿过的黄军装，然后静静地等待着水宇天归来。

这一天，由于一个产妇生孩子大出血，水宇天回来得晚了些。推开竹门后，他觉得屋里由于没像往常一样打开电灯而特别黑暗，黑暗中还显得比以往宁静，没有林道静那憋闷的呼吸声。

他惊慌失措，预感到这是一种不祥的气氛。他摸索着拉开了电灯。明亮的灯光下，他惊呆了。

只见林道静穿得整整齐齐地躺在竹床上，满头的白发像一道瀑布一样从枕边滑下来，她的脸似乎消了些肿，两只眼睛大大地睁着，望着水宇天，嘴角微微上翘，似乎在微笑。

“道静！”水宇天扑过去，被脚下林道静的旅行袋绊了一下，他一下子摔倒在林道静身上。

林道静经受不住这沉重的一砸，哼出了声，但她马上制止了水宇天的道歉，急促地说：“别说话，来不及了，别打断我的话，千万别打断……我欺骗了你，真的，我从没有恨过吴大路，我始终如一地爱着他，为了能让你给他治病，我使你爱上了我，假如我这一生做过什么可耻的事的话，那就是这一件……这是为了爱，为了能使我爱的人健康、幸福。

“你是一个善良、宽容的人，也许能够原谅我吧。我只求你一件事，别等我一合眼就马上离开这里，我知道你是为陪伴我才上山的。请千万多留些日子，为他、为这个小寨子里的人看完病再走……为了这目的，我在山下委身给你。

“你一定会发现，从一进贡嘎寨子我就没跟他说过一句话……而且没请他到咱们这个临时的小家来，我不愿伤害木果，也不愿再伤害你，我把一切都压在心底，正是这种压抑才使我连半年时间都没有了……我觉得，这种压抑使我还有点权利请求你能满足我这唯一的希望。答应我吧……否则……”

她紧紧地闭上了眼睛。

水宇天看着她痛苦的脸和那满头白发，还有什么犹豫的呢？即使他和她没有男女之情，作为他这样性情的人也不会拒绝她的请求。更何况，他爱她，她的这种欺骗更加深了他对她的爱。这就是一个女人对一个男人的魔力。

他附在她耳边，轻轻地“嗯”了一声。

她笑了，然后指指绊了水宇天一跤的旅行袋，用最后的气力说：“把它……交给……他……”

见他点了头，她再一次欣慰和满足地笑了。这笑，一直凝滞在她脸上，她把脸放在他的怀抱中。

天色即将黎明时，水宇天迷糊了五分钟，当他猛然醒来时，发现她已经停止了呼吸。她安详地死在了他的两臂之间。

他又经历了人生中的第一次：他所爱的人在他身边微笑着离开了人世。

林道静被葬在阿贡山的最高处。

吴大路告诉水宇天说：“她在十五年前就说过：‘我要是死了，不论死在哪，都希望能埋在这座大森林之中。’”

作为一个医生，水宇天把林道静的一切用具都焚烧了，只留下她头上的一缕白发，然后把旅行袋里的一大包重重的东西交给了吴大路。

这是林道静最后的嘱托。

吴大路慢慢打开了这沉重的布包，只见里面是一沓沓写满字的稿纸，第一页是几个红字：《知青运动史》。

这几个字是用鲜血写成的，已经有些发黑。

吴大路的眼泪一下子涌出眼眶，像一颗又一颗树种一样，砸在潮湿松软的土地上。他明白林道静这些年来在干什么了，也明白她为什么会积劳成疾，她在用生命记录着一代人曾留下的印记。

这其中无疑将包括他和她的爱。

他不能不哭，不能不流泪，为了她，为了那千千万万受尽屈辱的一代人！他把十五年来对她的怀恋全部化成了泪水……

水宇天没有哭，他想哭，但哭不出来，不知从什么时候起他的泪就哭干了。他只想用景颇刀切开自己的胸膛，捧出一颗中国人特有的赤忱之心。

他说："吴大路，我想把我那五十万元钱用在这里，盖一座小型医院，为你和这里的人们看病。"

吴大路擦干眼泪，摇摇头："钱，我们有，现在的山里人富了。我们景颇山每人出一百元钱，就比五十万多。我只是希望你能留下来，作为一个医生留下来，这比五十万元钱有价值得多。当初，景颇人就是这样劝我的。可以说，这阿贡山的大森林中有你一辈子也医不完的病。"

水宇天点点头，他更明白了这一点：其实许多人生抉择都不是像小说和电影中描写的那样艰难和痛苦、沉重和犹豫。

他长长地吸了一口气，严肃地说："我只有一个要求，别像山里人强迫你那样，让我娶一个景颇姑娘。不，我不是说她们不好，而是我有她就足够了。"他指了指那座红土堆砌的新坟。

吴大路抬起头，凝视着水宇天，凝视着，凝视着，突然，使劲地抱住了他，而水宇天也第一次自由地，毫无顾虑地，充满感情地向一个同代人伸出了双臂。

在一个普通女人的坟前，两个男人像是石雕一样，一动不动。他们每人都只占有过她一次，却都觉得得到了她整整一生的爱。他们不埋怨生活的不公平，他们只埋怨自己爱得还不大胆，不热烈！

天阴了，阿贡山的顶峰上，乌云一来就会起风，大森林摇曳起来，枝叶如海涛般轰响着，轰响着……

后记 遥想当年知青路

我成为知识青年绝对是自愿的。

当毛泽东在1968年12月一个寒冷的深夜发出“知识青年到农村去，接受贫下中农的再教育，很有必要”的“最高指示”时，我已经完成了批判“三家村”、揪斗老师和校长、串联了大半个中国、接受毛泽东检阅、大破“四旧”、步行长征、参加“联动”等几次大规模行动和复课闹革命等几乎北京市中学生在“史无前例的无产阶级文化大革命”中所该经历的一切过程，而在那个冬日里，我正和表哥及北京市委大院的一些孩子们脚蹬回力鞋，身穿国防绿军装，戴着红呢子袖章，骑着锰钢自行车穿过天安门广场到王府井大街一带，拍“婆子”，摆“份”，招摇过市。

我对前途一无所知，对理想茫然惶惑，精力旺盛，青春狂烈，可又无所事事，无聊至极，按现在的价值判断，属于“多余的人”。

“上山下乡”于我毫无疑问是打了一针鸡血，使我如同停课闹革命、参加红卫兵、到外地煽风点火、抄家封门、冲击公安部一样感到从心理到生理的强烈刺激，那是一种灵魂的跃动，一种生命存在的暗示，一种未泯童趣的死灰复燃，一种少年潜意识的冲动，我渴望到农村去，到我想象的广阔天地中表现力量。

陕北的黄土高原是我的首选之地，延河、宝塔山、枣园的灯光、凤凰山的落日、窑洞和小米是我当时对“革命”一词领悟的延伸，也可以叫表层感悟，能到那里去，我认为自己就完成了解放全人类的启程仪式。

然而，我没能乘上西去的列车，因为在报名的日子里我几乎没在学校度过，因而我只有到北京火车站去感受送“红卫兵”战友的热烈与悲壮，还捎带着和另一伙叫“碴巴”的“痞子”们打了一架，差点被收进“局子”里去。

当内蒙古生产建设兵团以解放军的名义和屯垦戍边的口号来招人时，我急不可耐地把自己的大名写到了志愿书上，可张榜之时，我站在寒风中仔细搜寻了三次，也没从赴内蒙古的光荣榜上见到我的名字。后来得知，因我母亲已经由共产党员变成“国民党中统特务”而政审不过关，为防止潜在的阶级异己分子出现在敏感地域，我这一类新“狗崽子”不能应征。

于是，我被已经由军宣队和工宣队掌握实权的校方决定留在北京，当然不会进机关事业单位，连正规的企业也不可能进，我被先后分配到郊区的砖瓦厂和水泥构件厂，还几乎被分配去补铝锅和铁盆的小铺子。我无法想象当时我若真的去了这些地方，今天的生活会是一个什么样了，是否会更辉煌或更惨淡？反正我没有服从分配。

我不愿意留在城市，更准确地说，我不愿意成为一个城市苦力或手工业劳动者！当时的社会氛围使我更向往农村，使我更愿意和好友们一同“战天斗地闹革命”。

终于，管分配的老师给我安排了一个到农村去的机会。那里是吉林白城子地区，一个我从没有听说过的寒冷的山区。得知消息后，已经成为“走资派”的父亲亲自为我准备了行装，其中包括厚厚的棉大衣和毡靴，他在东北修过铁路，告诉了我一个玩笑：晚上出去小便要带一根木棍，以便在尿一出来结成冰柱时敲断它。

在我孤零零准备出发的前一天晚上，管分配的老师突然登门拜访，然后告诉了我一个新的分配去向：到云南省河口县红河人民公社去插队落户。

他说那里其实是国营农场，每月有工资，那里香蕉成林，菠萝遍野，而且四季如春，气候宜人，神秘的热带雨林中有着奇花异草，鸟兽成群，那里还是少数民族聚集地，风情独特，风光优美。

并非他的这些诱惑打动了我，其实只要是去农村，到共和国的任何一处田野山林我都会毫不犹豫地答应。我是被这位管分配的老师的诚恳所感染的，他吐露了他的苦衷，他必须完成一定人数赴云南的任务，否则工宣队会让他这没有改造好的臭知识分子写自我批判的大字报，因为父亲和母亲被批斗的遭遇，我的灵魂委实正在蜕变为阶级异己分子。我同情这个老师，因而放弃了北上，转为南下八千里路云和月。

在中国共产党第九次代表大会刚刚结束，举国欢庆之时，我乘坐直达昆明的列车，奔赴我命运中必然要度过六个年头的地方，从这一刻起，我成为了一个知识青年，许多年以后，我又被称为“知青作家”……